HAYMON taschenbuch **162**

Die Autorin wurde durch Buchprämien der
Stadt Wien sowie des Bundesminsiteriums für Unterricht,
Kunst und Kultur unterstützt.

Auflage:
4   3   2   1
2017 2016 2015 2014

HAYMON tb **162**

Ungekürzte Taschenbuchausgabe
Haymon Taschenbuch, Innsbruck-Wien 2014
www.haymonverlag.at

© 2012 Haymon Verlag, Innsbruck-Wien

Alle Rechte vorbehalten. Kein Teil des Werkes darf in
irgendeiner Form (Druck, Fotokopie, Mikrofilm oder in einem
anderen Verfahren) ohne schriftliche Genehmigung des Verlages
reproduziert oder unter Verwendung elektronischer Systeme
verarbeitet, vervielfältigt oder verbreitet werden.

ISBN 978-3-85218-962-8

Umschlag- und Buchgestaltung, Satz:
hœretzeder grafische gestaltung, Scheffau/Tirol
Umschlagfoto: Pia Balàka
Autorenfoto: Kurt-Michael Westermann

Gedruckt auf umweltfreundlichem,
chlor- und säurefrei gebleichtem Papier.

EINS

Als Judit Kalman in Venedig ankam, überraschte sie außergewöhnliches Wetter. Es regnete, und das mitten im Juli. Der Zug fuhr auf den Damm auf und sie konnte sehen, wie Wolken verschiedener Dunkelheitsstufen auf das entfärbte, von nervösen Winden aufgerührte Meer ihre Schatten warfen.

Sie hatte den Zug genommen, der zu Mittag ankam, und daher mit Sonnenhöchststand, einem entblößten, der weißen Dürre hingegebenen Firmament und stechender Hitze gerechnet. Nun war es zwar heiß, aber auf jene schwüle, tropische Art, die einen die Gerüchte glauben ließ, irgendwo im Po-Delta würden Flamingos leben. Eine Möwe, die neben dem Zug herflog, wurde von nassen Windböen durch die Luftschichten gedrückt. Es sah aus, als würde sie – schief und zerzaust – als Teil eines Mobiles an einem Faden hängen.

Judit stellte sich darauf ein, im Bahnhofsgebäude abzuwarten, ihre hellgrüne Lederhandtasche vertrug keinen Regen, die Bluse aus weißer Knitterseide höchstwahrscheinlich auch nicht. Schwarz vor Nässe saßen die vertrauten Holzpfähle in der Lagune. Jeweils drei aneinandergelehnt, von zwei Eisenbändern zusammengehalten, von denen orangefarbene Rostschlieren herabbrannten. Normalerweise konnte man an der Wasserlinie sehen, wie das Salz-Luft-Gemisch die Pfähle biberartig abgenagt hatte und leuchtend grüner Tang nach oben kroch, aber jetzt lag alles verschwommen und silbrig im Dunst.

Wie man überhaupt im Juli nach Venedig fahren kann, ist mir unbegreiflich, und wenn ich einmal das Sagen haben werde, wird das auch nicht mehr vorkommen.

Als Judit aus dem Bahnhofsgebäude trat, war der Spuk vorbei. Letzte Wolken wurden weiß und korallenförmig, bevor sie davonliefen. Die Sonne begann Stufen und Vorplatz bereits aufzutrocknen. Die Kirche San Simeon Piccolo an der gegenüberliegenden Seite des Canal Grande war eingerüstet, was Judit den ersten Anblick verdarb. Die weißen Stufen, die weißen Säulen, das dreieckige Fries, darauf freute man sich, wenn man aus dem Bahnhofsgebäude trat und den ersten Blick in das Innere der Stadt warf, deren Schale man eben mit dem Zug durchbohrt hatte.

Vor dem Actv-Häuschen am Canal Grande stand eine Touristenschlange, die schnell länger wurde. Judit beeilte sich, ihren Koffer die Stufen hinunterzuziehen und sich anzuschließen. Vor jedem Verkauf einer Vaporettofahrkarte führte die Actv-Bedienstete ausführlich Rücksprache mit einer Kollegin, die hinter ihr stand. Offenbar fand hier eine Einschulung statt. Mitten in der Hochsaison, zur heißesten Tageszeit, ausgerechnet am Bahnhof. Die ersten, die zu schimpfen begannen, waren die Italiener, die in der Schlange standen. Die Ausländer waren noch gewillt, die Wartezeit landesüblicher Gelassenheit zuzuschreiben und sich die Urlaubsstimmung nicht verderben zu lassen. Judit dagegen war zu gar nichts gewillt. Jeden Moment würde sie aus der Reihe treten und ein Wassertaxi nehmen. In die Ruhe eines leeren Bootes entkommen, in die Kühle, die von seinen gefirnissten Holzverkleidungen ausging. Aus dem offenen Dachfenster schauen, die Ellbogen auf dem Dach aufgestützt. Das Gesicht in den Fahrtwind halten, die Komplimente des Fahrers aufschnappen, wenn er sich lächelnd umwandte.

Die vom Regen blankgewaschene Sonne brannte, Engländer, Franzosen, Holländer, Deutsche wollten eine Vaporettofahrkarte kaufen, und natürlich ließ sich kein venezianisches Management davon abhalten, in dieser Situation in aller Ruhe eine Einschulung vorzunehmen.

Markus Bachgraben, wie kann man nur im Juli nach Venedig fahren.

Titas Wohnung lag direkt an den Fondamenta Nuove und war ganz anders, als Judit sie sich vorgestellt hatte. Schon die Fondamenta Nuove waren ganz anders, als sie zu sein pflegten, denn man hatte aus ihnen eine Baustelle gemacht. Was hier aufgerissen, umzäunt, zerbrochen und verwüstet werden musste, war nicht zu erkennen.

Titas Wohnung, von der Judit wusste, dass sie aus zwei zusammengelegten Wohnungen bestand, hatte sie sich weitläufig und großzügig vorgestellt, stattdessen war sie unübersichtlich und verwinkelt. Viel zu viele kleine Zimmer verschachtelten sich auf zwei Geschoßen, dem zweiten und dritten Stock des Hauses. Judit riss Türen und Fensterläden auf. Manche Räume gingen auf winzige Innenhöfe hinaus, die nicht mehr als Lichtschächte waren, manche auf enge Gassen, manche auf die Baustelle der Fondamenta und die Lagune. Der Postkartenblick auf die Friedhofsinsel mit ihren schwarz gezackten Zypressen hielt sie fest wie etwas Regloses, das plötzlich pulsierte. Tita sagte, dass einer Legende zufolge nachts Hexen mit ihren schwarzverschleierten Gondeln über die Mauer flogen, um auf den Gräbern Feste zu feiern, sie habe aber noch nie welche gesehen.

Judit ging nach unten, um sich das Haus von außen anzusehen. An einer Seite wurde es von einem Kanal begrenzt, über dem alle Fenster zugemauert waren. Tita hatte vor, die Fenster ihrer Wohnung wieder aufbrechen zu lassen, die seit der Zeit der österreichischen Herrschaft verbaut waren. Man habe damals versucht, sagte Tita, die Arbeit der Umstürzler zu behindern, indem man sie von den Kanälen abschnitt. So konnten sie keine schweren oder unappetitlichen Gegenstände auf vorbeifahrende Boote der Österreicher fallen lassen.

In dem Eisladen zwei Häuser weiter kaufte Judit eine Tüte mit einer Kugel Kokoseis. Auf einem Stehtischchen breitete sie den Stadtplan aus. Hinter den Bauzäunen wurde gebohrt, gehämmert und gestaubt. Sie musste zur Rialtobrücke gehen, um über den Canal Grande nach San Polo zu gelangen, wo Markus Bachgrabens Wohnung lag. Beim Campo Santa Sofia konnte sie auch mit dem Traghetto übersetzen, aber das fuhr nur vormittags. Wenn sie nicht laufen wollte, würde sie große Runden mit dem Vaporetto fahren oder sich ein Wassertaxi nehmen müssen. Es wäre praktischer gewesen, in einem der Hotels direkt am Canal Grande zu wohnen. Da Judit aber Tita seit Jahren ihr Haus in Irland zur Verfügung stellte, hatte Tita darauf bestanden, ihr nun ihre neue Wohnung in Venedig zur Verfügung zu stellen.

Ein Motorboot fuhr vorüber, an dessen Bug ein schneeweißer West Highland Terrier stand und in den Fahrtwind schnupperte. Der junge Mann am Steuer trug Shorts und eine Sonnenbrille. Er war braungebrannt. Er lachte Judit an, als er durch das Wasser schnitt, dass die Gischt spritzte. Judit lachte zurück. Sie fühlte sich untreu.

Sie ging wieder nach oben um nachzusehen, ob Signora Vescovo alle Anweisungen befolgt hatte. Es war vereinbart worden, dass die Haushälterin immer vormittags kommen sollte, beginnend am Tag von Judits Ankunft.

Es gab vier Schlafzimmer, in denen die Betten straff und sauber bezogen und mit Kissen dekoriert waren. Eines der Zimmer war so klein, dass nur ein Einzelbett hineinpasste. In einem anderen war es über die Maßen heiß, ohne dass Judit herausfinden konnte, weshalb. Vielleicht lag es unter einem Blechdach. Es blieben ein Schlafzimmer im dritten Stock mit Blick auf die Friedhofsinsel und eines im zweiten Stock mit Blick auf die Gasse. Hier würden die Fensterläden die meiste Zeit geschlossen bleiben müssen, wollte man nicht von den gegenüberliegenden Fenstern aus beobachtet werden.

Das Zimmer mit Blick auf die Friedhofsinsel war kühl. Obwohl durch die hohen Fenster die Sonne hereinfiel, hatte es etwas Düsteres. Wie die anderen Räume der Wohnung war es von Tita mit einem Sammelsurium an Antiquitäten gefüllt worden, die sie in mehreren Bootsladungen heranschaffen hatte lassen. Titas Mann, der seit Jahren darum kämpfte, in der Wiener Wohnung „Bodenfläche zurückzugewinnen", hatte versprechen müssen, ihr in Venedig vollkommen freie Hand zu lassen. Auf einem Intarsienschränkchen stolzierte ein ausgestopfter Kronenkranich, daneben stand eine rot eingefärbte Bambuskoralle, vermutlich aus irgendeiner Wunderkammer. Aus dem mannshohen Kamin starrte ein Trupp afrikanischer Statuetten. In der Diagonale des Zimmers stand ein antikes chinesisches Hochzeitsbett. Lag man darauf, sah man genau auf die Friedhofsinsel. In einer so alten Stadt müsse man sich mit den Gespenstern anfreunden, hatte Tita erklärt. Überall lägen schließlich die Toten, in dicken Schichten, denn als man die alten Friedhöfe in der Stadt aufgelassen und die Toten auf ihre eigene Insel verlegt hatte, hatte man natürlich nur die oberste Schicht entfernt. Man ging und lebte auf einem einzigen Friedhof. Man hatte Gassen und Gebäude über den Gräbern errichtet, aber auch wenn man sie nicht sehe, seien sie doch da. Nicht jeder vertrage ein solches Ausmaß an Vergangenheit, die ja immer eine Ansammlung von Todesfällen sei. Manche würden von Beklommenheit erfasst und sähen überall Omen. Andere meinten, etwas Fremdes kröche da in sie hinein, das sie verändere.

Die Küche lag im zweiten Stock. Judit setzte sich auf einen Stuhl und lauschte. Die Wohnung war voller Geräusche. Geräusche aus den Nachbarwohnungen, den Nachbarhäusern, der ganzen Stadt. In Venedig, sagte Tita, sei es seit jeher notwendig gewesen, vieles geheim zu halten, weil so vieles öffentlich war. Die Geräusche schienen aus allen Teilen der Wohnung zu kommen, ja selbst durch die Küche schien jemand hindurchzugehen. Es wäre unmöglich gewesen, bei all den Schritten und Stimmen, dem Knarren und Poltern einen Einbrecher herauszuhören. Um rechtzeitig zu bemerken, dass sich ein Einbrecher in der Wohnung befand, brauchte man einen Hund. Einen großen, beschützenden, einen English Shepherd vielleicht.

An der Wand hing eine Schwarz-Weiß-Fotografie vom Einsturz des Campanile di San Marco im Jahr 1902. 1902 war Judits Urgroßvater zwei Jahre alt gewesen. Auf der Anrichte stand eine Flasche Lagrein. Judit stand auf, um den Kühlschrank zu öffnen. Sie hatte für Signora Vescovo eine Einkaufsliste geschrieben, die von Tita weitergeleitet worden war:

1. Obst (einschließlich Zitronen).
2. Gemüse, das nicht gekocht werden muss.
3. Magerer Schinken.
4. Wasser (mit und ohne Kohlensäure).
5. Rotwein.
6. Prosecco.
7. KEIN BROT.
8. KEINE BUTTER.
9. AUCH SONST NICHTS.

Alles Gewünschte war da, das Nicht-Gewünschte war nicht da. Man sah die Signora vor sich: eine gepflegte Mittfünfzigerin, etwas korpulent. Freundlich, ohne indiskret zu sein. Verheiratet, Ehemann Fleischhändler am Rialto-Markt. Zwei erwachsene Kinder. Sohn Bankangestellter (und nachts illegaler Muschelfischer), Tochter Inhaberin einer kleinen Boutique.

Das Klingeln des Telefons schien aus allen Räumen gleichzeitig zu kommen. Eine Weile drehte Judit sich auf dem Flur lauschend im Kreis, dann betrat sie den Salon. Das Telefon stand auf einem Chinoiserie-Sekretär am Fenster. Es klingelte weiter, ohne dass sich ein Anrufbeantworter einschaltete. Judit sah aus dem Fenster. Im Lagunenwasser blitzten so starke Sonnenreflexe auf, als trieben Tausende Spiegelscherben darin. Eine mit fünf stehenden Ruderern besetzte Renngondel schoss, ohne im Geringsten abzubremsen, auf das von Murano kommende Vaporetto zu. Auch das Vaporetto drosselte seine Geschwindigkeit nicht. Der Schnittpunkt der beiden Routen, die Kollision und der Knall, den diese verursachen würde, zeichneten sich ab. Dann war die Renngondel vor dem Bug des Vaporetto vorbeigeflitzt, das Schicksal überlistet. Judit sah wieder auf das Telefon und es hörte zu läuten auf. Auf dem Sekretär lag ein Buch mit venezianischen Gespenstergeschichten. Als sie es öffnete, fiel ein von Tita handgeschriebener Zettel heraus: „NICHTS DAVON IST WAHR!" Judit begann eine Geschichte über Marco Polos unglückliche Braut zu lesen. Sie war eine chinesische Prinzessin, die den kaiserlichen Hof, Heimat und Familie hinter sich gelassen hatte, um dem geliebten Mann nach Venedig zu folgen. Die Venezianer mochten sie nicht. Ihr Aussehen, ihr Akzent, ihr Benehmen waren nicht nur fremdartig, sondern befremdlich. Als schließlich auch Marco Polo sich von ihr abwandte, um eine Venezianerin zu heiraten, stürzte sie sich vom Balkon ihres Palazzo in den Tod. „Noch heute kann man sie in mondhellen Nächten seufzend auf dem Balkon auf und ab gehen sehen. Sie trägt ein weites, gelbes Seidengewand, und das lange, pechschwarze Haar fliegt wirr um ihren Kopf, wenn sie wehklagend die Hände ringt."

Das Telefon klingelte abermals. Judit schlug das Buch zu und wartete. Die Monotonie des Klingelns machte sie schläfrig. Sobald es geendet hatte, schlug sie das Buch an einer neuen Stelle wieder auf. Es ging um den Bau der am Eingang des Canal Grande gelegenen Basilica Santa Maria della Salute. Bleiche Geisterkinder und schwarze, knurrende Geisterhunde erschreckten die Arbeiter. Unsichtbare Hände zogen an ihren Haaren oder teilten Ohrfeigen aus, körperlose Stimmen murmelten über die Baustelle, Blutbäche strömten aus dem Boden. Das Telefon begann wieder zu klingeln. Es stellte sich heraus, dass die Gebeine der Toten des alten Friedhofs, auf dem die Basilica errichtet wurde, nicht umgebettet worden waren. Die Toten bedurften der erneuten Bestattung an einem Ort der Ruhe. Judit schloss das Buch und hob ab.

Es war Katalin, ihre Schwester. Sie habe am Festnetz angerufen, da Judit am Handy nicht abnahm. Es sei wohl der Akku leer. Sie müsse ihr etwas Dringendes sagen. Judit legte auf.

Während andere Kinder in Momenten elterlicher Verständnislosigkeit (und auch, um den Kameraden gegenüber eine möglicherweise adelige Herkunft ins Spiel zu bringen) die Vermutung anstellten, dass sie adoptiert worden seien, hatte Judit Kalman schon früh den Verdacht gehegt, dass ihre Schwester Katalin ein Adoptivkind war. Das Gefühl der Fremdheit war von Anfang an da, Katalin passte nicht zur Familie. Sie war zwei Jahre älter als Judit, und es gab zumindest ein auffälliges Verdachtsmoment: In keinem einzigen Familienalbum war ein Foto von der Mutter zu finden, auf dem sie schwanger mit Katalin war. Zwar gab es auch kein Foto, auf dem sie schwanger mit Judit war, aber so schlau war man natürlich gewesen, hier keinen Unterschied zu machen. Es gab überhaupt keine Fotos, auf denen Johanna Kalman mehr als fünfzig Kilo wog. Auch nicht in den Schachteln mit den Fotos, die für die Alben nicht gut genug waren. Auch nicht in den hintersten Winkeln des Dachbodens oder des Kellers. Es sei ihr eben peinlich gewesen, so in die Breite zu gehen, erklärte die Mutter, und sie hätte es nicht gestattet, dass ihr Zustand dokumentiert würde.

„Das waren die Sechzigerjahre! Damals war es nicht schick, schwanger zu sein. Als Schwangere war man hässlich, asexuell und so etwas wie eine Stallkuh."

Der Vater bestätigte die grundsätzliche Situation in den Sechzigerjahren, von der sich seine persönliche Haltung aber stets unterschieden habe: „Du warst niemals eine Stallkuh. Du warst immer wunderschön."

Judit wunderte es nicht, dass die Eltern leugneten. Was sie ihr mit Katalin angetan hatten, war ihnen nur allzu bewusst.

Abgesehen von jenem allgemeinen Gefühl der Fremdheit, das dazu führte, dass die Schwestern kaum einen Satz austauschen konnten, ohne einander missz uverstehen, vermochte Judit schon früh drei Unterschiede zwischen sich und Katalin zu identifizieren:

1. Katalin mochte keine Bücher.
2. Katalin mochte keine Tiere.
3. Katalin konnte nicht alleine sein.

Zwar hatten sie jede ein eigenes Zimmer, dennoch war Katalin, seit Judit denken konnte, bei ihr einquartiert. In der Nacht fürchtete sich die Ältere, aber auch untertags war sie nur schwer zu bewegen, in ihr Zimmer oder in das gemeinsame Spielzimmer hinüberzugehen. Im Spielzimmer befanden sich das Barbieschloss, der Krämerladen, das Friseurstudio, die Sprossenwand, die Ballettstange, der Chinchillakäfig und das Aquarium, und auf Judits speziellen Wunsch eine Carrerra-Autorennbahn, da sie am Spielplatz das Gespräch zweier Mütter belauscht und den Satz aufgeschnappt hatte: Mädchen sollten auch mit Bubenspielzeug spielen in der heutigen Zeit.

Katalin klebte an ihrer kleinen Schwester. Sie hatte Angst vor den Chinchillas und fand die Goldfische ekelig. In ihrem eigenen Zimmer befürchtete sie, Fremde – mal Mitglieder eines Wanderzirkusses, mal Außerirdische – könnten in dieses eindringen und sie unbemerkt entführen.

Judit war vier, als ihr klar wurde, dass sie mit den Eltern ein ernstes Wort reden musste. Mit so viel Nachdruck, wie sie nur aufbringen konnte, erklärte sie, dass Katalin ja nun schon in die Schule käme und es an der Zeit wäre, sie in ihrem eigenen Zimmer wohnen zu lassen.

Die Mutter schüttelte bedauernd den Kopf: „Das wird wohl nicht gehen."

„Ich kann das nicht einschätzen", sagte der Vater und machte sich an der Stereoanlage zu schaffen.

„Ich halte es nicht mehr aus", sagte Judit.

„Deine Schwester kann einfach nicht alleine sein, sie braucht dich eben", sagte die Mutter sanft.

„Sie ist die Ältere!"

„Das hat damit nichts zu tun."

„Dann soll sie doch bei euch schlafen!"

Die Eltern lachten herzlich, tauschten verliebte Blicke aus und begannen zu einer Roger Whittaker-Platte zu tanzen. Als Judit ihre Forderung wiederholte, legten sie eine andere Platte auf und tanzten Boogie-Woogie.

Ein Jahr später hatte Judit zu lesen begonnen, um ihrer Schwester zu entkommen. Mit einem Buch vor der Nase konnte sie sie ausblenden. Kein Wunder, dass Katalin Bücher verabscheute.

Wie sehr sie Katalins Anruf verärgert hatte, bemerkte Judit, als sie sich plötzlich vor der geöffneten Kühlschranktüre wiederfand. Ein weiterer Moment der Zerfahrenheit, und sie hätte etwas gegessen. Eine Scheibe Prosciutto, eine weitere, dann hätte sie schon hastig die Klarsichtfolien zwischen den Scheiben herausgezogen, um möglichst viele auf einmal in den Mund stopfen zu können. Sie hätte den Taleggio aus der Folie gerissen und direkt vom Stück abgebissen. Sie wäre vor dem geöffneten Kühlschrank gehockt und hätte Hände voll Oliven in sich hineingestopft, die Kerne hinunterschluckend, da sie keine Zeit gehabt hätte, sie auszuspucken. All das wäre passiert, hätte es Frau Dr. Soucek nicht gegeben.

„Iss niemals, weil du dich nicht auskennst in der Welt. Du wirst dich auch nach einem Salamibrot mit sehr viel Mayonnaise nicht auskennen", hatte Frau Dr. Soucek immer gesagt.

Mit zehn Jahren hatte Judit zu fressen begonnen und war binnen kürzester Zeit zur Klassendicksten geworden. Mit fünfzehn, als die Pubertät unerträglich zu werden drohte, hatte sie alles wieder abgenommen und sich seither im Griff. Ihren Eltern hatte sie beides zu verdanken, sie hatten es immer gut gemeint und ihr Bestes getan. Ursprünglich hatten sie weder Essen im Allgemeinen noch Süßigkeiten im Speziellen rationiert, denn als Kinder hatten sie in dieser Hinsicht Dinge erlebt, die sie ihren Kindern nicht antun wollten. In der Familie des Vaters war es üblich gewesen, nur den erwachsenen Männern, die Geld nach Hause brachten, Fleisch und Wurst vorzusetzen, während Frauen und Kinder mit Brot und Kartoffeln vorlieb nehmen mussten. Wenn er als Kind etwas angestellt hatte, war Judits Vater ohne Abendessen ins Bett geschickt worden, was er später als „ärgste Menschenrechtsverletzung" zu bezeichnen pflegte. Judits Mutter gehörte zu jenen Kindern, die ihr erstes Schokoladenstück von einem amerikanischen Soldaten geschenkt bekommen hatten, dann aber, wie sie stets hinzufügte, „war wieder zehn Jahre lang nichts mehr." So kam es, dass im Hause Kalman die Vorratskammern zum Bersten gefüllt waren, es Nachschlag ohne Ende gab, die Erdnüsschen und Drageekeksi überall griffbereit lagen. Als Judit dicker und dicker wurde, beteuerten ihre Eltern, wie hübsch sie doch sei, wie gut ihr ein bisschen Babyspeck doch stünde, und außerdem sei sie ja gar nicht so dick. Jahrelang ging das so, doch als Judit von der ersten Tanzstunde heulend nach Hause kam, weil keiner der Burschen sie aufgefordert hatte, korrigierten sie endlich ihren Kurs.

So kam Frau Dr. Soucek ins Spiel, eine praktische Ärztin, die sich einen Ruf in Ernährungs- und Figurfragen erworben hatte. Dieser Ruf basierte auf dem Umstand, dass Frau Dr. Soucek selbst in erstaunlich kurzer Zeit erstaunlich viel Gewicht verloren und sich von Kleidergröße 52 auf Größe 36 vermindert hatte. Auf dem Schreibtisch in ihrer Praxis stand eine Fotografie, die sie im geeigneten Moment umzudrehen pflegte, damit der Patient einen Blick darauf werfen konnte. Kein Ehemann, keine Kinder waren darauf zu sehen, sondern eine Ganzkörperaufnahme von Frau Dr. Soucek, wie sie einmal war. Der verblüffte Patient brauchte üblicherweise einige Augenblicke, bis ihm klar wurde, dass die beleibte Person in dem unförmigen Sackkleid auf dem Foto ident war mit der dürren Ärztin am Schreibtisch gegenüber, die in ihrem weißen Kittel nahezu verschwand.

Frau Dr. Souceks Empfehlungen basierten allesamt auf der Erkenntnis, dass man, um abzunehmen, weniger essen müsse als sonst. Das einzige Lebensmittel, das sie vollkommen ablehnte, war die allseits als gesund und schlankmachend angesehene Margarine. Der chemische Prozess, in dem das Pflanzenöl gehärtet wurde, erschien ihr barbarisch.

„Wenn mit einer solchen Brutalität Moleküle zertrümmert werden", sagte sie, „kann dabei nichts Gutes herauskommen."

An ihrem Schreibtisch mit der mahnenden Fotografie führte sie sowohl mit Judit als auch deren Mutter Gespräche. Judit hatte keinen Zweifel daran, dass die Mutter mehr litt als sie selbst. Sie musste ihrem Kind die zweite Schnitte Milchbrot verweigern, sie durfte auf den Christbaum nur Äpfel hängen. Judit aber stürzte sich mit Begeisterung in die Arbeit. Sie lernte, nur ein einziges Stück Schokolade zu essen und dann aufzuhören, sie lernte, bei Tisch nicht ewig weiterzuessen, nur damit ihre Eltern noch sitzen blieben und sich mit ihr unterhielten. Es war eine Arbeit, die sich ihr ganzes Leben lang fortsetzen sollte: die einzige kontinuierliche Arbeit, die sie je geleistet haben würde.

ZWEI

Was niemand ahnte, war, dass Frau Dr. Souceks Gewichtsverlust keineswegs bewusster Willensanstrengung und wissenschaftlicher Strategie zu verdanken war, sondern seine Ursache in einer schrecklichen seelischen Erschütterung hatte. Eines Tages nämlich war sie durch die Getreidegasse gegangen und hatte ein sich innig küssendes Liebespaar erblickt. Als sie sich näherte, stellte sie fest, dass ihr der Mann irgendwie bekannt vorkam. Wenige Schritte entfernt, als die Hände des Mannes gerade auf den Hintern der Frau hinabglitten, wurde Frau Dr. Soucek klar, dass es sich um jenen Mann handelte, der Abend für Abend bei ihr am Tisch saß und Nacht für Nacht bei ihr im Bett lag. Der genau genommen erst zwei Tage zuvor mit ihr geschlafen hatte, und zwar in einer Art und Weise, dass sie sich beglückwünscht hatte, nach fünfzehn Jahren Ehe noch mit solchem Feuer gesegnet zu sein. Es handelte sich um Viktor.

Frau Dr. Soucek wich unwillkürlich in eine Passage zurück, als wäre sie diejenige, die sich verstecken musste, und starrte auf die Hände ihres Gatten, die mitten auf der Getreidegasse den Hintern einer Fremden kneteten, und auf den Ehering, von dem sie wusste, dass an seiner Innenseite „Auf ewig – Hildegard" eingraviert war.

In diesem Moment hatte sie eine unheimliche Vision. Der Tod ging plötzlich die Getreidegasse hinunter, er trug eine schwarze Kutte, unter deren Kapuze sein Gesicht nicht zu sehen war, und in der Hand eine silberne, glänzende Sense. Dass es sich um eine Vision handelte, erkannte Frau Dr. Soucek daran, dass niemand sonst die alle überragende schwarze Gestalt zu sehen schien. Schließlich hatte der Tod das Liebespaar passiert und Frau Dr. Soucek erreicht, er näherte sich ihr mit einem kühlen, nach Holunderblüten riechenden Hauch, und sie sah sein Gesicht, das das Gesicht von Curd Jürgens war, der bei den Festspielen gerade den Jedermann gab. Der Besuch der Jedermann-Aufführung war ein Geschenk ihres Mannes anlässlich ihres neununddreißigsten Geburtstages gewesen, und Frau Dr. Soucek hatte noch jede Einzelheit deutlich in Erinnerung. Curd Jürgens sah ihr tief in die Augen, nickte ihr zu und ging weiter, und sie verstand sofort: Die Tatsache, dass Curd Jürgens hier den Tod verkörperte, während er in Wirklichkeit den Jedermann spielte, bedeutete nichts weniger, als dass alles aus seiner gewohnten Ordnung gefallen war.

Frau Dr. Soucek schwindelte, sie stützte sich an der Hausmauer ab, dann war der Tod mit einem Mal verschwunden und ihr Mann löste endlich die Lippen von denen der Fremden. Auch diese kam ihr bekannt vor, das war doch die Tochter von irgendwem. Auf jeden Fall war es ein ganz junges Mädchen, sie hätte eine von Viktors Schülerinnen sein können. Großer Gott, das war eine von Viktors Schülerinnen. Wie hatten sie nicht immer darüber gescherzt, dass er einer von einer Handvoll männlicher Lehrer an einer „Ganserlakademie" war, wie hatte man ihn nicht im Freundeskreis augenzwinkernd bedauert, dem Übermaß erblühender Weiblichkeit an einem Mädchengymnasium ausgesetzt zu sein, und nun hatte sich der Herr Physikprofessor Soucek also eine Schülerin angelacht.

Während das Liebespaar langsam Richtung Staatsbrücke schlenderte, fasste sich Frau Dr. Soucek wieder. Sie entschied, dass der gewohnten Ordnung zu ihrem Recht verholfen werden müsse. Es war ja im

Grunde ganz einfach: Sie würde Viktor mit der Scheidung drohen, und er würde ganz schnell wieder zur Vernunft kommen.

Sie ging zurück in ihre Praxis, wo sie weiter ihren Dienst versah. Nach einer Weile fiel ihr auf, dass sie den Leiden ihrer männlichen Patienten erheblich weniger Verständnis entgegenbrachte als sonst. Was für ein wehleidiger Fatzke! Naja, wer lebte wie ein Hedonist, brauchte sich nicht zu wundern, dass er auch die Beschwerden eines Hedonisten bekam. Und immer wieder derselbe Hypochonder, der ständig nach Medikamenten verlangte, um dann vermeintlich an den Nebenwirkungen dahinzusiechen.

Zwischendurch rief Frau Dr. Soucek bei sich zu Hause an, um die Haushälterin anzuweisen, den Rinderbraten, der für das Wochenende vorgesehen war, schon heute Abend zuzubereiten. Und bitte mit allem Pipapo, gespickt und mit Essiggürkchen in der Soße. Keine Bratkartoffeln – Duchesse-Kartoffeln. Ob ihr Mann schon zu Hause wäre? Noch nicht?

Beim Abendessen beobachtete Frau Dr. Soucek ihren Mann genau. Wie es schien, roch er nur den einen Braten, den anderen aber nicht. Er aß mit ausgezeichnetem Appetit. Er lächelte seine Frau an, schenkte ihr Wein nach, erzählte von den Gesprächen im Konferenzzimmer und wie anstrengend die Gören wieder gewesen waren. Sie musste sich zusammennehmen, um den Wein nicht in einem Zug hinunterzukippen. Der Braten schmeckte ihr wie Holz, die Duchesse-Kartoffeln wie Lurch, die Essiggürkchen wie Gelatine.

Später im Wohnzimmer sagte sie dann beiläufig: „Ich habe dich heute in der Getreidegasse mit diesem Mädchen gesehen. Mir scheint, wir sollten uns scheiden lassen."

Viktor starrte sie an. Er schritt auf sie zu – ihr schien, dass er taumelte. Als sein Gesicht über ihrem war, sah sie, dass er Tränen in den Augen hatte. Er schloss sie in seine Arme, so behutsam, als wäre sie Windgebäck. Er schmiegte seine Wange an ihre, seine Lippen an ihr Ohr. Er flüsterte: „Ich danke dir. Danke, danke, danke. Wir hatten solche Angst, dass du in die Scheidung nicht einwilligen würdest."

Dann ging er ins Schlafzimmer, um sogleich einen Koffer zu packen. Wie sich herausstellte, war die junge Dame bereits bei ihren Eltern ausgezogen und die beträchtlichen Geldsummen, die Viktor in letzter Zeit abgehoben hatte, vorgeblich, „um einem alten Freund aus der Patsche zu helfen", waren tatsächlich in Miete und Einrichtung ihrer neuen Wohnung geflossen. Und ja, sie war seine Schülerin, siebte Klasse. Die Schuldirektorin – davon war Viktor überzeugt – würde sich verständnisvoll zeigen, wenn man die Sache nur in Ordnung brachte. In Ordnung bringen, das hieß, Scheidung von Frau Dr. Soucek und sofortige Heirat der Schülerin. Wo die Liebe hinfällt, würde die Direktorin zweifelsohne sagen. Und jeder wusste, dass er ein integrer Lehrer war und seine Gattin notenmäßig ganz bestimmt nicht anders beurteilen würde als die anderen Schülerinnen.

(In seiner Einschätzung der Direktorin sollte Viktor recht behalten. Auch auf das Verständnis der anderen Lehrer konnte er zählen. Hatte nicht schon der große Charly Chaplin ein Faible für ganz junge Mädchen gehabt? Verheiratete man in gewissen Ländern Mädchen nicht mit dreizehn oder zwölf? Zwanzig Jahre später erfuhr Frau Dr. Soucek aus den Medien, dass sexuelle Beziehungen zwischen Lehrern und Schülerinnen strafbar geworden waren. Der Lehrer mache sich des

„Missbrauchs eines Autoritätsverhältnisses" schuldig, las sie. Diese Sicht der Dinge konnte Frau Dr. Soucek nicht teilen. In Wahrheit handelte es sich doch, spottete sie, um den *Missbrauch von Miniröcken* von Seiten der Mädchen.)

„Aber warum mitten in der Getreidegasse, am helllichten Tag, wo euch jeder sieht?", fragte Frau Dr. Soucek plötzlich, während ihr Mann sorgfältig seine Krawatten einrollte. Er habe keine Ahnung, antwortete Viktor, es sei ihn und Tanja einfach so überkommen. Ab einem gewissen Punkt denke man nicht mehr an das Risiko. Er räume natürlich ein, dass möglicherweise der unbewusste Wunsch, entdeckt zu werden, eine Rolle gespielt haben könnte. Das ewige Versteckspielen – und das seit einem dreiviertel Jahr – habe man gründlich satt gehabt. Es sei klar gewesen, dass das nicht so weitergehen könne. Der Zwang zu Lüge und Verstellung sei auf Dauer unzumutbar. Wahrscheinlich habe man sich deshalb in der Getreidegasse Luft gemacht. Im Grunde sei das Ganze ja eine Frage der Menschenrechte.

Frau Dr. Soucek überstand die Nacht mit Hilfe von ein wenig Brandy und viel Rohypnol. In den darauffolgenden Tagen organisierte sie alles für ihre zweimonatige Abwesenheit. Sie gab bekannt, dass sie zu einer längeren Studienreise nach Indonesien aufbrechen würde. Die Patienten wurden beruhigt, getröstet und an kompetente Kollegen weiterverwiesen. Den beiden Sprechstundenhilfen wurde Urlaub bei vollen Bezügen gewährt.

Einmal kam sie nach Hause und fand unter dem Türschlitz ein Kuvert. Es enthielt die Hausschlüssel und eine Notiz ihres Mannes:

Hallo Hildegard,
habe mich entschlossen, Dir das Haus zu überlassen. Muss jetzt zwar meinen Lebensstandard runterschrauben, aber da Du schon als Kind darin gewohnt hast, soll es Dir bleiben. Ich danke Dir von Herzen für die schöne gemeinsame Zeit. Bestimmt wirst auch Du bald wieder jemanden finden.
Ganz liebe Grüße auch von Tanja,
Dein Viktor
P. S.: Du verzeihst, aber das Auto gehört mir.

Frau Dr. Soucek ließ sich unter dem Namen „Barbara Laimgruber" in der Landesnervenklinik aufnehmen. Von ihrem alten Studienkollegen Karl, der Psychiater geworden war, ließ sie sich für zehn Tage in einen künstlichen Tiefschlaf versetzen. Als sie wieder erwachte, sah sie am Fenster den Tod in seiner schwarzen Kutte und mit seiner silbernen, glänzenden Sense stehen. Er drehte sich zu ihr um und sie stellte fest, dass er diesmal das Gesicht Hugo von Hofmannsthals hatte. Mit seinem kühlen Holunderblütenhauch trat er auf sie zu, starrte sie an und bewegte lautlos die Lippen. Nach einer Weile wurde ihr klar, dass er immer dieselben Verse wiederholte:

„Ha! Weiberred und Gaukelei!
Wasch mir den Pelz und mach ihn nit nass!
Ein Wischiwasch! Salbaderei!
Zum Speien ich dergleichen hass!"

Das waren die Worte des Teufels, nicht des Todes, Frau Dr. Soucek kannte das Stück genau.

„Karl!", rief sie, „Karl, Hilfe!" Hugo von Hofmannsthal machte eine Halsabschneider-Geste und verschwand hinter dem Kopfende ihres Bettes. Dort war offenbar schon die ganze Zeit Karl gestanden, der nun in ihr Blickfeld trat und ihre Hand nahm.

„Karl, ich hab dir gesagt, dass ich ein Einzelzimmer will!", rief Frau Dr. Soucek.

„Das ist ein Einzelzimmer, liebste Hilde", erwiderte Karl.

„Und was macht dann Hugo von Hofmannsthal hier?"

Frau Dr. Souceks „Studienreise" nahm fünf Monate in Anspruch. Am Ende hatte sie vierzig Kilo abgespeckt, was hauptsächlich an der Ungenießbarkeit des Krankenhausessens lag. Bevor sie zurück in die Praxis ging, ließ sie sich unter der Höhensonne bräunen, sodass sie bewundernde Komplimente wegen ihres erholten und gesunden Aussehens erhielt. Karl bat seine Frau um die Scheidung und zog bei Frau Dr. Soucek ein. Frau Dr. Soucek reichte ebenfalls die Scheidung ein, klagte ihren Ex-Mann wegen Ehebruchs und böswilligen Verlassens auf Unterhalt sowie die Herausgabe des Autos und bekam recht. An die Intendanz der Salzburger Festspiele schrieb sie die Forderung nach der Absetzung des Stückes „Jedermann", das sie als „haarsträubenden, erzkatholischen Mist" bezeichnete, und bekam nicht recht.

DREI

Es gab nur ein Badezimmer, was bei voller Belegung der vier Schlafzimmer zu Spannungen führen musste, dafür war es, wie von Tita beschrieben, groß und hatte Tageslicht. Die Größe war durch das Niederreißen einer Wand erreicht worden, das Tageslicht durch Milchglas gedämpft, damit die Bewohner der gegenüberliegenden Häuser die intimen Verrichtungen der Badenden nicht beobachten konnten. Judit öffnete das Fenster einen Spalt und sah, dass gegenüber alle Fensterläden geschlossen waren. Dann zog sie die durchsichtigen Vorhänge zurück, stieß die Fensterflügel weit auf und zog die Bluse aus.

Tita hatte hier endlich ihre jahrelang gesammelten historischen Sanitärmöbel unterbringen können, die ihr Mann in Wien nicht erlaubte. Er wolle zeitgenössisch baden, sagte er. Er bestehe darauf, sich nach dem neuesten Stand der Technik und den aktuellsten Errungenschaften der Hygiene zu reinigen. Er verlangte nach Massagedüsen, Infrarotsprudeln, Dampfduschen und Regenwaldsprinklern. Doch Venedig war Titas Hoheitsgebiet, aus Venedig hielt er sich raus. Und so hatte sie hier zumindest einen Teil ihrer emaillierten Waschtischchen, quietschenden Armaturen und halbblinden Spiegel untergebracht. Die Renovierung der Jugendstilbadewanne hatte beinahe ein Jahr in Anspruch genommen. Die antiken maurischen Fliesen waren auf dem Seeweg gebracht worden. Signora Vescovo hatte zweifelsohne einiges damit zu tun, die steinernen Delfine, die bronzenen Wasserspeier in Gestalt von Masken und Hundeköpfen und die geschnitzten Palisanderschränkchen zu reinigen, und sie hatte zweifelsohne genaueste Anweisungen dafür erhalten. Die meisten Antiquitäten würden nicht durch den Zahn der Zeit, Krieg oder Naturkatastrophen, sondern durch unsachgemäßes Putzen zerstört, sagte Tita. Insgesamt könne man darin natürlich einen subversiven emanzipatorischen Akt sehen: Ein Gutteil dessen, was Männer im Laufe der Geschichte erschufen, wurde von Frauen durch beständiges Putzen wieder zum Verschwinden gebracht.

Judit zog Hose und Unterwäsche aus und stellte sich in die Wanne. Aus dem unbeweglichen Duschkopf an der Wand ließ sie eiskaltes Wasser über sich laufen. Sie schaute auf die geschlossenen Fensterläden der Häuser gegenüber und stellte sich vor, dass hinter dem einen oder anderen jemand stand, der durch eine Ritze blickte und sie beobachtete. Sie drehte sich mit dem Gesicht zur Wand. Sie stellte einen Fuß auf den Badewannenrand und tat so, als würde sie ihn reinigen, um durch die leicht gebückte Haltung für die imaginären Zuseher ihren Hintern besser zur Geltung zu bringen.

Nackt und ohne sich abzutrocknen stieg sie die geländerlose Treppe hinunter, um ihren Koffer nach oben zu schleppen. Die breiten, spiegelglatten Bohlen ragten unbegrenzt in die Luft, was beim Betreten ein Höhenangstkribbeln verursachte. Kinder hätten zu dieser Wohnung ohnehin keinen Zutritt, hatte Tita gesagt, und wer sich betrinken wolle, möge dies im unteren Stock tun. Nackt und tropfend zog Judit den schweren Koffer Stufe um Stufe nach oben, tiefer und tiefer wurde der Abgrund, immer weiter wagte sie sich zu den freistehenden Stufenrändern hinaus und stellte sich vor, man würde sie dabei filmen.

Oben angelangt, holte sie ihr Make-up aus dem Koffer und begann, sich vor dem großen Spiegel in ihrem Schlafzimmer zu schminken. In Italien lohnte sich der

Aufwand, man konnte mit anerkennenden Blicken sowohl von Männern wie von Frauen rechnen. In Italien gab es für das Aussehen einer Person eine alltägliche Öffentlichkeit, nicht nur auf Hochzeiten oder Bällen. Niemand war einsam, bis ins hohe Alter machte es sich bezahlt, gepflegt und elegant zu sein. Niemand war von der Umwelt so vernachlässigt, dass er sich selbst vernachlässigen durfte. Die Ohrringe, der Lidstrich, der Haarspray, alles machte sich hier bezahlt.

Immer noch nackt, begann sie auszupacken. Aus der Handtasche zog sie ein Buch über und eines von Peggy Guggenheim und legte sie auf das Nachtkästchen. Judit hatte eine private Studie begonnen, die es erforderte, von möglichst vielen Personen Biografie und Autobiografie parallel zu lesen. Es galt herauszufinden, welche Form der Lebensgeschichte die bessere sei. Bis jetzt schlug das Pendel eindeutig in Richtung Biografie aus. Falls es einmal dazu kommen sollte, würde sie daran denken: Niemand konnte so gut über das eigene Leben schreiben wie ein anderer. Sie klappte das Notebook auf und öffnete die Datei: „Peggy Guggenheim – Interesting Facts":

1. Peggys Vater ist mit der Titanic untergegangen, gentlemanlike. Hat zuvor seine Geliebte ins Rettungsboot gesetzt und seine beste Abendbekleidung angezogen.
2. Peggy war die letzte Privatperson in Venedig, die eine Gondel besaß (2 angestellte Gondolieri).
3. Für die Skulptur „L'angelo della città" (fröhliches Männchen auf Pferd am Canal Grande) besaß Peggy mehrere abschraubbare Penisse in verschiedenen Größen. Penisse wurden je nach Empfindsamkeit des vorbeifahrenden Publikums (Klerus!) ausgetauscht.

4. Auf der Grabplatte für Peggys Schoßhunde (Rasse: Lhasa Apso) im Skulpturengarten des Palazzo Venier dei Leoni steht eine sehr lange Liste von Namen. Offenbar hohe Hundesterblichkeit.
5. Auf Peggys Couchtisch befand sich ein ausgestopfter Graupapagei (Bestandteil eines Kunstwerks). Peggy stellte also Cocktails und Häppchen neben Tierleiche ab.

Nun fügte sie hinzu:

6. Peggys Ehe mit Jackson Pollock absolut unglamourös, insofern als er sie schlug.

Sie klappte das Notebook zu, hob den ausgestopften Kronenkranich von seinem Intarsienschränkchen und trug ihn auf den Flur. Mit dem Ellbogen öffnete sie einige Türen, um einen geeigneten Platz für ihn zu finden, und ließ ihn schließlich in einer kleinen Wäschekammer zurück. Dann zog sie sich an und hängte die restlichen Kleidungsstücke aus ihrem Koffer in den tiefen Ammerländer Schrank. Die Schuhe holte sie aus ihren Stoffsäckchen und stellte sie unter dem Fenster der Reihe nach auf. Markus Bachgrabens Erfolgsroman „Kassiopeia" legte sie auf die beiden Guggenheim-Bücher.

Es hatte seine Vorteile, über vierzig zu sein. Einer davon war, dass man die Erde kannte. Man hatte das Taj Mahal gesehen und das Tal der Könige und das Great Barrier Reef, und man musste nicht mehr wie als junger Mensch darunter leiden, dass man die Osterinseln und Loch Ness und Machu Picchu noch nicht gesehen hatte. Man konnte nach Paris fahren oder Bangkok oder Johannesburg, und man konnte sich orientieren, da man schon dort gewesen war. Auch in Venedig war man schon unzählige Male gewesen. Natürlich vergaß man die Einzelheiten vom einen Mal auf das andere, erinnerte sich aber doch an das große Ganze, die Eckpunkte, man fühlte sich, wenn auch nicht zu Hause, so doch auf vertrautem Terrain. Man erkannte wieder die riesigen Schläuche der Klimaanlagen, die aus den Geschäften ragten wie Saugschlünde, man stellte sein Gehör um und gewöhnte sich daran, keinen Autolärm zu hören. Man hörte wieder die typischen Geräusche: das Klackern der Trolleys, die die Touristen auf dem Weg von oder zu den Hotels über das Pflaster zogen, das Quietschen der metallenen Wäscheleinen, wenn sie durch ihre Halterungen liefen. Aber auch Erinnerungen lösten sich aus den Steinen und Gittern, an damals, und damals, und damals.

Die Sonne hatte sich von ihrer mittäglichen Schwäche vollkommen erholt und füllte die Stadt mit Hitze, sodass Judit schon nach wenigen Schritten ein Geschäft betrat, um eine Flasche Wasser zu kaufen. Die Verkäuferin verlangte von ihr fünfzig Cent mehr, als der Venezianer vor ihr für eine Flasche derselben Größe bezahlt hatte, auch das erkannte sie wieder. Die Dinge änderten sich nie, nur man selbst konnte sich ändern, lautete eine weitere Weisheit von Frau Dr. Soucek, und dasselbe hatte ihre Freundin Erika vor ihrer Brustkorrektur gesagt.

Man konnte sich auch alt fühlen mit dieser leidigen Erfahrung. Mit sechzehn Jahren war Judit zum ersten Mal ohne Familie nach Venedig gereist, mit Andi, ihrem ersten Freund (ihr Gewichtsverlust hatte in dieser Hinsicht Erfolge gezeigt), da war es noch üblich gewesen, mitten in der Stadt in Schlafsäcken zu schlafen. Vor dem Bahnhof lagen die Jugendlichen aus aller Welt wie Schmetterlingspuppen, unter den Arkaden des Dogenpalastes lagen sie, neben dem Markusdom, auf den Kirchentreppen, den Kaimauern, in den Giardini, überall wurde campiert. Es galt als der Inbegriff der Freiheit: Mit der Stadt liegend zu verschmelzen, nur durch ein Stück Stoff von ihren Steinen getrennt den Himmel zu sehen, das Wasser zu hören, und es wäre auch für Judit der Inbegriff der Freiheit gewesen. Ihre Mutter erlaubte das aber nicht: Sie konnte die Vorstellung nicht ertragen, dass die jungen Leute *wie die Flüchtlinge* schliefen. Ein Hotel wäre Judit und ihrem Freund spießig erschienen, sodass man sich als Kompromiss auf die Jugendherberge auf der Giudecca einigte. So hatten sie ein Dach über dem Kopf und konnten dennoch mit anderen Jugendlichen Gemeinschaftsgefühle empfinden. Vor Ort war Judit dann froh gewesen, eine Dusche zur Verfügung zu haben, später aber, nachdem die Stadt Venedig das Campieren untersagt hatte, wurde sie das Gefühl nicht los, etwas Unwiederbringliches versäumt zu haben.

Manchmal täuschte man sich aber auch in seinen Erinnerungen. Manchmal behaupteten andere, dass man sich täuschte. Manchmal hatte man Erinnerungen, die einander widersprachen, als wäre man zwei Personen und hätte zwei Leben gelebt.

Wir könnten auf unsere Erinnerungen verzichten: Tabula rasa, vor uns war nichts.

Einen Augenblick lang zögerte Judit, den Rialto zu überqueren, als stünde sie davor, eine unsichtbare Grenze zu überschreiten. Sie hätte nun alles aufgeben können, nach Süden abbiegen und sich von den Massen nach San Marco schleusen lassen. Einfach und unwirklich wäre das gewesen, derselbe Fluchtreflex, der sie früher aus dem Hörsaal laufen hatte lassen.

Auf der anderen Seite des Canal Grande musste sie den Stadtplan zur Hand nehmen. Nach einigen Abzweigungen war sie in menschenleeren Gassen angelangt, wo weder Restaurants noch Geschäfte Touristen anzogen.

Hier wirst du gehen, diese heiße Luft wird dich umschließen. Den kleinen steinernen Löwen, der dieses Haus schmückt, berühre ich mit meiner Handfläche, und auch du wirst ihn mit deiner Handfläche berühren.

Die freundliche Dame von der Stiftung, die die Schriftstellerwohnung verwaltete, hatte ihr den Weg ausführlich beschrieben, sodass sie den kleinen Campiello mit der Pizzeria gleich erkannte. Die vier Tische der Pizzeria waren leer. Ein Touristenpärchen blickte von einer einmündenden Gasse auf den Platz und machte wieder kehrt. Die Wohnung befand sich im vierten Stock des Hauses gegenüber der Pizzeria. Der dritte Stock besaß einen Balkon mit Klappstühlen und Blumentöpfen, aus denen Kapernblüten und Passionsblumen wuchsen, hier abends zu zweit zu sitzen wäre schön gewesen. Im Augenblick war wohl noch ein anderer Schriftsteller hier, Fensterläden und Fenster im vierten Stock waren geöffnet und weiße Vorhänge wehten heraus. Oder der andere Schriftsteller war bereits abgereist und die Putzfrau gekommen, um alles für Markus Bachgrabens Ankunft vorzubereiten.

In diesem Moment erklang jenes anzügliche Pfeifen, welches man üblicherweise Bauarbeitern zuschrieb und über das man sich in den Achtzigerjahren zu empören pflegte. (In den Neunzigern waren viele amerikanische Filme auf den Markt gekommen, in denen Frauen sich geschmeichelt fühlten, wenn man ihnen so nachpfiff, und so hatte man auch als Europäerin begonnen, sich geschmeichelt zu fühlen.)

Judit hatte ein Gefühl, als würden sich ihre Füße von den Pflastersteinen lösen und als würde sie zu schweben beginnen, höher, höher, hinauf in den vierten Stock. Gerüche stiegen ihr in die Nase, sie bemerkte würzigen Pizzaduft, den Duft sommerlicher Blüten. Durch irgendeinen Zufall war Markus Bachgraben früher als geplant in Venedig eingetroffen, durch irgendeine Fügung stand er am Fenster und hatte sie gesehen. Er pfiff noch einmal und noch einmal. Hinter den Vorhängen konnte Judit nichts erkennen, sie stand auf den Zehenspitzen, winkte und rief: „Ciao!"

„Ciao!", rief er zurück, aber es klang, als würde er sie verspotten.

Treib es bloß nicht zu weit.

„Jetzt zeig dich schon!", rief sie nach oben und kam sich lächerlich vor, da der Pizzeriawirt vor die Tür getreten war und ihr zunickte. Einige Sekunden lang herrschte Schweigen.

„Ciao bella!", ertönte es, dann folgte wieder der Pfiff. Der Wirt grinste und deutete senkrecht nach oben. „Hello-o!", rief er und: „Hello-o!", rief der weiße Kakadu aus dem über ihm hängenden Käfig zurück. Die Scham verteilte sich rieselnd, erhitzend über Judits Kopfhaut, fast konnte man sie für angenehm halten. Man war eine von vielen. Der Wirt erlaubte sich diesen Scherz mit seinem Mistvieh bestimmt hundert Mal am Tag, dazu hatte er es ja dort hängen.

„Ciao Mistvieh!", rief Judit und pfiff den Bauarbeiter-Pfiff. Der Wirt freute sich.

VIER

War das Café Florian früher einmal ein wichtiger Anlaufpunkt gewesen, so war es zur Zuflucht geworden, seit sein Besuch ihr einmal verweigert worden war. Jeder Besuch des Café Florian war eine Genugtuung und Wiedergutmachung, seit sie mit Wolfgang in Venedig gewesen war.

1999 war das gewesen. Wolfgang hatte sie zu einem verlängerten Wochenende nach Venedig eingeladen. Ihre Bekanntschaft war jung und Judit hatte die Einladung als ein Zeichen altmodischer Galanterie interpretiert. Ihr gefiel das, es war selten geworden. Der moderne Mann, sagten Erika und Nora, drücke durch das Nicht-Aussprechen von Einladungen aus, dass er die Frau als gleichberechtigt erachte. Aus Judits Sicht drückte er damit aus, dass er keine Manieren hatte. Wolfgang wollte ihr *sein* Venedig zeigen. Sie war gespannt, ob es sich von irgendjemand anderes Venedig unterschied.

Die *idyllische kleine Pension*, die Wolfgang ausgewählt hatte, hatte Judit in Untergangsstimmung versetzt. Ihr Herz schnellte wie ein Senkblei in die Tiefe, eine schwarze Wolke umklammerte ihren Kopf. Die Pension lag *in einer unprätentiösen Gegend weit abseits des Trubels*. Also am Ende einer muffigen Sackgasse. Das Haus sah nicht nach Venedig aus, sondern nach einer Bausünde aus den schlechteren Zeiten des zwanzigsten Jahrhunderts. Klaustrophobie. Festsitzen. Vier Tage und drei schreckliche Nächte Gefangenschaft. Das Zimmer war so klein, dass die Koffer auf dem wackeligen Schrank verstaut werden mussten. Das einzige Fenster ging auf einen Kanal hinaus, auf dem *Gott sei Dank kein lärmender Gondelverkehr* zu befürchten war.

Was wohl daran lag, dass die Reize des Kanals vernachlässigbar waren.

„Ist das nicht echtes Venedig-Feeling?", fragte Wolfgang und schmiegte sich von hinten an sie, da neben ihr am Fenster kein Platz war. Dem Geruch nach zu schließen, musste es sich um einen jener Kanäle handeln, die vom Tidenhub kaum erreicht wurden. Urin. Wahrscheinlich leitete die idyllische Pension seit fünfzig Jahren ihre Abwässer hier hinaus und da standen sie nun. Die gegenüberliegenden Häuser waren offenkundig unbewohnt, die verrotteten Läden hingen schief und mit Taubenguano verkrustet in den Fenstern.

Wolfgang war im Management eines Elektronikkonzerns tätig und bezog, wie Judit wusste, ein beträchtliches Gehalt. Sie war verwirrt. Das Leintuch hatte Flecken, die ihn zu der Bemerkung veranlassten: „Ich würde es gar nicht wollen, dass alles so steril ist!"

Spätestens, als Judit ihn auf die Schimmelrosen an der Decke aufmerksam machte, hätte er sagen müssen: „Haha! Reingefallen! War alles nur ein Witz! Natürlich habe ich die Penthouse Suite im Bauer Casa Nova reserviert. Mein Gott, du hättest dein Gesicht sehen sollen! Hahaha!" Doch Wolfgang stellte sein Rasierzeug ins Bad.

Allein der Gedanke an das Café Florian hatte sie jene Nacht überstehen lassen. Das Café Florian würde Wolfgangs Venedig wieder normalisieren. Doch als sie dann davorstanden, kamen aus Wolfgangs Mund die unbegreiflichen Worte: „Wir sind ja nicht wahnsinnig, dass wir hier siebentausend Lire für das Orchester bezahlen."

„Pro Person", fügte Judit hinzu, als ob das ein Argument gewesen wäre.

„Wenn man das unbedingt hören will", sagte Wolfgang, „braucht man sich nur hier auf die Stufe zu setzen." Sie setzten sich auf die flache Stufe, die die Arkaden der Prokuratien vom Platz trennte. Es war unmöglich, eine Stelle zu finden, an der kein Taubendreck war. Mit dem Fuß schob Wolfgang ein paar leere Eisbecher zur Seite. Judit streckte die Beine aus und zog ihren Rock möglichst weit über die Knie, um keinem Touristen mit ihrer Unterwäsche ein Fotomotiv zu bieten.

Ein Understatement-Romantiker. Oder er war hochverschuldet, hatte zwei Ex-Frauen und sieben Kinder zu ernähren und sparte sich das alles vom Mund für sie ab. Judit war gerührt.

„Und wenn man Durst hat ...", sagte Wolfgang und zog aus seinem Rucksack eine Wasserflasche hervor. Es wäre ihr grausam erschienen, nicht das lauwarme Wasser zu trinken, das er für sie mitgenommen hatte. Er war ein Naturbursch. Survival Training in einer der teuersten Städte der Welt. Und sie war eine umgekehrte Eliza Doolittle, die lernen musste, vom hohen Ross herabzusteigen. Sie musste nach und nach Dreck unter die Fingernägel bekommen und irgendeinen indiskutablen Argot sprechen. Sie musste das reine Herz der Mädchen aus armem Hause bekommen.

„Obwohl", sagte Wolfgang, „diese fürchterlichen Schnulzen ja ohnehin kein normaler Mensch hören will." Alla turca. Das Orchester spielte gerade Alla turca und Wolfgang hatte Alla turca als fürchterliche Schnulze bezeichnet. Judit hatte vorgehabt, sich in Venedig leicht in Wolfgang zu verlieben, ein Unternehmen, das bereits jetzt in höchstem Maße gefährdet war. Als ein paar Tauben auf ihren Füßen landeten, sprang sie hoch und Wolfgang lachte glücklich. Er meinte es ernst. Er wollte eine Frau, die Blattwerk anstelle von Klopapier verwendete, rohe Schafsdärme aß und Freundschaftsarmbänder trug. Wie er auf sie gekommen war, war Judit ein Rätsel. Immerhin hatten sie sich in einem sehr gepflegten Fitness-Studio kennengelernt.

Sie musste sich treiben lassen. Das Hier und Jetzt auskosten. Nicht alles so ernst nehmen. Hoffen. Als sie beim Campanile vorbeischlenderten, hatte sie bereits so viel Hoffnung aufgebaut, dass sie Wolfgangs Worte vollkommen überraschten: „Wir sind doch nicht wahnsinnig, dass wir zwanzigtausend Lire bezahlen, um da hinaufzufahren." Immerhin hatte er zwanzigtausend Lire gesagt. Er hatte die Liftgebühr für zwei Personen zusammengerechnet, was bedeutete, dass er sie als Einheit ansah. Eine klare Verbesserung seit dem Florian. Das „wir" machte es außerdem schwer, Widerspruch einzulegen. Durch das „wir" war Judits Meinung auf unangenehme Weise mit seiner fusioniert.

Sie sagte: „Aber es wäre doch so romantisch!"

Noch nie, würde sie später erzählen, war ein Mann mit so angewidertem Blick auf den Campanile von San Marco hinaufgefahren.

Es folgte eine lange Wanderung durch Castello („Hier gibt es alte Frauen, die in ihrem ganzen Leben noch nie aus diesem Viertel herausgekommen sind!", sagte Wolfgang und deutete auf die alten Frauen), dann die Überfahrt nach Murano.

An der Vaporetto-Station Murano Colonna nahm ein Mann die Touristen in Empfang und verkündete in drei Sprachen, man möge ihm folgen, es gebe nun die einmalige Gelegenheit einer kostenlosen Glasbläservorführung. Seine Stimme übertönte das Rattern des Vaporetto-Motors, das Kreischen der Möwen, das Geschwätz der Touristen und das Plätschern des Meeres. Er hatte die Arme so ausgebreitet, dass man gezwungen war, die von ihm gewiesene Richtung einzuschlagen. Durch ständige Wiederholung von Wendungen wie „Last chance for today!" und „Beginn in fünf Minuten!" setzte er prädisponierte Opfer unter Zeitdruck, durch die Worte „Gratis!" und „Free!" in Jagdfieber. Judit hatte ein prädisponiertes Opfer an ihrer Seite.

Sie erkannte, was ihr bevorstand: Brennend heiße Öfen. Drängelnde Touristen. In schwitzender Menge stehen, während Flammen und glühende Glasklumpen der Luft den Sauerstoff entzogen. Dem Mann hinterherhetzen, ans andere Ende der Insel, wo man unter normalen Umständen niemals hinkam und niemals hinkommen wollte. Sie spürte, wie ihre Wangen kalt wurden, weil ihr Herzschlag sich verlangsamte und das Blut nicht mehr bis an die Hautoberfläche zirkulierte, ihre Füße spürte sie nicht mehr. Wolfgangs Augen glänzten, glänzten den Mann an und auf die Schmelzöfen zu und in sein Venedig hinein und an Judit vorbei.

„Mir ist schlecht", sagte sie.

„S' incomincia fra cinque minuti!", schrie der Mann.

Wolfgangs Blick wanderte unschlüssig zwischen beiden hin und her. Judit schob den Mann beiseite und lief los, ohne sich umzusehen. Bei der ersten Brücke über den Rio dei Vetrai stellte sie fest, dass Wolfgang ihr gefolgt war.

„Was hast du denn?", fragte er.

„Hunger", sagte sie und ging über die Brücke auf das nächste Restaurant zu.

„Kein Problem", sagte Wolfgang, „ich hab doch alles dabei."

Kurz darauf saß Judit auf der Kaimauer und ließ die Beine zum Wasser hinunterbaumeln, wie Wolfgang es ihr geraten hatte. Sie hatte Angst, einen Schuh zu verlieren, und bewegte sich so wenig wie möglich. Ein mit bunten Glasscherben beladenes Boot tuckerte an ihnen vorbei. Einige Meter entfernt saßen zwei japanische Mädchen ebenfalls auf dem Pflaster, tranken Beck's aus der Flasche und noch etwas aus einer Thermoskanne, das vermutlich kein Kaffee war. Judit glaubte zu erkennen, dass sie darauf warteten, dass sich irgendein Feeling einstellte, aber vielleicht war ja nur sie es, die darauf wartete, dass sich ein Feeling einstellte.

Wolfgang hatte Paprika und Tomaten für sie eingekauft, die er nun mit dem Schweizermesser aufschnitt. Er war, wie Judit zugeben musste, ein sehr attraktiver Mann, einer, der so aussah, als könnte man mit ihm auf der gleichen Wellenlänge liegen. Wenn einer so aussah, musste man sich doch mit ihm verstehen. Es lag also an ihr. Und wenn es an ihr lag, dann lag es an ihrer Mutter, die sie für das Leben schlecht vorbereitet hatte. Ihre Mutter stammte aus so armen Verhältnissen, dass sie für *Cheap chic*, *Downshifting* und *Verzichtshedonismus* nichts übrig hatte. Geradezu affektiert fand sie es, wenn wohlhabende Leute in ihren betont schlichten Jagdhütten im kratzigen Deckenlager nächtigten und Erbswurstsuppe aßen. Aus der Armut ihrer Jugend hatte sie sich geistig nie herausarbeiten können, sie empfand ein solches Unbehagen bei allem, das einen ärmlichen Eindruck erwecken hätte können, dass sie nicht einmal den Anblick einer losen Sesselleiste ertrug.

Judit stellte sich vor, arm zu sein, überall draußen zu bleiben und vorbeizugehen. Sie sah, wie Murano seine Farben verlor, wie es staubig wurde und eine zu durchquerende Wüste. Sie war Teil eines Spieles, spielte eine Rolle in einem von Wolfgang entworfenen Script, über dessen Sinn sie sich noch nicht im Klaren war. Ihr Verhalten war nicht natürlich, sondern rollenhaft, auch wenn sie bemüht war, sich gut in die Rolle hineinzuversetzen. In einem Gefälle zu leben. Von Wolfgang abhängig zu sein, wie ein Kind auf die Ausgabe von Nahrung zu warten.

Sie sprang auf, ging in den nächsten Laden und kaufte ein. Wolfgang nickte beklommen, als sie ihn fragte, ob ihr die Kette, die Ohrringe, die Armbänder stünden. Sie ließ alles einpacken und bezahlte mit einer ihrer Kreditkarten. Die Kreditkarte war schwarz.

„Ich wusste nicht ...", sagte Wolfgang. „Ich dachte, du arbeitest nicht."

Im Laufe der nun unweigerlich folgenden und so von niemandem beabsichtigten Gespräche hatte es sich herausgestellt, dass Judit und Wolfgang zumindest eine Gemeinsamkeit teilten: Beide waren sie der Ansicht gewesen, es wäre für den erotischen Zauber von Vorteil, möglichst wenig voneinander zu wissen. Und über den erotischen Zauber hatte sich auch nie jemand beklagen können.

So war es gekommen, dass sich Wolfgang infolge des Umstandes, dass Judit keinem Beruf nachging, eine große Fantasie von Abhängigkeit und der Suche nach Gönnerschaft ersponnen hatte. Er musste befürchten, dass Judit in sehr beengten Verhältnissen wohnte, und um sie nicht in Verlegenheit zu bringen, hatte er sie nach den ersten paar Verabredungen in Lokalen zu sich nach Hause eingeladen. Er hatte also ihre Wohnung nie gesehen, ebenso wenig, wie er ihr Auto je gesehen hatte. Die beiläufige Bemerkung Judits, dass sie die Karte für den teuren Fitnessclub geschenkt bekommen habe (tatsächlich von Katalin zum Geburtstag), hatte in ihm das Bild einer Frau erweckt, die sich Zeit ihres Lebens von Männern aushalten hatte lassen. Eines von diesen Manager-Groupies, das den Absprung in die Ehe übersehen hat, dachte er. Von ihrem letzten Freund habe sie wohl zur Versüßung des Abschieds ein Paar Smaragdohrringe und die Fitnessclubkarte erhalten, auf dass sie sich vor Ort noch einmal einen Mäzen zu suchen vermöchte. Bevor der Zug endgültig abgefahren war.

In all den Gesprächen also, die in Murano begannen und in Salzburg fortgesetzt wurden, erfuhr Wolfgang, dass Judit finanziell tatsächlich unabhängig war, ebenso wie ihre Schwester, und dass dies den unternehmerischen Fähigkeiten ihres Vaters zu verdanken war. Judit erfuhr, dass Wolfgang – obwohl er ebenfalls unternehmerische Fähigkeiten besaß, die verhinderten, dass er darbte – beim Geldausgeben eine gänzlich andere Philosophie vertrat, als sie bei den Kalmans praktiziert wurde. Er legte größten Wert darauf, an bestimmten Punkten zu sparen. Im Wesentlichen handelte es sich dabei um alle Punkte mit Ausnahme von Elektronik, Sportgeräten, Motorrädern und Autos. Hier zu investieren machte Sinn, anderswo nicht.

Wolfgang erfuhr, dass Judit zwar alle möglichen Listen führte, aber kein Haushaltsbuch. Judit erfuhr, dass Wolfgang die Kunst des Sparens so weit trieb, dass er im Supermarkt nach abgelaufenen und preisreduzierten Lebensmitteln griff. Wolfgang erfuhr, dass Judit die Verschwendung so weit trieb, dass ihr ein abgerissener Knopf genügte, um ein Kleidungsstück zu entsorgen. Dasselbe galt für geschenkte Blumensträuße, die nicht zur Einrichtung passten. Judit erfuhr, dass Wolfgang seine Verwandtschaft zu Weihnachten mit gebrauchten Handys und Secondhand-Schals bedachte, und Wolfgang erfuhr, dass Judit zum Skifahren keineswegs eine Thermoskanne mit heißer Suppe mitnahm, sondern die alpine Gastronomie frequentierte.

Judit erfuhr, dass Wolfgang einmal mit seiner Ex-Frau (von der sie an dieser Stelle ebenfalls zum ersten Mal erfuhr) in London einen Riesenstreit hatte, weil diese zu einem sündteuren Afternoon Tea bei Claridge's gehen wollte, und Wolfgang erfuhr, dass Judit überhaupt noch nie in London gewesen war, ohne zu Claridge's zum Afternoon Tea zu gehen. Judit erfuhr, dass es sich bei Wolfgangs Rolex um eine gelungene Fälschung aus Thailand handelte und dass er die Begegnung mit Kakerlaken in internationalen Schnäppchen-Unterkünften als Bereicherung jeder Reise ansah. Wolfgang erfuhr, dass Judit lieber gar nicht ins Theater ging, als auf einem schlechten Platz zu sitzen. Judit erfuhr, dass Wolfgang ohnehin nie ins Theater ging, aber im Kino die billigsten Plätze bezahlte, um sich später nach hinten zu setzen. Wolfgang erfuhr, dass Judit eher gestorben wäre, als sich Reste aus einem Restaurant einpacken zu lassen, und Judit erfuhr, dass Wolfgang eher gestorben wäre, als sich von seinen alten Hausschlapfen zu trennen. Wolfgang erfuhr, dass Judit weder Fenster putzte, noch Flusensiebe reinigte oder Wasserkocher entkalkte, da es dafür schließlich ausgebildetes Personal gab. Judit erfuhr, dass Wolfgang eine Klobürste benutzte, die aus der Verlassenschaft seiner Großmutter stammte. Judit erfuhr, dass Wolfgang sich die Haare selbst färbte (was ihr endlich eine gewisse Irritation beim Anblick seiner Schläfen erklärte), Wolfgang erfuhr, dass sich Judit im Normalfall die Haare nicht einmal selbst wusch. Judit erfuhr, dass Wolfgang Immobilien besaß, die er gewinnbringend vermietete, Wolfgang erfuhr, dass Judit Immobilien besaß, die kostspielig verfielen.

Und in dem Maße, in dem sie einander als soziologische Fallstudien zu betrachten begannen, begann auch der erotische Zauber zu schwinden.

Als Judit endlich im Café Florian angekommen war, wählte sie einen Tisch, von dem aus sie sowohl das Orchester gut sehen konnte, als auch den Platz mit dem ständigen Aufruhr an Touristen, denen Tauben auf Kopf und Schultern flatterten. Der Sog und die Woge an vertrauten, eingängigen Melodien, der Kellner, dem sie mit einem milden Lächeln beschied, dass sie mit der Orchestergebühr einverstanden sei, das südliche Nachmittagslicht auf den Märchengebäuden, das Gefühl, aus Augenwinkeln beobachtet zu werden, all dieser Genuss versetzte sie in einen Rausch, der jederzeit in Panik kippen hätte können. So selbstbestimmt, so einsam, so an der Grenze zur Ekstase zu sein.

Das Eisenholzfiligran des chinesischen Hochzeitsbettes, das Ornamentschatten in das Zimmer wirft, der Blick auf die Toteninsel, du wirst schlafen und ich wachliegen, mit aufgerissenen Augen in deinem Arm.

FÜNF

Franz Kalman (ehemals Ferenc Kálmán) besaß die seltene Gabe, *zur rechten Zeit am rechten Ort* zu sein, und hatte sich so sein Schicksal in einer Art und Weise verwirklicht, die eigentlich nach Amerika gehörte: *vom Tellerwäscher zum Millionär*. In die Welt gesetzt worden war er zu einer schlechten Zeit an einem schlechten Ort, 1928 im ungarischen Szombathely. Der erste große Krieg war vorbei, der nächste bereitete sich vor, und das bedeutete für die meisten, dass das Verarmen zwar leicht, das Reichwerden aber eher schwer vonstattenging. Wenn er den Töchtern von seinem Werdegang erzählte, bediente sich Franz Kalman einer Sprache, die geborgt schien. Die großen Auslassungen in seiner Geschichte waren durch Phrasen aufgepolstert und von rätselhaften Andeutungen überschminkt. Es war, als würde man die Rückseite eines Buchumschlages lesen, wo viel versprochen, aber nichts verraten wird.

Nach einer Kindheit voller Entbehrungen, unter deren Protagonisten es nicht einen Einzigen gab, von dem Franz Kalman mit Liebe gesprochen hätte, hatte es ihn knapp vor Kriegsende *unter abenteuerlichen Umständen nach Wien verschlagen*. Er war fest entschlossen, *sich durchzuboxen*, und wusste die durch familiäre Vernachlässigung erworbene Fähigkeit, sich bei Fremden beliebt zu machen, zu diesem Zweck zu nutzen. Er *knüpfte Kontakte, kannte Gott und die Welt*. Er lebte davon, *den richtigen Leuten die richtigen Dinge zu organisieren*.

Eines Tages war Franz Kalman dann *auf offener Straße* von den Russen verhaftet worden. Es sei immer wieder vorgekommen, dass Leute verhaftet wurden, weil man sie antisowjetischer Machenschaften oder der Spionage für die Amerikaner verdächtigte, was im Allgemeinen nicht zugetroffen habe. In seinem Fall aber möglicherweise doch. Zumindest sagte er Dinge wie: Er habe bestimmt nicht bloß ein Spottlied auf Väterchen Stalin geträllert. Fragte man dann nach, hieß es: „Alles halb so wild." Obwohl es unmöglich schien, gelang ihm die Flucht. *Bei Nacht und Nebel* natürlich. Was wiederum die Vermutung nahelegte, dass sehr mächtige, wenn nicht gar amerikanisch-geheimdienstliche Fädenzieher am Werk waren. Normalerweise, sagte Franz Kalman, pflegte die CIA ihre Geheimnisträger mit Giftkapseln auszustatten, damit sie sich im Falle der Enttarnung selbst *zum Schweigen bringen* konnten. Irgendetwas musste an ihm also außergewöhnlich genug gewesen sein, um einen solchen Aufwand zu rechtfertigen, aber bei dieser Andeutung blieb es dann auch. Die Ereignisse waren offenbar von solcher Dramatik gewesen, dass Franz Kalman nicht viel mehr darüber sagen konnte als: „‚Der dritte Mann' war nichts dagegen", oder: „Wenn man das in einem Buch schreibt, glaubt es kein Mensch."

Bisweilen stellte sich Judit vor, ihr Vater hätte das alles nur erfunden, und in Wahrheit im Nachkriegs-Wien eine höchst unspektakuläre Existenz im Schrott- oder Lumpenhandel geführt. Dann schämte sie sich für diesen Gedanken. Später, während ihres Geschichtsstudiums (immerhin das Studium, das sie am längsten durchgehalten hatte), dachte sie manchmal, dass ihr Vater mit seiner Erzählung und der darin enthaltenen Verschweigung eine Erinnerung an Angst in Schach hielt, die er aus Selbstschutz in die Kategorien von Film oder Literatur transponierte. Denn dass das, was unwirklich erschien, noch lange nicht unwahr sein musste, war ja die Essenz der Geschichte, und je mehr man sich in die Zeitgeschichte bewegte, umso deutlicher wurde das.

Mit Katalin war über solche Dinge nicht zu reden, alle Ungereimtheiten reimte sie sich schnell wieder zusammen, und auch die Frage, ob sie möglicherweise adoptiert worden war und Nachforschungen nach ihrer wahren Herkunft anstellen sollte, interessierte sie nicht. Je mehr Judit bohrte, bewies und festnagelte, desto mehr hielt Katalin die Adoptionstheorie für Unfug, der auf unbegreiflicher Eifersucht gegründet war.

Judit hoffte, dass eines Tages einer der Journalisten, die sich für ihren Vater interessierten, alles für sie Wissenswerte aufdecken würde. Oder ein Historiker würde ein Archiv öffnen und Dinge darin finden, die Franz Kalman betrafen. Sie spielte sogar mit dem Gedanken, irgendwann einmal selbst jemanden auf ihn anzusetzen.

(Im Jahr 1980 stellte sich heraus, dass er tatsächlich von einer Privatdetektei überprüft worden war. Man hatte ihn für das Amt eines Honorarkonsuls der Republik Costa Rica vorgeschlagen. Noch ehe er sich Gedanken darüber machen konnte, wo Costa Rica überhaupt lag, teilte man ihm mit, dass man ihn schon seit Monaten beschatten habe lassen. Die Fragestellung lautete erstens, ob Franz Kalman ein gesetzestreuer und zweitens, ob er ein moralisch einwandfreier Bürger sei. Man freute sich ihm mitteilen zu können, dass er Inhaber einer blütenweißen Weste war und sich – soweit man das feststellen konnte – nie einer illegalen oder auch nur halblegalen Handlungsweise schuldig gemacht hatte. Was Punkt zwei betraf: Er hatte keine Nebenfrauen, Konkubinen oder Mätressen und suchte auch keine käuflichen Damen in öffentlichen

Häusern auf. Franz Kalman sagte, er sei froh, dass dies nun geklärt sei. Man versicherte ihm, dass der Vorgang der Überprüfung Teil des üblichen Procederes wäre und nichts mit ihm persönlich entgegengebrachtem Misstrauen zu tun hätte. Dennoch war er so wütend, dass er den ehrenvollen und nur durch wenige tatsächliche Pflichten beeinträchtigten Posten kurzerhand ausschlug.)

Filmreif also war Franz Kalman nach Salzburg in die amerikanische Besatzungszone gelangt, wo sich sein Leben schnell normalisierte. Erst verkaufte er herrenlos gewordenes Wehrmachtsgerät an die Amerikaner, bald schon deren ausgemusterte Geländewagen an die Einheimischen. Er war ein *bunter Hund* und *sich für nichts zu schade*. Sein großer Tag kam, als er einmal in St. Gilgen zu tun hatte und dort dem bekannten Immobilienmakler Theodor Leitgeb auf der Straße begegnete.

Leitgeb wirkte verstört – obwohl es in Strömen regnete, trug er keinen Schirm bei sich und schien es auch nicht zu bemerken, dass sein Anzug schwarz und schwer vor Nässe an ihm hing. Seine kahle Stirn war so bleich, dass die Wasserspuren darauf wie der Schweiß eines Kranken wirkten, und als Franz Kalman fürsorglich seinen Schirm über ihn hielt und sich nach seinem Befinden erkundigte, erklärte er auch, er sei nicht ganz gesund.

(Später, als Franz zum engsten Vertrauten des Maklers geworden war, sollte er die ganze Geschichte erfahren: Am Vortag hatte Theodor Leitgeb sich beim Mittagessen in einem Wirtshaus eine heftige Gedärmsverstimmung zugezogen, die ihn Stunden später dazu bewog, nach Hause zu fahren, um sich ins Bett zu legen.

Dies wurde jedoch durch den überraschenden Umstand verhindert, dass er auf seinem Wohnzimmersofa nicht nur seine Frau, sondern auch seine Geliebte vorfand, welche ihm beide wortreich erklärten, dass sie ihn verlassen würden und weshalb. Das Schlimmste aber sei gewesen, sagte Theodor Leitgeb, dass seine Frau aus Rache seinen geliebten Pelargonien die Köpfe abgeschnitten hatte, das habe ihm *den Rest gegeben.*)

Im verregneten St. Gilgen auf der Straße stehend erzählte Theodor Leitgeb, dass er auf dem Weg zu einem Besichtigungstermin sei. Eine große Villa, deren einstige Bewohner sich nach Südamerika abgesetzt hatten, sollte an einen potenten Kunden verkauft werden. Die Sache sei wichtig, es gehe um viel Geld. Und während Franz Kalman noch aufmerksam nickte und das eine oder andere Wort zu den Themen Geld, Geschäft und Gewinn beisteuerte, sagte der Makler plötzlich: „Weißt was, Franz, das könntest du doch für mich übernehmen." Aus seinem Sakko zog er die von Nässe gewellten Unterlagen hervor, drückte sie Franz Kalman in die Hand und *wankte in den Nebel davon.*

„Der Rest ist Geschichte", sollte Franz Kalman später zu den Journalisten diverser Wirtschaftsmagazine sagen. Die Villa verkaufte er an jenem Tag zu einem weit höheren als dem von Theodor Leitgeb angestrebten Preis, sodass dieser ihn sofort mit weiteren Aufgaben betraute. Der Immobilienmarkt war ein weites, braches Feld, das nur darauf wartete, bestellt zu werden – Verhältnisse mussten geordnet, Entwurzelungen geklärt, Neuanfänge konsolidiert werden, und dann gab es noch so viel auf- und wiederaufzubauen, dass die Gründung eines Bauunternehmens bald gerechtfertigt erschien. Vom Assistenten Leitgebs arbeitete Franz Kalman sich zu seinem Compagnon hoch, bis er zum Status eines Ziehsohns avancierte, der im Laufe der Jahre mehr und mehr Agenden und Unternehmensanteile übernahm. Mit dem Abzug der Amerikaner 1955 wurden nicht nur wieder jede Menge Immobilien frei, auch Baumaschinen wusste Kalman von ihnen *für ein Butterbrot* zu erwerben, sodass er im Alter von siebenundzwanzig Jahren die Stirn in die warme Brise eines weiteren Aufschwungs halten konnte, und als einer von wenigen das sichere Gefühl hatte, dass es ein *Wirtschaftswunder* tatsächlich gab.

Aber auch Johanna Kalman, geborene Pichler, hatte es geschafft, ihrem Leben die entscheidende Wendung zu geben, indem sie *zur richtigen Zeit am richtigen Ort* war – und das, obwohl an ihrer Wiege die Feen des Unglücks allesamt zur Stelle gewesen waren. Geboren wurde sie in Südtirol als die Tochter der Tochter eines wohlhabenden Bauern. Der Haken daran war nur, dass ihre Mutter ledig und den Verführungskünsten eines *Welschen* erlegen war, den sie selbst dann nicht hätte heiraten dürfen, wenn dieser seinerseits nicht bereits verehelicht gewesen wäre. Alles in allem eine katastrophale Situation, die den Bauern zu monatelangen Tobsuchtsanfällen inspirierte. Die kleine Johanna war noch keine vier Wochen alt, als es ihrem Großvater wie Schuppen von den Augen fiel und er die Lösung in der großen Schrift der Weltgeschichte vor sich geschrieben sah: Die Tochter musste optieren! Damit war er sie und ihren *Bankert* für alle Zeiten los, und auch wenn man selbst seines Grund und Bodens wegen blieb, hatte man doch den Welschen (und vor allem dem einen Welschen!) gegenüber ein Zeichen gesetzt.

So kam es, dass die kleine Johanna und ihre Mutter (die später „Pichler-Oma" genannt werden sollte) eines Tages in einem Zug nach Norden saßen, um auf von Adolf Hitler gestifteten Ländereien in Galizien ein neues Leben zu beginnen. Leider fand die Reise bereits in Salzburg ein jähes Ende, da sich die Sache mit den Ländereien zu verzögern schien. Als drei Monate später eine Lösung der Ländereienfrage noch immer nicht näher gerückt war, sah sich Johannas Mutter gezwungen, Arbeit in der Halleiner Papierfabrik anzunehmen und ihr Kind tagsüber bei ihrer Vermieterin zu lassen, die sich diese Last durch unbeschränkte Hausarbeit entgelten ließ.

Im Jahr 1955 blickte Johanna noch drei weiteren zähen Schuljahren entgegen, da ihre Mutter es sich in den Kopf gesetzt hatte, dass sie die Matura machen und Lehrerin werden müsse. Dass das Gymnasium keine so schlechte Idee gewesen war, sollte sich erst in der rückwirkenden Analyse zeigen. In jenem Sommer wurde Johanna von einer Mitschülerin zu einer Aufführung der „Zauberflöte" bei den Salzburger Festspielen eingeladen. Für die meisten Besucher sollte sie in die Geschichte eingehen, da Oskar Kokoschka Bühnenbild und Kostüme entworfen hatte, für Johanna aber aus einem anderen Grund. In der Pause trat nämlich ein eleganter junger Mann an sie heran, verbeugte sich höflich vor den Eltern der Schulkollegin und bat darum, ein paar Worte mit ihr wechseln zu dürfen. Er habe sie – und sie möge ihm dies verzeihen – während der Aufführung im Publikum gesehen und sei von ihr so hingerissen gewesen, dass er weder Mozarts noch Kokoschkas Leistung weiterhin zu würdigen vermocht hätte, sagte Franz Kalman zu Johanna Pichler.

Sie verabredete sich mit ihm für den darauffolgenden Sonntag im Kaffeehaus. Bei dieser Begegnung erfuhr Franz, dass die so erwachsen wirkende Schönheit erst fünfzehn Jahre alt war, und modifizierte umgehend seinen Plan. In diesem Falle, meinte er, würde er die kommenden drei Jahre dazu nutzen, hart zu arbeiten und seinen bereits nicht unbeträchtlichen Wohlstand noch zu vergrößern, um Johanna und den zu erwartenden gemeinsamen Kindern nicht nur das Beste, sondern das Allerbeste bieten zu können. An ihrem achtzehnten Geburtstag würde er – ihr Einverständnis vorausgesetzt – vor ihrer Türe stehen, den Ring in der Hand.

Johanna war überwältigt von der ungeheuerlichen Länge der abzuwartenden Zeitspanne (die ein Fünftel ihres bisherigen Lebens betrug, wie sie schnell überschlug), aber auch von der außergewöhnlichen Anständigkeit, die aus dem Angebot sprach. Da sie Franz Kalmans schönen Augen längst verfallen war und ihr ohnehin keine anderen Pläne im Weg standen, ging sie darauf ein.

Das Lachen der Mutter schallte weithin, als sie von Johannas fernen Heiratsabsichten hörte. Ebenso das Donnerwetter, mit dem sie deren Begehren, die Schule nunmehr abzubrechen, strikt unterband. Als an Johannas sechzehntem Geburtstag ein Strauß blassrosa Rosen geliefert wurde – welche, wie in der beiliegenden Karte erläutert wurde, „Versprochen für ein ganzes Leben" bedeuteten – taute die Mutter ein wenig auf, bestand aber weiterhin auf der Matura. Ein Jahr darauf trafen dunkelrote Chrysanthemen ein, die laut beiliegender Karte die Beschwörung: „Glaube mir!" symbolisierten. Die Mutter wich von der Matura nicht ab. An Johannas achtzehntem Geburtstag (drei Wochen nach dem ersten verpatzten Maturaversuch, dem kein zweiter mehr folgen sollte) stand Franz Kalman wie versprochen höchstpersönlich vor der Tür – und der Rest *war Geschichte.*

SECHS

Es war eine lange Fahrt zurück zur Wohnung, vorbei an den Giardini, dem Lido, der Marineschule, an unerwarteten Stacheldrähten, Fußballplätzen, Rost und Ruinen. Das Boot leerte sich und plötzlich fühlte man sich vor abweisenden Kaimauern so verlassen, als wäre man in eine absolute Fremdheit getaucht. Am Nil, am Okawango, vor zweihundert oder vierhundert Jahren, als müsste man alle Menschen neu kennenlernen, sogar die eigenen Eltern. Als wäre man eine Waise, weggelegt, allein mit einem grimmigen Steuermann und einem barschen Matrosen, der sich die ledernen Handschuhe anzog, wenn er mit der verschiebbaren Reling hantierte, damit andere Fremde ein- oder aussteigen konnten. Man konnte dann auch kein Italienisch mehr, man erkannte keine der Inseln und Mauern, die Entfernungen zwischen den Anlegestellen wuchsen zu endlosen Passagen. Wenn einmal ein anderer Passagier an Bord war, hatte man das Bedürfnis, sich an ihn um Hilfe zu wenden. Doch bevor es so weit gekommen war, stiegen Scharen von Touristen zu, auf deren T-Shirts „Hard Rock Café Montreal" stand oder „My parents went to Spain and all I got was this lousy T-shirt" oder „I love Phuket" oder „Welcome to Antalya", man wusste wieder, dass sämtliche Erdteile nicht nur entdeckt waren, sondern regelrecht zertrampelt, man selbst fühlte sich in den Touristenmassen zerquetscht und zertrampelt und sprang erleichtert von dem überquellenden Boot.

Stieg man auf die Mole, konnte man sich kaum aufrechthalten, man war nun ein Schiffswesen, daran gewöhnt, schwankenden Untergrund auszubalancieren. Das Gehirn passte sich an und ließ den Körper auf festem Boden wanken. Ein Trunkenheitsgefühl wurde so erzeugt, man griff nach Handläufen und tastete sich an Hausmauern entlang. Aber man konnte nie sicher sein, ob der Boden nicht tatsächlich schwankte, denn man war nicht an Land gegangen, sondern auf eine Konstruktion, die auf Millionen von in den Schlamm getriebenen Baumstämmen schaukelte. Man sah es, wenn die Fußböden in den Wohnungen Risse bekamen.

(Am besten, sagte Tita, man blieb bei Terrazzo-Fußböden. Die hielten das Schwanken am ehesten aus.)

In der Wohnung stand hell, glänzend und gefährlich die Treppe vor ihr. Wenn ein Geländer dagewesen wäre, hätte sie es nicht benutzt, das Höhenangstkribbeln konnte also nur durch das Bewusstsein der Abwesenheit eines solchen ausgelöst worden sein. Sie zwang sich, sich nicht an der Wand entlang zu tasten, sondern in der Mitte der Stufen zu gehen. In ihrem Schlafzimmer sah sie aus dem Fenster. Entweder das Meer unten schwankte in seinem kilometerbreiten Gefäß, oder es kippten tatsächlich die Wände.

Sie schaltete die beiden Ventilatoren ein, die links und rechts des Bettes standen, und legte sich auf das Bett. Die Ventilatoren schienen den Raum noch aufzuheizen. Wie aus einem Gebläse strömte aus ihnen die heiße Luft. Ihr Summen vermischte sich mit Möwenschreien, Motorbootlärm, Küstengeräuschen. Aus anderen offenen Fenstern drang das Klimpern von Besteck herein, in manchen Wohnungen wurde schon zu Abend gegessen. Auch aus dem Inneren des Hauses kamen Laute, Husten, Gelächter, jemand stieg eine Treppe hinauf. Im Stockwerk über ihr wurde eine Tür quietschend geöffnet und geschlossen.

Sie griff nach dem Buch, das neben ihr aufgeschlagen auf dem Bett lag. Kassiopeia. Markus Bachgraben. Dort, wo es geöffnet war, las sie weiter. Tom Karner, der Protagonist, befand sich auf einer spätherbstlichen Reise durch die baltischen Staaten. Er hatte sich vorgenommen, *auf die alte Art* zu reisen. Alleine, ohne Kontakt zu seinem bisherigen Leben. Kein Mobiltelefon, kein Internet, keine Erreichbarkeit. Was auch immer geschah, würde er geschehen lassen. Er würde keiner Situation ausweichen, weder etwas suchen, noch etwas vermeiden. Sollten sich ihm Frauen an den Hals werfen, würde er seinen Hals zur Verfügung stellen. Sollte er in die Hände von Kriminellen fallen, würde er sich fallen lassen. Er mühte sich, immer ein offenes Gesicht zu zeigen, damit keiner Scheu habe, ihn anzusprechen. Doch niemand sprach ihn an. Er saß alleine in Kneipen und trank, er kletterte alleine über Felsstrände, an denen er kein Bernstein fand.

Als die Kälte zunahm, wurde ihm klar, dass er wärmere Kleidung brauchte. Am Straßenrand sah er einen Stand, an dem eine alte Frau selbstgestrickte Wollmützen verkaufte. Er fragte sie, ob sie bereit wäre, für ihn eine Weste zu stricken. Merkwürdigerweise sprach sie deutsch, ein fremdartiges, altertümliches Deutsch, dem viele Worte zu fehlen schienen. Als Tom Karner sie danach fragte, erzählte sie, dass sie ein Wolfskind gewesen sei. Sie war bei Bauern aufgewachsen, die sie für ihre Eltern hielt. Im Alter von dreißig Jahren begannen ihr plötzlich deutsche Sätze einzufallen, sie hatte Gedanken, die sie im Kopf auf Deutsch formulierte, und sie fragte ihre Eltern, wie so etwas möglich sei. Sie gestanden ihr, dass sie nicht ihr leibliches Kind war. Sie hatten sie im Alter von etwa fünf Jahren aufgenommen, da war sie mit einer Gruppe von ostpreußischen Kindern von Hof zu Hof gestreunt, um zu betteln. Die Frau konnte sich an nichts erinnern, ihre Erinnerung setzte erst mit der Zeit ein, als sie schon bei ihren Zieheltern lebte, und für davor hatte sie sich eine Kindheit bei diesen ausgedacht, die genauso gut erinnert werden konnte, als hätte sie tatsächlich stattgefunden. Nur die Sprache kam zurück, die Sprache einer Fünfjährigen. Im Übrigen würde sie ihm gerne eine Weste stricken, fünf Tage bräuchte sie dafür. Sie arbeite ausschließlich mit Wollresten, die sie geschenkt bekäme, sonst würde sich die Arbeit nicht lohnen, die Weste würde also sehr bunt werden.

Tom Karner war einverstanden. Jeden Tag kam er bei dem Stand der alten Frau vorbei, um zu sehen, wie weit seine Weste gediehen war. Einmal wagte er die Bemerkung, dass jemand, der in seinen ersten fünf Lebensjahren so viel Schreckliches erlebt habe wie sie, vermutlich später sehr zufrieden sei. Wer Krieg und den Tod seiner Eltern erlebt habe, den könne doch kaum noch etwas erschüttern?

Die alte Frau schüttelte den Kopf. Das Schlimmste an ihrem Leben sei, dass sie keine Kinder bekommen habe können. Das sei es, was sie und ihren Mann ins Unglück gestürzt habe. Man schleppe sich hin und hin in völliger Überflüssigkeit. Wozu ein solches Leben gut sei, wisse sie nicht.

Judit ließ das Buch fallen. Sie hatte es nicht offen auf dem Bett liegen lassen. Bevor sie weggegangen war, hatte sie es auf die beiden Guggenheim-Bücher auf das Nachtkästchen gelegt. Sie konnte sich sogar an die Handbewegungen erinnern, mit denen sie den Stapel ausgerichtet hatte. Es musste jemand in der Wohnung gewesen sein, vielleicht war er noch immer da. Die Wohnungstüre hatte ein massives, modernes Sicherheitsschloss, das sie auch abgeschlossen hatte. Bei ihrer Rückkehr war das Schloss unversehrt gewesen.

Tita war auf der Hurtigruten unterwegs. Sie hätte es Judit ohne Zweifel gesagt, wenn sie die Schlüssel Erika oder Nora oder wem auch immer gegeben hätte. Die Einzige, die außer ihr die Schlüssel besaß, war Signora Vescovo. Doch die Haushälterin hätte sich wohl kaum außerhalb ihrer Arbeitszeit eingeschlichen, um Judits Bücher durchzusehen.

Katalin hatte ihr vorhin am Telefon etwas Wichtiges sagen wollen. Dass sie in Venedig war und in Kürze in Titas Wohnung eintreffen würde? Nein, das hätte ihr Tita nicht angetan.

Womöglich hatte sie sich nur vorgenommen, das Buch auf das Nachtkästchen zu legen, diesen Plan aber nicht ausgeführt. Geistesabwesend hatte sie selbst es aufgeschlagen am Bett liegen lassen, dabei ihr Vorhaben so deutlich vor Augen, dass sie dachte, sie hätte es realisiert.

Sie stand auf, um die beiden Ventilatoren auszuschalten. Sie lauschte. Man hörte, dass es Abend wurde. Als würden die Geräusche klarer werden, weniger staubig. Von der Mole kam das metallische Klink-Klank einer Takelage. Es war noch immer sehr heiß. Die Luft, die die Ventilatoren aufgewirbelt hatten, sank über ihnen zusammen.

Auf Zehenspitzen ging sie aus dem Zimmer. Drüben im Badezimmer bewegten sich die durchsichtigen Vorhänge leise vor dem offenen Fenster. Die Wanne war leer, die steinernen Delphine und bronzenen Masken hatten sich nicht bewegt. Doch dann fiel ihr Blick auf die Ablage. Die Brosche, die filigrane silberne Brosche mit dem blassen Amethysten hatte sie ganz sicher nicht neben die Schmuckschachtel gelegt. Sondern darauf. Der Unterschied war minimal, vernachlässigbar unter anderen Umständen. Nur ein paar Zentimeter. Aber über diese paar Zentimeter hinweg war die Brosche von irgendjemandem bewegt worden. Eine zarte Transportation, gerade groß genug, um nicht übersehen zu werden. Ein Koboldstreich. Die Manifestation einer Präsenz im vermeintlich privaten Raum.

Judit schlich die Stiegen hinunter, nah an der Wand. Es raschelte, knarrte, quietschte, knisterte, summte. Wind, Kühlschrank, Nachbarn, altes Holz. Eine schwindelige, verwunschene Existenz schwebte ihr vor, in der sich Treppen direkt in den Himmel schraubten, Mauern durchlässig waren und Wasserspiegel unerwartet stiegen und sanken. Sie selbst schwebte sich vor, als jemand, der an einem Ort gelandet war, wo alles außer Kraft gesetzt war, außer seinen Gedanken, die Dinge bewegten.

Als sie die Küchentüre öffnete, fiel ihr Blick sofort auf die halbgeleerte Flasche Lagrein auf dem Esstisch. Ein gebrauchtes Glas stand daneben, nicht weit davon entfernt lag der Korkenzieher, auf dem der Korken steckte. Sie riss die Küchenschränke auf, fand eine Flasche Grappa, goss sich einen Schluck in ein Wasserglas und trank es aus.

Im Wirtschaftsraum neben der Küche war niemand. Staubsauger, Wischmopp, Bügelbrett und Leiter standen an der Wand aufgereiht. Zwischen Waschmaschine und Trockner, Regalen und Kommoden war kein Platz, um sich zu verstecken. Das Fenster, das auf einen winzigen Hof blickte und in das man vom gegenüberliegenden Fenster aus ohne Schwierigkeiten hätte einsteigen können, war vergittert.

An der geschlossenen Salontür lauschte sie, das Ohr nur wenige Millimeter über dem Holz, sodass, als sie wieder zu atmen begann, die Lackierung beschlug. Sie öffnete die Türe und durchsuchte den Raum. Hinter Sofas und Ohrensesseln, unter Tischen und Tischchen, in Schränken und im Kamin, hinter Paravents, Vorhängen und Tapisserien fand sie niemanden.

Das Esszimmer war ebenfalls menschenleer. Ein großer Tisch stand darin, der vor über hundert Jahren einmal die Werkbank eines rumänischen Tischlers gewesen war, hohe Stühle, ein dunkles Büffet. An den Wänden hingen Schwarz-Weiß-Fotografien des Acqua alta von 1966. Boote, die über den Markusplatz fuhren. Ein Mann mit Schiebermütze, der seinen kleinen Sohn auf dem Rücken durch das kniehohe Wasser trug. Ein verwüsteter Buchladen. Wogen, die draußen vor der Lagune an Betonmauern krachten. 1966 war Katalin ein Jahr alt gewesen. Judit schaute unter den Tisch und in die untere Hälfte des Buffets, die voll mit Geschirr und Kerzenleuchtern war.

Das letzte Zimmer im unteren Stock war ein Schlafzimmer. Judit öffnete die Tür. Vor ihr auf dem Doppelbett lag eine Frau. Die Frau trug eine schwarze Schlafmaske. Die Hände hatte sie über dem Bauch gefaltet. Sie schien zu schlafen. Neben ihr lag eine große Handtasche. Zu ihren Füßen hatte sich ein winziger weißer Pudel zusammengerollt. Als er Judit sah, lief er zu ihr und sprang an ihr hoch.

„Geh nur, Krambambuli", sagte die Frau auf dem Bett, ohne sich zu bewegen.

Judit war nicht sicher, ob sie Erika ohne ihren Hund Trixie erkannt hätte. Dass Erika hier lag, bedeutete, dass sie sich in Tita getäuscht hatte. Sie schüttelte den Hund ab, trat ans Bett, nahm die Handtasche und leerte sie über Erika aus. Mit einem hässlichen Geräusch prallte ein Notebook von ihrem Schädel ab.

„He!", rief Erika und sprang auf, „bist du verrückt?"

SIEBEN

Ein einziges Mal hatte Judits Vater im Sprechen über die Vergangenheit einen anderen Ton angeschlagen. Das war 1984 gewesen. Es war, als hätte er so lange gebraucht, um wenigstens einen Teil der Erinnerung in eine erzählbare Form zu bringen, oder als hätte er gewartet, bis seine jüngere Tochter siebzehn war, so alt wie er selbst in der Geschichte, die er erzählte.

Franz Kalman war kein großer Redner. Seine Ansprachen bei der alljährlichen Firmen-Weihnachtsfeier waren ebenso beliebt wie legendär. Die Grundformel lautete: „Liebe Leute. Es war ein gutes Jahr. Lasst uns nun darauf anstoßen. Prost!"

Geringfügige Abweichungen gab es in Bezug auf den Intensifikator, der das immer gleiche Attribut „gut" des vergangenen Betriebsjahres modifizierte, sodass gerade dieser mit besonderer Spannung erwartet wurde. Hieß es etwa: „Es war ein unvergleichlich gutes Jahr", so durfte mit Recht gejubelt werden. „Ein grundsätzlich gutes Jahr" dagegen bedeutete eine Ermahnung zu vermehrter Anstrengung. „Ein halbwegs gutes Jahr" ließ nur die Interpretation zu, dass der absolute Tiefpunkt erreicht war, aber das war, wie die älteren Mitarbeiter erzählten, höchstens ein oder zwei Mal im Laufe der Firmengeschichte vorgekommen.

Es lag keineswegs an Scheuheit oder mangelnder Eloquenz. Im Gegenteil, Franz Kalman war ein flinker Fisch in den gesellschaftlichen Schwärmen und vermochte unter vier oder auch zehn Augen beredt von allem zu überzeugen, an dessen Verwirklichung ihm lag. Nur die lange Rede vor großem Publikum mochte er nicht. Er fürchtete, in einem vollen Saal nicht jeden Einzelnen über längere Zeit mit seinen Worten fesseln zu können. Der eine oder andere mochte in der Menge sitzen, dessen Aufmerksamkeitsspanne (vielleicht durch lange schulische Abstumpfung) zu kurz war, sodass er sich langweilte und am Ende noch andere mit seiner Langeweile ansteckte.

Einige Monate, nachdem Katalin mit Ach und Krach Matura gemacht hatte (und einige, bevor Judit mit Weh und Not die ihre bestand), wurde Franz Kalman mit einer Ehrung bedacht. Heimlich hatten seine Freunde von der Wirtschaftskammer beim Bundespräsidenten den Antrag gestellt, ihm wegen besonderer Verdienste um die Wirtschaft der Republik Österreich den Titel eines Kommerzialrates zu verleihen. Der Bundespräsident, der derlei Anträge gemäß alter Tradition stets zu bewilligen pflegte, bewilligte auch diesen. Die Antragstellung hatte deshalb heimlich vonstattengehen müssen, da Franz Kalman sich seit seinem fünfzigsten Geburtstag heftigst dagegen gewehrt hatte. Fünfzig war das vorgeschriebene Mindestalter für das Tragen des Kommerzialratstitels – wohl, wie die Herren von der Wirtschaftskammer zu scherzen pflegten, weil Neunundvierzigjährige noch nicht die nötige Würde aufbrachten – und sechs Jahre lang hatte sich Franz Kalman dagegen gewehrt, bis kein Weg mehr daran vorbei führte. Er wurde zum Kommerzialrat ernannt und durfte den Titel nunmehr in seinem Briefkopf, auf den Visitenkarten, dem Namensschild an der Haustür, dem Grabstein und auch sonst überall führen. Dagegen gewehrt hatte er sich nicht, weil er etwas gegen Titel und Ehrungen hatte, sondern weil er die Notwendigkeit, eine große, feierliche, lebensresümierende Rede zu halten, so lange wie nur irgend möglich hinauszögern wollte.

Nun aber musste die Rede gehalten werden.

Die Verleihung fand im Rittersaal der Alten Residenz statt. Die Gäste saßen an runden, festlich gedeckten Tischen, um den vielen langen Reden zu lauschen, die gehalten werden mussten, ehe das dreigängige Festmenü serviert wurde. (Man hatte vorsorglich zu Hause noch einen Happen gegessen.) Die ersten Reden, in denen nicht nur das Wesen und Wirken Franz Kalmans gewürdigt wurden, sondern auch das der jeweiligen Vor- oder Nachredner und sonstiger Ehrengäste, über deren Erscheinen man besonders glücklich war, ebenso wie die Leistungsfähigkeit des Wirtschaftsstandortes Salzburg im Allgemeinen, waren bereits eine harte Prüfung, dauerten sie doch mehr als eineinhalb Stunden. Dann endlich konnte sich Franz Kalman erheben, der am Tisch bei seiner Familie gesessen und bereits ausgiebig beklatscht worden war, und zu dem blumengeschmückten Rednerpult gehen.

Das Publikum entspannte sich fühlbar. Man hatte es fast geschafft. Dies war die letzte Rede, bevor die Urkunde überreicht, Hände geschüttelt, Pressefotos gemacht wurden, und dann würden all die Kellner, die jetzt noch unbeweglich an den Wänden standen, zum Leben erwachen und Wein einschenken. Außerdem war der Geehrte bekannt für seinen launigen Witz und man hoffte, sich durch herzhaftes Gelächter aus der Verkrampfung lösen zu können.

Auch Franz Kalman vergaß nicht, sich bei allen Anwesenden, und bei den Wichtigsten unter diesen namentlich und persönlich, zu bedanken. Dann dankte er Theodor Leitgeb, den er nicht nur als Mentor im Beruflichen bezeichnete, sondern auch als Ziehvater im Privaten. Dieser Mann, sagte er, habe ihm mehr als nur eine Tür geöffnet, mehr als nur eine Chance gegeben, sein Leben auf mehr als nur eine Weise bereichert. Er habe ihn aufgerichtet, wenn er mutlos war, er habe auf ihn vertraut, wenn er selbst an sich zweifelte. (Keiner der Anwesenden konnte sich vorstellen, dass Franz Kalman jemals mutlos war oder an sich zweifelte.)

Theodor Leitgeb (Onkel Theo, wie ihn Judit und Katalin nannten), der zwischen Johanna und der Pichler-Oma am Familientisch saß, zwinkerte heftig, um die Tränen zurückzudrängen, und knetete gerührt die Stoffserviette.

Weiters dankte Franz Kalman seiner Familie, seiner lieben Schwiegermutter, seinen beiden wunderbaren Töchtern und seiner Frau, die in den sechsundzwanzig Jahren ihrer Ehe dafür gesorgt habe, dass er sich wie im Paradies fühle. Eine bessere Gefährtin könne man sich nicht vorstellen. Er liebe sie über alles. Er sei sich dessen bewusst, dass nur wenigen Menschen eine solche Liebe vergönnt sei.

Johanna strahlte. Sie war auf sehr aparte Weise gealtert. Immer noch schlank wie ein junges Mädchen, machte sie nie den Fehler, die nicht mehr ganz so straffen Oberarme je in einem ärmellosen Kleid auszustellen, oder auch nur einen halben Millimeter grauen Nachwuchses an das Licht der Öffentlichkeit gelangen zu lassen. Ihre Falten waren wie von einem Künstler gesetzt und betonten die Schönheit ihrer Züge noch, anstatt ihren Verfall zu dokumentieren. Sie pflegte zu behaupten, dass man ab dreißig für sein Gesicht selbst verantwortlich sei, und hatte leicht reden. Johanna strahlte Franz an und man sah ihr an, dass ihr all die Leute rundherum vollkommen egal sein konnten, weil er sie liebte und sie seine Liebe erwiderte. Es war keine Inszenierung für das Publikum, wie man sie sonst bei derlei Anlässen zu sehen bekam, und wo man sich wünschte, die Ausführenden hätten wenigstens eine

Schauspielausbildung absolviert. Der Moment zwischen Franz und Johanna war echt, er hätte des Publikums nicht bedurft, schloss es sogar aus, und bei dem einen oder anderen regte sich Neid.

Nun aber, sagte Franz Kalman, wolle er sich bei einem Menschen bedanken, der keinem der Anwesenden bekannt sei. Dazu müsse er ein wenig ausholen.

Es habe ihn oft seltsam berührt, dass er, der schließlich als Bauunternehmer Rang und Ruf erwerben sollte, sein Leben in Österreich mit dem Abklopfen von Ziegelsteinen begonnen hatte.

Als junger Bursch hatte er das Kriegsende in Wien erlebt und das, was man die *Russennot* nannte. Seine ungarische Heimat hatte er mit dem Ziel verlassen, nach Amerika auszuwandern, sodass er sich Richtung Westen auf den Weg gemacht hatte, doch in Wien war erst einmal Schluss. Er war bei einer Dame und deren Tochter untergekommen, die in einem Häuschen in Sievering lebten und ihn als weitläufigen Verwandten ausgaben. Natürlich hatte er erstklassig gefälschte Papiere.

Falls sich nun einige unter den Anwesenden wundern sollten, sagte Franz Kalman, dass er als Kommerzialrat und Stütze der Gesellschaft hier bekenne, seine Laufbahn auf der Basis gefälschter Papiere begonnen zu haben, habe er dazu nur eines zu sagen: Es gibt Zeiten im Laufe der Weltgeschichte, zu denen man sehr schnell tot ist, wenn man sich an die Vorschriften hält.

Er hatte zwei unterschiedliche Varianten von Papieren in seinem Besitz, um alle Eventualitäten abzudecken. In jenen, die er zunächst verwendete, war korrekt sein ungarischer Geburtsort angegeben. Dass die Ungarn mit Begeisterung auf Seiten der Deutschen Wehrmacht zu kämpfen wünschten, setzte diese voraus. Taten sie es nicht, wurde *kurzer Prozess* mit ihnen gemacht. Und so kam es, dass die ungarische wehrpflichtige Bevölkerung sich in drei Gruppen aufteilte: Die, die mit Überzeugung für die Deutschen kämpften, die, die dies gegen ihre Überzeugung taten, und ein paar, die auf Seiten der Alliierten gegen ihre eigenen Landsleute kämpften.

Man hatte begonnen, den Jahrgang 1928 für den *totalen Kriegseinsatz* einzuziehen. Franz war Jahrgang 1928. Um dieses Himmelfahrtskommando zu vermeiden, war es notwendig, ein anderes Geburtsjahr vorweisen zu können. Seine Freunde ließen es sicherheitshalber auf 1930 festsetzen, was sich als äußerst weitblickend erwies, denn Anfang März 1945, kurz vor dem Ende, wurde auch noch dem Jahrgang 1929 Wehrpflicht erteilt. Zum Glück war Franz schmächtig und unterentwickelt genug, um als jünger durchgehen zu können. Damit aber auch wirklich niemand auf die Idee kommen konnte, ihn als wehrfähig zu erachten, legte er sich ein erbärmliches Hinken zu. Bald war es so eingefleischt, dass er auch hinkte, wenn ihm gar niemand zusah, und am Ende tat ihm das vorgeblich kaputte Knie schon tatsächlich sehr weh.

Es war ein Tag Anfang April 1945, als ihm am Donaukanal das letzte zerlumpte Trüppchen Wehrmacht begegnete. Es waren Burschen darunter, die jünger waren als er selbst. In einem Zustand völliger Verstörung taumelten sie dahin und jeder, der sie sah, wusste, dass sie im *Kampf um Wien* noch sterben würden oder, wenn sie Glück hatten und sich ihre erwachsenen Vorgesetzten rechtzeitig ergaben, in die Kriegsgefangenschaft gehen. Auch wenn es nicht vernünftig war, empfand Franz doch ein furchtbares Schuldgefühl, als hätte er diese Unglückseligen im Stich gelassen, und als hätte es ihnen genützt, wenn er mit ihnen getaumelt wäre.

Dann folgten ein oder zwei Tage der Herrenlosigkeit, denn die Russen standen erst am Laaer Berg, oder am Schwarzenbergplatz, so genau wusste man das nicht. Es gab keinen elektrischen Strom, kein Gas, kein Telefon, keine Post. Aus den Hähnen kam kein Wasser. Man lebte in einem Zwischenreich, am Anfang der Zeit. Als hätte Gott eben erst die Welt geschaffen und sei dann schlafen gegangen, auf dass sich das Tosen der Ursuppe indessen beruhige. Obwohl immer wieder Tiefflieger kamen, man Detonationen und Artilleriefeuer und Maschinengewehrlärm hörte, ging Franz ein Stück zur Salmannsdorfer Höhe hinauf, um auf die Stadt hinunterzusehen. Sie lag da in einer Schüssel aus Staub. Rauch in Säulen, Wolken und Schwaden stieg auf, in allen Schattierungen von Grau. Dort, wo große Brände loderten, quollen rote Schlieren den Himmel hinauf wie Aquarellfarbe auf nassem Papier.

Es gab da natürlich keine Nazis mehr. Alle Nazis hatten sich in Luft aufgelöst. Ein Herr klopfte plötzlich an die Tür, der als arger Denunziant bekannt war und die halbe Nachbarschaft ins Gefängnis gebracht hatte. Die Hausmutter ließ ihn herein, um zu sehen, was er wollte. Er hatte ein Viertelkilo Sauerkraut als Geschenk mitgebracht, eine große Kostbarkeit. Dann begann er eine wirre Geschichte zu erzählen, behauptete, dass er im Widerstand gewesen sei, seit Langem schon, dies aber natürlich niemandem hier hätte sagen können, erst jetzt könne er es sagen. Er verlasse sich darauf, dass die Hausmutter dies auch den Russen gegenüber bezeuge, denn eigentlich sei er ja Kommunist und sehr an einem Posten als kommissarischer Bezirksvertreter interessiert. Als er wieder gegangen war, sagte sie: „Du wirst dich noch anschauen, Bürschchen."

Dann kam der Tag, an dem man die ersten Russen in ihren braunen Uniformen durch die Gasse gehen sah. Einer klopfte an und erklärte höflich, dass er eine Uhr haben wolle. Franz verstand ihn, denn er hatte einen guten Teil seiner Kindheit bei einer aus Tula stammenden Nachbarin verbracht, bei der ihn seine Eltern zu deponieren pflegten. Er übersetzte den Wunsch seiner Quartiergeberin, die sofort die silberne Taschenuhr ihres Mannes holte, der in der Schlacht bei Kursk gefallen war. Zwar verlor sie ein wichtiges Souvenir, doch war sie froh, dass das alles war, was der Russe wollte. Er nahm die Uhr, verabschiedete sich lächelnd, wie nach einem Freundschaftsbesuch, und ging. Sofort machte sich Franz daran, die bisher verwendeten Papiere in dem kleinen eisernen Holzofen, auf dem gekocht wurde, zu verbrennen. Von nun an benutzte er jene, die für den Einmarsch der Russen bereitgehalten worden waren und auf denen als sein Geburtsort Wien angegeben war. Mit diesen, so der Plan, würde er in Wien bleiben können, ohne Gefahr zu laufen, nach Ungarn zurückgeschickt zu werden.

Im Grunde sei das der Moment gewesen, in dem er Österreicher wurde. Ein Moment, in dem es Österreich auf dem Papier gar nicht gab. Natürlich ohne dass dies zu diesem Zeitpunkt für ihn mehr als ein Übergangsstadium gewesen wäre, denn er wollte ja nach wie vor nach Amerika auswandern. Er sei, sagte Franz Kalman, heute noch sehr stolz darauf, dass er in jungen Jahren sein Schicksal in die Hand genommen und sich nicht ohnmächtig von Geschichtsströmungen herumschleudern habe lassen.

Die Dame, die Franz einen Platz auf ihrer Wohnzimmercouch und bei Beschuss einen in ihrem Keller gewährte, hatte große Angst um ihre Tochter. Das

Mädchen war in seinem Alter und hübscher, als es in diesen Zeiten gesund war. Aus diesem Grund wickelte sie sich zumeist einen riesigen Verband um den Kopf, der das halbe Gesicht bedeckte, so, als wäre sie bei einem Bombenangriff verletzt worden. Man versuchte auch verschiedene Tinkturen, die getrocknetes Blut darstellen sollten, um ihren Anblick noch abstoßender zu machen. Es kam dann allerdings so, dass die Mutter vergewaltigt wurde, als sie bei Bekannten zu Besuch war und in eine Requirierung geriet. Sie sagte immer, sie danke Gott dafür, dass es sie erwischt habe, so sicher war sie sich, dass Gott zum Ausgleich ihre Tochter verschonen würde. Zum Glück wurde sie zumindest in diesem Punkt von Gott nicht enttäuscht.

Wenn die Tochter einen Weg durch die Stadt zu machen hatte, sich um Brot anstellen oder Verwandte in anderen Bezirken aufsuchen musste, um Lebensmittel zu tauschen und Neuigkeiten zu erfahren, begleitete Franz sie als Beschützer. Zwar hatte er keine rechte Vorstellung davon, wie er sie im Ernstfall beschützen hätte sollen, doch fühlte sie sich sicherer in seiner Gegenwart.

Merkwürdigerweise verliebten sie sich nicht ineinander. Zu dieser Zeit verliebte man sich eigentlich sehr leicht, schon ein bisschen Schicksalsgemeinschaft genügte, um sich an den anderen zu klammern und *bis dass der Tod uns scheidet* zu denken. Die Menschen benahmen sich wie Schwerkranke, denen die Zeit davonläuft. Wenn jede Hoffnung verloren war, wurden sie von Leidenschaft übermannt. In jener großen Unsicherheit riet ihnen ihr Instinkt, Sicherheit in einem anderen Menschen zu suchen, und auf diesem Grund gedieh und spross die Liebe auf den ersten Blick.

Doch Franz und die hübsche Tochter seiner Quartiergeberin waren wie Geschwister. Wie Hänsel und Gretel durch den Wald, gingen sie viele Stunden zu Fuß durch die zerstörte Stadt, doch ohne die Brotkrumen auszustreuen, denn dazu waren sie zu hungrig.

Es kam dann immer öfter vor, dass Passanten von den Russen aufgehalten wurden, um Aufräumarbeiten zu leisten. Bombenschutt musste weggeräumt werden, um Straßen wieder passierbar zu machen, und die Brücken, die von SS-Divisionen auf ihrem Rückzug gesprengt worden waren, mussten so schnell als möglich wieder aufgebaut werden. Ziegel, die noch brauchbar waren, wurden sorgfältig abgeklopft und für die weitere Verwendung gesammelt.

Eben noch war alles kaputt gemacht worden, und binnen Tagen ging der Mensch wieder an sein Ameisengeschäft, schichtete und räumte und gab den Dingen einen Wert.

Der heftige Steppenwind, der wie immer im Frühjahr in Böen durch Wien fegte, war durchsetzt mit glassplitterigem Staub. Manche banden sich wie Beduinen Tücher vors Gesicht, viele hatten schmerzhaft entzündete Augen.

Die spontanen Arbeitseinsätze kosteten Zeit, man konnte kaum Verabredungen einhalten oder sich um die Geschäfte kümmern, die für das persönliche Überleben notwendig waren. Überdies lebte Franz in der ständigen Angst, er könnte auffliegen und die Russen könnten ihn zu seinen Eltern zurückschicken. Was das über seine Eltern aussage, überlasse er der Fantasie seiner Zuhörer.

Er habe damals noch mit einem starken ungarischen Akzent gesprochen. (Franz Kalman sagte dies mit einem starken ungarischen Akzent und das Publikum lachte.) Aus diesem Grund habe er danach getrachtet, in Gegenwart der Russen so wenig wie irgend möglich zu sagen. Nicht selten aber habe ihn gerade dieses Herumgedrucke verdächtig gemacht.

Einmal war er wieder frühmorgens aufgehalten worden, um Schutt von einem ausgebombten Wohnhaus wegzuräumen. Der russische Unteroffizier, der die Arbeiten überwachte, hatte ihn von Anfang an auf dem Kieker. Franz hörte, wie er zu einem seiner Männer sagte, dass ihm dieser Junge verdächtig vorkäme. Irgendetwas hätte der auf dem Kerbholz. Er sähe ganz nach einem äußerst schlechten Gewissen aus.

Natürlich tat Franz so, als hätte er kein Wort verstanden, aber gleichzeitig fühlte er das schlechte Gewissen, das man ihm angeblich ansah, so sehr, dass man es ihm vermutlich wirklich ansah. Die Stunden vergingen unter Qualen. Es wurde sehr heiß und die Arbeit war anstrengend. Der Zufall wollte es, dass man außer ihm nur Frauen angehalten hatte, und er bemühte sich, hier und dort noch ritterlich zu helfen und das Schwerste auf sich zu nehmen. Dann fanden sie die beiden Leichen. Einen Mann und eine Frau. Sie lagen in jener Schicht der Trümmer, die einmal der oberste Stock des Hauses gewesen war.

Das seien wohl U-Boote gewesen, sagten die Frauen, die mit Franz die Leichen unter dem Schutt hervorzogen. Juden, die sich versteckt hatten. Die konnten ja nicht in den Luftschutzkeller gehen.

Sie schleppten die zerquetschten und zerschmetterten Körper nach unten zu dem Lastwagen der Russen und legten sie auf die Laderampe. Der Arm der Frau war abgerissen und musste separat getragen werden. Die Verwesung hatte bereits eingesetzt. Es war eine schreckliche Arbeit. Einige der Frauen sagten, sie wären mit ihren Nerven am Ende, und baten darum, nach Hause gehen zu dürfen. Doch sie mussten alle wieder nach oben auf den Schuttberg und nachsehen, ob da noch andere Tote wären, wegen der Seuchengefahr. Sie suchten nach Leichen und hofften inständig, keine zu finden.

Es war Franz, der das kleine Mädchen entdeckte, wohl das Kind der beiden anderen. Sie lag in einer Art Kluft, die zwischen einer Mauer und einem schräg heruntergebrochenen Stück Decke entstanden war. Sie mochte drei oder vier Jahre alt sein, was vermutlich bedeutete, dass sie in dem Versteck geboren war und es nie verlassen hatte. Ihre Welt war ein winziges Hinterzimmer gewesen, vor dessen Tür ein schwerer Schrank gerückt war. Sie war nie auf einer Wiese gelaufen, hatte nie mit anderen Kindern gespielt. Ihre Mutter hatte bei der Entbindung jeden Schrei unterdrücken müssen, und auch der Säugling hatte nicht weinen dürfen, sonst hätte er sie alle in Lebensgefahr gebracht. Man hielt ihm den Mund zu, gab ihm in Likör getränkte Stofffetzen zum Saugen. Später dann hatte sich das Kind stumm beschäftigen müssen, immer flüstern, sich mit Zeichen verständigen. Im Zimmer stand die stickige Luft, die Todesangst der Eltern. Jedes Mal, wenn die Sirenen heulten, die Tiefflieger dröhnten, die FLAK krachte, die Bomben einschlugen, krochen sie unter den Tisch, obwohl sie wussten, dass die dünne Spanplatte sie nicht schützen würde können.

Das Gesicht des kleinen Mädchens war beinahe unversehrt. Sie sah sehr ernst und klug aus, älter, als ihr schmächtiger Körper vermuten ließ. Als hätte sie im Moment ihres Todes alles verstanden, was um sie geschah, und sich damit abgefunden. Aber Franz fand sich nicht damit ab. Er hob sie auf und ihr Kopf baumelte entsetzlich nach hinten – man sah, dass ihr Genick gebrochen war. Schwitzend und weinend, das Kind auf den Armen, zwängte er sich aus der Kluft nach draußen und kletterte die Geröllhalde hinunter. Mit jedem Schritt zitterten seine Beine stärker und verschwommen sah er, wie ihm von der Straße der russische Unteroffizier entgegenkam. Nun war ihm alles egal. Sie haben recht!, würde er schreien, sobald er mit dem Mann Auge in Auge stand: Mit mir stimmt etwas nicht! Meine Papiere sind gefälscht! Ich bin nicht der, der ich zu sein vorgebe! Verhaften Sie mich auf der Stelle oder erschießen Sie mich!

Nun stand der Russe vor ihm. Er hatte die Hände ausgestreckt, er wollte Franz das tote Mädchen abnehmen. Franz übergab sie ihm und blickte ihm nach, wie er sie zum Lastwagen trug und behutsam auf die Laderampe zu ihren Eltern legte. Erst jetzt, aus der Entfernung, sah Franz, dass sie ein Kleidchen anhatte, das wohl einmal hellblau gewesen war.

Auf Deutsch rief ihm der russische Unteroffizier zu: „Geh nach Hause!", dabei machte er eine Handbewegung, die ihn wegwinken sollte. Und Franz ging. Er ging ein oder zwei Stunden lang, bis er in die Vorstadt kam, wo die Kastanienbäume blühten – die einen rosa, die anderen weiß. Singvögel, die während der Kämpfe wie ausgerottet schienen, waren mit der Beruhigung des Luftraumes zurückgekehrt und zwitscherten und tschirpten.

Er habe, sagte Franz Kalman, dort einen Entschluss gefasst, der nun seit fast vierzig Jahren in Kraft war. Er würde sein Leben nützen, und er würde es für das tote jüdische Mädchen tun, das sein Leben nicht mehr nützen konnte. Er würde nicht eine Sekunde seines Lebens verschwenden. Es war unmöglich, ihrem Tod einen Sinn zuzuschreiben, er konnte sie nur in seinen Gedanken aufheben und sich von ihr sagen lassen, wie kostbar das Leben war. Er habe dabei nicht an Ruhm oder Reichtum gedacht, sondern nur an einen bescheidenen Wohlstand, den er mit seiner Familie genießen wollte. Denn eine Familie sei ihm in diesem Augenblick das Wichtigste geworden, was er erreichen wollte.

Er danke, sagte Franz Kalman, dem kleinen Mädchen, das er nur tot kennenlernen habe dürfen, das ihn aber immer begleitet und seinem Leben die entscheidende Richtung verliehen habe.

Es dauerte einige Sekunden, bis das Publikum begriff, dass die Rede zu Ende war. Der Applaus war verhalten. Fragend blickten Judit und Katalin ihre Mutter an, und sie nickte: Sie hatte als Einzige diese Geschichte gekannt. Sie hatte auch als Einzige gewusst, dass Franz diese Geschichte anlässlich seiner Kommerzialratsverleihung erzählen würde. Wahrscheinlich hatte sie dasselbe gesagt, was sie zu allen seinen Ideen sagte, nämlich dass sie hervorragend sei.

Das Überreichen der Urkunde fiel etwas verlegen aus, und auch die „Consommé mit Wurzelwerk-Julienne und dreierlei Nockerl" konnte nur mit einer gewissen Beklommenheit gelöffelt werden. Nur Franz Kalman saß gelöst und zufrieden im Kreise seiner Familie am Tisch. Es war vollbracht, er hatte seine große Rede gehalten. Er hatte etwas erzählt, von dem er schon lange gedacht hatte, dass es im Interesse der Allgemeinheit, insbesondere der jungen Generation, erzählt werden sollte, und er hatte mit Sicherheit niemanden gelangweilt.

Zwischen den Gängen kamen die Festgäste einzeln an den Tisch, um zu gratulieren. Sie trugen ernste Gesichter, die sie für dem Vorangegangenen angemessen hielten, und versicherten, dass sie von seiner Rede *tief berührt* und *sehr bewegt* gewesen seien. Erst später, nachdem man sich von dem Festakt verabschiedet hatte und an anderen Orten in lockerer Atmosphäre weitertrank, wurden auch andere Stimmen laut. Man verlieh dem Empfinden Ausdruck, dass Franz Kalman mit seiner Rede (und so kannte man ihn ja überhaupt nicht!) *danebengegriffen* habe. Er habe ja im Grunde (und im Reden wurde das Empfinden stärker) seinen Gästen den Abend verdorben. Sicherlich sei es gut gemeint gewesen, aber zu gutem Benehmen (und das kannte man normalerweise von Franz Kalman!) gehörten eben auch Rücksichtnahme und Taktgefühl. Man musste wissen, was wann angebracht war und was nicht. Wenn es eine Gedenkfeier gewesen wäre, wäre es etwas anderes gewesen. Aber hier war Überrumpelungstaktik angewandt worden. Warum die ältere Generation an diese schrecklichen Dinge erinnern? Wozu sie den Jungen vorhalten, die ohnehin nichts damit anfangen konnten? Weshalb allen, die sich auf einen schönen Abend gefreut hatten, die Worte *totes jüdisches Mädchen* ins Gesicht schleudern? Es habe fast wie ein Vorwurf geklungen. Wollte er Österreich in dem Moment, in dem es ihn ehrte, irgendetwas aus der Vergangenheit vorwerfen? Wenn man Franz Kalman nicht gekannt und nicht gewusst hätte, dass er vollkommen unpolitisch war (als Mann der Wirtschaft war er mit roten wie schwarzen Politikern per Du), hätte man fast irgendetwas Komisches vermuten können.

Judit musste noch oft an dieses fremde Mädchen denken, das die ganze Zeit mit ihnen gelebt hatte wie eine unsichtbare dritte Schwester. Das nie älter wurde, das immer dasselbe hellblaue, zerrissene Kleid trug, und denselben allzu erwachsenen Ausdruck im Gesicht hatte. Solange Judit lebte, war dieses Mädchen dagewesen, hatte Einfluss genommen und gelenkt – nicht Gott, nicht Jesus, keine Schutzengel oder Dämonen –, und erst jetzt hatte sie von ihm erfahren.

Es sollte das erste und das letzte Mal bleiben, dass ihr Vater offen und glaubwürdig über seine Vergangenheit sprach. Nur in dieser Situation der Rede, in der niemand unterbrechen, Anmerkungen machen oder Fragen stellen konnte, war es ihm, wie es schien, möglich gewesen. Danach fiel er wieder zurück in die gewohnten Floskeln, Scherze, Andeutungen und Buchzitate. Welche Geister aus der Vergangenheit er sonst noch in seinem perfekten, paradiesischen Leben mit sich herumtrug, behielt er für sich.

ACHT

Mit der Unterstützung einer Flasche Prosecco erklärte ihr Erika den Coup. Sie hatten sich im Salon niedergelassen und Kerzen angezündet, da die obere Hälfte des Himmels bereits tintenblau geworden war – und weil eine solche Formalität die Zivilisation wieder herstellte, die mit dem Ausleeren der Handtasche ins Wanken geraten war.

Es sei eine spontane Idee gewesen, sagte Erika, kindisch vielleicht, aber Judit hätte sich doch niemals einverstanden erklärt, wenn man sie gefragt hätte. Einfach vorbeikommen und Judit und ihren Schriftsteller überraschen. Seit Monaten habe sie von ihm erzählt, und keiner Einzigen ihrer Freundinnen habe sie ihn vorgestellt! Er sei ja geradezu ein Phantom. Judit selbst habe ihnen schließlich Markus Bachgrabens Buch geschenkt, und nun kannten sie ihn und wollten ihn auch kennenlernen. So in die Neugier getrieben habe sie alle mit ihrer Versteckspielerei, dass sie sogar eine seiner Lesungen besucht hätten, nur um Judit einmal mit ihm zusammen zu erwischen, aber sie sei nicht dort gewesen. Anna habe übrigens seine Förderungsakte beim Kunstministerium ausheben lassen.

(Anna, die einen Posten als Senatsvorsitzende im Bundeskanzleramt bekleidete, hob für ihre Freundinnen alles über alle Männer aus. Scheidungsurteile, Vermögensverhältnisse, Wehrdienstakte, Krankengeschichten, Zeugnisse, Grundbuchauszüge, Strafregisterbescheinigungen. Bevor sich eine von ihnen dauerhaft mit einem Mann einließ, wurde Anna mit der Untersuchung beauftragt. Es entsprach dies dem allgemeinen Sicherheitsbedürfnis, und es machte sich bezahlt.

Rechtzeitige Kenntnis von einer Neigung zu Firmeninsolvenzen beispielsweise konnte so manchen späteren Kummer ersparen. Im konkreten Fall, sagte Erika, habe Anna zwar ohne Auftrag der Betroffenen, aber doch im Interesse derselben gehandelt.)

Da sei nicht viel los gewesen in letzter Zeit. Nach seinem Sensationserfolg „Kassiopeia" habe Markus Bachgraben kein Projekt mehr eingereicht, das für förderungswürdig befunden wurde. Sie seien sehr besorgt gewesen, als sie das gelesen hätten.

Alles habe sich schicksalhaft gefügt, indem Erika ohnehin Freunde in Punta Sabbioni besuchen wollte. Und von dort nach Venedig sei es ja nur mehr ein Katzensprung. Und da habe ihr Tita den Wohnungsschlüssel gegeben. Und zugegeben, man habe es sozusagen halbbewusst verabsäumt, Judit davon zu informieren.

Erika: „Aber wenn du willst, dann kann ich auch meine Sachen packen und heute noch ins Hotel ziehen."

Erika: „Du hast ohnehin das schönste Schlafzimmer okkupiert."

Erika: „Wahrscheinlich ist in der ganzen Stadt kein einziges Zimmer frei, dann fahr ich eben zum Bahnhof."

Erika: „Ich hab extra das Schlafzimmer im unteren Stock genommen, um euch ja nicht zu stören."

Erika: „Den Hund kann ich dir auch gleich dalassen, der liebt dich ohnehin mehr als mich."

Also gut, sagte Judit, Erika könne bleiben. Man müsse dann eben für gewisse Situationen Vereinbarungen treffen.

Erika Rebitzer war beim Ausdruck ihrer Persönlichkeit auf keinen grünen Zweig gekommen und von daher eine inkongruente Erscheinung. Einerseits sah sie aus wie eine Frau, die zum Pferdestehlen geeignet war, gleichzeitig aber auch wie eine, die Wert darauf legte, Pferde im Bedarfsfall zu kaufen. Mit einem weißen Zwergpudel hatte sie sich eine Sorte Hund zugelegt, die schon seit den Siebzigern als Begleiter grell geschminkter Witwen galt, und sie trug Schlafmasken wie ein überspannter Hollywoodstar. Dabei war sie groß, burschikos und trug ausschließlich Hosen. Ihr seit Jahren unveränderter Kurzhaarschnitt nutzte die natürliche Wellung ihres Haares zu einem pflegeleicht zerrauften Look. Ihre Nägel waren gepflegt, aber niemals lackiert, und sie schminkte nur ihre Augen. Ihre Brustvergrößerung, von der sie behauptete, sie entspräche den Anforderungen ihres Berufes als Galeristin, war dezent ausgefallen: von Nichts auf Körbchengröße B.

Möglicherweise, wie sie selbst zugab, nicht ganz unbeeinflusst durch Fernsehserien, strebte sie an, *Sex wie ein Mann* zu praktizieren – ein Vorhaben, das besonders dann virulent wurde, wenn sich wieder einmal abzeichnete, dass der verheiratete Mann, dem sie seit einem guten Jahrzehnt eine selbstbewusste, unabhängige Geliebte war, auch weiterhin verheiratet bleiben würde. Sie wusste dann ausführlich zu begründen, dass die romantische Liebe nichts als ein soziales Konstrukt des 19. Jahrhunderts sei. Im Lichte dieser Erkenntnis verlange es sie nicht nach Bindungen, sondern nach frischem, emanzipiertem, unverbindlichem Sex. Dies wurde ihr durch eine *Ausstrahlung* erleichtert, die ihren Freundinnen Rätsel aufgab. Denn Erika war unauffällig, kein Raunen ging durch den Raum, wenn sie ihn betrat, keine Stielaugen richteten sich nach Schlüsselreizen aus, und dennoch eroberte sie Männer zügig wie keine zweite.

Die Erklärungsversuche waren folgende:
1. Es sei eben gerade dieses Mauerblümchenhafte, das Männer nicht bedrohe. Männer zögen es vor, selbst im Mittelpunkt zu stehen, anstatt an der Seite einer aufregenden Frau zu verblassen (Tita, Anna und Catherine).
2. Es sei die Aura ihrer finanziellen und emotionalen Unabhängigkeit (Helena und Nora) bzw.
3. ihre Aura des unschuldigen, hilflosen Mädchens (Emma und Katalin).
4. Sie setze subtile Flirttechniken ein, insbesondere mache sie *irgendetwas mit ihren Augen* (Rebecca).
5. Ihre Erfolge seien das Ergebnis *selbsterfüllenden Marketings*. Indem sie sich einen Ruf als Verführerin aufgebaut habe, empfänden Männer es als zum natürlichen Lauf der Dinge gehörend, sich von ihr verführen zu lassen. Dies wiederum wirke auf Erika zurück, die an ihren Ruf durch wiederholte Affirmation selbst immer mehr glaube und dadurch auch Männer davon zu überzeugen wisse, denen ihr Ruf gar nicht bekannt sei. Es sei auch die Möglichkeit nicht auszuschließen, dass sich durch das konsequente Kopieren von Fernsehheldinnen bereits Erikas Synapsen verändert hätten (Eva).

Für Judit ging die Fragestellung am Kern der Sache vorbei. Die Grundfrage sei doch, weshalb sich Erika unentwegt Männern an den Hals werfe, die ihrer vollkommen unwürdig seien.

Die Suche nach einem Restaurant gestaltete sich schwierig, da Erika keines gefiel. Sie wirkte etwas derangiert, was möglicherweise an der halben Flasche Lagrein und dem Prosecco lag. Über der rechten Augenbraue hatte sie einen Hautriss, dessen Umgebung angeschwollen und verfärbt war, was sie zum Glück noch nicht im Spiegel gesehen hatte und aufgrund der anästhesierenden Wirkung des Alkohols nicht spürte.

Dass es so schnell zu Verletzungen kam, darin lag für Judit die Crux an menschlicher Gesellschaft. Durch das kleinste Missgeschick konnte die Zivilisation, die man mit sich alleine bestens instand hielt, in Gefahr kommen. Man sagte etwas Falsches, man erregte eine Missstimmung, man machte etwas kaputt. Man löste etwas aus, das man nicht wollte, man verrechnete sich, man verlor Halt. Man reagierte reflexartig, vermeintlich im Recht, bis sich herausstellte, dass man einen Fehler gemacht hatte, der auch dadurch nicht aufzuwiegen war, dass der andere zuerst einen Fehler gemacht hatte. (Es konnte zu Fehlerketten kommen, die wie Rechnungen aussahen.) Man übersah etwas, war unachtsam, steuerte in die falsche Richtung.

Während die kleine, weiße Pudelhündin vor ihnen hertrippelte, fiel Judit auf, was ihr schon den ganzen Tag aufgefallen war, ohne dass sie die Wahrnehmung in ihrer Endgültigkeit zusammenfassen hatte wollen. Venedigs Katzen waren verschwunden. All die Streuner, die einem um die Beine strichen oder bei der geringsten Zuwendung die Flucht ergriffen, die sich auf Steinstiegen sonnten oder in feuchten Geheimgängen verschwanden, die Müllsäcke aufrissen oder Nudeln von Tellern fraßen, die alte Damen vor die Tür gestellt hatten, all die Räudigen und die Postkartendekorativen, die Kranken und die Wohlgenährten, die Einzelgänger und die Bandenmitglieder waren verschwunden.

Immer waren die Katzen da gewesen, es gab Bücher über Venedigs Katzen, Legenden, Aquarelle, Fotokalender, die Stadt war geradezu angewiesen auf ihre Katzen, war immer gesagt worden, da ohne sie die Ratten überhand nehmen würden. Das markzerreißende Greinen in der Nacht, das wie die schrecklichen Schmerzenslaute gequälter Kleinkinder klang und das die Katzen als Zeichen ihrer Liebes- oder Triebsehnsucht von sich gaben, gehörte genauso zu Venedig wie die Tenöre auf den Gondeln. Doch es waren keine Katzen zu sehen, und auch Trixie, die in jeden Winkel schnüffelte, stöberte keine auf. Es gab also zwei Möglichkeiten:

1. Die Katzen waren einer unbarmherzigen Seuche zum Opfer gefallen.
2. Die Stadtverwaltung hatte die Katzen entfernt.

Bei Punkt 2 waren drei Untervarianten denkbar:

a. Massenmord und Schlächterei: Die Katzen waren allesamt eingefangen und getötet worden, oder man hatte sie auf freiem Fuß mit Gift erledigt.
b. Fürsorge und Schutz: Die Katzen waren je nach Alter und Persönlichkeit bei netten Familien, auf schönen Gnadenhöfen oder in freundlichen Tierasylen untergebracht worden.
c. Die venezianische Lösung: Man hatte eine der unbewohnten Inseln zur „Katzeninsel" erklärt und alle Streuner dorthin gebracht. Dort lebten sie in einer Republik der Grausamkeit, mit abgerissenen Ohren und blutigen Flanken, ständig umgeben vom beißenden Gestank ihres eigenen Urins, und ernährten sich von Krabbenschalen und Fischgerippen, die ans Ufer gespült wurden.

In der Mitte einer Calle, die mit besonders schönen Steinen gepflastert war, senkte Trixie ihr Hinterteil, zitterte ein wenig und machte einen für ihre Größe monumentalen Haufen. Gleichzeitig prallten schwärzliche Strukturen aneinander, die sich unbemerkt am Nachthimmel aufgebaut hatten, und von einer Sekunde zur nächsten entleerte sich ein Regenguss über die Calle, die schönen Pflastersteine und den Haufen. Die Frisuren der Passantinnen sanken zusammen, Kleidungsstücke klebten auf der Haut, Menschen rannten davon. Nur ein alter Mann war stehengeblieben, um zu beobachten, ob die beiden Touristinnen das Übel, das ihr Hund angerichtet hatte, auch entfernten.

Erika rührte sich nicht. Sie starrte geradeaus und bewegte dabei die Lippen, als versuchte sie, die Wassertropfen daran zu hindern, in ihren Mund einzudringen. Als Judit sie mit dem Ellbogen in die Rippen stieß, wandte sie sich ihr mit weit aufgerissenen Augen zu: „Es ist dein Hund. Du räumst es weg."

Judit war sich plötzlich nicht mehr so sicher, dass Erika ihre Entstellung noch nicht bemerkt hatte.

„Sei nicht kindisch."

„Er liebt dich, also räum es weg."

„Aber ich liebe ihn nicht!" Judit musste schreien, da über ihnen Donner polterte. Erika nahm die Rolle mit den Abrisssäckchen aus ihrer Handtasche und hielt sie ihr hin.

„Ein einziges Mal mache ich es. Dieses einzige Mal. Es ist eine Ausnahme, verstanden?"

Judit riss ein Säckchen ab, stülpte es über die Hand und ging auf den Haufen zu, den Trixie schnüffelnd umkreiste, als hätte sie begriffen, dass ihr Werk spezielle Bedeutung erlangt hatte. Der Kontakt mit dem vom Regen angeweichten Kot durch das Plastik hindurch war ekelerregend direkt. Judit musste mehrmals nachgreifen, um den ganzen Haufen in das Säckchen zu bekommen. Sie streifte das Plastik von ihrem Handgelenk in Richtung Fingerspitzen und stellte fest, dass die Länge des Säckchens zu knapp bemessen war, um es zuzuknoten. Es war durchsichtig, man konnte deutlich erkennen, dass es Kot von orangefarbener Tönung enthielt. Der alte Mann war zufriedengestellt und ging weiter. Nirgendwo war ein Müllkorb zu sehen, Müllkörbe in Venedig waren eine Seltenheit, sie würde die Fäkalie endlos weit tragen müssen, hungrig und nass wie sie war, und all das wegen Erika, die gar nicht hier sein sollte.

Sie gingen weiter, und in einem unbeobachteten Moment ließ sie das Kotsäckchen in Erikas Handtasche fallen.

Sie fanden schließlich ein Restaurant am Campo Santi Giovanni e Paolo. Der Wolkenbruch hatte sich erschöpft, die Kellner wischten mit Geschirrtüchern die im Freien stehenden Tische und Stühle trocken. Mit Michael sei es endgültig aus, sagte Erika.

Michael besaß seine eigene Anwaltskanzlei und tat, wie niemand bestreiten konnte, sein Äußerstes, um die neben seinem hektischen Stundenplan verbleibende Freizeit gerecht zwischen Ehefrau und Geliebter aufzuteilen. Judit hatte ihn nur wenige Male gesehen, er hatte auf sie einen schweißgebadeten und übernächtigen Eindruck gemacht. Der Grund, weshalb er sich nicht scheiden ließ, war der, dass er seine Tochter nicht aus der Bahn werfen wollte, die zu Beginn der Affäre noch die Volksschule besuchte. Im Laufe der Jahre war sie herangewachsen, bedurfte aber weiterhin eines intakten Elternhauses. Und dann, sagte Erika, habe sie erfahren müssen, dass die Tochter schon längst ausgezogen sei, ein Umstand, den Michael schlichtweg vergessen habe zu erwähnen.

Sie bestellten Rotwein und Salate. Der Wein kam sofort, und sofort begannen sie zu trinken. Judit liebte es, auf nüchternen Magen zu trinken. Die Wände der umliegenden Gebäude rückten näher, als wären sie von einem Poe'schen Mechanismus angetrieben. Der Campo wurde erst intimer, und nach und nach beengt. Das bronzene Reiterstandbild fiel um und richtete sich wieder auf wie eine Schießbudenfigur. Die Fassade der Scuola Grande di San Marco war mit Scheinwerfern angestrahlt, man konnte deutlich die Trompe-l'œil-Malerei erkennen. Vielleicht gab es Raum in dem ungewissen Land, das am anderen Ende der illusionistischen Torbögen lag, vielleicht konnte man dort in die Wand hinein flüchten.

Michael habe seine bemerkenswerte Vergesslichkeit mit seiner *permanenten Überlastung* entschuldigt, sagte Erika. Es sei zu Aussprachen, Szenen, Ultimaten und wechselseitigem Verlassen mit anschließender Rückkehr gekommen. Und plötzlich habe es einen neuen Grund gegeben, weshalb Michael sich nicht scheiden lassen konnte: Seine Frau hatte Krebs. Es seien weitere Szenen, Debatten, Funkstillen, das Zerreißen von Fotografien und Appelle an die Menschlichkeit des jeweils anderen gefolgt.

Doch das, sagte Erika und nahm einen großen Schluck Rotwein, sei noch nicht der absolute Tiefpunkt gewesen. Man sei einander auf einer Geburtstagsparty über den Weg gelaufen. Zunächst habe sie beobachten müssen, wie Michael mit seiner Frau in einer Art und Weise tanzte, die mit bloßer Pflichtschuldigkeit nicht zu vereinbaren war. Später habe sie sich Michaels Frau ganz genau aus der Nähe angesehen. Keine Anzeichen von Chemotherapie. Dasselbe lange Haar und dieselben Augenbrauen wie immer.

Sie habe Michael dann, erzählte Erika weiter, an der Sektbar abgefangen und ihm ihre Beobachtung *ins Gesicht geschleudert*. Er habe sie in ein Nebenzimmer gezogen und gesagt: „Großer Gott, sie trägt eine wahnsinnig teure Perücke und die Augenbrauen sind vom Visagisten aufgeklebt." Dann habe er ihr die Zunge in den Mund gesteckt – anders könne man es nicht nennen –, gleichsam als wollte er ihr das Maul stopfen. Ohne ein weiteres Wort sei er zurück zu seiner Frau gegangen. Sie habe plötzlich die Wahrheit ganz deutlich vor sich gesehen, es sei wie eine Erleuchtung gewesen, und wie ein Erzengel sei sie ihm gefolgt. Sie habe Michaels Frau die Hand in die Haare gesteckt und ganz fest daran gezogen. Michaels Frau habe hysterisch aufgeschrien, ihr Kopf sei dem Zug von Erikas Hand gefolgt, Erika habe immer weiter und weiter gezogen, bis Michaels Frau auf dem Boden kniete und Michael sich auf Erika stürzte, um seine Frau zu befreien.

„Das war's", sagte Erika. „Wir haben seither nicht miteinander geredet und ich werde auch nie wieder mit ihm reden."

Als Judit Kalman am nächsten Morgen ihre Schlafzimmertüre öffnete, hörte sie Gelächter. Eine fremde weibliche Stimme, die in jener Euphonie des Italienischen durch den Raum glitt, die an das Schnellen und Gleiten von Robben im Wasser erinnerte. Dazwischen Erikas hartes Spuck-Italienisch. Signora Vescovo musste eingetroffen sein. Der Muranoglasleuchter am Treppenabsatz fing Sonnenlicht aus dem Flurfenster auf und warf es in schwankenden Kreisen auf die Stufen. Judit spürte, wie Trixie, die auf einem ihrer vielen Kopfpölster geschlafen hatte, ihr die Kniekehle ableckte. In der Nacht war die Hündin mehrmals vom Bett gesprungen und hatte die im Kamin stehenden afrikanischen Statuetten angekläfft. Judit nahm Trixie hoch und trug sie die spiegelglatten Treppenstufen hinunter.

In der Küche stand eine junge Frau an der Spüle und trocknete Gläser ab. Sie war schön wie die Diven auf alten Fotografien. Glänzende kastanienbraune Locken. Grübchen an den Mundwinkeln, die ihr ein Lächeln verliehen, auch wenn sie gar nicht lächelte. Zähne, hinter denen ein Licht zu brennen schien. Auf den braunen Augen lag ein violetter Schimmer wie der Abglanz aus einer anderen Welt: Als käme sie aus dem hellen, zerfallenden Land hinter den Trompe-l'œil-Torbögen der Scuola Grande di San Marco.

Am Esstisch saß Erika in einem viel zu großen Herren-Morgenrock – ein Souvenir von Michael, das sie aus streng masochistischen Gründen trug. Über ihrer rechten Augenbraue klebte ein Pflaster.

„Du Schwein", sagte Erika zur Begrüßung. Vielleicht bezog es sich auf das Pflaster, vielleicht auf den Fund in ihrer Handtasche, vielleicht auf beides.

„Da ist dein Hund", sagte Judit und setzte Trixie auf dem Boden ab.

Wie sich herausstellte, hatte die Vescovo („Gianna", wie sie genannt werden wollte) bereits die Böden gewischt, das Bad geputzt, die Küche aufgeräumt, frische Ameisenfallen aufgestellt, die abgebrannten Kerzen im Salon ersetzt, Erikas Bett neu bezogen, ihre Feinwäsche mit der Hand gewaschen und den von ihr gewünschten Radiosender eingestellt. Überdies war sie, als sie von der Anwesenheit eines Hundes erfahren hatte, noch einmal weggegangen, um Hundefutter zu besorgen. Sie hatte Kaffee gekocht, Schinken auf einer Platte angerichtet, Gemüse aufgeschnitten. Nachdem sie sich vergewissert hatte, dass Judit mit allem zufrieden war, ging sie nach oben, um auch ihr Zimmer in Ordnung zu bringen.

„Ist sie nicht unglaublich?", sagte Erika. „Eine Art Kreuzung aus Supermodel und Stepford Wife. Ich würde sie auf der Stelle heiraten."

„Sie ist nett", sagte Judit.

„Sie betreut noch zwei andere Wohnungen von Ausländern. Damit finanziert sie ihr Studium. Architektur und Kunstgeschichte. Wir haben eben eine sehr interessante Unterhaltung über die Biennale geführt. Warte, bis sie zurückkommt, dann mache ich den Aspirin-Test."

„Ich habe Aspirin oben", sagte Judit.

„Nein, ich will *Gianna* fragen. *Gianna*."

Judit setzte sich und nahm ein paar Gurkenscheiben. Eine Weile lang aßen sie schweigend, dann sagte sie: „Hör mal. Wegen heute Abend."

„Ich werde schon Gesellschaft finden. Mach dir um mich keine Sorgen."

„Ich werde bei Markus übernachten."

„Alles klar."

„Gegen sechs gehe ich von hier weg."

„Wo trefft ihr euch?"

„Bei ihm, in dieser Literatenwohnung. Wahrscheinlich ist sie schäbig. Aber wir wollen ungestört sein. Kein Hund, keine uneingeladenen Begutachterinnen."

„Schon gut." Wieder aßen sie schweigend, bis die Haushälterin den Kopf zur Tür hereinsteckte, um zu fragen, ob noch etwas gebraucht würde. Erika brauchte Aspirin und die Vescovo holte welches aus ihrer Handtasche. Ein Duft von Geißblatt blieb von ihr zurück, als die Wohnungstür hinter ihr ins Schloss gefallen war.

NEUN

Aus Stolz hatte Judit Wolfgang verschwiegen, dass ihre Weigerung, Töpfe zu schrubben und Hemden zu bügeln, keine apriorische war. Mochte er sie nur für faul und verwöhnt halten. Es gab eine lange zurückliegende Vorgeschichte zu ihrem Verhalten. Sie wusste, dass sie anpacken konnte, wenn es um einen Mehrwert ging.

In den Jahren, in denen das Wort *Backfisch* vom Wort *Teenager* abgelöst wurde, war die Frage nach ihrem Großvater für Judit immer dringlicher geworden. Sie wollte wissen, wie er aussah, ob er *typisch italienisch* aussah. Er war in seiner Jugend bestimmt attraktiv gewesen, sonst wäre die Pichler-Oma nicht auf ihn hereingefallen, mit schwarzem Haar und mahagonifarbenen Augen. Die vier Kalmans hatten allesamt blaue Augen und Judit auch noch hellblondes Haar, was ihr das schreckliche Gefühl gab, *arisch* auszusehen. Kein Mitglied der aufgeklärten Salzburger Jugend der Siebziger- und Achtzigerjahre legte Wert darauf, *arisch* auszusehen. Wer mit allzu heller Haarfarbe geschlagen war, machte sich schnellstens ans Umfärben, und wer einen germanischen Vornamen im Taufschein stehen hatte, legte sich einen rassigen Alias zu: Natascha statt Gudrun, Marco statt Friedrich. Es war unter diesen Umständen äußerst vorteilhaft, einen geheimnisvollen italienischen Großvater ins Treffen führen zu können, was gemeinsam mit der ebenso unbekannten ungarischen Verwandtschaft väterlicherseits (die hinter dem Eisernen Vorhang verschwunden war) ein reizvolles weltbürgerliches Herkunftsbild abgab. Nichts schlimmer als *Reinrassigkeit*. Nichts schlimmer als eindeutige Nationalitäten. Am schlimmsten war es, wenn die Familie den Eindruck erweckte, sie hätte einen Ariernachweis gehabt – und würde jederzeit wieder einen bekommen. Manche gingen sogar so weit, sich eine jüdische Verwandtschaft zu erfinden, um unmissverständlich klar zu machen, auf welcher Seite der Geschichte sie standen.

Johanna Kalman hatte nicht das geringste Interesse, ihren Vater kennenzulernen. Wenn Judit sie hinsichtlich gemeinsamer Ahnenforschung bedrängte, erklärte sie sich stets entschlossen, die Vergangenheit ruhen zu lassen. Man müsse nach gewissen Dingen einen Schnitt machen und nur noch nach vorne blicken, das hätte jeder in diesem Land gelernt. Es bringe überhaupt nichts, uralte Geschichten auszugraben und die darin handelnden Personen aus ihren weit entfernten Verstecken zu zerren. Die Gegenwart war doch schön, oder? Darauf sollte man sich konzentrieren.

Die Pichler-Oma sah das nicht anders. Wenn man sie nach ihrem einstigen Geliebten, dem Vater ihres einzigen Kindes fragte, pflegte sie zu grinsen, aber nur mit der einen Hälfte ihres Gesichtes. Das linke Auge schob sich zusammen, blitzte und wurde von tiefen Lachfältchen umkränzt, der linke Mundwinkel hob sich und entblößte ein paar Zähne, während sich rechts der Nase jeder Muskel um einen ernsten Ausdruck bemühte. Es war, als würde ein Teil von ihr sich beschwipst an ihre frivole Jugend erinnern, während der andere Teil ihr mit katholischem Donner vor Augen hielt, wie sie sich mit ihrer Unbedachtheit ein *normales Leben verbaut* hatte. Jahrelang behauptete die Pichler-Oma, sie könne sich an den Namen ihres Liebhabers nicht erinnern. Es sei ja nur eine *Heustadelaffäre* gewesen, da wisse man doch wirklich nichts Genaueres mehr. Irgendwann rückte sie dann mit dem Namen „Luigi" heraus, der Nachname blieb verschollen – wahrscheinlich habe sie ihn ohnehin nie erfahren. Ein paar Monate später, als Judit die Pichler-Oma erneut auf Luigi ansprach, erklärte diese, sie habe noch nie etwas von einem Luigi gehört. Wenn überhaupt ein Name im Spiel gewesen sei, dann sei es mit Sicherheit „Giorgio" gewesen.

Katalins Interesse an der Großvater-Aufarbeitung hielt sich in Grenzen. Genau genommen war es das einzige Thema, bei dem Judit ihre Nähe suchte und sie sich entzog. Was, wenn der Großvater mittlerweile ein einäugiger Gangster war, der in den unteren Chargen der Camorra üblen Geschäften nachging? Oder ein humpelnder Alkoholiker, der in irgendeiner süditalienischen Slumgegend elend dahinvegetierte? Denn er hatte, so viel glaubte die Pichler-Oma noch zu wissen, Südtirol zur selben Zeit verlassen wie sie.

Die Gelegenheit, Nägel mit Köpfen zu machen, hatte sich im Sommer nach Katalins Matura ergeben. Die Eltern atmeten auf. Katalin hatte das Interesse an der Schule zu einem ungünstigen Zeitpunkt verloren und die achte Klasse wiederholt. Erst, als man einen attraktiven Studenten als Nachhilfelehrer engagiert hatte, war es wieder aufwärts gegangen. Katalin hatte keine Lust, mit ihrer Klasse auf Maturareise zu fahren, nur um, wie sie sagte, „in irgendeiner schäbigen griechischen Pension mit wesentlich weniger Komfort zu leben als sonst."

So war das mit ihr schon immer gewesen, die im Leben eines jungen Menschen vorgesehenen Reisen hatten für sie keinen Reiz. Vor jedem Schulskikurs wurde sie von plötzlichen Infekten aufs Lager geworfen, die Wien-Woche verbrachte sie schluchzend in Telefonzellen, um Abholung flehend, und den Spanien-Austausch in der Siebten brach sie nach drei Tagen wegen *unzumutbarer Lebensbedingungen* ab. In einem

Alter, in dem andere Jugendliche keine größere Sehnsucht kannten als die Gegenwart ihrer Eltern zu fliehen, hockte sie lieber im Nest.

Nach der Matura wollte Katalin aber doch in den Süden, und zwar mit Judit, da die Eltern in der Festspielsaison wie immer unabkömmlich waren. Judit erklärte sich zu einer Italien-Reise bereit. Man würde nach Südtirol zur Verwandtschaft fahren, dort die Fährte des verschollenen Großvaters aufnehmen und ihn, wo auch immer er mittlerweile lebte, ausfindig machen. Wenn man Glück hatte, war er nach Positano oder Sardinien gezogen.

Die Eltern wurden in diesen Plan nicht eingeweiht. Johanna Kalman hätte mit Sicherheit Einwände dagegen erhoben, dass *in der Vergangenheit herumgeschnüffelt* wurde. Möglicherweise hätte sie die Fahrt sogar unterbunden.

Und so reisten Judit und Katalin Kalman über den Brenner zu dem Hof, auf dem die Pichler-Oma und ihre Tochter Johanna das Licht der Welt erblickt hatten. Als Kinder waren sie einige Male dort gewesen. Damals war die Mutter stets als erstes in die Scheune gestürmt, um nachzuschauen, ob gerade wieder alte Bauernmöbel zu Brennholz zerhackt wurden. Man räumte sukzessive all die alten Kästen und Kommoden und Betten aus, um sie durch praktische, moderne Möbel zu ersetzen. Aus irgendeinem Grund hatte Johanna Kalman das Gefühl, diese jahrhundertdunklen, von unbeholfener Hand bemalten Dinge retten zu müssen – und das, obwohl noch kein anderer Mensch weit und breit auf die Idee gekommen war, es könnte sich hier um „Antiquitäten" handeln. Kopfschüttelnd überließ man ihr das alte Zeug, nachdem sich Franz Kalman bereit erklärt hatte, den Brennholzwert abzugelten, und es wurde von einer Spedition nach Salzburg geschafft. (Dreißig Jahre später war Johannas sorgfältig restaurierte Bauernmöbelsammlung ein Vermögen wert, und sie sollte sogar Angebote von Museen erhalten, trennte sich aber von keinem einzigen Stück.)

Als Judit und Katalin nun im Jahr 1984 auf den Hof kamen, hatte er sich verändert. Man konnte sagen, er sah „schmuck" aus. Es war viel verputzt und gestrichen, angebaut, umgebaut, betoniert und gebeizt worden. An den Balkonen und Fensterbänken waren Blumenkästen aufgehängt, und es gab nur mehr wenig Vieh. Die Ziegen hatte man ganz aufgegeben, da sie zu sehr stanken. Man nahm Rücksicht auf die Feriengäste, denn man hatte sich ganz in Richtung Fremdenverkehr orientiert. Es gab vier Gästezimmer und zwei Ferienwohnungen, die man in Nebengebäuden eingerichtet hatte. Aus Wien und Berlin, Hamburg und Graz, sogar aus Groningen und Liège kamen Gäste, um hier „Urlaub am Bauernhof" zu machen.

Vier Generationen Pichlers lebten auf dem Hof, die Judit folgendermaßen in ihrem Listenbuch katalogisierte:

<u>Generation 1:</u>
Der alte Pichler-Bauer, Vater der Pichler-Oma. Vorname Josef. Geboren 1900, also 84 Jahre alt, sieht aber aus wie hundert. Rüstig, sonnenverbrannt – Katalog-Tiroler. Spricht nahezu unverständlichen Dialekt. Mein Urgroßvater. Witwer.

<u>Generation 2:</u>
a) Sein ältester Sohn Josef (Sepp), Bruder der Pichler-Oma. Mein Großonkel.

b) Seine Frau Anastasia. Sind nicht mehr „im Dienst", wie sie sagen, arbeiten aber trotzdem die ganze Zeit.
c) Großtante Eva (kurz: Tante Eva), Schwester von Sepp und Pichler-Oma (insgesamt 8 Geschwister). Ist nach dem Tod ihres Mannes (Nachname Ulmer) auf den Hof zurückgezogen. Meiner Meinung nach die inoffizielle Herrscherin hier.

Generation 3:
a) Josef, ältester Sohn von Sepp und Anastasia. Mamas Cousin. Führt jetzt offiziell den Hof.
b) Seine Frau Agnes. Trägt den Titel „Bäuerin". Steckt mit Tante Eva unter einer Decke.

Generation 4:
a) Josef (Joe), ältester Sohn von Josef und Agnes. War zum Bedauern aller so gut in der Schule, dass er aufs Gymnasium geschickt werden musste und Matura machte. Kam dabei auf die erschütternde Idee, den Hof nicht übernehmen zu wollen. Studiert irgendwas in Wien mit einem österreichischen Stipendium. Ist jetzt in den Ferien zu Hause.
b) Johanna (Hannerl), 11 Jahre alt. Wird als erste Frau in der Geschichte den Hof übernehmen.
c) Irgendein sechsjähriger Bub. Schreckliches Kind.
d) Irgendein ganz kleines Mädchen. Schreckliches Kind.

Am Tag ihrer Ankunft waren sie mitten in eine Familientragödie geraten. Die Kinder hatten verweinte Gesichter, Hoferbin Hannerl weigerte sich bockig, mit ihrem Urgroßvater an einem Tisch zu sitzen. Wenn man fragte, was los sei, sagten die Erwachsenen: „Nichts, nichts." Es dauerte Stunden, bis Judit und Katalin herausgefunden hatten, was am frühen Morgen vorgefallen war.

Im Winter zuvor war ein Welpe angeschafft worden, hauptsächlich um die Skiurlauber zu erfreuen. Die Kinder nannten ihn „Öhi", nach dem Alm-Öhi aus den Heidi-Büchern. Der Öhi war nun acht Monate alt und wurde immer schlimmer, doch die Kinder hatten einen Narren an ihm gefressen, sodass man nur hoffen konnte, er würde alsbaldigst von einem Auto überfahren.

An dem besagten Morgen jedoch *brach in dem Hund die Bestie aus*. Er tat etwas, was er noch nie zuvor getan hatte: Er jagte die Hühner. Immer wieder erwischte er eines am Bürzel, und bald hatte er das Maul voller Federn. Von dem Gekreisch der Hühner und dem Gekläff des Hundes angelockt, erschien der alte Pichler-Bauer. Sofort holte er seine Sense und rannte damit hinter dem Hund her, dabei „I derschlog di!" schreiend. Dies wiederum rief Hannerl auf den Plan, die ebenfalls hinter dem Hund herlief, aber um sich auf ihn zu werfen und ihn mit ihrem Leib vor der Sense zu schützen.

Schließlich erwischte der Öhi eines der Hühner am Kragen und schüttelte es ein paar Mal kräftig hin und her, bis es leblos in seinem Maul hing. Dann ließ er es fallen, setzte sich daneben hin und schaute es ratlos an. Das Huhn hatte sich jedoch nur totgestellt, rappelte sich auf und rannte davon.

Öhi lernte schnell. Das nächste Huhn, das er zu fassen bekam, schüttelte er länger und fester, bis ihm das Genick brach. Als es sich nicht mehr rührte, ließ er es fallen, setzte aber zur Sicherheit eine Pfote darauf. In diesem Moment hatte ihn der alte Bauer erreicht und trennte ihm mit einem wuchtigen Sensenhieb den Kopf ab.

Hannerl schrie wie am Spieß. Die Mutter kam angerannt, um ihr mit beiden Händen den Mund zuzuhalten. Die beiden kleineren Kinder liefen herbei und fingen an zu plärren, als sie das tote Huhn und den enthaupteten Öhi und den Urgroßvater mit der blutigen Sense erblickten, sodass ihnen ebenfalls von weiteren herbeigeeilten Erwachsenen der Mund zugehalten werden musste.

Schließlich waren alle Mitglieder der Pichler-Familie versammelt. Ohne viele Worte zu wechseln, handelten sie konzertiert. Das Um und Auf war zu verhindern, dass die Feriengäste aufwachten und irgendetwas von dem Drama mitbekamen. Während die Frauen die Kinder wegschafften und zu beruhigen suchten, brachten die Männer das Huhn in die Küche, steckten Kadaver und Kopf des Öhi in einen Sack und fuhren damit in den Wald, wo sie ihn notdürftig vergruben. Schon waren die Frauen mit Fetzen auf dem Hof, wischten das Blut auf und sammelten die Federn ein.

Als die ersten Gäste zum Frühstück erschienen, war alles, als wäre nie etwas geschehen. Die Bienen summten über den Blumenkästen, die Hühner pickten ihren Mais, der alte Bauer ging friedlich pfeifend mit einer Mistgabel hinüber in den Stall.

(Später, als Judit und Katalin die Geschichte von Öhis tragischem Schicksal Onkel Theo erzählten, erklärte dieser: Selbstverständlich müsse ein Hund, der einmal ein Huhn gerissen habe, *daran glauben*. Es sei ihm dann nämlich nicht mehr abzugewöhnen, er würde es immer wieder tun. Dort, wo er herkomme, im Salzkammergut nämlich, sei aber auch eine präventive Methode in Gebrauch, die verhindere, dass ein Hund mit dem Hühnerjagen überhaupt erst anfange. Man bände dem

Hund einfach ein totes Huhn fest an den Hals und ließe es dort *herunterfaulen*. Dies nähme durchschnittlich zwei bis drei Wochen in Anspruch, während derer man den Hund mit seinem bestialisch stinkenden Anhängsel natürlich in einer gewissen Abgeschiedenheit halten müsse – am besten, man hänge ihn irgendwo im Wald an. Nach einem solchen Erlebnis sei jeder Hund ein für alle Mal von der Lust aufs Hühnerjagen geheilt. Nie wieder würde er einem Huhn auch nur einen Blick schenken. Er selbst habe alle seine Hunde erfolgreich mit dieser Methode behandelt, sagte Onkel Theo.

Nach dieser Schilderung war Judits Verhältnis zu ihm nie mehr das, was es vorher gewesen war.)

Da die Fremdenzimmer voll belegt waren, wurden Judit und Katalin in einer ebenerdigen Kammer einquartiert, in der nichts als zwei quietschende Metallbetten und zwei wackelige Nachtkästchen standen. Katalin machte Judit darauf aufmerksam, dass sie hier nicht nur mit wesentlich weniger Komfort auskommen musste als sonst, sondern vermutlich sogar mit weniger, als ihre Klassenkameraden gerade in einer billigen griechischen Pension genossen. Sie drängte daher darauf, dass Judit in ihren Nachforschungen möglichst bald zu einem Ergebnis käme, damit man weiterreisen könne. Aber daran war vorläufig nicht zu denken. Die drei Familienmitglieder, die sich eventuell noch an den Liebhaber der Pichler-Oma erinnern konnten – der Urgroßvater, Onkel Sepp und Tante Eva – schienen rund um die Uhr beschäftigt zu sein. Darüber hinaus war man sich im Grunde ja fremd, was eine gewisse Steifheit im Umgang bedingte, die vorschnelles Fragenstellen verbot. Judit erkannte bald, dass sie sich unauffällig in das Hofleben einordnen würde müssen, um in den Genuss einer privaten Unterhaltung zu kommen. Und so begann sie, sich nützlich zu machen, legte hier Hand an und dort, während Katalin Tag für Tag ihr Badetuch auf der Wiese über dem Haus ausbreitete, um sich dort in ihrem Bikini in der Sonne zu bräunen.

(Judit sei ein sehr nettes, tüchtiges Mädchen geworden, das sich für nichts zu schade sei, sollte Tante Eva ihrer Nichte Johanna später nach Salzburg schreiben. Allerdings äße sie nicht normal – Johanna dürfe ihr diesen Diätblödsinn keinesfalls durchgehen lassen. Katalin sei gewiss auch sehr nett, aber leider doch ein bisschen eine „feine Dame".)

Schnell begriff Judit, dass es nicht angebracht war, seine Dienste durch Fragen aufzudrängen wie: „Was kann ich tun?" oder: „Wie kann ich helfen?", so wie es die Feriengäste machten, wenn sie ein bisschen Hofarbeit *schnuppern* wollten. Dies raubte den ernsthaft Arbeitenden nur Zeit und setzte sie unter Druck, etwas zu finden, was für den Betreffenden bewältigbar war, es vorzuzeigen und zu erklären. Nein, man musste die Arbeitenden zu ihren verschiedenen Tätigkeiten begleiten, unauffällig wie ein Lufthauch, sie beobachten, die Situation erfassen und selbstständig herausfinden, was gerade nötig war. Keinesfalls durfte man im Weg herumstehen. Man erledigte die Dinge genau so, wie sie immer erledigt wurden, Innovationen im Ablauf waren fehl am Platz.

Frühmorgens sammelte Judit die Eier ein, sodass Tante Agnes sie schon in ihrem Körbchen auf der Anrichte fand, wenn sie in die Küche kam. Im Laufe des Vormittags deckte Judit mehrmals den großen Tisch in der Stube, an dem erst die Familie und dann in mehreren Schichten die Feriengäste ihr Frühstück einnahmen. Wenn jemand erschien, bevor die Kühe gemolken worden waren, goss sie Milch aus der Packung in einen Krug, damit sie *kuhwarm* aussah. Sie schnitt Unmengen an Speck mit der Brotschneidemaschine in dünne Scheiben. Im Stall kratzte sie mit der Mistgabel den Mist unter den Kühen hervor, schob ihn zu einem großen Haufen zusammen, lud ihn auf eine Schubkarre und brachte ihn zum Misthaufen. Sie schnitt Strohballen auf und streute den Kühen frisches Stroh zwischen die Beine, aber sparsam. Wenn jemand Holz hackte, sammelte sie die Scheite auf und stapelte sie ordentlich an der Schuppenwand. Sie wusch Wäsche mit der Rumpel – für die wirklich argen Flecken war die Waschmaschine zu schwach. Judit hängte die Wäsche auf die Wäschespinne und nahm sie rechtzeitig ab, wenn Regen aufkam. Sie kämmte die Mähne der Haflingerstute, die den alten Heuwagen zog, mit dem die Touristen herumkutschiert wurden. Sie wusch die Schwalbenschisse von den Autos. Mit der Heugabel warf sie das Heu durch eine Falltür vom Heuboden hinunter in den Stall.

Während sich Katalin abends unbehaglich in ihrem Bett wälzte, fielen Judit sofort die Augen zu. Sie hatte Blasen an den Händen und Muskelkater am ganzen Körper. Auch ihr wurde klar, dass sie schnell zu einem Ergebnis kommen musste. Länger als eine Woche würde dieses Leben kaum durchzuhalten sein.

Judits Rechnung schien aufzugehen. Wie sie vermutet hatte, wurden die wichtigen Gespräche bei der Arbeit geführt. Im Laufen, im Schwitzen, im Hantieren, beim Brotbacken, Bettenbeziehen, Hühner-in-den-Stall-Treiben, zwischen Tür und Angel, hinter der Scheune, im Küchengarten oder am Berg, wo man das Extra-Heu schnitt, das die Milch besonders würzig machen sollte, und in großen Bündeln am Rücken hinuntertrug. Stillsitzen war etwas, das man nur Gästen zuliebe tat, wenn man die Urlauber auf einen Trester einlud oder wenn am Sonntag nach der Kirche Besuch vorbeikam, doch dabei redete man nur Oberflächliches, vorzugsweise Lustiges.

So erfuhr Judit bei der Arbeit mit den Tanten, dass Hannerls radikaler Forderung, man möge den Uropa doch *in ein Heim geben*, hinter den Kulissen durchaus Verständnis entgegengebracht wurde. Natürlich waren die Methoden des alten Bauern in vielem nicht mehr zeitgemäß. Die Sache mit dem Öhi hätte ins Auge gehen können. Unvorstellbar, wenn einer der Feriengäste den geköpften Hund gesehen hätte, aus dessen Rumpf in Stößen das Blut herausschoss. Oder wenn der Uropa den Öhi gar vor den Augen der Ferienkinder ermordet hätte (denn das hätte er getan, da kannte er nichts). Man musste ihn ja auch regelmäßig daran erinnern, dass er kein Wort über die Kätzchen verlauten lassen durfte.

„Was ist denn mit den Kätzchen?", fragte Judit.

Nun ja, sagten Tante Anastasia und Tante Agnes und Tante Eva, wenn sie keine Kätzchen mehr wären, müssten sie halt das Zeitliche segnen.

„Was?!", rief Judit.

Natürlich, erwiderten die Tanten, man konnte sie doch nicht alle behalten, oder? Die Urlauber wollten süße Babykätzchen zum Streicheln haben, aber nicht Horden von ausgewachsenen Katzen, die auf dem Hof herumstreunten. Also gab es immer neue Würfe, die man dann auch wieder loswerden musste. Und das wollten die Urlauber natürlich nicht hören (den

Stammgästen, die manchmal nachfragten, was aus den Kätzchen vom Vorjahr geworden sei, erzählte man, sie seien auf einen der Nachbarhöfe ausgewandert). Aber der Uropa war stur, er beharrte darauf, dass vernünftiges Verhalten auch erklärt werden müsse, und man konnte ihn eigentlich nur durch *Bezirzen* dazu bringen, sich zurückzuhalten. „Mir zuliebe!", musste man ihn bitten, dann gab er sich geschlagen. Generell waren ihm viel zu viele Fremde auf dem Hof, während es den Tanten bei Weitem zu wenige waren (auch den Onkeln, die bereits heimliche Pläne für den Ausbau des alten Ziegenstalls schmiedeten). Der Uropa verstand es eben nicht, dass so ein Fremder wesentlich mehr einbrachte als eine Kuh. Aber ihn in ein Heim zu geben, kam natürlich nicht wirklich in Frage. Wie sollte jemand, der es gewohnt war, von früh bis spät zu arbeiten, plötzlich mit dem Herumsitzen anfangen? Er wäre binnen weniger Stunden tot gewesen, dessen war man sich sicher. Gestorben an Untätigkeit und Verzweiflung. Er war auf dem Hof geboren, und er würde auf dem Hof sterben, wenn die Zeit gekommen war.

Einmal lud der Urgroßvater Judit ein, ihn zur Ochsenweide hinauf zu begleiten, wo er ein Gatter reparieren wollte. Es war wie ein Ritterschlag, eine Würdigung all ihrer Mühen. Beim Aufstieg sprach er kein Wort. Er ging so schnell, dass Judit hinter ihm ins Schnaufen geriet, was ihn sichtlich vergnügte. Bei der Ochsenweide angekommen, wandte er sich zu ihr um und sagte, dass er zwanzig Enkel und achtunddreißig Urenkel habe. Das hatte Judit nicht gewusst und sie drückte Bewunderung aus. Eines Tages, nahm sie sich vor, würde sie alle aufsuchen und kennenlernen (ein Vorhaben, das sie nie in die Tat umsetzen sollte). Der Urgroßvater rief die Ochsen mit seltsamen Kosenamen, woraufhin sie zum Zaun gelaufen kamen. Er griff in die Hosentasche, in die er Salz gefüllt hatte, und sie schleckten es ihm von der Handfläche. Dann ging er um die Weide herum, bis sie zu dem kaputten Gatter kamen. Judit durfte ihm das Werkzeug halten und versuchte so zu wirken, als ob sie sich seine Handgriffe für den Rest ihres Lebens einprägen würde. Als er fertig war, richtete er sich auf und wies auf die grauen Bergzacken, die vor ihnen standen wie eine Theaterkulisse, die auf Übertreibung aus war. Er erklärte ihr ausführlich die Kletterroute bis zu einem Sims über einer senkrechten Felswand. Dort, sagte er, habe er mit seinen Kameraden die Tiroler Fahne gehisst.

Es dauerte eine Weile, bis Judit begriff, dass es sich nicht um ein rezentes Ereignis handelte, das er hier schilderte, sondern um eines aus seiner Jugend. Er sprach von der Zeit, als das *Unrecht* geschehen war und man sich noch nicht vorstellen konnte, dass es von Dauer sein würde. Ohnmächtig sei man gewesen, sagte er, aber so viel konnte man immerhin tun: Auf die unzugänglichsten Grate und Simse hinaufsteigen und die Tiroler Fahne hissen, wo sie weithin sichtbar war. Die *Welschen* seien fuchsteufelswild gewesen, erstens, weil sie nicht wussten, wer die Täter waren, und zweitens, weil sie keine Kletterer hatten, die gut genug waren, um dort hinaufzukommen und die Fahne wieder herunterzuholen.

Wenn die Älteren über die *Südtirol-Frage* sprachen, fühlte Judit sich unwohl, verspürte sie doch die vage Angst, dass der Wunsch, deutsch zu sprechen und zu Österreich zu gehören, irgendetwas Nazihaftes war. Diese Angst war größer geworden, seit sie einmal einem Schulkollegen erzählt hatte, dass ihre Großmutter eine Optantin war.

„Das sind doch alles Nazis!", hatte er entsetzt ausgerufen, was sie sofort, die Pichler-Oma in Schutz nehmend, bestritten hatte.

„Oh doch", hatte er daraufhin gesagt und sie seither gemieden.

Das Südtirolertum der Pichler-Oma äußerte sich hauptsächlich darin, dass sie einmal im Jahr zu sich zum Schlutzkrapfenessen lud, und dass sie beim Anblick egal welchen Berges nie vergaß zu erwähnen, dass die Südtiroler Berge bei Weitem schöner seien. Einmal im Monat ging sie zur Vereinssitzung des Salzburger Südtiroler-Verbandes, was bedeutete, dass sie ihre Tracht anzog und mit anderen alten Menschen im Wirtshaus saß, Gewürztraminer trank und traurige Lieder sang. Im Laufe der Jahre häuften sich die Verpflichtungen des Verbandes, beim Tod eines seiner Mitglieder in Tracht und mit Fahne hinter dem Sarg herzugehen. Dann gab es da noch ein Bild, einen Druck nach einem Gemälde im Stil der Dreißigerjahre, der über dem Bett der Pichler-Oma hing. Er zeigte zwei Frauen mit Gretel-Frisur, die weinend auf einem Berggipfel lagen. Darunter stand: VERLORENE HEIMAT. (Als Johanna ein Kind war, war das Bild über ihrem Bett gehangen, und sie behauptete, davon *völlig traumatisiert* worden zu sein.) Möglicherweise, erschrak Judit nun, als sie mit ihrem Urgroßvater vor der Ochsenweide stand, war das ja ein Nazi-Bild.

Eines aber stand fest: Sie hatte dem Jungen in ihrer Klasse die Geschichte nicht richtig erzählt. Sie hätte nicht sagen dürfen, dass die Pichler-Oma eine Optantin war. Die Pichler-Oma hatte Südtirol ja nicht verlassen, weil sie „heim ins Reich" wollte, sondern weil ihr Vater sie vor die Tür gesetzt hatte. Und außerdem hatte sie einen Italiener geliebt, was ja doch reichlich undeutsch von ihr war. Für wen Judit die Hand nicht ins Feuer legen konnte, war der alte Mann, der neben ihr stand.

Sie sah wieder zu dem Sims hoch. „Du hast dein Leben riskiert, um eine Fahne zu hissen?", fragte sie. Am Blick des Urgroßvaters war zu erkennen, dass der Abgrund, der zwischen ihnen lag, mindestens so tief war wie der unter dem Sims.

Er sei das Lebenriskieren gewohnt gewesen, das habe er schon vom Krieg her gekannt, sagte er.

„Vom Krieg? Warst du da nicht noch zu jung?", fragte Judit.

Er habe sich 1916 freiwillig gemeldet, ein Gewehr bekommen und zwei Jahre lang Berggipfel verteidigt. Er habe in Kavernen gelebt oder in Stellungen, die nur mit Strickleitern zu erreichen waren. Das Bergsteigen habe er dabei gründlich gelernt, bei jedem Wetter, auch nachts, auch wenn ringsherum alles in die Luft flog.

„Du bist noch immer sehr fit", sagte Judit, und er schmunzelte.

Es sei ja dann auch, fuhr er fort, als sie nach dem *Unrechtsfrieden* von Saint-Germain auf dem Sims die Fahne gehisst hatten, allen klar gewesen, dass nur wenige dafür in Frage kamen. Dass es überhaupt nur eine kleine Handvoll von Bergsteigern gab, denen so etwas zuzutrauen war. Hof für Hof, Weiler für Weiler seien die Leute verhört worden, aber alle hätten dicht gehalten.

„Und später, hast du dann auf Hitler gehofft?", fragte Judit mit einem tauben Gefühl in den Beinen, als würde sie vom Zehnmeter-Brett springen.

Der Urgroßvater war verärgert. Auf den Schreihals? Der die Heimat an Mussolini verschenkt habe? Nein, auf den habe er nicht gehofft. Zumindest nicht sehr lange. Er habe auf Seine Kaiserliche Hoheit gehofft.

„Welche Kaiserliche Hoheit?", fragte Judit, die gewissermaßen gedacht hatte, dass mit dem Ende des Ersten Weltkrieges alle Kaiserlichen Hoheiten tot umgefallen waren.

Seine Kaiserliche Hoheit Otto von Habsburg, der damals im Exil in Belgien lebte. Der älteste Sohn des verstorbenen Kaisers Karl. Er hätte das Ruder herumreißen können. Er hätte Tirol wiedervereint. Aber man habe Seiner Kaiserlichen Hoheit zu viele Knüppel in den Weg gelegt.

Als der Urgroßvater sich zum Gehen wandte, war Judit klar, dass sie nun schnell die lang geplante Frage stellen musste, bevor er wieder in sein hastiges Tempo verfiel.

„Und was war mit unserem Großvater? Mamas Vater? Diesem Italiener? Weißt du, wie er heißt? Wo er hingezogen ist?"

Der Urgroßvater hatte nicht die geringste Ahnung. Der Falott war welsch, und er war verheiratet. Mehr hat die Johanna nicht gesagt. Sonst hätte er den Kerl ja erschlagen, und das wollte sie nicht.

Generation 1 wusste also nichts. Judit musste es mit Generation 2 versuchen. Tante Anastasia war zum Zeitpunkt der fraglichen Liebschaft der Pichler-Oma noch nicht in Onkel Sepps Leben getreten, also schied sie aus. Es blieben Tante Eva und Onkel Sepp. Der geeignete Moment schien gekommen, als sie zu dritt beim Schwammerl-Putzen saßen.

„Wisst ihr etwas über unseren Großvater? Kennt ihr seinen Namen?", fragte Judit.

Wenn das Thema sie berührte, ließen Tante Eva und Onkel Sepp es sich nicht anmerken. Im Gegenteil, die Schwammerln schienen noch mehr Konzentration zu verlangen als zuvor.

Also er, sagte Onkel Sepp nach ein paar Minuten, habe ja immer den Briefträger in Verdacht gehabt. Das sei ein sehr fescher Falott gewesen.

Überhaupt nicht fesch, fiel ihm Tante Eva ins Wort, und ganz bestimmt nicht der Geschmack ihrer Schwester.

„Aber wer war es dann?", fragte Judit.

Na irgend so ein Francesco halt. Oder ein Ettore. Oder ein Giancarlo. Sie verriet es doch niemandem, also hatte man einige in Verdacht. Alle verheirateten Italiener, die halbwegs was gleichsahen, waren in Verdacht. Aber man wusste ja nicht, wo er gewohnt hat. Er hätte ja auch weiter weg wohnen können.

„Er soll dann weggezogen sein. Ungefähr zur selben Zeit wie die Oma", sagte Judit. Onkel und Tante spekulierten ein wenig, wer wann weggezogen war, kamen aber auf keinen grünen Zweig.

Die Pichler-Oma hatte alle an der Nase herumgeführt.

Sehr zu Judits Erstaunen war Joe, mit dem sie sich als Kind heftig geprügelt hatte, zu einem sympathischen jungen Mann herangereift. Sie hätte sich sogar ein bisschen in ihn verlieben können, wäre sie sicher gewesen, dass es sich nicht um *Blutschande* handelte. Er war der Einzige, bei dem es gut ankam, wenn man „Wie geht das?" fragte. Er brachte ihr das Holzhacken bei und das Kutschieren des Heuwagens. Nachdem sie mit dem Urgroßvater bei der Ochsenweide gewesen war, fragte Joe: „Und? Hat er dir den Sims gezeigt?"

Der Urgroßvater zeige allen den Sims und erzähle allen die Fahnengeschichte, sagte Joe. Er persönlich habe aber Zweifel an deren Glaubwürdigkeit. Was ihm besonders merkwürdig erscheine, sei jenes Detail, wonach die Italiener keine Bergsteiger gehabt haben sollen, die gut genug gewesen wären, dort hinaufzukommen. Noch wenige Jahre davor hatten die Alpini im Gebirgskrieg Berühmtheit erlangt, und dann auf einmal hätte es unter ihnen keine guten Bergsteiger mehr geben sollen?

Man könne dem Urgroßvater natürlich kaum klar machen, sagte Joe, wie sehr sich die Welt geändert habe. Was für ein ungeheurer Vorteil es mittlerweile sei, Südtiroler zu sein. Er sei sogar extra nach Wien zum Studieren gegangen und nicht nach Innsbruck, wo die Südtiroler Studenten bekanntermaßen bevorzugt würden, da er auf einen Mitleidsbonus gerne verzichten konnte. In Wien dann seien ihm erst so richtig die Augen aufgegangen, was den Vorteil betraf, den allein die Zweisprachigkeit darstellte. Wenn er in Wien irgendjemandem erzählte, dass er Südtiroler war, war die erste Frage (in der schon Neid und Bewunderung mitschwang): „Heißt das, dass du Italienisch kannst?" Bingo!

Und was der Urgroßvater ebenfalls nie und nimmer verstehen würde, war die Tatsache, dass Italien mittlerweile cool war. Mehr noch, es war sexy. Alle Welt hörte Paolo Conte und sah Fellini-Filme und las Carlo Levi und diskutierte Franca Rame und trug Armani und fuhr Vespas und rauchte Muratti und kochte Spaghetti alla carbonara. Großer Gott, Falco sang „Junge Römer"! Auf Englisch, Deutsch und Italienisch sang er es! Und als Südtiroler vereinte man in sich die Seriosität des Österreichers mit der Sexyness des Italieners, was in den Augen der Frauen die perfekte Mischung abgab. Oder?

Insgesamt blieben sie vier Wochen auf dem Hof, nach deren Verlauf Judits Körper zäh und sehnig geworden war, Katalins Körper dagegen außerordentlich braun. Als sie im Zug nach Sanremo saßen, wo sie sich erholen wollten, trug Judit fünf Vorsätze in ihr Listenbuch ein:

1. Werde Italienisch lernen, aber auf eine angenehme Weise. Am besten, indem ich später eine Weile in Italien lebe, aber nur an einem richtig schönen Ort.
2. Werde mit Andi Schluss machen. Zwar war er mein erster Freund, aber meine Gefühle für Joe haben gezeigt, dass es Zeit für den zweiten geworden ist.
3. In unmittelbarem Zusammenhang mit Punkt 2 stehend: Werde ab sofort das Nächtigen in erstklassigen Hotels nicht mehr spießig finden.
4. Werde für den Rest meines Lebens jegliche körperliche Arbeit, insbesondere Hausarbeit, meiden und scheuen, wo es nur geht.
5. Werde in Zukunft sagen, dass meine Großmutter Italienerin ist.

ZEHN

Tom Karner saß wenige Schritte vom Rialto entfernt an einem Restauranttisch und schaute ins Wasser des Canal Grande. Vor ihm standen ein Glas Weißwein und ein Teller mit den Resten einer Pizza, auf denen eine zerknüllte blaue Papierserviette lag. Vom Canal trennte ihn ein Zaun, der mit Blumenkästen geschmückt war, sodass er den Kopf hin- und herbewegen musste, um durch die Blätter hindurch auf Bootsverkehr, Möwen und Stege zu sehen. Gondeln, Taxiboote, Vaporetti, ein Polizeiboot fuhren vorbei. Leute, die sich für den Abend fein gemacht hatten, kreuzten, Touristen in verwaschenen T-Shirts und staubigen Flip-Flops stiegen am Anleger gegenüber ein und aus. Über der ganzen Stadt lag ein großes Gemurmel, das Reden und Sprechen, Lachen und Diskutieren, Schreien und Flüstern Tausender von Menschen, die aus der ganzen Welt zusammengekommen waren, um hier zwischen engen Gassen und der Weite des Meeres Wege zurückzulegen. Laternen und Bootslichter waren eingeschaltet, obwohl es noch nicht dunkel war. Aus dem Inneren der Lokale fiel rote, weiße und grüngoldene Beleuchtung. Die Gerüche von lebendem und gegrilltem Fisch mischten sich, die von frischem und faulendem Tang, von Parfums, Schweiß, Pfirsichen und Diesel.

Natürlich war es nicht Tom Karner, der dort saß, eine Zigarette rauchte und das Gesicht in das bisschen Wind hielt, das mit den Bugwellen der Boote ans Ufer traf, sondern Markus Bachgraben. Judit nannte ihn manchmal nach seiner literarischen Figur, die sie als Alter Ego ansah. Wie Tom Karner war Markus Bachgraben Anfang dreißig und Raucher. Beide hatten ihren Vater verloren. Im einen Fall war der Vater beim Eislaufen am Lunzer See, im anderen beim Tauchen im Attersee ums Leben gekommen.

Natürlich hatte Markus Bachgraben sich getarnt, indem er Tom Karner eine andere, dunkle Haarfarbe – im Gegensatz zu seiner eigenen blonden – verliehen hatte. Er hatte ihm einen anderen, aber doch ähnlichen Beruf, den eines Journalisten, gegeben. Judit wusste nicht, ob die dünne, durchsichtige Verkleidung Tom Karners ein postmodernes Spiel mit Identitäten repräsentierte, oder das Freud'sche Herausapern der eigenen Biografie aus dem Eis der Masken, beschloss aber, danach zu fragen.

Es war schön, jemanden zu betrachten, der sich unbeobachtet glaubte, man kam sich wie ein Schutzengel vor. Wie auf den alten Bildern, auf denen Kinder auf glitschigem Steg einen Wildbach überquerten – und von denen Tita eine Sammlung besaß –, stand man mit mächtigen weißen Flügeln im Hintergrund. Nun galt es, sich vom Schutzengel in eine alte Freundin zu verwandeln, die zufällig, durch eine Vorsehung oder Volte des Schicksals in Venedig war. Judit wandte sich ab vom Geländer des Rialto, und die Touristen, die hinter ihr auf einen freien Platz gewartet hatten, drängten nach. Sie schlängelte sich zwischen Pärchen, Familien und Freundesgruppen hindurch, die vor den Botteghe den Kauf eines Fächers oder Gondoliere-Hutes erwogen, und bog am Fuß der Brücke nach links in die Fondamenta del Vin ein. Sie näherte sich Markus Bachgrabens Tisch. Er sah sie noch immer nicht, da er damit beschäftigt war, ein paar Spatzen mit Pizzakrümeln zu füttern. Erst als sie direkt vor ihm stand, blickte er auf, und seine Augen wurden leer, dunkel, nach innen gekehrt.

„Na sowas", sagte Markus Bachgraben und erhob sich, um ihr links und rechts einen Kuss auf die Wange zu geben. „Toll siehst du aus."

Diese Reaktion war nicht dem Zufall überlassen worden. Judit hatte viel Zeit darauf verwandt, ein Styling zu entwerfen, das ungestylt wirkte. Wie Gott oder ein englischer Landschaftsarchitekt hatte sie mit höchster Kunst Natürlichkeit kreiert. Markus Bachgraben rückte ihr einen freien Stuhl zurecht. Er winkte den Kellner herbei und bestellte für sie ein Glas Wein.

Eigentlich, sagte er, sei er ganz froh, dass sie ihm über den Weg gelaufen sei. Gerade sei er versucht gewesen, sein Notizbuch hervorzuholen und Beobachtungen zu notieren. Es sei eine dieser fürchterlichen Berufskrankheiten der Schriftsteller, dass sie nichts hören, sehen, oder riechen könnten, ohne sofort eine diesbezügliche Notiz kritzeln zu müssen, und sei es auf die nächstbeste Serviette oder auf einen Kassenbon oder auf die leeren Seiten hinten in einem Buch. Man folge diesem Drang genauso wie die Touristen (und beileibe nicht nur Japaner), die beim geringsten Reiz, der ihr Interesse weckte, sofort den Camcorder zu Hilfe nahmen, die Erinnerung an die Aufzeichnung delegierten, das Erleben durch das Wiedergeben ersetzten, die Einmaligkeit durch Reproduzierbarkeit – also um nichts besser als die. Natürlich sei da immer eine Angst dabei, es könne etwas verloren gehen, eine große Verlustangst.

Jedenfalls, kaum sei er alleine und nicht durch anstrengende körperliche Tätigkeit abgelenkt (und manchmal nicht einmal dann), gewänne im Schriftsteller die Obsession Oberhand, die Umgebung auf Verwertbares abzutasten und die Beute festzusetzen, also der Umwelt Sätze abzuringen wie ein Bauer dem Boden die Ernte, oder nein, eher gliche dieses manische Notieren einer Sammlertätigkeit, dem exzessiven Bücken und Pflücken der Pilzsammler, denen dann doch das meiste zu Hause im Kühlschrank verfaulte. Er habe sich während des Essens gerade noch zurückhalten können – manchmal sei es tatsächlich so schlimm, dass man mit der linken Hand die Gabel führe und mit der rechten gleichzeitig schreibe –, dann habe er sich abgelenkt, indem er die Spatzen fütterte, doch sei er nur mehr Sekundenbruchteile davon entfernt gewesen, das Notizbuch schließlich doch herauszuholen, als Judit wie gerufen erschienen sei und ihn davor bewahrt hätte. Der Jammer daran sei nämlich der: Während er die eine Hälfte seiner Zeit darauf verwende, Dinge zu notieren, brauche er die andere Hälfte dafür, diese Aufzeichnungen dann durchzulesen. Für das eigentliche Schreiben bleibe keine Zeit mehr. Irgendwann laufe es darauf hinaus.

Ein anderer Schriftsteller würde jetzt vielleicht sagen, sagte Markus Bachgraben, Judit hätte ihn gestört oder vom Schreiben abgehalten – denn man wisse ja nie, ob man tatsächlich nur Notizen mache oder sich bereits im eigentlichen Schreiben befinde –, und hätte bei Judits Anblick unwillig reagiert oder abweisend, er dagegen sei heilfroh, jemanden zum Reden zu haben, denn dass Schriftsteller immer nur ihren eigenen Gedanken nachhängen wollen, sei genauso Quatsch wie der Mythos, sie würden Zugfahrten lieben. Er persönlich hasse Zugfahrten, insbesondere allein angetretene, bei denen man unentwegt seinen Gedanken nachhängen, Notizen machen, lesen oder gar ein Gespräch mit Zufallsbekanntschaften anfangen müsse, über das man sich dann erst wieder Notizen mache, die man erst recht wieder lesen müsse. Ihm persönlich läge nichts an Gesprächen mit Zufallsbekanntschaften, die im Roman oder Film ja stets eine dramaturgische Bedeutung, ja Notwendigkeit hätten, in der Wirklichkeit aber doch nur im Sande verliefen. Nur das Gespräch mit einer Person, die er kenne, schätze er, denn nur ein solches Gespräch mit einer solchen Person vermöge es, ihn wenigstens vorübergehend zu einem normalen Menschen zu machen und vom ständigen Arbeitszwang zu befreien.

Er zündete sich eine weitere Zigarette an. Die Pause nützend, sagte Judit, sie sei sehr froh, ihm zu etwas Normalität verhelfen zu können, Normalität sei schließlich das Wichtigste.

„Auf die Normalität!", sagte Judit und erhob das Glas. Sie ließen Blicke und Gläser aufeinandertreffen, dass es klirrte.

Judit fragte, ob er Lust habe, mit ihr die Casa Mahler zu suchen. Trotz des bescheidenen Namens handle es sich tatsächlich um einen denkmalgeschützten kleinen Palazzo. Sie habe davon in einer Ausgabe von Alma Mahler-Werfels Tagebuch gelesen, in der auch eine handkolorierte Fotografie abgebildet sei. Alma habe von einem Garten mit Magnolien und Olivenbäumen geschrieben. Für Werfel habe sie eigens eines der Zimmer vergrößern lassen. Die Casa Mahler solle sich unweit der Frari-Kirche befinden und nun ein Hotel sein, da könne man sicher mal reinschauen. Ob er davon gehört habe?

Er habe, seufzte Markus Bachgraben, erstens nicht die leiseste Ahnung davon und zweitens nicht das geringste Interesse daran und drittens generell nicht die entfernteste Absicht, seine Zeit in Venedig mit etwas so Perversem wie *Sightseeing* zu vergeuden. Von frühester Jugend an habe er jede Reise mit *Sightsee-*

ing vertan, schon auf den Urlaubsreisen mit den Eltern sei das so gewesen. Im Grunde genommen habe es sich gar nicht um richtige Urlaube gehandelt, vielmehr sei er von Kindesbeinen an auf sogenannte *Studienreisen* mitgeschleppt worden. Es sei einfach grauenvoll, wie viel Zeit er in Kirchen und Museen und Amphitheatern und Ausgrabungsstätten und Schlössern und Kunstgalerien und Ruinen und Gruften vertan hätte, und selbst, als er später mit Freunden oder mit seiner jeweiligen Freundin gereist sei, habe er immer noch infolge dieser Prägung sowie des gesamtgesellschaftlichen *Sightseeing-Wahnsinns* unendlich viel Zeit vor Fresken und Tonscherben und Kronjuwelen und Ölgemälden vertan. Das sei so lange gegangen, bis er wieder einmal an einem strahlenden Sommertag stundenlang bei Kunstlicht in einem Museum herumgeirrt sei, in Marseille sei das gewesen, wo man ein Museum quasi als Ersatz für eine Höhle eingerichtet habe, die man selbst nicht besuchen könne, da ihr Eingang vierzig Meter unter dem Meeresspiegel liege und daher nur für Taucher zugänglich sei, und in dieser Höhle gebe es weltberühmte Höhlenmalereien, die man also in diesem Museum, das als Höhle gestaltet sei, nachgebildet habe, und plötzlich, nach stundenlangem Umherirren und pflichtschuldigem Lesen von Informationstafeln und Betrachten von Exponaten und Notieren von Notierenswertem bis zur völligen Erschöpfung habe er sich gedacht: Ja bist du denn eigentlich wahnsinnig, dir hier Repliken von Darstellungen von vor zwanzigtausend Jahren verstorbenen Robben und Wisenten anzusehen, anstatt dich in die Sonne zu setzen und ein Bier zu trinken.

Er habe, sagte Markus Bachgraben, in diesem Moment seinen Vater vor sich gesehen, wie er im Tiefenrausch die Orientierung verlor und sich immer weiter in die falsche Richtung vorkämpfte, und von da an sei er überzeugt gewesen, sein Vater würde, wenn er die Chance eines zweiten Lebens bekäme, sich in keinem einzigen Spiegelsaal mehr spiegeln und keine einzige Kathedrale betreten und keine einzige von antiken pyroklastischen Strömen konservierte Leiche ansehen. Darüber hinaus sei ihm noch einiges über diesen ganzen *Bildungswahnsinn* insgesamt aufgegangen, der ja doch nur in der völligen Verblödung ende, und das eigentlich Enttäuschende an der Aufklärung sei doch genau das.

Er bedeutete dem Kellner mit zwei erhobenen Fingern, dass zwei weitere Gläser Wein bestellt wurden. Dann zündete er sich eine Zigarette an und schien die Zahl der Stummel im Aschenbecher zu studieren.

Noch ehe Judit etwas sagen konnte, zwitscherte es. Einen Moment lang dachte sie, die vernachlässigten Spatzen würden nach Aufmerksamkeit verlangen, bis ihr einfiel, dass sie den Klingelton ihres Handys auf *birdsong* gestellt hatte. Wie ein Fischschwarm, in dem jedes Individuum dieselbe Richtung einschlug, hatte alle Welt von einem Tag auf den anderen den *classic bell*-Ton eingestellt und es nicht mehr für notwendig gehalten, sich zu unterscheiden. Diese Phase war dialektisch auf jene gefolgt, in der die Mehrheit ihre Persönlichkeit durch Melodien ausgedrückt hatte und nur weitblickende Avantgardisten wie Judit den *classic bell*-Ton verwendet hatten.

Auf dem Display stand „Katastrophe", das Codewort für Katalin. Judit hob ab.

„Leg nicht auf!", rief Katalin. „Es ist wirklich wichtig!"

Ihre Stimme klang ernst und besorgt. Es war diese ernste und besorgte Stimme, die Judit zur Genüge kannte, diese appellierende Stimme, die ankündigte, dass Katalin sie nun mit Beschlag belegen würde, dass sie stundenlang keine andere Person und kein anderes Thema als sich selbst dulden würde, egal, wo Judit sich gerade aufhielt oder was sie geplant hatte oder ob sie Freunde wegschicken musste oder ob ihr Essen kalt wurde oder ihr Badewasser. Wenn diese ernste und besorgte Stimme erklang, musste Judit alles stehen und liegen lassen und ihr Ohr und ihre Zeit und ihre ganze Existenz in den Dienst der Schwester stellen, so war es immer gewesen, aber damit war nun Schluss. Die Zeiger der Uhr würden nur mehr vorwärts laufen, nicht immer und immer wieder zurück in den Strudel, in dem Katalin das Ruder übernahm. Judit legte auf und ließ das Handy zurück in die Handtasche fallen.

„Meine Schwester", sagte sie zu Markus Bachgraben und nahm das Glas, das der Kellner vor sie hingestellt hatte. Sie stießen an. Katalin, erklärte sie, sei von klein auf ein Parasit gewesen. Ihre Eltern hätten ihr leid getan. Katalin sei im Nest gehockt wie ein riesiges, dickes Kuckucksküken, das das zierliche Goldammerpärchen, das es fütterte, immer mehr verängstigte und verdrängte. Aus Judits Handtasche kam ein Doppelpiep, an dem sie erkannte, dass eine Nachricht auf ihre Mobilbox gesprochen worden war.

„Also", fragte sie, „woran wirst du in Venedig arbeiten?"

Markus Bachgraben nahm einen Schluck Wein und zündete sich eine Zigarette an. Er sei, sagte er, fest entschlossen, wenn überhaupt, dann an etwas zu arbeiten, das nicht das Geringste mit Venedig zu tun habe, geschweige denn in Venedig spiele. Denn ungeachtet dessen, dass er selbstverständlich nicht davon absehen werde können, in Venedig gewonnene Eindrücke aufzuzeichnen und in Venedig gemachte Beobachtungen zu notieren, habe er nicht vor, in diese typische *Schauplatzfalle* zu tappen, die für jeden Schriftsteller mit jeder Reise und jedem Auslandsaufenthalt und ganz besonders mit jedem *Aufenthaltsstipendium* verbunden sei. Es sei ja an und für sich schon eine Katastrophe, in welchem Ausmaß Schriftsteller gezwungen würden, im Rahmen eines *Aufenthaltsstipendiums* über den Ort ihres Aufenthaltes zu schreiben, egal, ob ihnen dazu etwas einfalle oder nicht, ob dafür eine künstlerische Notwendigkeit bestehe oder nicht, indem man die Verpflichtung zum Verfassen solcher Texte in den *Ausschreibungsbedingungen* festhalte und das Nichtverfassen mit dem Zurückzahlenmüssen der am Aufenthaltsort genossenen – und ohnehin zumeist lächerlichen – Verpflegsgelder bedrohe. Die ständige finanzielle Notlage der Schriftsteller werde gnadenlos ausgenützt, indem man sie mithilfe dieser lächerlichen Verpflegsgelder – die ihnen aber doch immerhin die Möglichkeit böten, einen Monat oder drei Monate oder ein halbes Jahr lang zumindest nicht zu verhungern – indem man sie also damit an fremde Orte locke, als wären Schriftsteller von Natur aus Nomaden, die ohne Bindungen und Familien und Haustiere existierten und auch keine Miete zu zahlen hätten – wofür im Übrigen ein guter Teil des Verpflegsgeldes draufzugehen pflege –, und an diesen Orten dann auch noch unter Zwang stelle, über diese Orte zu schreiben, was sie kreativ ja nur vollkommen blockieren könne und überdies auf den Status von Mittelschülern reduziere, die ein Aufsatzthema vorgeschrieben bekämen.

Jedes Kuhdorf, sagte Markus Bachgraben, in dessen Gemeindebesitz sich eine winzige Substandardwohnung befinde, mit der man nichts anzufangen wisse, verfalle ja mittlerweile auf die Idee, sich einen *Writer in Residence* zu halten, einen *Dorfschreiber* oder *Inselschreiber* oder *Burgschreiber* oder *Seeschreiber* oder *Mühlenschreiber* oder was nicht alles, und mit einem lächerlichen Verpflegsgeld und vielleicht gnädigerweise auch noch einem Reisekostenzuschuss einen mittellosen Schriftsteller anzulocken – der sich durch die Aussicht, zumindest kurzfristig nicht zu verhungern und zu Hause seine Miete bezahlen zu können und seiner Ehefrau nicht auf der Tasche zu liegen, eben anlocken ließe – und diesen Schriftsteller dann regelrecht gefangen zu setzen, indem man ihm das Verlassen des Ortes und der Substandardwohnung für die Dauer des *Aufenthaltsstipendiums* verbiete, und ihn überdies zu zwingen, am sogenannten *kulturellen* Leben des Ortes teilzunehmen und aufzutreten und zu unterhalten und an den Schulen zu unterrichten und die Gemeinde mit Texten über die Gemeinde zu versorgen.

Da sitze man dann also, sagte Markus Bachgraben, mutterseelenallein irgendwo in der Pampa in einem spartanisch ausgestatteten Zimmerchen, festgesetzt und gefangen gesetzt – denn gemeinhin stehe dem Schriftsteller *in Residence* ja nicht einmal ein Auto zur Verfügung, um die Pampa zu erkunden oder zum nächsten Supermarkt zu fahren, entweder weil er sich keines leisten könne oder weil die Pampa zu weit von seinem Zuhause entfernt liege, um eine eventuell geerbte Schrottkiste mitzunehmen –, und vermisse seine Freunde und seine Haustiere und seine CD-Sammlung, und verbringe Stunden und Tage damit, irgendeinen kalkverkrusteten Wasserkocher sauberzumachen oder eine vorsintflutliche Heizung zum Funktionieren zu bringen oder eine Möglichkeit auszukundschaften, wenigstens hin und wieder seine

E-Mails abzurufen. Man liege in fleckiger Bettwäsche, die irgendjemand gespendet habe, und trockne sich mit ergrauten Handtüchern ab, mit denen sich schon unzählige andere einsame, traurige Schriftsteller abgetrocknet hätten, und telefoniere stundenlang mit Angehörigen, um nicht völlig zu verzweifeln, und suche auf Schritt und Tritt nach Bekanntschaften, die einen nicht geistig ins Koma fallen ließen, und gehe Tag und Nacht spazieren, damit einem die Decke nicht auf den Kopf falle, und zerbreche sich denselben darüber, wie man denn einen Text über diese Gemeinde schreiben solle, der natürlich gefällig und wohlwollend gehalten sein müsse, damit die Gastgeber für ihre Investition auch eine Rentabilität sähen. Denn das Letzte, wofür sich die Stifter und Ausschreiber eines *Aufenthaltsstipendiums* dankbar erwiesen, sei ein kritischer, aufdeckender oder gar aufrüttelnder Text über ihre Gemeinde und ihre Faulstellen, begrabenen Hunde und Leichen im Keller. Fremdenverkehrswerbung. Im Grunde sei es das, was man sich erwarte: Fremdenverkehrswerbung auf höchstem Niveau.

Markus Bachgraben leerte sein Glas in einem Zug, stellte es wieder hin und starrte es an, als hätte ihm ein anderer den Wein weggetrunken.

„Aber du hast doch gar keine Haustiere", sagte Judit.

Haustiere hin oder her, sagte Markus Bachgraben, darum gehe es doch gar nicht. Das Haustier sei eine Metapher für alles, was man nicht einfach so stehen und liegen lassen könne. Für Vertrautheit, für Bindung. Es gehe um die leidige Vorstellung vom Schriftsteller als einsamem Wolf. Und man solle bloß nicht glauben, dass die Sache in den sogenannten *Künstlerkolonien* auch nur um einen Deut besser wäre. Zwar leide man in den sogenannten *Künstlerkolonien* nicht so sehr an

Einsamkeit, dafür aber an einem Übermaß an Gesellschaft. Es sei ja auch absoluter Unfug zu glauben, dass erwachsene Menschen, die sich eine Küche oder gar ein Badezimmer teilen müssten, von dieser Zwangslage dazu angeregt würden, künstlerisch fruchtbare Gespräche zu führen, vielmehr würden ausschließlich Gespräche über das Abwaschen von Töpfen und das Aufbrauchen der Milch im Kühlschrank und das Kaputtmachen von Waschmaschinen und das Ausziehen von Dreckschuhen und das Versauen von Toiletten und das Raustragen von Müll und nächtliche Ruhestörung und Haare in der Duschtasse geführt. Während sich die ganze Welt schon seit den frühen Achtzigern endgültig vom WG-Konzept verabschiedet habe – also quasi kurz nach seiner, Markus Bachgrabens, Geburt –, meinten die Initiatoren von *Künstlerkolonien* offenbar, dass Künstler die letzten Altachtundsechziger seien, die sich nichts Schöneres denken könnten, als unter permanentem Gruppenstress dem Lagerkoller zu verfallen.

Er redete und redete. Das musste bedeuten, dass er sich öffnete. Er klappte seine Schädeldecke auf und sie konnte sehen, wie dort Menschen umherliefen, Mechaniken ineinandergriffen und Luftblasen zerplatzten. Es konnte aber auch alles ganz anders sein und er verbaute mit seinen Worten den Raum um sich, bis er nicht mehr hinaussah, ähnlich jenen Schriftstellern, von denen es hieß, dass sie mit jedem Buch einen weiteren Ziegel brannten, der den Turm, in den sie sich einmauerten, höher wachsen ließ.

Judit sah, wie sich am Geländer des Rialto die Menschen drängten, um den Blick auf den Canal Grande zu filmen oder zu fotografieren. Als würde dieser Blick sogleich verschwinden und der Nachwelt für immer verloren gehen. Wie Paparazzi, die den Schemen eines flüchtigen Filmstars einfangen wollten, hielten die Hintenstehenden die Kameras hoch über die Köpfe der Vornestehenden. An einem anderen Ort hätte man gedacht, dass etwas Besonderes im Gange war, ein Unfall oder eine Verbrecherjagd oder eine Vorführung mit Artisten und seltenen Tieren. Hier aber war es immer nur derselbe Canal, der festgehalten werden musste, die Vaporetti, Gondeln, Motorboote, die Möwen, die auf Pfählen saßen oder furchtlos im dicht befahrenen Wasser schaukelten, die Fassaden der Palazzi, an deren Fenstern die Markisen gilbten und mit abgerissenen Rändern im Wind flatterten, die Restaurants an den Ufern, die schwankende, überfüllte Vaporetto-Station, die schlendernden Menschen, die hastenden Menschen, die dreiarmigen Laternen mit den lavendelfarbigen Gläsern und ihre Spiegelungen im Wasser. Denselben Anblick gab es auf Ansichtskarten zu kaufen, in jedem Buch über Venedig war der Anblick zu sehen, sogar in Büchern über ganz andere Themen, es war dem Anblick eigentlich nicht zu entkommen, und so verwunderte es, dass ihm nachgejagt werden musste. Es konnte um nichts anderes gehen als den Glauben, dass der Moment, in dem man selbst vom Rialto blickte, einzigartig sei. Dass man den Ort in Hinblick auf diesen Zeitbezug fotografiere, gewissermaßen eine persönliche Ansichtskarte schaffe, die anders sei. Dass die Konstellation der Boote, Möwen, Wolken und Menschen niemals wieder identisch sein würde. Und dass dies von Bedeutung sei.

„Du bist ein Misanthrop", sagte Judit lächelnd zu Markus Bachgraben, ohne zu hören, was er darauf antwortete.

Sie stellte sich vor, wie es ausgesehen haben mochte, als der ursprüngliche, aus Holz errichtete Rialto einstürzte. Damen in golddurchwirkten Damastkleidern, mit weißen Haarnetzen und zierlichen Stelzpantoffeln, Herren mit bestickten Puffwämsern und kecken Baretten, alle schubsten und drängten sie auf der knarrenden Brücke, um die Bootsprozession anlässlich der Hochzeit des Herzogs von Ferrara zu sehen. Schon fiel ein Sonnenschirmchen ins Wasser, Kinder in Miniatur-Damastkleidern und -Puffwämsern wurden hochgehoben, damit auch sie sehen konnten, wie die festlich geschmückten Prunkgondeln des Brautpaares und seines Gefolges den mit Blütenflößen bedeckten Canal hinabglitten. Nur wenige Augenblicke war das Ereignis zu sehen, man musste es sich mit aller Macht einprägen, um in Zukunft davon erzählen zu können. Ein Künstler, der sich von seinem Freund auf den Schultern tragen ließ, skizzierte mit hastigen Strichen das Bild, das er später in seinem Atelier aus dem Gedächtnis ausführen würde. Dann ein seltsames Geräusch, ein Stöhnen, Wimmern, Quietschen, erst wie das eines riesigen Tieres, dann wie das eines Schiffes, dessen Rumpf sich an einer Mole rieb. Plötzlich ein Krachen, das rollte und sich ausbreitete wie Donner. Schließlich der vielkehlige Schrei derer, die den Boden unter den Füßen verloren. Perlenschnüre, bestickte Taschentücher, Fächer und Halskrausen flogen durch die Luft, als ihre Besitzer mit den zusammenbrechenden Holzbalken ins Wasser stürzten. Der hintere Teil der Prozession wurde erschlagen, das Brautpaar blieb unversehrt.

„Wusstest du, dass ich einmal verheiratet war?", fragte Judit.

Markus Bachgraben schüttelte den Kopf. „War? Was ist passiert?"

Sie winkte ab: „Lange Geschichte."

Ihre Hochzeit hatte sie gehabt, aber um ihre Ehe hatte Stefan sie durch seine Tat gebracht. Die Hochzeit als solche hatte jeden Anlass zur Hoffnung gegeben. Das Bankett hatte im Schloss Hellbrunn stattgefunden, der Champagnerempfang bei den Wasserspielen, so hatte es Judits Mutter nach langen Schauplatzüberlegungen bestimmt, und es war beim besten Willen niemandem ein Einwand dagegen eingefallen. Was für ein Privileg es doch sei, in einer Stadt wie Salzburg zu wohnen, wiederholte Johanna Kalman oft. Menschen aus der ganzen Welt kämen hierher, um zu heiraten. Paare aus Japan oder Australien würden jahrelang sparen, um sich den Wunsch nach einer Hochzeit in Salzburg erfüllen zu können. Und sie lebten mitten drin in dieser Traumkulisse, diesem Sehnsuchtsort.

Judit und Stefan hatten sich ganz in die Hände Johannas begeben, der nichts besser lag, als große Gesellschaften zu geben. Es stimmte dann auch alles, sogar das Wetter, und der Champagnerempfang konnte im Freien vor einem Pavillon stattfinden, der mit künstlichem Tropfstein und emaillierten Eidechsen im Stil einer Grotte verziert war. In den Weihern glitzerte der Kies, prangte das grüne Moos, und die riesigen Fische darin, die wirkten, als wären sie ebenso alt wie die Weiher selbst, riefen Bewunderungsrufe hervor. Das „Thema Wasser" unterstrich Johanna, indem sie Häppchen mit Flusskrebsschwänzen und Saiblingsmousse servieren ließ, überdies gab es frische Austern, auf die man mit delphinförmigen Porzellanlöffelchen Fleur de sel streuen konnte. Die Seerosen blühten. Große Gruppen von Touristen wurden vorbeigeführt, die auf dem Weg von einer historischen Wasserattraktion zur nächsten innehielten, um das Brautpaar zu betrachten, das für den Fotografen posierte. Die Brautleute lächelten. Sie blickten einander tief in die Augen. Sie gefroren in einer Walzerumdrehung, sie hielten einander an beringten Händen. Er trug sie auf den Armen, sie achtete darauf, dabei die Füße gestreckt zu halten, und warf den Kopf lachend zurück. Sie schmiegte die Stirn an seinen Hals und senkte die Lider.

Nach einer Weile durfte Stefan sich zu den Gästen und Champagnergläsern gesellen, während Judit weiter posierte. Vor steinernen Löwen, Hunden und Steinböcken brachte sie ihren Körper in eine ansprechende Haltung, vor einem bemoosten, feucht glänzenden Neptun, vor Brunnenstrahlen und grünen Hecken, vor ihrem eigenen Spiegelbild im Wasser, auf dem wie eine Brosche eine weiße Seerose schwebte. Das Kleid, das sie gemeinsam mit ihrer Mutter in Mailand gekauft hatte, war schlicht und elegant, mit wenigen Raffungen, die geschickt Akzente setzten. Wie jede Braut, die ihrem Kleid einen angemessenen Inhalt bieten wollte, hatte sie zusätzlich zum normalen Hungern noch extra gehungert und es auf einen Body Mass Index von 17 gebracht. Aus dem Augenwinkel heraus bemerkte sie, dass auch die Touristen sie fotografierten. Sie war nun das Besondere, der Moment, der nie wiederkam. „That's it!", rief der Fotograf, „Perfect!" Sie war der Zauber in einem verzauberten Garten. Die Touristengruppen konnten sich von ihrem Anblick nicht losreißen und stießen zur Besorgnis der Führer ineinander. Von den weißgedeckten Stehtischen aus prostete Stefan ihr zu, ihre Mutter applaudierte lautlos, Katalin tat so, als würde sie sie nicht sehen.

Nachdem auch Judit vom Fotografen entlassen worden war, schlug Franz Kalman mit einem Löffel an sein Glas und bat um Ruhe. Eine berühmte Opernsängerin trat aus dem Grottenpavillon, wo sie versteckt gewesen war, und sang Didos Sterbearie von Purcell. Judit spürte, wie die Stimme durch ihren blattdünnen Körper vibrierte, bis ihre Haarwurzeln kitzelten. Ihre Eltern, die ihr immer alles gegeben hatten, was sie wollte, aber sich nie dafür interessierten, was ihr gefiel, hatten ihr ihre Lieblingsarie, gesungen von ihrer Lieblingssängerin, geschenkt.

Und wofür waren die Fotos nun gut, die der gefeierte Fotograf, den Johanna mit großer Mühe gewinnen hatte können, für sie in prachtvollen Alben arrangiert hatte? Stefan hatte ihnen mit seiner Tat die Schönheit genommen, sie würde sie nie wieder ansehen können.

Als sie aufblickte, zählte Markus Bachgraben gerade Münzen in die Hand des Kellners. „Nein!", rief sie und kramte nach ihrer Geldtasche, doch es war zu spät. Er war aufgestanden und streckte sich. Er schlug vor, ein paar Schritte zu gehen. Richtung Záttere? Oder über den Campo Santa Margherita zur Accademia-Brücke und hinüber nach San Marco?

Er legte ihr die Hand auf das Schulterblatt und führte sie weg vom Canal, hinein in die Gassen. Wenn sie in ein Gedränge gerieten, bahnte er ihnen geduldig den Weg. Wenn auf einer Brücke Fotos gemacht wurden, wartete er und sagte: „No problem!" zu den Leuten, die sich bedankten. Er blieb vor erleuchteten Auslagen stehen und betrachtete Masken, Glasschalen, Antiquitäten. Er bedauerte, dass die Läden schon geschlossen hatten, er müsse unbedingt einen Aschenbecher kaufen. Wohin auch immer er reise, er bringe einen Aschenbecher mit, er besitze die unglaublichsten Aschenbecher aus den entlegensten Nestern der Welt. Judit bemerkte, dass es nach Südwesten ging, nie allzu weit vom Canal Grande weg. Markus Bachgraben schien sich auszukennen, er brauchte keinen Stadtplan. Man hätte ihn im Grunde für einen Einheimischen halten können, er trug keinen Fotoapparat und ordentliche Schuhe. Ein weißes Hemd, dessen oberster Knopf geöffnet war, einen leichten Anzug mit Prince of Wales-Muster, das Jacket über die Schulter gehängt. Obwohl er blond war, war er kein germanischer Typ, er hätte aus Norditalien stammen können. Eine Gruppe französischer Mädchen hielt ihn auf, um ihn nach dem Weg zur Piazzale Roma zu fragen. Er zeigte ihnen die gelben Pfeile auf den Hauswänden, über denen „Piazzale Roma" stand. Die Mädchen dankten ihm wie japanische Kaufhausangestellte, mit Verbeugungen und gefalteten Händen. Weiter und weiter ging es. Brücken, Gassen, Wasser, Stein. Dann warmer Schokoladenduft. Sie waren bei VizioVirtù, und es hatte geöffnet.

„Magst du Schokolade?", fragte Judit.

„Nicht im Geringsten", sagte Markus Bachgraben und betrat die Cioccolateria. Aus einem zum Verkosten bereitstehenden Schälchen nahm er einen Schokoladensplitter, steckte ihn in den Mund und schauderte.

„Um Gottes Willen", sagte er. Judit nahm ebenfalls einen Splitter und kostete.

„Fleur de sel", sagte sie.

„Such dir etwas aus", sagte Markus Bachgraben. „Was willst du? Lavendel? Pistazien?" Judit wollte nichts.

Kurz darauf schien er die Orientierung zu verlieren. Sie gerieten in eine Sackgasse. Hinter einem Gittertor stand ein Dreirad. Die Fläche zwischen Gittertor und Haus war schmal, das Dreiradfahren dort musste höchste Geschicklichkeit erfordern.

Als müsse er einen Zeitverlust wettmachen, ging Markus Bachgraben nun schneller, sodass er vor Judit herlief. Ihre Füße taten weh, ihr Magen knurrte. Die durch den Wein ausgelöste Hochstimmung war verflogen und hatte einen Schatten von Müdigkeit zurückgelassen. Plötzlich standen sie mitten in Zikadenmusik. Über den Rand einer hohen Ziegelmauer schäumten Kletterpflanzen, dahinter schaukelten die dunklen Silhouetten von Baumwipfeln. Ein versteckter, verbotener Garten, dessen Eingang unsichtbar war und einen Zauberspruch erforderte. Das innerste Paradies der Eingeweihten, aus dem zu jenen, die draußen zwischen Stein und Wasser umherirrten, Musik drang und vereinzelte Blüten herabfielen.

Ohne sich zu vergewissern, dass sie noch hinter ihm war, lief Markus Bachgraben weiter. Dann öffnete sich die Gasse zu dem weitläufigen Campo dei Frari. Sie mussten ganz in der Nähe von Alma Mahlers Haus sein, vielleicht war es sogar ihr Garten gewesen, an dem sie vorbeigegangen waren.

Markus Bachgraben war stehengeblieben und sah einer Gruppe von Buben zu, die einen Fußball gegen die Kirchenmauer schoss.

„Danke", sagte Judit.

„Wofür?"

„Dafür, dass du für mich versuchst, die Casa Mahler zu finden."

Er schüttelte den Kopf. „Das tue ich gar nicht. Was ist so Besonderes daran?"

„Sag mir drei Dinge, die du über Alma weißt", sagte Judit.

„Sie hatte was mit Mahler, sie hatte was mit Kokoschka, sie hatte was mit Werfel." Judit lachte. Viertens: Die große Muse war in Wahrheit eine verkrampfte Oberlehrerin, die ihrem Schriftstellergatten Leistungsnachweise in Form eines täglichen Zeilenpensums abverlangte. Fünftens: Sie war fett.

„Aber wohin gehen wir dann?", fragte Judit.

„Campo Santa Margherita, Accademia-Brücke, San Marco. Ich dachte, wir hätten das geklärt."

„Haben wir. Können wir eine Pause einlegen? Ich habe noch nichts gegessen." Er nickte und sie überquerten den Platz. Als sie wieder in den dunklen Schacht einer Gasse traten, beobachtete sie ihn dabei, wie er auf die Uhr sah, als hätte er noch einen Termin.

Irgendwie schien das Gespräch nicht mehr richtig in Gang zu kommen. Judit hatte sich ihm gegenübergesetzt, damit sie ihm in die Augen sehen konnte. Er betrachtete die Vorübergehenden. Sie verrückte ihren Sessel, um denselben Blick zu haben wie er. Von rechts kam eine Frau, die einen vielleicht dreijährigen Buben hinter sich herzerrte. Sie trug eine volle Einkaufstasche in der linken Hand, die sie endlich nach Hause bringen wollte. Es war schon dunkel, sie wollte Feierabend haben. In ihrem jungen Gesicht stand die angesammelte Müdigkeit von drei Jahren, in denen sie um ihren Feierabend gekämpft hatte. In der rechten Hand hielt sie das Händchen des Buben, der ebenfalls mit der Müdigkeit kämpfte. Plötzlich stolperte er und fiel hin. Die Frau zog ihn wieder hoch und gab ihm mehrere Schläge auf das Hinterteil. Er weinte nicht.

ELF

Was körperliche Züchtigungen betraf, hatte sich Judits Mutter nie etwas *zuschulden* kommen lassen, wie sie es formulierte, um andere Eltern darauf hinzuweisen, dass es angebracht war, hier von Schuld zu reden. Kindermädchen, die diese Ansicht nicht teilten, wurden schnell wieder ihrer Pflichten enthoben.

Johanna Kalman begründete ihre Haltung damit, dass es im Krieg schon genug Gewalt gegeben habe. In Wahrheit lag es wohl eher an ihrem Bedürfnis nach Idyllen. So wie sie schöne Tischtücher und blühende Gartensträucher liebte, so wollte sie glückliche Kinder um sich sehen. Keine verschlissenen Vorhänge, keine ausgeschlagenen Kaffeetassen, keine verzerrten, verheulten Gesichter. Was sie hören wollte, war Mozartmusik, Vogelgezwitscher und ausgelassenes Gelächter, was sie nicht hören wollte, war dramatisches Schluchzen, Hundegeknurr und die Schicksalssymphonie. (In der Zeitung las sie nur wenige Seiten: Sport, Kultur, Freizeit. Mit Erdbeben, Unruhen und Gattenmorden wollte sie nichts zu tun haben.)

Auch Franz Kalman, der sich in Erziehungsfragen an seiner Frau und der Allgemeinen Erklärung der Menschenrechte orientierte, erhob nie die Hand gegen seine Töchter. Während man davon hörte, dass eine solche *Laissez-faire-Politik* in deutschen Großstädten bereits um sich griff, mochten sich im Bekanntenkreis der Kalmans nicht alle damit anfreunden. Judit und Katalin würden nach Strich und Faden verwöhnt, hieß es. Gerade wenn die Eltern sehr wohlhabend seien, müsse man der charakterlichen Entwicklung der Kinder besonderes Augenmerk schenken, sagten Lehrer, Ärzte, Kindermädchen, Onkel Theo, die Pichler-

Oma sowie die weniger wohlhabenden Eltern anderer Kinder.

Katalin war erst wenige Wochen in der Schule, als sie eines Tages weinend nach Hause kam. Die Lehrerin hatte sie geohrfeigt. Die Kalmans stürmten in die Direktion, um sich zu beschweren. Die Direktorin erklärte, die Schule hätte ein Züchtigungsrecht, das durch elterlichen Einwand nicht aufzuheben sei. Die Kalmans stürmten zum Landeshauptmann, mit dem sie schließlich oft genug zu Abend aßen. Der Landeshauptmann versprach, mit der Direktorin zu reden. In der Folge wurde Katalin in der Schule *mit Samthandschuhen angefasst.*

Noch bevor Judit in die Volksschule kam, wurde die Prügelstrafe an österreichischen Schulen abgeschafft. „Weil die Piefke das eingeführt haben und man den Piefke immer alles nachmachen muss", wie sich Onkel Theo diesen Entschluss des Gesetzgebers begründete. Die Kalmans hatten das Gefühl, ihrer Zeit voraus gewesen zu sein.

Das Dumme war nur, dass Judit prügelte. Die ständige Anwesenheit Katalins reizte zur Aggression, ihre bloße Existenz reizte zur Aggression, ebenso wie die Tücke der Objekte, Schuhbänder, Zahnbürsten, egal was. Schon mit winzigen Fäusten schlug sie auf Gegenstände, Kinder und Erwachsene ein, und je älter sie wurde, desto schmerzhafter wurden ihre Schläge. Die Eltern lachten, die Kindermädchen schimpften, Katalin weinte. Einzig Tiere blieben verschont, und wer es wagte, einen ihrer Hunde oder eine ihrer Katzen schroff anzusprechen, zog sich Judits Zorn zu.

Johanna Kalman verabscheute nicht nur Prügel, sondern Strafen an sich. In ihrem Haus duldete sie weder Eckestehen noch Fernsehverbot, weder Stubenarrest noch Nachspeisenentzug. Sie war überzeugt davon, dass sich alles von selbst auswachsen würde. Allzu viele Gelegenheiten gab es für sie ohnehin nicht, den kindlichen Krisen selbst beizuwohnen.

Es war dann auch eines der Kindermädchen, das sich schließlich doch befugt fühlte, Judit zu bestrafen, nachdem diese beim Mittagessen ihre Rindsroulade gegen die Wand geschleudert hatte. Judit wurde auf ihr Zimmer gebracht und eingesperrt. Sie solle über das, was sie getan habe, nachdenken – und bei dieser Gelegenheit auch generell über alles, was sie so tue –, und zwar so lange, bis ihre Mutter nach Hause käme. Also den halben Tag.

Nie sollte Judit das Gefühl der Empörung vergessen, das in ihrem Hals brannte, als sie hörte, wie der Schlüssel im Schloss umgedreht wurde. Sie entschied, dass das Einzige, worüber sie nachdenken würde, war, wie sie die Strafe umkehren und das Kindermädchen bestrafen konnte.

Zunächst schrie sie in einem möglichst hohen, schrillen Ton, in dem Bestreben, die Fensterscheiben zum Zerspringen zu bringen. Sie knisterten nicht einmal. Sie begann, Gegenstände an die Fenster zu werfen, immer schwerere und größere. Die Scheiben hielten stand. Sie wandte sich dem Schreibtisch zu und fegte alles, was darauf lag, auf den Boden. Sie öffnete Schubladen und Schränke und riss den Inhalt heraus. Dabei stellte sie sich vor, ein Wirbelwind zu sein, der in kreisenden Bewegungen Zerstörungsschneisen schlug. Dass Dinge zufällig zu Bruch gingen, faszinierte sie und weckte in ihr den Wunsch, weitere absichtlich zu zerbrechen. Es ging nun nicht mehr um das Erzeugen von Lärm, sondern um eine Untersuchung der materiellen Welt, eine Auseinandersetzung mit der Physik.

Ihr Meisterstück war die Vitrine mit dem Puppengeschirr, das sie gesammelt hatte. Jahre der Sorgfalt und Anstrengung vernichtete sie mit einem wenige Sekunden währenden Einsatz von Muskelkraft. Das winzige Wein-Set aus dunkelblauem schwedischem Glas, das der Vater von einer Geschäftsreise mitgebracht hatte, die handbemalten Porzellantässchen, die sie selbst in Zürich entdeckt hatte, all die Erinnerungen und Gedanken, das Spielen und Aufstellen, Reinigen und Reparieren – alles zerstört in einem singulären Augenblick der Macht. Der Prozess war nicht reversibel. Man würde niemals mit einer einzigen Geste etwas so Komplexes wie die Vitrine mit Puppengeschirr errichten können. Judit hatte das Gefühl, in die innersten Werkstätten des Universums zu schauen. Man konnte das Prinzip auf alles anwenden, auf Bäume, Schallplatten, Milch, Rindsrouladen, alles. Aufbau: großer Aufwand; Zerstörung: geringer Aufwand. Sie lauschte. Obwohl der Fall der umgestoßenen Vitrine in dem von ihr erzeugten Lärm einen berauschenden Höhepunkt dargestellt hatte, schien noch immer niemand Anstalten zu machen, die Türe zu öffnen. Im Haus war es totenstill, als hätte sie mit ihren Geräuschen alle anderen zum Verstummen gebracht.

Judit nahm eine Schere und ging daran, die Tuchent und den Polster aufzuschneiden. Endlich einmal konnte sie ein solches Federgestöber sehen, wie es ihr in der Geschichte von Frau Holle immer ausgemalt worden war. Dann versuchte sie, mit verschiedenen Werkzeugen ein Loch in den Parkettboden zu brechen, um in das untere Stockwerk zu entkommen. Plötzlich waren auf dem Gang draußen Stimmen zu hören, die sich näherten. Die aufgeregte Stimme des Kindermädchens, die kühle Stimme ihrer Mutter. Der Schlüssel drehte sich im Schloss. Die Tür öffnete sich. Das Kindermädchen verstummte. Die Mutter warf einen Blick auf Judit, auf das verwüstete Zimmer. Sie drehte sich zu dem Kindermädchen um und sagte: „Sehen Sie, was Sie angerichtet haben!"

Johanna Kalman sollte recht behalten. Es wuchs sich alles aus. Wenige Jahre später war aus Judit ein unauffälliges, pummeliges junges Mädchen geworden, das sich gerne zurückzog, um Baccara- und Boney M.-Platten zu hören, wesentlich mehr Interesse für Pferde als für das andere Geschlecht an den Tag legte, und kein einziges Mal betrunken nach Hause kam.

ZWÖLF

Von links stolperten vier Mädchen in Hotpants, die sich untergehakt hatten, sodass an ihnen keiner vorbeikam. Mit viel Tremolo sangen sie einen holländischen Popsong. Eine von ihnen versuchte dabei ehrgeizig, sich so etwas wie eine zweite Stimme zu erarbeiten. In den kommenden Stunden würden sie eine Gruppe von amerikanischen oder dänischen Burschen kennenlernen und deren Einladung zum Trinken annehmen. Bei der späteren Formation von Paaren würde es ein numerisches Problem geben, sodass einer oder eine übrigblieb.

Markus Bachgraben war weiterhin einsilbig, doch behielt er Judits Weinglas im Auge und schenkte sofort aus der Flasche nach, wenn sie ein paar Schlucke getrunken hatte. Judit hatte den Eindruck, er konnte die Salatblätter in ihrem Mund rascheln und knacken hören. Warum konnten sie kein Salatgespräch führen? „Gibst du kein Öl auf den Salat?" „Nein. Wenn ich Wein trinke, muss ich einen Kalorienausgleich herbeiführen." „Ich bewundere deine Selbstbeherrschung." Aber es gab kein Salatgespräch.

Von rechts kam ein Paar, das Judit als britisch einstufte. Mann und Frau waren klein und hager, trugen Brillen, hatten graue Haare. Sie hatten sich keineswegs im Laufe einer langjährigen Beziehung aneinander angeglichen. Vielmehr hatten sie sich unabhängig voneinander so entwickelt, dass sie perfekt zusammenpassten, als sie sich in einem Alter kennenlernten, in dem sie nicht mehr gehofft hatten, einander zu finden. Sie gingen langsam und blickten sich um, als wären sie auf einem fremden Planeten. Morgen würden sie vier Stunden in der Accademia zubringen und mit kunstgeschichtlichen Spezialwerken in der Hand Gemälde studieren. Später würden sie an einem Kanal ihre Klappstühle und Staffeleien aufstellen und Aquarelle malen.

Es war möglich, dass Markus Bachgraben, der dasselbe sah wie sie, auch dasselbe dachte. Dass er gar nicht auf das Salatknacken achtete, sondern versuchte, Judits Gedankenstimme zu hören.

Wenn nicht geredet wurde, fühlte sie sich abgeschnitten, aber das war nicht seine Schuld. Es war Stefan, der ihr das Schweigen verdorben hatte. Stefan hatte das Schweigen schleichend eingeführt und nach und nach ausgeweitet. Schließlich hatte er es ihr als Zeichen von Vertrautheit abgefordert, doch im Grunde war es eine Maßregelung gewesen.

Zum ersten Mal aufgefallen war es ihr etwa ein halbes Jahr nach der Hochzeit, auf einem Flug nach Dublin, eine Stunde fünfzig. Mit dem Betreten des Gates hatte Stefan zu schweigen begonnen. Allerdings nur ihr gegenüber, mit anderen Passagieren oder dem Flugpersonal sprach er durchaus. Es war vorbei, als sie in Dublin vor der Gepäckausgabe standen, und Judit dachte, sie hätte es sich wohl nur eingebildet. Doch auf dem nächsten Flug geschah es wieder, und diesmal war es auffälliger. Wien – New York, neun Stunden fünfzehn. Im Hotel weinte sie und verlangte eine Erklärung. Stefan erklärte sie für paranoid, und nach einer Weile begann sie seine Meinung zu teilen. Doch es ging weiter, griff über auf Auto- und Zugfahrten. Stefan versuchte, ihr das Schweigen schmackhaft zu machen, indem er sie sein Alter Ego nannte. Sie erwiderte, dann solle er wenigstens Selbstgespräche führen. Er schob es ihr in die Schuhe – würde sie nicht so viel reden, hätte er nicht so ein immenses Bedürfnis nach Ausgleich. In Wahrheit war es nichts anderes gewesen als Misanthropie.

„Ich bin aber bestimmt kein Misanthrop", sagte Markus Bachgraben in diesem Moment, sodass sie sich verschluckte.

Möglicherweise sei er früher, führte er aus, in seinen Anfängen gewissermaßen, ein Misanthrop gewesen, beziehungsweise hätte er diesen Eindruck erwecken können, da er mit der Notwendigkeit der Schreibisolation noch nicht so habe umgehen können wie mittlerweile. Er habe damals panische Angst vor jeder Ablenkung gehabt, die ihn aus dem Schreibfluss bringen hätte können, und er habe es dabei oft übertrieben. Er habe gemeint, er müsse wochenlang *in Klausur gehen* und dürfe keinerlei Kontakt mit der Außenwelt haben, was bei der Außenwelt einen denkbar schlechten Eindruck hinterlassen habe. Er habe sich mit Vorräten an Lebensmitteln, Zahnpasta und Klopapier tagelang *eingebunkert*, nur um nicht das Haus verlassen zu müssen, was für ihn damals gleichbedeutend gewesen sei mit *den Text verlassen*. Einmal habe seine Mutter sogar die Polizei alarmiert, da er telefonisch nicht erreichbar war und ihr die Nachbarn berichtet hatten, dass sein Postkasten überquelle. Das hätte beinahe mit dem Aufbrechen der Wohnungstüre geendet, da er natürlich auf das Klingeln und Klopfen der Polizisten zunächst auch nicht reagiert habe. Er habe es dann auf die Spitze getrieben, indem er gleich drei Monate am Stück *in Klausur gegangen* sei und seine damalige Freundin davon in Kenntnis gesetzt habe, dass es für diesen Zeitraum keinerlei Kommunikation zwischen ihnen geben könne, geschweige denn ein Treffen. „Nicht einmal für Sex?", habe sie gefragt, und: „Nicht einmal für Sex", habe er geantwortet. Seine Freundin habe dies so aufgefasst, dass er mit ihr Schluss machen wollte, woraufhin sie mit ihm Schluss machte. Als er sie nach Ablauf der drei Monate aufsuchte, um den Irrtum richtigzustellen, habe sie ihm erklärt, er habe wohl *einen Schuss in der Marille.*

Aber das seien alles, sagte Markus Bachgraben, tempi passati. Er sei wohl damals wie der berühmte Albatros in dem Gedicht von Baudelaire gewesen: ungeschickt im Umgang mit Menschen. Das aber könne man sich heutzutage auf Dauer gar nicht mehr leisten, man müsse schließlich Interviews geben und Signierstunden halten und mit Studenten diskutieren und im Fernsehen auftreten und Workshops leiten und Vertragsverhandlungen führen und an Theaterproduktionen mitarbeiten und an Events teilnehmen und für Fotoshootings posen, sonst hätte man in diesem Geschäft keine Chance. Man sei als Dichter heutzutage mehr ein Allrounder, ein Vogel sozusagen, der an Land, im Wasser und in der Luft gleichermaßen flink sei.

Aus Judits Handtasche zwitscherte es. Katalin konnte sich auf etwas gefasst machen. Judit wühlte das Handy aus der Tasche und presste es an ihr Ohr.

„Stell dir vor, ich sitze in einer Gondel!", sagte Erika.

„Was du nicht sagst."

„Mit einem Gondoliere!"

„Aha."

„Der Punkt ist, ich werde für diese Fahrt nicht bezahlen, verstehst du?"

„Aha."

„Und ich würde gerne wissen, ob ich sicher sein kann, dass du heute nicht nach Hause kommst. Dass wir die Wohnung für uns haben."

„Ganz sicher." Judit legte auf.

„Deine Schwester?", fragte Markus Bachgraben.

Judit nickte.

„Was hast du für ein Problem mit ihr?"

„Sie erzählt schlimme Lügen über mich."

„Welche denn?"

„Meinem Mann hat sie erzählt, dass ich ihm den Tod wünsche."

„Und deswegen seid ihr geschieden?"

„Deswegen ist er tot."

Markus Bachgraben schluckte. Er trank sein Glas leer, schenkte nach und trank es wieder leer. Er zündete eine Zigarette an.

„Das tut mir leid", sagte er.

„Ja", sagte Judit, „es ist schade."

„Aber daran ist doch niemand schuld."

„Nein."

„War er krank?"

„Ja."

„Daran ist niemand schuld." Markus Bachgraben tätschelte ihr die Hand. Blitzschnell drehte sie die Handfläche nach oben und verschränkte ihre Finger mit seinen. Der Kellner ging vorbei und Markus Bachgraben löste seine Hand, um ihm ein Zeichen zu geben. Er bat um die Rechnung. Wieder bestand er darauf, zu zahlen. Als er seine Brieftasche öffnete, sah Judit, dass sein Bargeld gerade noch ausreichen würde.

Auf der Accademia-Brücke war die Menschenmenge dicht, ab der Mitte kamen die beiden gegenläufigen Passantenströme beinahe zum Stillstand. Auf der Dogana-Seite musste irgendetwas zu sehen sein, da die Menschen die Köpfe reckten und zum Geländer drängten. Judit war entschlossen, sich den Anblick, den alle bewunderten, nicht entgehen zu lassen. Sie drängte sich vor, und dann schien es, als würde sich die Menge plötzlich vor ihr teilen. Einer nach dem anderen wichen die Fremden zur Seite, bis sie am Geländer stand und auf das Wasser schaute.

Auf den ersten Blick war nichts Besonderes zu sehen. Die dunkle Biegung des Kanals, die angestrahlten Fassaden der Palazzi, die geringelten Bootspfähle, die eingerüstete Kuppel der Basilica della Salute. Dann entdeckte Judit den Mond, der über dem Bacino di San Marco schwebte wie ein Lampion, in dem eine ruhige gelbe Flamme brannte, und sein Spiegelbild, das im Wasser zitterte. Eine ideale Komposition, ein Gemälde. Ein Blick in eine Laterna magica, durch die man auf einem Jahrmarkt schaute, während der Geliebte hinter einem stand. Kurz würde es nun dunkel werden, mit einem schnappenden Geräusch, und dann würde ein neues Bild zu sehen sein: die Sphinx und die Pyramiden. Ruinen im Dschungel von Yucatan. Man spürte den Atem des Geliebten in seinem Nacken. Man träumte davon, gemeinsam an all diesen Orten zu sein. Vor einem Zelt im Wüstensand Tee zu trinken, wilde Papageien zu finden, die vollkommen zahm waren, in einer Geisterstadt das Theater zu betreten und plötzlich die Scheinwerfer angehen zu sehen.

Zeichen. Hochzeiten. Koinzidenzen. Fleur de sel ist ein Zeichen. Du – ich – Hochzeit. Misanthropie ist ein Zeichen. Du – ich – bessere Ehe.

Sie drehte sich um. Der Mann, dessen Brustkorb sich an ihre Schultern drängte, war nicht Markus Bachgraben. Der Mann neben ihm auch nicht. Der Mann hinter ihm nicht, überhaupt keiner in der Menschenmenge war Markus Bachgraben. Markus Bachgraben war fort.

DREIZEHN

Am 25. Juli 1972 hatte Gundula Rebitzer geplant, ihren Mann Oliver um die Scheidung zu bitten. Genauer gesagt würde sie ihn von ihrem diesbezüglich unumstößlichen Entschluss in Kenntnis setzen. Sie würde das Abendessen servieren, die kleine Erika schlafen legen und heimlich in der Küche ein Stamperl Stroh-Rum trinken. Dann würde sie ins Wohnzimmer hinübergehen und Olivers Zeitungslektüre unterbrechen. Sie würde sich anhören, wie er sagte, sie wisse doch, dass er nichts mehr hasse, als beim Zeitunglesen gestört zu werden, und ihm dann (nicht ohne eine gewisse Genugtuung) erklären, dass er schon sehr bald seine Zeitung in völliger Ruhe und Einsamkeit würde lesen können.

Sie hatten einander zwei Jahre zuvor auf einer *Woodstock Memorial Party* kennengelernt, die im 3. Wiener Gemeindebezirk stattfand. Eine große Zahl von Studenten gedachte des amerikanischen Ereignisses durch das Auflegen von Jimi Hendrix-Platten und das Rauchen von Marihuana, sowie, um dem Ganzen eine österreichische Note hinzuzufügen, durch das Trinken von in Doppelliterflaschen abgefüllten billigen Weines. Darüber hinaus lag reichlich *freie Liebe* in der Luft. Leider konnte sich Gundula an das Ausüben der freien Liebe mit Oliver Rebitzer, der wie sie Kunstgeschichte studierte, nicht mehr besonders gut erinnern. Ein paar Wochen später, als die Menstruation ausblieb, war es mit der Freiheit endgültig vorbei.

Nicht ganz unschuldig daran war der Frauenarzt Dr. Schubert, bei dem Gundula vorgesprochen hatte, um sich die Anti-Baby-Pille verschreiben zu lassen. Mit aller gebotenen Verachtung ob des Umstandes, dass sie ihn implizit davon unterrichtet hatte, sich mit der Absicht zu tragen, mit Männern zu schlafen, teilte er ihr mit, dass er das verlangte Präparat ausschließlich verheirateten Frauen verschreibe, die bereits mehrmals geboren hätten, und selbst dann nur bei Vorliegen schwerwiegender hormoneller Probleme.

„Sie möchten also", deklamierte Gundula, die Weltverbesserungen auf Schritt und Tritt durchzuführen pflegte, „die freie Liebe nur Menschen ermöglichen, die sich zuvor in den amtlich bescheinigten Zustand beziehungsmäßiger Unfreiheit begeben haben?" Worauf er mit: „Auf Wiedersehen, Fräulein Kaiser" antwortete. Und ehe sie noch zu dem Arzt gehen konnte, den ihr Freundinnen als Geheimtipp empfohlen hatten, war auch schon die *Woodstock Memorial Party* dazwischengekommen.

Oliver, den sie seit der Party nur ein paar Mal in Vorlesungen getroffen hatte, wich jegliches Blut aus dem Gesicht, als er erfuhr, dass er Vater wurde. Dennoch machte er ihr auf der Stelle den Heiratsantrag, von dem er wusste, dass ihm seine Eltern sagen würden, er gehöre sich. Nach der Hochzeit in der Piaristenkirche (wo die Mütter nicht vor Rührung weinten, sondern weil ihre Kinder sich *das Leben zerstört* hatten) gestanden Gundula und Oliver einander, jeweils auf dem Weg zur Trauung die Flucht erwogen zu haben.

Die kleine Erika kam noch im selben Jahr zur Welt, und ehe man sich's versah, lebte man so, wie man niemals hatte leben wollen, nämlich wie die eigenen Eltern. Gundula hatte ein Kind zu versorgen, Oliver eine Familie zu ernähren. Gundulas Studium kam zum Stillstand, Olivers Studium litt. Das Geld war knapp, obwohl Oliver auf viel Schlaf verzichtete, um nachts Taxi zu fahren. Wenn er nach Hause kam, erwartete er bereitstehende Mahlzeiten, aufgeräumte Zimmer und saubere Wäsche. Wenn Gundula ihn an sein außerhäuslich geführtes Engagement für die Frauenemanzipation erinnerte, sagte er immer öfter: „Aber nur dort, wo es Sinn macht." Wenn sie sich beklagte, dass sie mit dem Kinderwagen nicht in die Straßenbahn einsteigen durfte, und ihm vorschlug, eine Protestkundgebung zu organisieren, wies er sie ernst zurecht. Das politische Kampfmittel der Protestkundgebung dürfe nicht für private Interessen missbraucht werden, sagte er.

(Gemeinsam mit einer Handvoll anderer Mütter organisierte Gundula dann doch noch einen kleinen Protestmarsch. Sie montierten Plakate auf Kinderwägen und zogen zur Remise, um die Straßenbahnfahrer auf ihr Anliegen aufmerksam zu machen. Holprig skandierten sie: „Auch Mütter wollen nicht nur wandern, sondern Straßenbahn fahren wie alle andern!" Nach einer Weile kamen ein paar Fahrer heraus, angebissene Wurstsemmeln in den Händen. Sie erklärten sehr freundlich, dass Kinderwägen nicht nur eine Belästigung der anderen Fahrgäste darstellten, sondern auch und vor allem eine Sicherheitsgefährdung. Außerdem gäbe es ja gar keinen Platz. Dort, wo ein Kinderwagen stünde, könnten mindestens vier Fahrgäste stehen. Da müsste man von Rechts wegen von einer Mutter mit Kinderwagen fünf Fahrscheine verlangen. Am Schluss schämten sich die Frauen fast, so unvernünftig gewesen zu sein.)

Die Großväter halfen manchmal aus mit Zwanzig-Schilling-Scheinen, die Großmütter mit Erika-Betreuung. Beides nicht ohne Seufzen, Kopfschütteln und Augenverdrehen. Zwar hatten Gundula und Oliver einen gemeinsamen Traum, nämlich den, eines Tages eine Galerie für moderne Kunst zu eröffnen, sie unterschieden sich jedoch darin, dass Oliver die Verwirklichung desselben für realistisch hielt, Gundula dagegen nicht.

Das erste gemeinsame Weihnachtsfest zeigte deutlich, woran es ihnen Gundulas Meinung nach gebrach. Sie hatten sorgfältig gespart, um sich ein Festessen leisten zu können. Der monatelange Verzehr von Kartoffelgulasch, Kartoffelsuppe und Kartoffelpuffern hatte an der Moral Spuren hinterlassen. Sie kauften sich zwei Forellen, mit denen sie die geplanten Salzkartoffeln erheblich aufzuwerten hofften. Oliver hatte sich freigenommen und sie kochten gemeinsam. Sie wuschen die Forellen und tupften sie mit einem sauberen Geschirrtuch trocken. Sie salzten und pfefferten sie, wendeten sie in Mehl, brieten sie in Butter an. Sie hoben sie behutsam auf die Teller und umkränzten sie mit Kartoffeln.

Der erste Bissen zeigte, dass irgendetwas schiefgegangen war. Der Fisch schmeckte bitter, ungenießbar. Sie konnten es sich nicht erklären. Erst die zu Hilfe geholte Nachbarin brachte Licht in die Angelegenheit: Man hätte die Forellen ausnehmen müssen. Andernfalls platze beim Braten die Gallenblase und verderbe das ganze Fleisch. Es half nichts, sie mussten an ihrem ersten Heiligen Abend als Familie Salzkartoffeln ohne Aufwertung essen. Oliver versuchte, Gundula, der die Tränen herunterrannen, zu trösten, indem er ihr ausmalte, welche riesigen Hummer und Tafelspitze sie sich kaufen würden, wenn sie erst einmal ihre Galerie besäßen.

„Wie sollen wir denn eine Galerie eröffnen?", schluchzte Gundula. „Wir sind doch für den schlichtesten Alltag zu blöd."

Natürlich meinte sie in Wirklichkeit, dass Oliver zu blöd war. Denn im Innersten war sie doch der Ansicht, dass alles zu wissen grundlegende Aufgabe des Mannes sei.

Gundula war unzufrieden. Sie fühlte sich wie vierzig und nicht wie zweiundzwanzig. Wobei vierzig das Alter bezeichnete, in welchem der Mensch (dem man schon ab dreißig nicht mehr getraut hatte) endgültig in das Stadium unattraktiver Verknöchertheit eintrat. Dies betraf insbesondere die Frauen. Männer konnten noch einmal einen *zweiten Frühling* erleben, wodurch sie sich aber auch nur lächerlich machten.

Ihre Mutter hatte ihr sogar schon ein *Hauskleid* geschenkt. Ein bunt bedrucktes Schürzenkleid aus knisternder Synthetik, das man während der Hausarbeit über die normale Kleidung zog, um sie nicht schmutzig zu machen.

Gundula fühlte sich gefangen wie ein Zirkusbär, der brav seine Kunststücke machte, aber die ganze Zeit jemanden umbringen hätte können. Der Drang, etwas an ihrem Leben zu ändern, war übergroß geworden, und das einzig Machbare, das ihr einfiel, war die Scheidung. Natürlich konnte es mühsam werden, beim Ex-Mann für jede das Kind betreffende Entscheidung eine Unterschrift einholen zu müssen. Der geschiedene Mann blieb ja der Obsorgeberechtigte für das Kind, während es die geschiedene Frau unter seiner lenkenden Aufsicht großzog. Aber Oliver war nicht der Mensch, der es am Kind ausließ und sich rächte, indem er die Unterschrift für die Teilnahme am Schulskikurs oder zur Durchführung lebensrettender Operationen verweigerte. Er würde traurig sein, aber nicht zornig. Vielleicht würde er auch ein bisschen um sie kämpfen.

Bei ihrer Mutter hatte sie schon vorgefühlt. Wenn es denn unbedingt sein müsse, werde sie die kleine Erika ganztägig nehmen, damit Gundula arbeiten gehen könne. Welche Arbeit das sein sollte, war unklar, im Grunde hatte sie nur Lust, in der eigenen Galerie gut zu verdienen. Vielleicht würde sie auch in eine Kommune ziehen und sich noch radikaler von den bürgerlichen Zwängen der Kleinfamilie befreien.

Als Oliver Rebitzer am 25. Juli 1972 nach Hause kam, war es viel zu früh für das Abendessen. Er habe keine Zeit für lange Erklärungen, sagte er, er müsse Gundula etwas zeigen. Sie solle die Kleine sofort zu ihrer Mutter bringen, damit sie losfahren könnten. Er habe sich von seinem Chef eigens das Diensttaxi ausgeborgt. Gundula log, dass die Mutter keine Zeit habe, da sie in einem Kurs sei. In Wahrheit hatte sie ihr versprechen müssen, bis zum Tag der Scheidung keine Kinderbetreuung mehr in Anspruch zu nehmen. Die Mutter wollte sich sozusagen auf Vorrat erholen.

Dann müsse die Kleine eben mit, sagte Oliver.

„Aber sie wird speiben!", sagte Gundula.

Erika hatte die Angewohnheit, beim Autofahren selbst auf kürzesten Strecken zu erbrechen. Oliver holte eine große Plastikplane, die vom Ausmalen übriggeblieben war, und legte sie im Auto auf die Rückbank. Sie setzten Erika darauf und ermahnten sie, während der Fahrt nicht zu viel herumzuturnen. Oliver startete den Wagen und drückte den Zigarettenanzünder hinein, damit er sich aufheizen konnte. Über Gundulas Knie gebeugt, wühlte er im Handschuhfach nach Zigaretten. Aus einer zerknüllten Packung bot er ihr eine an, gab ihr Feuer mit dem rotglühenden Ende des Zigarettenanzünders und zündete sich selbst eine an. Er wirkte nervös, und langsam steckte er Gundula damit an. Sie fuhren schweigend, während Erika auf der Rückbank herumtobte. An der Linken Wienzeile übergab sie sich, allerdings nicht auf die Plastikplane, sondern in den Nacken ihres Vaters. Sie hielten an und Gundula versuchte, mit Hilfe von Papiertaschentüchern und einigen Spritzern 4711 Erika, Oliver und den Autositz notdürftig zu reinigen. Er werde seinem Chef sagen, dass er einen betrunkenen Fahrgast befördert habe, meinte Oliver. Um es überzeugender wirken zu lassen, würde er später noch etwas Fusel auf den Fleck gießen. In einem Geruchsbad aus Erbrochenem, Zigarettenrauch und Kölnisch Wasser fuhren sie weiter.

Als Gundula klar wurde, dass sie Richtung Purkersdorf fuhren, sagte sie im Ton einer Kranken, der eine weitere furchtbare Behandlung bevorstand: „Bitte nicht zu deinen Eltern."

„Keine Angst", sagte Oliver, „das wird kein normaler Familienbesuch."

Beim Haus seiner Eltern angekommen, hielt er in der Einfahrt und befahl Gundula, im Wagen sitzen zu bleiben. Er stieg aus und läutete an. Als hätte er schon gewartet, kam federnden Schrittes Papa Rebitzer heraus und folgte seinem Sohn zum Auto. Respektvoll setzte sich Gundula nach hinten zur kleinen Erika, damit der Schwiegervater auf dem Beifahrersitz Platz nehmen konnte.

Sie fuhren wieder los. Die beiden Männer überboten sich im Witzereißen, als müssten sie einer gewissen Aufregung Herr werden. Wenn Oliver sich des Weges nicht sicher war, gab Papa Rebitzer militärisch knappe Direktiven. Nach einer Weile wurde die Bebauung schütterer, das Grünland wilder. Sie bogen auf den Parkplatz vor einem aufgelassenen Gasthaus ein, von dem aus eine Schotterstraße weiterführte. Holunderbüsche streiften die Scheiben mit ihren Dolden, auf denen die Beeren noch grün waren. Die Schotterstraße mündete in dichtem Gestrüpp. Ackerwinden, Brombeersträucher und Efeu waren fest miteinander verhäkelt. Ein Wildrosenstrauch mit ebenfalls noch grünen Hagebutten griff in einen Goldregen, dessen Blütentrauben bereits angewelkt waren. Unter einem Zwetschkenbaum lagen Äste, die der Sturm abgerissen hatte. Brennnesseln. Glockenblumen. Glaskraut. Schafgarben. Kornblumen. Eine verrostete Rolle Stacheldraht schaute daraus hervor, Bretter, in denen lange Nägel steckten, Reste einer Resopal-Tischplatte. Kohlweißlinge hoben und senkten sich wie von unsichtbaren Fäden gezogen. Halb versteckt hinter der Vegetation stand ein heruntergekommenes zweistöckiges Gebäude, ein alter Schüttkasten vielleicht.

Sie stiegen aus. Auf dem Pfad zum Eingangstor trat Papa Rebitzer links und rechts die Stauden nieder, damit die hinter ihm Gehenden freie Bahn hatten. Gundula trug die kleine Erika auf der Hüfte. Das Holztor sah zwar angegriffen aus, war aber durch verschiedene Schlösser gesichert, die Papa Rebitzer nun aufsperrte. Drinnen stand muffige Kühle, in die an manchen Stellen staubgefüllte Sonnenstrahlen schnitten. Ein großer Raum, dessen Decke durch plumpe Holzsäulen abgestützt war. Hie und da Gerümpel, von Spinnweben überklebt. Gleich beim Eingang führte eine Treppe nach oben, auf der Papa Rebitzer voranging. Oliver zwinkerte Gundula zu, als wären sie Verschwörer. Die Treppe endete an einer Tür, die wiederum aufgesperrt werden musste. Mit Handbewegungen geleitete Papa Rebitzer sie hinein und zündete sich, als hätte er nun eine Pause verdient, eine Zigarette an.

Sie gruppierten sich nahe des Eingangs, denn obwohl der Raum, ebenso wie sein Gegenstück im Erdgeschoß, die gesamte Grundfläche des Gebäudes einnahm, war in ihm nicht viel Platz. Große Tücher hingen über großen Gegenständen, was den Eindruck erweckte, als würde man einem erstarrten Gespensterheer gegenüberstehen. Die Tücher waren wohl einmal weiß gewesen, wahrscheinlich Leintücher, auf denen Flecken, Schmieren und Schatten lagen. Oliver zündete sich ebenfalls eine Zigarette an, dann begann er die Tücher von den Gegenständen herunterzuziehen. Durch schmale Gänge arbeitete er sich weiter nach hinten vor. Gundula setzte Erika ab. Ohne hinzusehen, griff sie nach der Zigarettenpackung, die ihr der Schwiegervater hinhielt, zog eine Zigarette heraus und ließ sich Feuer geben. Dann folgte sie Oliver durch die schmalen Gänge.

Was zum Vorschein kam, waren Einrichtungsgegenstände. Fauteuils, Sessel, Rauchtische, Kommoden, Sekretäre mit Fächern, ein Toilettentisch, ein Medikamentenschrank, Regale, Vitrinen. Aber auch Türblätter, Wandverkleidungen, Figurinen, Spiegel, Fliesen und unzählige, auf Haufen geschichtete Lampen. Die Farben waren Schwarz, Weiß, Messing, Silber. Die Formen waren nüchtern, geometrisch: Rechteck, Halbkreis, Quadrat.

„Das ist Wiener Werkstätte", sagte Gundula zu ihrem Schwiegervater, als sie wieder neben ihm stand. „Josef Hoffmann, Koloman Moser." Sie dachte, er wünsche eine Expertise. Und dann fiel ihr ein, woher die Sachen stammen mussten.

„Hast du das aus dem Sanatorium?", fragte sie und bekam einen Hustenanfall.

Das Sanatorium Purkersdorf, 1904 bis 1905 von Josef Hoffmann für den Generaldirektor der Schlesischen Eisenwerke Gleiwitz Victor Zuckerkandl erbaut. Das Hauptwerk der kubisch-geometrischen Phase des Wiener Jugendstils. Ein Gesamtkunstwerk, von der Wiener Werkstätte bis in das letzte Detail ausgestattet. Einst war es Treffpunkt der mondänen Welt gewesen: Maharadschas, Mogule, Aristokraten, Künstler. Man machte Badekuren, trieb Gymnastik, ließ sich massieren. Es gab Wartezimmer mit Telefonzellen, Schreib- und Lesezimmer, ein Musikzimmer, einen Turnsaal, einen Tischtennisraum und ein Billardzimmer. Abends speisten die Damen in großer Toilette, die Herren im Frack.

Nun war das Sanatorium ein baufälliges Pflegeheim, von dessen Tristesse auch das Grün des umliegenden Wienerwaldes nicht ablenken konnte. Dazwischen lag, wie jeder wusste, eine als solche bezeichnete *ungute Geschichte*, die die Nazi-Zeit und die damit zusammenhängende Enteignung der Familie Zuckerkandl betraf.

Oliver schaltete sich ein: „Vati hat das alles vom Müll gerettet. Die wollten das wegschmeißen."

Papa Rebitzer bestätigte dies. Man habe einige Pavillons abgerissen und das Mobiliar mit dem Bauschutt entsorgen wollen. Fünfzehn oder zwanzig Jahre sei das her. Er sei ja auch nicht gerade überzeugt gewesen von dem *scheußlichen Klumpert*. Wenn es Biedermeier-Möbel gewesen wären, dann hätte die Sache anders ausgesehen, da hätte er sich vielleicht selbst das eine oder andere Stück behalten. Aber das hier sei natürlich geschmackloser Kitsch, den sich niemand, den er kenne, freiwillig ins Haus gestellt hätte. Trotzdem habe er sich gedacht, aufheben schade ja nicht, vielleicht könne man das Zeug irgendwann noch mal brauchen. Dann habe er alles hier untergestellt und im Großen und Ganzen vergessen. Der Besitzer des Grundstückes wolle nun aber den alten Schüttkasten abreißen, um an dessen Stelle für seinen Sohn ein Einfamilienhaus zu bauen. Er habe ihn ersucht, sein Eigentum so schnell als möglich abzutransportieren, sonst komme es mit in den Container. Und da habe er sich gedacht, Oliver und Gundula seien doch Experten für solchen Kunst-Schnickschnack und könnten vielleicht etwas damit anfangen. Und so habe er die Sachen Oliver angeboten.

„Was meinst du dazu?", fragte Oliver seine Frau kühl, jegliche Begeisterung unterdrückend. Wie in Gegenwart eines Händlers, dem man gerade etwas unter Wert abluchste. Er hatte wohl Angst, sein Vater könnte durch allzu offensichtlichen Jubel auf die Idee kommen, das *scheußliche Klumpert* sei doch etwas wert und könnte ihm seinen Lebensabend versüßen. Besser also, es so darzustellen, als würde man ihm einen Gefallen tun, ihm eine Last großmütig abnehmen.

„Du hast die Sachen aber nicht im Vierziger-Jahr mitgenommen?", fragte Gundula ihren Schwiegervater. Sie ließ es wie einen Scherz klingen, spürte aber, wie unter ihren langen Haaren die Ohren dunkelrot wurden.

Es war bekannt, dass die Purkersdorfer an der Plünderung des Sanatoriums im Zuge der Arisierung beteiligt gewesen waren. Die Älteren erinnerten sich noch daran. Genauer gesagt, sie erinnerten sich daran, dass andere Purkersdorfer geplündert hatten. Kein einziger Purkersdorfer konnte sich daran erinnern, dass er selbst geplündert hatte.

Nicht ganz unerwartet geriet Papa Rebitzer in Rage. Er lasse sich hier nicht beschuldigen. Das sei eine Riesensauerei. Das habe man nun von seiner Gutherzigkeit. Er würde nicht hier stehen und sich verdächtigen lassen. Er habe klar und deutlich gesagt, dass er das Zeug lange nach dem Krieg vom Müll geholt habe. Das sei ja wohl mehr als legal. Wenn jemand etwas wegschmeiße und man hole es sich von der Deponie, dann gehöre es einem. Und basta. Und überhaupt!, arbeitete sich Papa Rebitzer weiter in die Erregung hinein: Selbst wenn er das Klumpert im Vierziger-Jahr geholt hätte, wäre es auch in Ordnung gewesen. Denn dann hätte er es ebenfalls vom Müll geholt. Die Leute hätten ja alles weggeschmissen, was keinen Brennwert hatte. Das sei ja auch schon im Vierziger-Jahr alles absolut nichts wert gewesen. Niemand habe so einen Schund haben wollen. Wenn es irgendwie ging, habe man das Messing dem Altmetallhändler angedreht. Die Möbel zu verheizen sei auch kein Vergnügen gewesen, bei dem grausligen Lack, der da überall drauf sei. Ganz Purkersdorf habe gestunken von dem Rauch! Aber ihm hier überhaupt so eine Frage zu stellen sei eine bodenlose Frechheit, die er sich nicht bieten lasse. Man könne das Ganze vergessen. Dann komme das Zeug eben auf den Müll, wo es schon die längste Zeit hätte verrotten sollen.

Zum Glück machte sich in diesem Moment die kleine Erika an einer Lampenabdeckung aus Opalglas zu schaffen, sodass man sie ihr aus den Händchen nehmen und sie ermahnen musste, nichts anzufassen.

Gundulas Frage sei doch nur ein schlechter Scherz gewesen, beschwichtigte Oliver seinen Vater. Natürlich habe sie das nicht so gemeint. Man helfe ihm doch gerne. Man werde die Sachen abholen, damit sein Freund so bald als möglich das Einfamilienhäuschen für den Sohn errichten könne. Vielleicht bekäme man ja auch noch den einen oder anderen Schilling dafür, sie könnten jeden gebrauchen, das wisse er ja.

„Wir sind dir wirklich sehr dankbar, Vati", sagte Oliver. Und somit war die Sache besiegelt.

Auf der Rückfahrt schlief Erika zusammengerollt neben einem großen Luster. Den Kofferraum hatten sie vollgefüllt. Oliver redete davon, dass sie im Begriff seien, der Menschheit einen großen Dienst zu erweisen. Sie retteten einen Kunstschatz vor der Vernichtung. Unglaublich, dass sein Vater vor zwanzig Jahren in einen so einmaligen historischen Moment getreten sei: den der Umnachtung einer verantwortlichen Person. Irgendeinem blinden Bürokraten sei der Vater gerade noch rechtzeitig in den Arm gefallen. Zwar stehe Jugendstil zur Zeit tatsächlich nicht besonders hoch im Kurs, werde aber ohne Zweifel eines Tages Bedeutung erlangen. Sie würden einen Lieferwagen brauchen. Sie würden ein Lager brauchen.

Gundula war wieder eingefallen, dass sie an diesem Abend die Scheidung hatte verlangen wollen. Das war nun nicht gerade ein günstiger Moment. Oliver hatte selbst keine Trennung erwogen, sonst hätte er ihr den Schatz nicht gezeigt. Er hatte sein Leben mit ihr geplant, und er dachte in Jahrzehnten. Vielleicht, sagte er, in zwanzig oder dreißig Jahren, würde die Wiener Werkstätte der ganz große Renner auf dem Kunstmarkt sein. Dann würde man ihnen dankbar sein, dass sie hier vorausschauend gehandelt hatten.

Wenn sie sich jetzt scheiden ließ, würde sie es nicht über sich bringen, die Hälfte des Schatzes für sich zu beanspruchen. Das hätte sie Oliver nicht antun können. Überdies, auch wenn sie unbedingt davon ausging, dass ihr Schwiegervater legal an die Sachen gekommen war, hätte sie nicht die Aufmerksamkeit eines Gerichtes darauf lenken wollen. Man wusste nie, was man da für

Lawinen lostrat. Eigentlich wollte sie überhaupt nichts mit einem Gericht zu tun haben, aber das würde ihr im Falle einer Scheidung wohl nicht erspart bleiben. Sie konnte ja nicht einmal einen richtigen Grund für eine Trennung angeben. Oliver hatte sie weder betrogen noch geschlagen, hatte sein Einkommen weder versoffen noch verspielt, und unvereinbare Differenzen gab es ebenso wenig wie Zerrüttung. Wahrscheinlich würde der Richter unter solchen Umständen eine Scheidung gar nicht erlauben. Er würde sie auslachen und sagen, sie solle vernünftig sein. Einen besseren Mann würde sie schwerlich bekommen. Eigentlich war die Ehe erstaunlich gut, wenn man bedachte, wie sie zustande gekommen war. Eine Vernunftehe, in der man begonnen hatte zusammenzuwachsen.

Wenn sie sich scheiden ließen, würde Oliver natürlich über kurz oder lang eine Andere heiraten und mit dieser Anderen Kinder bekommen. Dann, wenn der Schatz tatsächlich groß rauskommen sollte (und vielleicht war das ja auch schon in fünf oder zehn Jahren), würden die anderen Kinder in Saus und Braus leben und Erika hätte nichts. Erika hätte dann nur etwas von der Armut ihres Vaters gehabt, während die anderen Kinder seinen Reichtum miterleben durften. Das Mindeste, was Gundula für ihre Tochter tun musste, war, noch einmal gründlich über das Ganze nachzudenken.

Es tat ihr leid, ihren Schwiegervater so brüskiert zu haben. Natürlich konnte er nicht zu den Plünderern der Nazi-Ära gehört haben. Im Vierziger-Jahr war er bestimmt schon an der Ostfront gewesen.

Papa Rebitzers Vater, Olivers Großvater, war ein Illegaler gewesen. Das wusste sie, seit sie an seinem Grab gestanden war. Auf dem Grabstein war zu lesen:

Albert Rebitzer
Schlossermeister und Hausbesitzer
Geboren am 15. Juni 1898
Gestorben am 29. Oktober 1937
Hoffe inbrünstig auf den Anschluss an das Deutsche Reich.

Der letzte Satz, hatte man ihr erzählt, war ursprünglich durch eine Marmorleiste abgedeckt gewesen. Man konnte noch die beiden eisernen Verankerungen im Grabstein sehen. Albert Rebitzer hatte ein Herzleiden und gewusst, dass er nicht mehr lange genug leben würde, um seinen Traum erfüllt zu sehen. Also hatte er sich diesen Grabstein anfertigen lassen und seine Frau beauftragt, am Tag des Anschlusses die Leiste entfernen zu lassen. Nicht einmal ein halbes Jahr später hatte die ganze Welt lesen können, was sein Testament gewesen war. Nach dem Kriegsende hätte man den Satz gerne wieder abgedeckt, aber die ursprüngliche Leiste war nicht mehr aufzufinden und für eine neue kein Geld da gewesen. Und so hatte man den Satz stehen lassen und da stand er noch.

Also war Großvater Rebitzer im Vierziger-Jahr bereits tot und Papa Rebitzer vermutlich nicht in Purkersdorf gewesen, sondern an einem Ort, den er als *die Walachei* zu bezeichnen pflegte. Außerdem hätte ein Möbellager aus dieser Zeit schwerlich die russische Besatzung überlebt. Und die Staubschicht auf den Tüchern wäre noch um einiges dicker gewesen, als sie war. Und vor allem konnte Gundula sich auf Oliver verlassen. Er kannte seinen Vater schließlich am besten. Wenn man Bedenken haben hätte müssen, hätte er sie längst gehabt.

Die Ehe zwischen Gundula und Oliver Rebitzer blieb fürs Erste aufrecht. Als Oliver mit dem Studium fertig war, sah er ein, dass nun Gundula dran war, und er blieb halbtags zu Hause, um Erika zu betreuen. Er stellte fest, dass er es durchaus genoss, als einziger Mann auf dem Spielplatz ebenso viel Mitleid wie Bewunderung zu ernten. Schnell holte Gundula auf und schloss ihr Studium ebenfalls ab.

Nach und nach verkauften sie Teile des Schatzes über die großen Auktionshäuser, erst kleinere und unbedeutendere Stücke, um den Markt auszuloten. Auch wenn sie nichts zu verbergen hatten, verkauften sie lieber anonym. Die Preise, die erzielt wurden, lagen über den Erwartungen, doch sie rechneten mit weiterem Wertzuwachs. Sie verkauften mit äußerster Vorsicht, peu à peu, das Beste zurückhaltend. Indessen verdienten sie sich ihre Sporen in Galerien, wo sie Tausende von Einladungskuverts für Vernissagen beschrifteten. Heimlich fertigten sie Kopien der Adresslisten der Kunstsammler an, für den Tag, wo man sie würde brauchen können. Die finanzielle Lage besserte sich stetig. Rücksichtsvoll ließen sie Papa Rebitzer in dem Glauben, dass dies nichts mit dem *scheußlichen Klumpert* zu tun hatte, das er ihnen geschenkt hatte. Sie waren beide noch keine dreißig Jahre alt, als sie ihre eigene Galerie für moderne Kunst eröffneten.

Und dann, 1985, drei Jahre vor Erikas Matura, kam der Boom. Man hatte recht behalten. Der internationale Kunstmarkt war nun reif, sich für die schönsten Stücke des Schatzes zu überbieten.

Geschieden wurden Gundula und Oliver Rebitzer erst 1998. Oliver hatte sich in eine junge Künstlerin verliebt, mit der er seinen *zweiten Frühling* erlebte. Da das Zusammenarbeiten dadurch schwierig geworden war, übergaben die Rebitzers die Galerie noch im selben Jahr ihrer Tochter Erika.

VIERZEHN

Sie erkannte Erika schon von Weitem. Auf dem voll besetzten Vaporetto, das sich von den Giardini kommend dem Anleger Lido näherte, stach eine Frau mit einem riesigen marineblauen Sonnenhut heraus. Er bot dem Fahrtwind eine hervorragende Angriffsfläche und man sah, wie die Frau mit einer Hand kämpfte, um den Hut auf dem Kopf zu behalten. Als das Vaporetto näher kam, erkannte man, dass sie unter den anderen Arm einen kleinen Hund geklemmt hatte, der heftig strampelte. Über ihrer Schulter hing zum Ärger der anderen Fahrgäste eine große, prall gefüllte Badetasche, deren Henkel immer wieder herunterrutschten. Dann hing die Tasche in der Armbeuge, und die Hand, die den Hut vor dem Wegfliegen rettete, sorgte mit ihren Bewegungen dafür, dass die Tasche sich den Umstehenden abrupt ins Gesicht drückte.

„Hast du meine Badesachen?", fragte Judit. Erika nickte. Sie setzte Trixie im Schatten ab, kramte in der Tasche nach einer Wasserflasche und trank sie halb leer. Erst dann sagte sie: „Hallo."

Über Nacht war die Afa gekommen, die schwüle venezianische Hitze. Sie legte sich wie Harz um die Gliedmaßen, sodass man sich fühlte wie ein Insekt, das kleben geblieben war und mit jeder Bewegung fester eingeschlossen wurde. Auch an Land musste Erika den Hut festhalten, der Schirokko blies ihnen in aufreizenden kleinen Stößen heißen Atem ins Gesicht, als wäre er ein unsichtbarer Drache, der um sie herumtanzte. Sie gingen auf der Gran Viale Santa Maria Elisabetta nach Süden, Richtung Strand. Die Nacht mit Nunzio, dem Gondoliere, sagte Erika, sei wie erwartet eine Enttäuschung gewesen. So etwas erwarte man sich von einem italienischen Liebhaber: das erste Kennenlernen vielversprechend, dann alles klischeehaft.

Er habe sich sehr ins Zeug gelegt. Allerdings achtzigerjahremäßig. Mit Erdbeeren füttern, mit Sekt anspritzen, den Sprühflaschenschlagobers aus dem Bauchnabel schlecken, als wäre nicht ein Tag seit „9 ½ Wochen" vergangen. Dabei sei Nunzio in den Achtzigern geboren – ging die Jugend denn nicht mehr antithetisch vor? Dann auch noch Honig! Pornosprüche, überhaupt nichts Originäres.

Sie sei noch nicht achtzehn gewesen, als der Film ins Kino kam, und habe sich stark schminken müssen, um ihn ansehen zu können. Schlimm genug, dass damals alle von ihren Freundinnen zu verlangen begannen, Geldscheine mit dem Mund vom Boden aufzuheben. Und diese „9 ½ Wochen" seien nun, ohne dass es irgendjemandem bewusst sei, in die Ewigkeit der Geschlechtsbeziehungen eingegangen, für alle Zeiten müsse im Bett mit Viktualien hantiert werden. So wichtig sei Nunzio diese Patzerei gewesen, dass er sogar einen Abstecher nach Hause gemacht habe, um aus der Küche seiner Mutter (denn er wohne wie alle unverheirateten Venezianer bei den Eltern) die Zutaten zu holen. Wahrscheinlich habe er gedacht, ihr gefiele das, weil sie alt sei.

Als Erika in der Nacht aufwachte, weil die Nachttischlampe brannte, lief in ihrem Gehirn das Klischeeprogramm ab. Liebhaber zieht sich an wie Dieb auf der Flucht. Frau wacht auf: Wo willst du hin? Wann sehen wir uns wieder? Morgen?

Die Variante, dass die Frau das ernst meinte, war Jahrhunderte alt. Postneunzigerjahremäßig war, dass die Frau das alles nur sagte, um den Liebhaber in Verlegenheit zu bringen und ihm den Schweiß auf die Stirn zu treiben. In Wirklichkeit war sie heilfroh, dass er sich sang- und klanglos verabschiedete, und spielte souverän mit der männlichen Bindungsphobie. Sie weidete sich am Gestammel des gepeinigten Beziehungsflüchtlings, der versuchte, seinen Kopf aus der vermeintlichen Schlinge zu ziehen. Sich die falsche Handynummer geben lassen, sofort anrufen – Komisch! Es klingelt gar nicht bei dir!

Plötzlich sei Erika bewusst geworden, dass sie nicht die geringste Ahnung hatte, ob sie nun froh oder traurig darüber war, dass Nunzio ging. Ging er überhaupt? Ihre ganze Gefühlswelt war zugeschüttet von Hollywoodfilmen und Frauenzeitschriften, so wie seine von Hollywoodfilmen und Pornos zugeschüttet war. Gut, sie wusste nichts von seiner Gefühlswelt, aber sie beschloss, dass unter seinem zugeschütteten Verhalten keinesfalls sauerstoffreiche Gefühlsstollen vorhanden sein konnten. Vor allem, da sie selbst eine rationale Entscheidung bezüglich eines Gefühls treffen musste. Sollte sie erleichtert sein? Zynisch und eiskalt? Wutentbrannt und aufgewühlt? Glücklich und zufrieden? Hatte Nunzio nun überhaupt seine Hosen angezogen? Am besten war es wohl, müde zu sein und weiterzuschlafen.

Erika drückte das Gesicht in das Kissen und ließ Schlaf über sich kommen. Die Matratze senkte sich, als Nunzio sich an die Bettkante setzte. Er beugte sich über sie, strich ihr über die Haare und küsste sie lange, erst hinter dem einen, dann hinter dem anderen Ohr. Die Augen noch immer geschlossen, stellte Erika sich vor, Abschiedsschmerz zu empfinden, und empfand ihn auch gleich.

Es sei ihr nichts anderes übrig geblieben, als sich herumzuwälzen und ihn dabei scheinbar zufällig wegzustoßen. Kurz darauf hörte sie, wie sich die Türe hinter ihm schloss. Sie zwang sich einzuschlafen und träumte von verwahrlosten Katzen, die an schrecklichen Hautkrankheiten litten. Als sie aufwachte, entdeckte sie, dass Ameisen Honigkristalle und Erdbeerpartikel von ihrem Leib abtransportierten. Auf ihr ein Ameisenstraßengeflecht. Das ganze Bett eine riesige Werkstatt für eine fremde Nation, ein Feld und Erntegebiet für Kieferzangen und effiziente Logistik. Es gab *titolari* mit großen, bernsteinfarbenen Köpfen und zierliche Sklaven, die Befehle ausführten. Es gab angeregte Gespräche rund um Erikas Bauchnabel, wo besonders viel Erntedank zusammengeklebt war. Die Seidenstraße bildete das herabgeglittene Zudeckleintuch, das zum Fußboden und eroberungswilligen Kontinenten hinter den Maueröffnungen führte.

Es sei ihr während der ganzen Zeit gelungen, nicht an Michael zu denken. Sie habe sich erfolgreich für eine Nacht aus dem Leben, das sie eigentlich führen wollte, verabschiedet, und ein anderes Leben geführt.

An einem Stand kauften sie zwei aufgeblasene Luftmatratzen. Judit sah, dass Erika in Trixies Fell, das normalerweise vierzehntägig von einer teuren Professionistin getrimmt wurde, mit der Schere gewütet hatte, um ihr die Afa zu erleichtern. Dennoch hechelte die kleine Hündin so stark, dass ihre Flanken bebten. Erika übergoss sie mit dem restlichen Wasser aus ihrer Plastikflasche. Wo die Sonne das Pflaster aufgeheizt hatte, winselte und hüpfte Trixie wie auf einer heißen Herdplatte, sodass sie von Schatten zu Schatten getragen werden musste. Als Erika versuchte, den Hund unter den einen und die Luftmatratze unter den anderen Arm zu klemmen, trug der Wind ihren Hut davon. Er rollte auf die Straße und wurde von einem Bus überfahren.

„Hast du deine heurige Kugel schon gegessen?", fragte Erika und deutete mit dem Kinn auf einen Stand, wo das Eis an der Oberfläche zu cremigen Spitzen gezupft war.

„Ja", sagte Judit, „Kokos."

„Ich hebe es mir noch auf", sagte Erika und sie gingen weiter.

Es war nun schon das vierte Jahr, seit sie beschlossen hatten, ihre strenge Diät zwei Mal im Jahr zu lockern. Im Winter durften drei Pralinen nach Wahl gegessen werden, im Sommer eine Kugel Eis. Anna und Nora machten auch mit, Tita dagegen gestand, zu Weihnachten den Kochkünsten ihrer Schwiegermutter ohnehin nichts entgegenzusetzen zu haben. Man einigte sich darauf, dass sie dafür auf die Eiskugel verzichten müsse und diesbezüglich streng überwacht würde. Eva und Rebecca fühlten sich wohl, so wie sie waren (also fett), Emma machte sich nichts aus Süßigkeiten, Catherine war um keinen Preis bereit, Zucker in ihren Körper zu lassen, und Katalin wurde Jahr für Jahr knochiger, ohne sich im Geringsten einzuschränken. Helena litt an Bulimie und wurde daher nicht eingeweiht. Um der Maßnahme einen feineren Schliff zu verleihen, hatte Judit eine Liste mit möglichen Anlässen erstellt, zu denen Pralinen beziehungsweise Eis gegessen werden durften:

1. Vor einer großen Anstrengung.
2. Nach einer großen Anstrengung.
3. Am heißesten Tag. (Eis)
4. Am kältesten Tag. (Pralinen)
5. Wenn man das Gefühl hat, Luft zu werden, und sich wieder verstofflichen möchte.

„Du bist eine Fresssüchtige, gefangen im Körper eines Kontrollfreaks", hatte Eva zu ihr gesagt.

Bevor sie an der Piazzale Bucintoro durch ein kleines Gartentor den Zugang zum öffentlichen Strand betraten, steckte Erika den Hund obenauf in die Badetasche, sodass nur das Köpfchen mit der flatternden rosa Zunge heraussah. Sie gingen vor bis zum Wasser und dann Richtung Osten, weg von den großen Hotels und ihren Kabanenreihen, in denen das Strandleben geregelt wie im Schrebergarten ablief und um Punkt dreizehn Uhr alle die Frischhaltedosen mit den Salaten aus den Kühlboxen holten. Ein Hund hätte dort umgehend die Ordnungsmächte auf den Plan gerufen.

Wie denn Judits Nacht gewesen sei, fragte Erika. Schön?

Durchaus schön, sagte Judit. Das Thema Hochzeit sei aufgekommen. Sie habe deshalb nicht gut geschlafen.

„Es ist jetzt fünf Jahre her", sagte Erika.

„Ich weiß", sagte Judit.

FÜNFZEHN

Man konnte nicht behaupten, dass Judit Kalman dem Übersinnlichen keine Chance gegeben hätte. Schon in ihrer Schulzeit hatte sie sich bemüht, Vorahnungen zu haben, was den Tod ihr nahestehender Personen betraf (die zum Glück nie vom Ableben der Betroffenen gefolgt waren), sowie generell Vorahnungen zu haben (die sich einzig im Fall von Schularbeiten bestätigten, für die sie ein Nicht genügend vorhergesehen hatte). Sie hatte versucht, mit der Macht ihrer Gedanken Gegenstände zu bewegen (mit dem Ergebnis, dass der Wille weder Berge versetzen konnte, noch auch nur eine Sicherheitsnadel). Sie hatte jede Anstrengung unternommen, die Gedanken ihrer Freundinnen zu lesen und sie kraft ihrer eigenen Gedanken zu beeinflussen (erfolglos in hundert Prozent der Versuche). Sie hatte die Bücher Erich von Dänikens studiert und ihr Möglichstes getan, sich selbst von der Existenz von Außerirdischen zu überzeugen. Nahmen die Zweifel überhand, verstärkte sie ihre Bemühungen auf dem Gebiet der Missionierung (deren willfährigstes Opfer Katalin war). Sie versuchte, mit Außerirdischen Kontakt aufzunehmen. Sie versuchte, mit Saligen Frauen, den Zwergen im Untersberg und den Geistern von Castrum Juvavum, der wegen sündigen Treibens im Moor versunkenen Vorgängerstadt Salzburgs, Kontakt aufzunehmen. Sie versuchte, im Rahmen einer Schwarzen Messe auf dem Aigner Friedhof mit dem Teufel Kontakt aufzunehmen, was jedoch in Kontakt mit der Polizei mündete, noch ehe der Teufel mittels Blutopfer herbeigerufen werden konnte (ein Vorfall, von dem die Eltern dank eines den Flausen der Jugend gegenüber verständnisvollen Einsatzleiters niemals unterrichtet wurden).

Als eine Schülerin des Ursulinengymnasiums erzählte, dass dort in der Kapelle eine tote Nonne aufgebahrt sei, schloss Judit sich der Gruppe an, die den unheimlichen Ort aufsuchte, um einen Beweis dafür zu erhalten, dass der Geist der Verblichenen sich noch in der Nähe ihrer sterblichen Hülle aufhielt. Trotz vielerlei Beschwörungen und blasphemischer Witzchen meldete sich der Geist der Nonne nicht, ebenso wenig wie Gott.

Gott ließ sich grundsätzlich überhaupt nicht provozieren. Wenn er strafte, dann mit so ausgedehnter zeitlicher Verschiebung, dass Kausalität Interpretationssache war. Gute Taten belohnte er entweder gar nicht oder in einem nur mit Fantasie erkennbaren Zusammenhang. Engel ließen sich nicht blicken, die Muttergottes auch nicht. Nicht einmal das *warme, allumfassende Licht der Liebe,* von dem gläubige Mitschüler berichteten, wollte Judit je ergreifen.

Natürlich lebte sie familiär gesehen in einem *Glaubensvakuum* (ein Ausdruck der Pichler-Oma, die sich mit der Heiligen Dreifaltigkeit in bestem Einvernehmen befand). Franz Kalman war die Religion früh unheimlich geworden, und er hatte seine Frau mit seiner Skepsis infiziert. Er sagte Dinge wie: „Es gibt keinen Gott, der dich anstarrt." Oder: „Jemand, der die, die er liebt, elend verrecken lässt, ist sowieso krank." Oder: „Dass es ein Leben nach dem Tod gibt, ist eine Lüge, die erfunden wurde, um Soldaten das Sterben schmackhaft zu machen." Religion stand für ihn auf einer Stufe mit Jahrmarktstäuscherei. Die Bibel hielt er für ein barbarisches, blutrünstiges Machwerk, das man Kindern unmöglich zumuten konnte. Wer seine Kinder einen Kalvarienberg hinaufhetze, erklärte er gerne, könne sie genauso gut mit Horrorromanen traumatisieren. Folter und Mord, Blutgespritze und Knochenbrecherei, Inzest, Sklaverei, Menschenopfer und Säuglingsabschlachtungen, das seien die großen Inhalte der Bibel. Und was dachte man sich dabei, kleine Kinder ständig mit dem Bild eines Mannes zu behelligen, dem das Blut in die Augen troff, weil man ihm mit einem Folterinstrument die Stirn aufgerissen hatte, und dem das Blut aus Händen und Füßen quoll, in die man Nägel hineingeschlagen hatte?

Johanna Kalman übernahm die Regelung der Sache nach außen. Zum einen gab sie vor, sich in ihrer Kirchenabstinenz dem Willen ihres Mannes zu beugen, zum anderen überbrachte sie dem Klerus großzügige Spenden, um den Verdacht hintanzuhalten, dass es ihnen um das Schwänzen der Kollekte ging. Nur zwei Mal hatte sie ihren Töchtern den Umgang mit anderen Leuten verboten. Im einen Fall handelte es sich um ein Paar, das seine Kinder auf die Namen Gunther, Gernot, Giselher und Kriemhild getauft hatte. Im zweiten um eine Familie, in der vor jeder Mahlzeit so lange gebetet wurde, dass das Essen kalt wurde – ein Verhalten, das in Johannas Augen „vollkommen irrational" war.

Weiter ging man jedoch nicht. Judit und Katalin waren katholisch getauft, denn, wie es Pater Dobringer, der beliebte Pfarrer von St. Blasius formulierte, „nur die Affen im Zoo" waren dies nicht. Das *Glaubensvakuum* aber, gegen das auch die Pichler-Oma nichts auszurichten vermochte, führte nach und nach dazu, dass Katalin an alles, Judit dagegen an nichts glaubte. Und während Katalin tiefe spirituelle Befriedigung aus der Beschäftigung mit der Astrologie, den Mythen der Navaho-Indianer, den Lehren des Dalai Lama und jenen eines Mannes namens Thorwald Dethlefsen erfuhr, erfuhr Judit nichts als Desillusionierung. Sogar das perfekt geformte UFO, das sie eines Tages am Himmel über der Salzach leuchten sah, hatte sich binnen Sekunden in eine ganz normale Wolke aufgelöst.

Sie war dreißig, als sie das Haus in Irland kaufte. Das ewige Studium mit seinem ewigen Partyleben hatte sie erschöpft. Peter, ihr vierter Freund, hatte begonnen ihr zu missfallen. Ihr missfielen seine gepflegten Fingernägel, seine kultivierte Höflichkeit, deren Ziel es war, nie jemanden vor den Kopf zu stoßen, seine Bereitwilligkeit, ihr beim Shopping als Stilberater zur Seite zu stehen („Fast so gut, als wäre er schwul!") – sogar das sexy Augenfunkeln, mit dem er den Kreis seiner Verehrerinnen binnen Sekundenbruchteilen zu erweitern vermochte. Kurz, alles missfiel ihr, was ihr eigentlich hätte gefallen müssen und mehr als drei Jahre lang auch gefallen hatte. (Es handelte sich wohl um Abnützungserscheinungen, wie sie bei allen Paaren auftraten, nur nicht bei ihren Eltern.)

Sie kaufte ein hübsches Cottage auf einem Hügel, unter dem sich in prachtvollem Bogen das Meer spannte. Beim Abschied am Flughafen sagte sie zu Peter: „Was passieren wird, wird passieren." Sie wusste selbst nicht genau, was sie damit meinte, erst, als sie einen Brief von ihm erhielt, wurde ihr klar, dass es: „Das war's dann also" bedeutet hatte.

Sie hatte vor, in Irland eine Zeit lang in vollkommener Einsamkeit zu leben. In der ersten Woche genoss sie das Alleinsein in vollen Zügen, in der zweiten begann sie sich zu langweilen, in der dritten ließ sie sich von einem jungen Geiger verführen, der mit seiner Band durch die Pubs zog, und in der vierten hatte sie bereits jede Menge Leute kennengelernt, die sie tagtäglich besuchten, um ihr zu sagen, wie toll sie es fänden, dass sie in vollkommener Einsamkeit zu leben verstand.

Irland war der Ort, wo man dem Übersinnlichen noch eine Chance geben musste. In Irland, hieß es, sei das Paranormale normal. Wer zuvor niemals an Feen, Kobolde, unerlöste Seelen und die gemeinen Tricks des Teufels geglaubt hatte, würde sich in Irland eines Besseren besinnen.

Judit suchte Steinkreise auf, Heilige Quellen, Spukschlösser, Banshee-Hügel. Sie spürte keine Präsenzen, hörte keine Stimmen, sah keine durchscheinenden Gestalten. Nicht einmal Energien oder Auren nahm sie wahr. Kraftorte ließen sie kalt. Alte Hinrichtungsstätten, Schauplätze von Gräueltaten, Stein- und Erdhügelgräber offenbarten ihr keine Übernatur. Wenn es nachts unter ihrem Dach rumorte, waren es Marder. Wenn sie ein Schälchen mit Porridge vor die Tür stellte, wurde es nicht von einem grüngewandeten Leprechaun leergeschlürft, sondern von einem Dachs.

Ihr neuer Freund, der sie bei ihrer Suche nach Kräften unterstützte, berichtete ihr von einer Frau, die mit siebenundvierzig Jahren ihr erstes Kind bekommen hatte. Sie erzählte überall herum, dass sie befürchte, die Fairies hätten ihr das Kind geraubt und einen Wechselbalg hinterlassen. Über Nacht sei der Säugling hässlich und unleidlich geworden.

Sie fuhren fast zwei Stunden mit dem Auto, um die Familie aufzusuchen. Die Frau und ihr Lebensgefährte rochen nach Alkohol, sogar der Kleine schien eine Schnapsfahne zu haben. Nach dem Besuch meinte Judit, der Junge habe genetisch ja gar keine andere Chance gehabt, als hässlich zu werden. Und angesichts des Mülls, in dem er leben müsse, verwundere auch seine grämliche Laune nicht.

Eines Tages las sie im Lokalblatt, dass ein Bauprojekt in der Nähe gestoppt worden war. Mehrere Personen hatten sich gemeldet, die bezeugten, dass das fragliche Grundstück seit jeher die Wohnstätte von Elfen gewesen sei. Es handelte sich um ein als besonders freundlich bekanntes Völkchen, das bisweilen half, vermisste Schafe wieder nach Hause zu bringen, verlorene Dinge wiederzufinden und sogar liegengebliebene Autos zu reparieren. Judit kannte das Grundstück. Sie kannte einige der genannten Zeugen. Es handelte sich um Personen, die vollkommen bei Trost waren. Judit befragte sie über ihre Sichtungen von Elfen und hatte danach immer noch den Eindruck, dass diese Menschen, die überzeugt davon waren, von winzigen, geflügelten Zauberwesen gegrüßt worden zu sein, alle Tassen im Schrank hatten.

Sie packte eine Thermoskanne mit heißem Tee in die Tasche und begab sich zu dem Elfenland, auf dem ein ahnungsloser Bauunternehmer aus Dublin Reihenhäuser hatte errichten wollen. Ein Bagger stand verlassen im niedrigen Gesträuch. Er hatte nicht mehr als ein paar Meter Erde aufreißen können, bevor er gestoppt worden war. Judit setzte sich auf einen Stein, trank Tee und wartete. Sie sang ein paar Lieder, von denen bekannt war, dass die Elfen sie mochten. Sie wartete. Sie kam jeden Tag. Sie sang.

„Normalerweise sind sie Fremden gegenüber nicht scheu", sagten die Leute. Doch Judit bekam keine spitze Mütze, kein spitzes Ohr und kein spitzes Schühchen zu Gesicht. Auch die Thermoskanne, die sie irgendwann liegen ließ, wurde ihr nicht zurückgebracht.

Ein einziges Mal in ihrem Leben sollte Judit so etwas wie eine *Atmosphäre* spüren, und Jahre später würde man annehmen, dass es eine Vorahnung gewesen war. Dabei hatte die *Atmosphäre*, in der sie Stefan kennengelernt hatte, mit ihm gar nichts zu tun gehabt.

Judit Kalman und Stefan Schmuck lernten einander nicht in einer Bar kennen, nicht im Internet, nicht an der Feinkosttheke und nicht auf der Hochzeit von Freunden. Ihre erste Begegnung fand auf einem Kriegsschiff statt, weshalb ihnen die Frage, wo denn ihre erste Begegnung stattgefunden habe, besonderes Vergnügen bereitete. Sie gab ihnen Anlass, die Augen zu verdrehen, so wie man es tat, um eine besonders verrückte, unwahrscheinliche Kennenlern-Location anzukündigen, und dann die Bombe platzen zu lassen: Auf einem Kriegsschiff! Das Platzen der Bombe gewann hier einen tieferen Sinn. Erst, nachdem man sich an der Verblüffung der Zuhörer ausgiebig erfreut hatte, wurde abgewiegelt. Natürlich nicht auf einem aktiven Kriegsschiff. Natürlich nicht in einem Krieg. Genau genommen handelte es sich um den 1982 außer Dienst gestellten Zerstörer Småland, der im Göteborger Schiffsmuseum vor Anker lag.

Nach Göteborg war Judit auf Zureden Erikas gelangt, die dort einen sehr schwierigen, aber in Anbetracht seines Marktwertes zweifelsohne genialen Künstler aufsuchen wollte. Der Künstler litt an einer ausgeprägten Soziophobie und hatte sich in ein abgeschiedenes Haus in den Wäldern zurückgezogen. Es war ihm unmöglich, Fotografien von seinen Arbeiten zu schicken oder für eine Ausstellung selbst eine Auswahl zu treffen. Erika musste persönlich bei ihm vorsprechen, sich alle in Frage kommenden Werke ansehen und in einer am Entstehungsort derselben stattfindenden Diskussion mit dem Künstler die Ausstellung konzipieren. Anders gesagt: Sie musste nach Göteborg fliegen, ein Mietauto nehmen und eineinhalb Stunden in die Pampa fahren. Allein, da der Künstler soziophobiebedingt nur jeweils eine fremde Person auf einmal ertragen konnte. Um zumindest im Anschluss an diesen Termin vertraute Gesellschaft zu genießen, hatte Erika Judit überredet mitzukommen. Sie würden nach Abschluss der Ausstellungsverhandlungen nach Stockholm zum Shopping fliegen und danach in ein schönes Spa nach Lappland, um sich von den Anstrengungen zu erholen.

Erika war mit Geländekarten und einer Wegbeschreibung losgefahren, die Angaben enthielt wie: „an der großen Fichte mit den Blitznarben links abbiegen", und Judit war in Göteborg spazieren gegangen. Es war September, warme Viertelstunden wechselten sich mit kalten ab, windige mit windstillen, verregnete mit sonnigen. Die Shopping-Möglichkeiten waren enttäuschend, überall internationale Ketten und Marken. Trotzdem kaufte Judit eine Handtasche, die sie genauso gut in Melbourne oder Dubai kaufen hätte können. Sie ging bis zur Oper, die verlassen am Ufer des Göta älv stand, umrundete sie und folgte dem Fluss Richtung Meer. Die an der Mole vertäuten Schiffe, auf denen im Sommer reger Lokalbetrieb herrschte, hatten bereits geschlossen. Ausgebleichte Speisekarten wellten sich vor den Gangways, die nur mehr vom Personal benutzt wurden. Das Schiffsmuseum hatte geöffnet. Judit kaufte eine Eintrittskarte, um neben einem Leuchtturm- und einem Feuerwehrschiff auch den Zerstörer Småland zu besichtigen.

Es war nicht die außergewöhnliche Hässlichkeit der hellgrauen Farbe, mit der jeder Millimeter der Armierung des Schiffes innen wie außen angestrichen war. Es waren nicht die Torpedos, die Anti-U-Boot-

Raketen, die Sprengminen oder die zahllosen schräg aus dem Schiff ragenden Geschützrohre. Nicht einmal die klaustrophobische Beengtheit der Innenräume war es, was die Veränderung in Judits Verfassung herbeiführte. Sie hatte sich erst wenige Minuten auf dem Schiff aufgehalten, als sie zu zittern begann. Sie fühlte sich krank wie damals, als sie Medikamente zur Malaria-Prophylaxe genommen hatte und infolge der Nebenwirkungen die Afrika-Reise absagen musste, für die sie die Medikamente eigentlich genommen hatte. Ihr war kalt bis in die Eingeweide. Ihr Herz schlug spürbar und unrhythmisch. Tiefe Hoffnungslosigkeit breitete sich in ihr aus, die Gewissheit, dass das Leben qualvoll und ohne jede Aussicht auf Freude war. Das Leben war eine endlose Fahrt auf einem verfluchten Schiff. Blitze in ihrem Kopf ritzten Narben, bis keine Orientierung mehr möglich schien. Gleichzeitig wusste sie, dass sie sich aus diesem Zustand sofort befreien hätte können, indem sie den Zerstörer Småland verließ. Er war es, der diese Wirkung auf sie ausübte. Seine *Atmosphäre*, die vermuten ließ, dass auf ihm etwas Furchtbares geschehen war. Auf ihm und nicht durch ihn. Es war nicht bekannt, dass von ihm aus auch nur ein einziger tödlicher Schuss abgegeben worden war.

Judit hatte nicht die Absicht, sich dem ersten unheimlichen Gefühl in ihrem Leben zu entziehen. Außer ihr schien kein anderer Besucher auf dem Schiff zu sein. Sie würde alles genau erkunden. Vielleicht gab es Stellen, an denen die *Atmosphäre* stärker wurde, oder andere, an denen sie sich verflüchtigte. Stellen, an denen sich Spuk zutrug oder Zeichen zeigten.

Sie kletterte hinauf auf die Brücke, wo die frische Seeluft nichts tat, um die *Atmosphäre* zu verbessern. Sie schritt das Deck ab, das von vielen Nützlichkeiten, die der Navigation und dem Töten dienten, verstellt war. Leiter um Leiter kletterte sie hinab in den Schiffsbauch. Die Innenräume wirkten verwinkelt und winzig wie ein Rattenbau. Man hatte den Eindruck, das Schiff, das in den Fünfzigerjahren auf Kiel gelegt worden war, stamme aus einer Zeit, in der die Menschen noch nicht größer als Hobbits waren. Der Mensch, der einen Hang zur Gemütlichkeit hatte und sich noch im Schützengraben ein Kistchen aufstellte, auf dem er Karten spielen konnte, hatte hier keine Gemütlichkeit entwickelt. Die Offiziersmesse war kalt, die Mannschaftsräume waren eisig.

Lange blieb sie vor dem geheimen Kryptografieraum stehen. Wenn sich jemand aus anderen Welten mitteilen wollte, dann hier, dachte sie. Doch nichts bewegte sich, nichts geschah, nur ihre eigenen Zähne schlugen mit einem hellen Ton aufeinander.

Im untersten Raum, wo die entschärften Raketen lagen, stolperte sie über einen der metallenen Auswüchse, die aus dem Boden ragten, und fiel.

„Bloody hell", sagte sie und hielt sich den Arm, der irgendwo hängengeblieben war. Der Ärmel ihrer Jacke hatte einen langen Riss, aus dem die Wattierung quoll.

„Don't move!", rief eine Stimme aus dem Halbdunkel, „I'm a doctor!"

Ein gutaussehender Mann mit Drahtbrille und Dreitagebart beugte sich über sie. Judit schaltete schnell. Mit brüchiger Stimme gab sie an, Schmerzen im Arm sowie im Knöchel zu verspüren. Sie wand und krümmte sich ein wenig. Sie stöhnte verhalten wie jemand, der versuchte, tapfer zu sein. Der Fremde sprach ausgezeichnetes britisches Englisch, sie konnte keinen Akzent heraushören. Vorsichtig half er ihr, den Arm aus dem Jackenärmel zu ziehen, damit er ihn untersuchen konnte. Es fand sich ein Bluterguss, jedoch nichts Ernsthaftes. Auch das Sprunggelenk ließ sich in seiner Hand schmerzfrei bewegen. Dennoch hielt Judit es für klug, Schwierigkeiten beim Erklimmen der Leitern zu haben. Der Mann stützte sie von hinten, was ihr Gelegenheit gab, sein Eau de Toilette als gut und teuer zu identifizieren.

Als sie an Deck kamen, regnete es in Strömen. Sie schlitterten das schmale Fallreep hinab und liefen über den Steg, der zu der alten Fähre führte, auf der sich die Museumscafeteria befand. Der Mann sagte, er verordne ihr als Arzt eine Tasse Tee. Sie setzten sich an einen Tisch und taten so, als würden sie hinaus auf den prasselnden Regen und das graue, schaukelnde Wasser schauen. Lachend suchte er eine trockene Stelle an seiner Kleidung, mit der er seine Brille putzen konnte, fand aber keine. Judit gab ihm ihr Halstuch, das unter der Jacke trocken geblieben war. Die Kellnerin kam und klappte an den Tischkanten kleine Brettchen hoch, die verhinderten, dass die Tassen durch den Seegang auf den Boden rutschten. Ihr Gleichgewichtssinn täuschte Judit ein wohliges Gefühl der Trunkenheit vor. Die Atmosphäre der Krankheit und des Jammers war, wie sie es vorhergesehen hatte, auf dem Zerstörer Småland zurückgeblieben. Dann streckte der Mann die Hand aus und entschuldigte sich. Er habe vergessen, sich vorzustellen: Stefan Schmuck aus München.

Erst nun begannen sie, deutsch miteinander zu sprechen.

Stefan war Facharzt für Toxikologie. In der Praxis, sagte er, pumpe er einfach sehr viele Mägen aus. Nach Göteborg war er wegen eines Kongresses gereist, der sich mit der „Herausforderung neue Drogen" befasste. Der

Kongress sei langweilig gewesen, weshalb er sich an jenem Nachmittag losgeeist habe.

Sie saßen in einem Restaurant, das Stefan wegen seines berühmten Elchgulaschs empfohlen worden war. Eine halbe Stunde hatte er Judit zum Duschen und Umziehen gewährt, nachdem er sie mit dem Taxi in ihr Hotel gebracht hatte. Während sie versuchte, zumindest innerhalb einer Stunde fertig zu werden, hatte er an der Hotelbar Espresso getrunken.

Schuld an der Langweiligkeit des Kongresses seien die Schweden, sagte Stefan. Er verstehe sie einfach nicht. Immer ruhig, immer freundlich, immer auf der Suche nach dem nächsten Kompromiss. *Konsensgesellschaft* nannten sie das. Während die Italiener und die Deutschen, die Spanier und die Franzosen ständig bereit waren, einander an die Gurgel zu fahren, dämpften die Schweden alles nieder mit ihrer ewigen *Konsenssülze*. Und da lägen dann alle wie die Sauschädelwürfel im gestockten Aspik, schwabbelten ein wenig und konnten sich sonst nicht mehr rühren. Überhaupt die Skandinavier.

Stefan selbst war dem Pass nach Deutscher, innerlich aber nur bedingt. Seine Mutter war Britin mit griechischen Wurzeln, sodass er schon früh seine Ferien bei den Großeltern in Birmingham verbracht hatte, wo diese ein griechisches Restaurant führten. Sein Griechisch sei zwar nicht so gut wie sein Englisch, aber Smalltalk bekäme er hin. Sein Vater habe, als er noch lebte, Wert darauf gelegt, in erster Linie Bayer zu sein. Er sei sozusagen ein Produkt der Globalisierung ebenso wie der Regionalisierung, sagte Stefan. Judit sagte, sie sei auf jeden Fall ein Produkt der Globalisierung. Der Vater Ungar, die Mutter Italienerin. Das klinge nach einer rassigen Kombination, sagte Stefan.

Er war der vitalste Mensch, der Judit je begegnet war. Wenn irgendwo ein Baum stehe, sagte er, müsse er ausgerissen werden. Zwar gehe er schon auf die Fünfzig zu, aber das sei für ihn kein Grund, körperlich abzubauen. Natürlich, das Training werde Jahr für Jahr härter. Heute Morgen sei er vom Göta älv den Rosenlundskanalen bis zum Drottningtorget gelaufen und über den Stora Hamnkanalen wieder zurück. Zu Mittag dieselbe Strecke nochmal. Er liebe extreme Kälte, extreme Hitze, extreme Höhen, extreme Tiefen. Paragliding, Wüstenmotocross, Skitourengehen, Klettern (konventionell, frei und auf Eis), Canyoning, River Rafting, Iron Man-Bewerbe, und das Beste: Sauna-Weltmeisterschaften.

Während Judit versuchte, das Elchfleisch von der umgebenden Soße zu befreien, fragte sie, welche Art von Vergiftung seiner Erfahrung nach die schrecklichste sei. Es sei schwer, da ein Ranking aufzustellen, erwiderte er. Vergiftungen seien generell nicht schön. Vor die Wahl gestellt, würde er persönlich sich aber keinesfalls Tollkirschen zuführen.

„Aber wer", fragte Judit, „sollte denn auf die Idee kommen, Tollkirschen zu essen?"

„Junge Mädchen, die Hexen sein wollen", sagte er. Einmal habe er eine ganze Serie gehabt. In einer Mädchenzeitschrift sei ein Artikel über Hexen im Mittelalter erschienen. Diese hätten sich, stand dort, durch den Verzehr von Tollkirschen in Rauschzustände versetzt, in denen sie dem Eindruck unterlagen, fliegen zu können und mit dem Teufel zu kommunizieren. Und die Teenies nichts wie ab in den Wald und Tollkirschen gepflückt. Nachdem ihm die dritte Patientin erzählt habe, von dem Artikel inspiriert worden zu sein, habe er in der Redaktion angerufen und gefragt, ob hier denn noch alle bei Trost wären. In der nächsten Ausgabe sei dann ein Warn- und Aufklärungsartikel zum Thema erschienen. Unfassbar. Eines der Mädchen sei ihm sogar gestorben.

Aber, fuhr er fort, die meisten Vergiftungen kämen gar nicht durch Dummheit oder Unfälle zustande, sondern würden absichtlich herbeigeführt.

„Absichtlich?", fragte Judit.

Selbstmörder, sagte Stefan. Bei der überwiegenden Zahl seiner Fälle handle es sich um gescheiterte Selbstmordversuche. Diese wiederum in überwiegender Zahl von Frauen. Während Männer zu sogenannten *harten* Methoden griffen, sich erhängten oder eine Kugel durch den Kopf jagten, wendeten Frauen bevorzugt die *weiche* Methode der Medikamentenvergiftung an, bei der es immer noch eine Reißleine gebe. Manche riefen sogar selbst bei der Vergiftungszentrale an, wenn sie merkten, dass das Bewusstsein zu schwinden beginne, andere hätten dafür gesorgt, rechtzeitig gefunden zu werden. Als Arzt zerre man sie ins Leben zurück und überweise sie auf die Psychiatrie. Man erwarte sich keine Dankbarkeit, wie sie anderen Ärzten entgegengebracht werde. Manchmal werde man sogar beschimpft, man habe die Entscheidungsfreiheit der Betroffenen missachtet. Nein, das sei kein härterer Job als andere. Und hin und wieder könne man ja auch ein Kind retten, dessen Mutter so dämlich gewesen sei, Haushaltsreiniger in eine Fantaflasche abzufüllen. Das entschädige für so manches.

Judit erzählte, sie habe als Kind nie eine Vergiftung gehabt. Auch keine Gehirnerschütterung, Verbrennung, Rissquetschwunden oder gebrochene Knochen. Ihre Mutter habe dem Personal immer die schrecklichsten Konsequenzen angedroht, falls ihren Töchtern etwas zustoßen sollte. So hätten wohl alle gut aufgepasst.

Sie kamen auf den Zerstörer Småland zu sprechen. Stefan meinte, er habe keinerlei *Atmosphäre* wahrgenommen, schon gar keine *vergiftete Atmosphäre*. Er habe auf dem Schiff – wie überhaupt in der ganzen Stadt – nichts als die lähmendste Langeweile verspürt. Mit diesem Schiff sei ja noch nicht mal richtig Krieg geführt worden. Konnten sie ja auch nicht, die Schweden, mit ihrer *Konsensgesellschaft*. Seit 1814 habe Schweden an keinem Krieg mehr mitgewirkt! Der Zerstörer Småland sei nur Deko für den Kalten Krieg gewesen. Imponierschmuck, der die Sowjets von unüberlegten Handlungen abhalten sollte. Und diese Show in der Gefechtsleitzentrale! Eingespielter Gefechtslärm! Matrosenpuppen an allen Positionen! Was für ein Fake. Wenn man sich schon als friedliebende Nation verkaufe, dann brauche man doch nicht vorzutäuschen, man habe Gefechte geführt.

Dennoch, er könne sich vorstellen, dass Judit Adrenalin gespürt habe. Der Anblick von Waffen löse bei manchem durchaus schon Stress aus. Und während so gut wie alle Männer die Wirkung von Adrenalin als angenehm und euphorisierend empfänden, gebe es einen hohen Prozentsatz an Frauen, die damit nicht so gut klarkämen. Und während ein Mann infolge eines Adrenalinausstoßes mit geschärften Sinnen und mobilisierten Kräften über alle Hindernisse hinwegfedere, beginne eine solche Frau stattdessen zu zittern und stolpere und verletze sich dabei. Tat es noch weh?

Nein, es tat nicht mehr weh.

Als Judit kurz vor Mitternacht ins Hotel kam, klopfte sie an Erikas Zimmertür an, um zu sehen, ob diese von ihrem Ausflug in die Einschicht bereits zurückgekehrt war. Erika öffnete im Bademantel und mit nassen Haaren. In der Hand hielt sie eine Selleriestange, die sie aus Wien mitgebracht hatte. (Auch Judit packte stets Gemüse ein. Wenn es im Laufe einer Reise verfault war, griffen sie auf Nüsse zurück. Jeff, ihr gemeinsamer Personal Trainer, hatte erklärt, dass diese zwar viel Fett enthielten, aber nicht fett machten, weil es gutes Fett sei. Ein klarer Widerspruch zu den Lehren Frau Dr. Souceks aus den Siebzigerjahren, welche besagten, dass jedes Fett schlecht sei, dagegen alle Kohlenhydrate gut.)

Judit schloss Erika in die Arme und küsste sie auf die Stirn.

„Ich danke dir", sagte sie, „ich habe heute mit ziemlicher Sicherheit den Mann meines Lebens kennengelernt. Und das ist dir zu verdanken. Ohne dich wäre ich nie nach Göteborg gefahren."

Er sei klug, sportlich, sexy. Ein Mann wie aus einem Männermagazin. Er sei Arzt. Er rette Leben. Ein bisschen dominant vielleicht, aber hey – man müsse sich den eigenen Unterwerfungsfantasien ja auch irgendwann stellen. Er strotze nur so von Lebenskraft. Man werde von ihm förmlich mitgerissen.

Erika schien sich nicht so recht konzentrieren zu können. Unberührt vom Unterhaltungswert der Neuigkeiten nagte sie an ihrer Selleriestange und starrte vor sich hin.

„Wie war's denn bei dir?", fragte Judit.

„Ich habe einen Elch getötet", antwortete Erika.

Sie hatte die Eremitage des schwierigen Künstlers gefunden, ein ausladendes Haus im Stil Frank Lloyd Wrights, das an einem dunkelgrünen See lag. Der Künstler war zunächst nicht anzutreffen gewesen, da er gerade schwamm, und zwar nackt. Dies offenbarte sich Erika, nachdem sie das Gelände mit seinen Werkstätten und Lagern abgesucht hatte und plötzlich der Künstler in all seiner Natürlichkeit vor ihr aus dem Wasser stieg. Es stellte sich heraus, dass er ihren seit Monaten vereinbarten und zuletzt vor zwei Tagen bestätigten Besuch vergessen hatte und nun gar nicht darauf eingestellt war.

Es dauerte eineinhalb Stunden, bis er sich angekleidet und wieder gefasst hatte. Erneut erschien er, ohne ihr auch nur eine Tasse Kaffee anzubieten. Er sei nun bereit, ihr alles zu zeigen – mit Ausnahme dessen, was er bereits für New York vorgesehen habe. Der New Yorker Galerist sei also vor ihr dagewesen?, fragte Erika. Nein, das sei ein viel beschäftigter Mann, sagte der Künstler, da habe man eine Anreise nicht verlangen können. Er habe ihm Fotos gemailt.

Wieder ging es über das Gelände mit den Werkstätten und Lagern, wo Erika Installationen und Skulpturen und „jeden gottverdammten Holzpflock, an dem er je herumgeschnitzt hat", in Augenschein nahm. Von der Seeoberfläche spritzte der Regen, an ihren Trekkingschuhen, die sie vorausschauend angezogen hatte, buk der Schlamm fest. Der Künstler schrieb lange Texte („actually poems") zu seinen Arbeiten, die er als „intrinsic" bezeichnete, was bedeutete, dass sie mitausgestellt werden mussten.

Erika zeigte Judit einen dicken Folder. Sie las:

TitleLESS Loch NESS
Why does concept and space miss long yearning ///
images constantly rearranging polychrome
surreptitiousness —–

Periods of Anarchy
Ooh, wow! Nightmare my eye of the beholder …
love? turnaround/ forgetfulness
Crack my skull, never in POLitics and social
RELiability again
blood … from the wrong quarters …

Darunter stand in Erikas Handschrift:

Ausstellungskatalog:
Durch die keinerlei Normen unterworfene Sprachgewalt des Künstlers öffnet sich ein intuitiver Meta-Raum, in dem in mittsommernächtlicher Scharade anarchische Bilder evoziert werden, aus denen zuletzt – nach einer atemberaubenden Abfolge von Gestaltwechseln – ihr politischer Anspruch unmissverständlich auskristallisiert.

Als die Auswahl an Werken für die Ausstellung in der Galerie Rebitzer getroffen war, war die Dämmerung bereits hereingebrochen. Erika war in Sorge, es nicht rechtzeitig bis zur asphaltierten Straße zu schaffen und sich in der Dunkelheit in den Wäldern zu verfahren. Als sie die Autotür zuschlug, sah sie durch die hellerleuchteten Panoramascheiben des Hauses den Künstler, der an der Bar einen Cocktailshaker schüttelte.

Sie fuhr sehr schnell. Der Schlamm spritzte hoch bis zu den Scheiben. Mehrere Fahrzeuge kamen ihr entgegen und sie fragte sich, ob sie wohl unterwegs zu dem menschenscheuen Künstler waren. Unter den Bäumen war es schon nahezu finster, während der Himmel noch in einem tiefen Indigo glänzte, über das Wolken so schnell quollen wie Rauch. Und dann, auf einmal, krachte es wie von einer Explosion. Die

Windschutzscheibe zerriss in ein Muster aus Sprüngen. Der Airbag platzte aus dem Lenkrad heraus und presste sich in Erikas Gesicht. Sie spürte, wie ihr Fuß auf das Bremspedal drückte, und wunderte sich, dass dies reflexhaft in einem nicht wahrnehmbaren Zeitfragment geschehen war.

Einen Moment lang war alles still. Erika untersuchte ihre Hände, tastete das Gesicht ab, bewegte die Beine: Wie es schien, war sie unverletzt. Obwohl es unter dem Airbag sehr eng war, verriegelte sie die Türen. Vielleicht lauerte da draußen ein Psychopath, der einen Anschlag auf sie verübt hatte. Und dann hörte sie den furchtbaren Schrei, der nicht von einem Menschen stammen konnte, auch nicht von einem Psychopathen. Sie entriegelte die Fahrertür und zwängte sich hinaus.

Die Elchkuh lag etwa zwanzig Meter vor dem Wagen im Scheinwerferlicht. Verzweifelt strampelte sie mit ihren hellen Läufen in dem Versuch aufzustehen, schaffte es aber nicht. Erika lief um sie herum und rief: „Es tut mir so leid! Es tut mir so leid!" Sie hoffte inständig, das Tier würde schnell sterben, doch jedes Mal, wenn es eine Pause in seinem Schreien gemacht hatte, fing es wieder damit an. Erika bekam Angst, der Mann der Elchkuh könnte aus dem Wald treten und sie aus Rache mit seinen riesigen Geweihschaufeln durch die Luft schleudern. Oder die Freunde und Verwandten der Elchkuh würden, angelockt von den grauenerregenden Schreien, herbeilaufen, um Erika niederzutrampeln. Dann hatte sie eine Idee: Sie musste einen Tierarzt erreichen. In Schweden, sagte sie sich, gab es zweifelsohne überall Elchrettungszentren, in denen rund um die Uhr geschulte Veterinäre in Bereitschaft standen. Sie rannte zum Auto zurück und wühlte in ihrer Handtasche nach dem Handy. Es war nicht da. Sie musste es bei dem Künstler vergessen haben.

Die Elchkuh, die vermutlich mehr als 300 Kilogramm wog, lag quer über der Forststraße. Doch selbst wenn man an ihr vorbeifahren hätte können, wäre es unmöglich gewesen, durch die kaputte Windschutzscheibe etwas zu sehen. Es war zwar nicht viel mehr als ein kindskopfgroßes Stück Glas herausgebrochen, doch rund um dieses Loch breiteten sich weiße Risse in Form eines feinmaschigen Spinnennetzes aus und bildeten einen undurchsichtigen Schleier. An den Scherben, die im Wageninneren lagen, klebten dunkle, borstige Haare und Blut. Der Airbag war wieder in sich zusammengesunken und hing schlaff über dem Lenkrad. Erika musste zurück zu dem Künstler fahren, und zwar im Retourgang.

Sie drehte den Zündschlüssel, doch der Wagen sprang nicht an. Sie probierte es noch einmal, und noch einmal. Irgendetwas musste bei dem Aufprall geschehen sein, das die Zündung verhinderte. Sie stieg wieder aus und öffnete die Motorhaube, wohl wissend, dass das Einzige, was sie darunter erkennen würde, der Ölmessstab war. Der Ölmessstab schien in Ordnung zu sein, der Ölstand ebenfalls. Sie machte die Motorhaube wieder zu, stieg in den Wagen und öffnete das Handschuhfach. Endlich Glück im Unglück: Eine Taschenlampe lag darin, und sie funktionierte.

Der Fußmarsch dauerte über eine Stunde. Das Brüllen der Elchkuh war ihr lange nachgehallt, bis es plötzlich aufhörte und nicht wieder anhob. Erika wusste nicht, ob sie bereits so weit gegangen war, dass der Wald die Schreie verschluckte, oder ob das Tier verendet war. Als sie endlich um die letzte Kurve bog, sah sie, dass die Autos, die ihr entgegengekommen waren, vor dem Haus des Künstlers geparkt hatten. Durch die Panoramascheiben konnte sie erkennen, dass eine Party im Gang war. Laute Musik klang aus den offenen Terrassentüren, überall standen und saßen Menschen mit Cocktailgläsern in der Hand.

Erika hielt sich gar nicht erst damit auf, an der Eingangstüre zu läuten. Sie ging seitlich herum und stieg die drei Stufen zur Terrasse hinauf.

Nass und schlammbedeckt stand sie in der Terrassentür wie ein Troll. Ein gutes Dutzend Menschen in dem lofthohen Wohnraum hatten ihre Gespräche unterbrochen und starrten sie an. Nur der Künstler war nirgendwo zu sehen.

„I need help", sagte Erika, „I hit a moose." Dann brach sie in Tränen aus.

Der Künstler, der bereits wieder zum Nacktbaden in den See gegangen war (diesmal in Begleitung einer jungen Dame), fackelte nicht lange, nachdem er von Erikas Unfall gehört hatte. Er öffnete einen Wandschrank in der Eingangshalle und entnahm ihm Gewehr und Munition. Erika ließ die Hoffnung auf ein Elchrettungszentrum fahren. Die männlichen Mitglieder der Partygesellschaft schlossen sich an und im Konvoi brachen sie zu der Unfallstelle auf. Der Künstler, in dessen Geländewagen sie mitfuhr, sei dann wirklich nett gewesen, sagte Erika. Er habe versucht, sie zu beruhigen, und schien ehrlich froh zu sein, dass sie unverletzt war. Die Elchkuh habe wohl noch gelebt, denn während sie im Auto wartete, seien die Männer zu ihr hingegangen, und kurz darauf habe sie einen Schuss gehört. Sie hätten dann das riesige Tier an den Läufen zum Straßenrand gezogen, Erikas Wagen von der Fahrbahn geschoben und beide mit Warndreiecken gesichert. Dann habe der Künstler sie ins Hotel gebracht. Sogar das Handy habe er ihr zurückgegeben.

Am Schluss, sagte Erika, habe sie den Mann beinahe schon geliebt.

Als sie am nächsten Tag auscheckten, erfuhr Judit an der Rezeption, dass etwas für sie abgegeben worden war. Man überreichte ihr die große Papiertragetasche eines Modelabels. In pinkes Seidenpapier eingewickelt lag darin ihre Jacke. Die identische Kopie, der Stangen-Klon jener Jacke, die sie sich am Vortag am Kanonendeck zerrissen hatte. Sogar die Größe stimmte. Auf der beiliegenden Karte war der Zerstörer Småland bei schönem Wetter abgebildet. Auf der Rückseite stand:

> Danke für einen wunderschönen Abend, der mich aus der Lethargie dieser Kleinstadt befreite. Hoffe, die Jacke passt. Es sollen ja keine negativen Erinnerungen mit unserer Begegnung verbunden sein. Würde mich über ein Wiedersehen überaus freuen. Bin am 10. Oktober in Salzburg. Werde ab 15.00 Uhr im Café Tomaselli auf Dich warten.
> Alles Liebe, Dein Stefan

Judit verlieh ihrem Ärger umgehend Ausdruck. Sie lasse sich doch keine Termine setzen. Man könne sie doch nicht einfach irgendwohin zitieren. Selbstverständlich werde sie nicht am 10. Oktober um 15.00 Uhr ins Café Tomaselli gehen, auch wenn es keinerlei Terminprobleme gebe, die sie daran hindern könnten.

Dies hatte Stefan, wie ihr nun auffiel, beim gemeinsamen Abendessen geschickt ausgeforscht. Er wusste, dass auch sie am 10. Oktober in Salzburg sein würde. Noch mehr Bewunderung aber war der Jackenbeschaffung zu zollen. Er musste die nötigen Informationen an der Innenseite des Kragens abgelesen haben, als er ihr am Kanonendeck geholfen hatte, den Ärmel auszuziehen, denn später, im Restaurant, hatte sie bereits ihren Trenchcoat getragen. Innerhalb weniger Sekunden, im diffusen Dämmerlicht hatte er den Entschluss gefasst, ihr die Jacke zu ersetzen, und die erforderlichen Maßnahmen eingeleitet. Das war Reaktionsschnelligkeit. Das war zielgerichtete strategische Planung. Judits Vater hätte es nicht besser machen können.

SECHZEHN

„Das ist er", sagte Erika, „Mister Februar." Ihr Zeigefinger lag auf dem Nabel eines Gondoliere, der mit nacktem Oberkörper und verträumtem Blick in seiner Gondel stand, beide Hände fest um das Ruder geschlossen. Sogar der Strohhut mit Schleife sah irgendwie sexy aus. Judit merkte an, dass es doch nicht schwerfallen könne, über kleine Ausrutscher hinsichtlich der Verwendung von Erdbeeren und Honig hinweg- und stattdessen auf die exquisite Ausformung von Pectoralis major, Rectus abdominis und Biceps brachii zu sehen. Der pure *Eye Candy* sei das.

Erika klappte schnell die Kalenderseite um, als befürchtete sie, der in perfekt abschattiertem Schwarz-Weiß glänzende Mann könnte mit seiner neuen Bewunderin zu flirten beginnen. Ja, was im New Yorker Feuerwehrkalender der Juli sei, sei im venezianischen Gondolieri-Kalender der Februar. Wegen des Karnevals. Der absolute Ehrenplatz. Der Platz für *Spitzen-Eye Candy*. Nunzio sei diesbezüglich aber sehr bescheiden gewesen. Er habe den Kalender und seine Position darin nur ganz beiläufig erwähnt. Und im Übrigen: Mit einem Pflaster über dem rechten Auge sei es verdammt schwer gewesen, irgendjemandes erotische Aufmerksamkeit auf sich zu ziehen, geschweige denn die eines *Spitzen-Eye Candy*.

Nachdem sie Judits betretenes Schweigen lange genug ausgekostet hatte, zog Erika einen weiteren Kalender aus ihrer Badetasche. Den Priesterkalender habe sie auch gleich mitgenommen, der scheine ihr heuer aber wieder sehr auf das homosexuelle Publikum zugeschnitten zu sein. Kaum habe sie am Kiosk nach dem Kalender gegriffen, seien *aus dem Nichts* zwei Nonnen auf sie zugesprungen. In beschwörendem Ton hätten sie ihr erklärt, dass es sich bei den in diesem Kalender abgebildeten Männern keineswegs um echte Priester handle, sondern ausschließlich um Schauspieler, die sich als Priester verkleideten. Sie hätten Beweise! Dieser da, zum Beispiel, trage einen Hut, der von Männern des betreffenden Ordens seit fünfzig Jahren nicht mehr verwendet werde. Und jener habe den Kragen vollkommen falsch angebracht.

Da die Nonnen Tränen in den Augen hatten, habe Erika geantwortet, sie wisse das ja. Und außerdem erwerbe sie die Kalender nur für eine wissenschaftliche Arbeit über die öffentliche Repräsentation von Berufsgruppen. Die Nonnen hätten ihr das tatsächlich abgekauft.

Gemeinsam sahen sie Priester- und Gondolieri-Kalender durch und versuchten, die Männer in Kategorien zu ordnen. Schwul, nicht schwul, aber so was von schwul.

Sie saßen an der Wasserlinie auf ihren Luftmatratzen und ließen sich die Füße von den Wellen bespülen. Immer wieder blies der Wind Sandfahnen über sie hinweg. In einem Tretboot kämpfte ein Paar mit angestrengtem Gesichtsausdruck gegen den Seegang an. Überall standen Menschen bis zum Hintern im Wasser und schauten auf die graue, tangdurchmischte Adria hinaus. Nur selten sah man die Köpfe von Schwimmenden.

Dabei, sagte Erika, sei gar nicht auszuschließen, dass die Nonnen recht hatten. Alles sei ohnehin Lug und Trug. Diese Muschel zum Beispiel – sie sprang hoch und hob eine große, orange gefärbte Muschelschale auf – wie käme die denn wohl an den Lido?

Judit musste zugeben, dass die Schale der einer normannischen oder schottischen Jakobsmuschel sehr ähnlich sah. Ganz genau, sagte Erika, diese unglaublichen Mengen an bunten Muschelschalen (mehr als an jedem anderen Strand der Welt!), die die Touristen begeistert sammelten und die ihnen die Füße zerschnitten, würden Woche für Woche von den Restaurants abgeholt und mit Schiffen vor den Lido gebracht. Dort schütte man sie ins Meer, sodass es aussah, als würden sie ganz natürlich an den Strand geschwemmt werden. Diese Jakobsmuschelschale sei womöglich vor wenigen Tagen in einem Restaurant in Chioggia auf dem Teller eines deutschen Touristen gelegen.

Erika packte Trixie, die unter ihrem kleinen Hundesonnenschirm schlief, und trug sie hinaus in die Wellen, um sie abzukühlen. Judit streckte sich auf dem Rücken aus. Eine Frau mit einem Kind an der Hand rief Erika zu, dass Hunde am Strand verboten seien. Erika tat so, als käme sie aus einem fernen Land, in dem die gängigen europäischen Sprachen unbekannt waren. Die Frau schimpfte auf Italienisch, Englisch und Spanisch, doch ohne Erfolg. Der wasserscheue Pudel zerkratzte Erika die Arme, bis sie ihn losließ und er an Land paddelte. Dort schüttelte er sich lange, dann schmiegte er sich in Judits Achselhöhle, von wo er sich von seiner Besitzerin auch durch Trockenfleisch nicht mehr weglocken ließ.

Hinter ihnen stand hohes, trockenes Röhricht, in dem sich andere Menschen mit ihren Hunden versteckten.

Judit schloss die Augen. An ihrer Brust spürte sie den feuchten, warmen Atem des Hundes. Sie verabscheute es, sich unausgeschlafen zu fühlen, und war daran auch nicht gewöhnt.

Nachdem Markus Bachgraben in der Menschenmenge auf der Accademia-Brücke von ihr fortgerissen worden war, hatte sie erst das linke, dann das rechte und noch einmal das linke Ufer des Canal Grande nach ihm abgesucht. Vielleicht war er vorausgegangen. Vielleicht war er zurückgegangen. Doch obwohl man sagte, dass es unmöglich sei, in Venedig nicht auf Schritt und Tritt Bekannte zu treffen, sogar mehrmals am Tag auf dieselben, war die Stadt nicht nur ein Dorf, sondern auch ein Versteck. Menschen konnten einander suchen und stundenlang benachbarte Gassen durchkämmen, ohne je zu entdecken, wie nah sie einander waren.

Sie hätte ihn am Handy anrufen können, doch er wusste nicht, dass sie seine Nummer kannte, und sollte es auch nicht wissen. Er würde sie ihr irgendwann geben und sie so tun, als hätte sie sie nicht längst schon gekannt. Dasselbe galt für seine Adresse in Venedig. Falls er nach Hause gegangen war und sie ihm dorthin folgte, hätte sie sehr viel offenbart. Hätte sie dort in dem dunklen, kaum mehr als schulterbreiten Ramo, in dem der Eingang zu seiner Wohnung lag, angeläutet, hätte sie Erklärungen abgeben müssen. Doch Markus Bachgraben sollte alles, was geschah, als Fügung ansehen, und nicht als Ergebnis der Willensanstrengung einer Person. Ihn in dem Glauben lassend, dass er sich im freien Fall durch sein Schicksal befände, war sie nun so etwas wie seine Autorin, die Wendepunkte platzierte, die Richtung vorgab.

„Auch wenn wir nackt sind, spielen wir nur etwas vor", heißt es in *„Kassiopeia"*.

Zurück in ihre eigene Wohnung konnte sie nicht, das hatte sie Erika versprochen. Es blieb also nur ein Hotel. Mittlerweile war sie so müde, dass sie sich von außen sah: Eine schmale Frau mit blonden, im Sixties-Style hochtoupierten Haaren. Schwarz-weißes Etui-

Kleid mit geometrischem Muster. Lack-Peeptoes in Nude, nicht zu hoch, wegen des venezianischen Pflasters. Fragil, elegant, Audrey Hepburn-artig. Gab es eine Erklärung, weshalb sie spät nachts ohne Gepäck ein Hotelzimmer suchte? Nein, es war kaum eine Erklärung vorstellbar.

Die Rezeptionisten schüttelten bedauernd den Kopf. Alles ausgebucht. Es war die Woche der Festa del Redentore. Wenn irgendwann eine Steigerung der Touristenzahlen noch möglich war, dann fand sie jetzt statt. Dort, wo die Piazzetta in die Riva degli Schiavoni überging, sah Judit schließlich das große Mahagoni-Wassertaxi liegen, das die Gäste des Grand Hotel des Bains zurück zum Lido brachte. Da sie den Pass, der zur Mitfahrt berechtigte, nicht vorweisen konnte, sprach sie ein älteres Paar an. Die beiden logen zügig und routiniert. Judit sei ihre Tochter, sagten sie, um sie dann während der Überfahrt zu ignorieren. Wie das Paar benahm sich auch der Rezeptionist im Des Bains, als sei er in einen größeren Plan eingeweiht und hätte seine Instruktionen. Problemlos fand er ein Zimmer für sie. Es ging auf den Park hinaus und der Lärm der Zikaden drang noch durch die geschlossenen Scheiben hindurch.

Am nächsten Morgen dann musste Judit handeln. Sie rief die Notfallnummer von Markus Bachgrabens Bank an und verlangte, dass sein Konto und alle seine Karten auf der Stelle gesperrt würden. Er sei soeben ausgeraubt worden. Ja, Markus Bachgraben, sie sei dabei gewesen. Seine Verlobte. In Venedig. Danke für die Glückwünsche. Ja, Verlobungsreise. So habe man sich das nicht vorgestellt. Um Gottes Willen, er sei gerade bei der Polizei und versuche dort mit Händen und Füßen seine Aussage zu machen! Er könne jetzt nicht telefonieren! Sie habe alle Daten, natürlich. Kontonummer, Kreditkartennummern, alles. Sogar das Minus könne sie beziffern. Sie habe die letzten Kontoauszüge gesehen. Rund sechstausend Euro, wahrscheinlich sei es jetzt bereits mehr. Ja, leider wenige Einnahmen zur Zeit. Übliche Flauten bei Schriftstellern. Zum Glück könne sie aushelfen. Dazu sei man ja ein Paar. Aber auch von einem leeren Konto könne man klauen, den Schaden habe der Kunde. Ja, ganz genau. Furchtbar. Danke, vielen Dank. Es sei wirklich wichtig gewesen, hier rasch und unbürokratisch zu handeln. Diese Leute könnten binnen Minuten einen Schaden von Tausenden von Euro verursachen. Nein, sie sei nicht ausgeraubt worden. Am Vaporetto. Typisch Mann, Brieftasche hinten in der Hosentasche. Nein, das passiere ihm kein zweites Mal. Danke. Ja, auf jeden Fall werde man noch einen schönen Urlaub haben. Jetzt erst recht sozusagen. Und danke nochmals, vielen Dank.

Einen Moment lang war alles auf der Kippe gewesen. Beinahe hätte sie drohen müssen: Ich warne Sie, ich werde Sie persönlich haftbar machen, wenn von dem Konto meines Verlobten auch nur ein einziger Cent fehlt! Doch dann war es gar nicht nötig gewesen. Sie hatte Vertrauen aufgebaut und sich mit der Bankangestellten gegen das Verbrechen und die männliche Unvorsichtigkeit diesem gegenüber verbündet. Oh, sie wusste, die Frau würde trotz allem versuchen, Markus Bachgraben am Handy zu erreichen. Doch das würde ihr nicht gelingen, da er vor Kurzem den Anbieter gewechselt und eine neue Nummer hatte. Herzlich willkommen. Die von Ihnen gewählte Nummer ist uns nicht bekannt. Und dann würde der Sicherheitsgedanke vorherrschen: Sperren war sicherer als Nicht-Sperren.

/

Den Brief an Markus Bachgrabens Vermieter hatte Judit schon vor drei Monaten abgeschickt: Kündige ich fristgerecht mit 1. August. Der Vermieter war kein Mensch, sondern eine juristische Person. Das Haus, in dem Markus Bachgraben wohnte, gehörte einer großen Wäschekette. Prompt kam das Antwortschreiben: Begrüßen wir angesichts der Schwierigkeiten der vergangenen Jahre Ihren Entschluss zur Kündigung und bestätigen diese mit 1. August. Diesen Brief hatte Judit natürlich abgefangen.

In ihrer Wohnung war genug Platz für sie beide.

Der EU war viel zu verdanken. Man musste keine Pässe mehr vorzeigen, keine Währungen wechseln, man konnte sich überall frei niederlassen. Der Handel floss ungehindert über riesige Räume und fand einheitliche Bedingungen vor. Ein bisschen war es wieder so wie in der Monarchie, von deren Rückkehr Judits Urgroßvater, der alte Pichler-Bauer, bis zuletzt geträumt hatte. Und dann gab es da noch die Briefkästen.

Einige Jahre zuvor hatte Judit beim Verlassen ihrer Josefstädter Wohnung unten im Hausflur neu eingebaute Brieffächer vorgefunden. Davor stand der Briefträger und schüttelte den Kopf.

„Verrückt", sagte er zu Judit, als hätte er darauf gewartet, endlich mit jemandem über seine Sorgen sprechen zu können. „Überhaupt keine Zugriffssicherung." Er forderte sie auf, in einen der Briefschlitze hineinzugreifen und die dahinterliegende Post herauszuholen. Es gelang ihr, selbst die Briefe am Boden des Faches zu fassen und herauszuziehen. „Sie haben sehr schmale Hände", sagte der Briefträger anerkennend. Er selbst könne nur den oberen Bereich ausräumen, aber auch das sei schlimm genug. Kreditkarten, teure Zeitschriften, Päckchen, alles könne man da herausholen. Warum nicht gleich komplett offene Fächer aufstellen? Und diese Briefkästen seien nun EU-Norm, ihr Einbau Vorschrift, schönen Dank auch.

Sie hatte den Vorfall vergessen, bis zu dem Tag, als sie aus Markus Bachgrabens Wohnung kam, die ebenfalls in der Josefstadt lag, und unten im Hausflur an den Brieffächern vorbeiging. Sein Fach war die Nummer neunzehn. Blitzschnell griff sie hinein und holte die Post heraus – sie hatte kaum ihre Schritte verlangsamt. Niemand hatte sie gesehen.

Zu Hause sah sie sich den Stapel durch. Noch wusste sie nicht, was sie mit ihrer Beute anfangen würde. Da waren Einladungskarten für Vernissagen und Lesungen und Vernissagen mit Lesungen. Ein Werbefolder für einen Sushi-Zustelldienst. Eine Literaturzeitschrift, von der sie noch nie gehört hatte. Die Bezirkszeitung. Das Magazin der Sozialversicherungsanstalt. Mehrere verschlossene Kuverts.

Sie saß in ihrem Wintergarten. Rings um den Glaskubus, der in der Mitte der Terrasse stand, fiel der Schnee so dicht, dass ein grauer, flaumiger Vorhang entstand. Drinnen waren die japanischen Azaleen weiß und duftend aufgeblüht. Probeweise hielt sie eines der Kuverts über die dampfende Teeschale, doch die Gummierung löste sich nicht. Sie stieg die Treppe hinunter zur Küche, wo sie den Wasserkessel wieder aufsetzte. Als er zu pfeifen begann, hielt sie das Kuvert über den aus der Tülle strömenden Dampf. Einen nach dem anderen machte sie die Briefe auf.

Es war gleich zu sehen, dass es schlecht um Markus Bachgraben stand. Einnahmen und Ausgaben hielten sich keineswegs die Waage. Genau genommen zeigte die Einnahmenseite auf den Kontoauszügen nur zwei

Posten für den vergangenen Monat an: ein zweistelliges Honorar einer Zeitung und ein Lesungshonorar in der Höhe von 250 Euro. Dem gegenüber standen viele mit einem Minus versehene Posten, darunter Sollzinsen, die die Hälfte des Lesungshonorars wieder verschluckten. In weiteren Kuverts fanden sich Mahnungen des Vermieters, der Rundfunkgebührenzentrale und eines Zahnarztes, der damit drohte, „ein Inkassobüro beauftragen zu müssen." Eine deutsche Stiftung schrieb mit Bedauern, dass Markus Bachgraben diesmal leider nicht für ein Stipendium ausgewählt worden sei, man ihm aber weiterhin gutes Gelingen für sein Projekt wünsche. Dazu kam das Schreiben eines Rundfunkredakteurs, der ein Hörspiel mit der Begründung ablehnte, dass in diesem Erwartungshaltungen aufgebaut und dann nicht eingelöst würden – „ein Konzept, das mich ebenso ratlos wie unbefriedigt zurücklässt."

Judit begriff, dass sie Markus Bachgraben einen großen Gefallen getan hatte, indem sie an jenem Tag die Post aus seinem Fach genommen hatte. Das alles wäre ein bisschen viel für ihn gewesen. Er würde nun ohne Zweifel mit Erleichterung feststellen, dass diesmal keine Hiobsbotschaften für ihn angekommen waren. Und so entstand ihr Entschluss, ein klein wenig Hilfe anzubieten, indem sie die negativen Mitteilungen jeden Tages für ihn aufnahm und auf erträglichere Dosen aufteilte. Sie würde, nahm sie sich vor, Markus Bachgrabens Post abholen, lesen und so zurücklegen, dass er nichts davon bemerkte als das unbestimmte Gefühl, das Schicksal sei um ein Geringes rücksichtsvoller geworden.

Anfangs fand sie Einlass in Markus Bachgrabens Haus, indem sie vor einer benachbarten Auslagenscheibe wartete, bis jemand Anstalten machte, die Türe aufzuschließen. Dann tat sie so, als würde sie selbst in der Handtasche nach dem Hausschlüssel suchen, lächelte und ließ sich die Türe aufhalten. Gegenüber den Briefkästen gab es ein Schwarzes Brett, das tatsächlich eine billige Kork-Pinnwand war, auf der die Hausbewohner einander Mitteilungen zukommen ließen. Nachdem Judit die Post an sich genommen hatte, genoss sie es, noch ein wenig im Hausflur zu stehen und ein Gefühl des Risikos zu empfinden. Was, wenn Markus Bachgraben kam und sie hier antraf? Würde sie überzeugend extemporieren können? Oder würde es vielleicht sogar reizvoller sein, nicht überzeugend zu extemporieren, sodass er ahnen musste, dass sie log, ohne jedoch den Verdacht aussprechen zu können?

Sie begann ihre Aufenthalte im Hausflur zu verlängern, indem sie die Mitteilungen am Schwarzen Brett las. Da stand etwa:

Liebe RaucherInnen!!!
Das RAUCHEN im Stiegenhaus ist VERBOTEN!!!!!
Wir würden gerne unsere Wohnungen verlassen können, ohne von Rauchschwaden empfangen zu werden!!!
Vielen DANK für euer Verständnis!!!!

Oder:

Liebe KinderwagenfahrerInnen!!!!
Das Zustellen der Fluchtwege mit KINDERWÄGEN ist VERBOTEN!!!
Der Hausflur MUSS frei bleiben!!!
Vielen Dank für euer VERSTÄNDNIS!!!!

Eines Tages hing ein buntes Plakat dort, das mit Filzstiftzeichnungen von Blumen und Schmetterlingen geschmückt war. BATIKEN WIE DAMALS, stand darauf, EIN KURS BEI DANIELA IM 4. STOCK.

Judit, die „damals" nie gebatikt hatte, meldete sich bei Daniela im 4. Stock an. Außer ihr fand sich nur ein schwules Pärchen zum Kurs ein, das mit der Künstlerin seit Langem befreundet war, sodass Judit als einzige „echte" Teilnehmerin galt und entsprechende Wertschätzung genoss.

Es war nicht schwer, sich mit Daniela anzufreunden. Judit bewunderte ihre Arbeit: die aus struppigen Wollresten gehäkelten Tiere, die überall in der beengten Wohnung herumstanden, Schweine, Antilopen, Füchse und Pelikane in Lebensgröße, in Haltungen, die Verlassenheit und verstörende Vorgeschichten andeuteten, mit Augen aus riesigen Knöpfen. Die Bewunderung musste sie nicht einmal heucheln. Sie sprach sogar mit Erika über ein mögliches Debüt Danielas in der Galerie Rebitzer.

Wenn sie nun Markus Bachgrabens Post abholte oder zurückbrachte, läutete sie bisweilen bei Daniela an. Sie tranken Kaffee oder Wein und sprachen über Kunst und Spitzenpreise und Brotlosigkeit, während Markus Bachgraben ein Stockwerk über ihnen an seinem Schreibtisch saß, in seinem Bett lag oder sich auf den Weg zu seinem Autorenstammtisch machte. Zu Hause las Judit die Post durch, kopierte sie und steckte die Originale in die Kuverts zurück, die sie mit einem dünnen Film Klebstoff wieder zuklebte. Sie entschied umsichtig, wann sie ihn mit welchem Schreiben konfrontierte, legte aber letztlich fast alles wieder in das Brieffach zurück.

Anhand der Kontoauszüge konnte sie in überraschend detaillierter Weise seine Wege nachvollziehen:
12.03 Uhr Supermarkt
12.44 Uhr Alte Löwenapotheke
13.21 Uhr Videothek usw.

Sie konnte sehen, wie er versuchte zu sparen: Die abgebuchten Beträge wurden immer geringer und mit der Zeit nicht mehr in einer Vielzahl von Geschäften, sondern nur noch beim Lebensmitteldiskonter ausgegeben. Der Handyanbieter wurde zwei Mal gewechselt, Zusatzpakete wurden nicht mehr abonniert. (Auf den Handyrechnungen waren die angerufenen Nummern mit x-en unkenntlich gemacht, die Geheimnummer des Anrufers dagegen war dankenswerterweise in voller Länge notiert. Judit speicherte die jeweils aktuelle Nummer in ihr Handy ein, benutzte sie jedoch nicht.) Gleichzeitig kamen die Ablehnungen: Ein Künstlersozialfonds bedauerte, die Rechnung von Markus Bachgrabens Steuerberaterin leider nicht übernehmen zu können. Die Marktgemeinde XY bedauerte, dass die Auswahl der Jury für die Teilnahme an den alljährlichen Literaturtagen heuer leider nicht auf ihn gefallen war. Verlage, Kulturämter, Theater bedauerten. Es war, als müsste sie mitansehen, wie sich die Schlinge um seinen Hals zuzog, und es schnürte ihr das Herz zu.

Private Post kam so gut wie nie. Es war anzunehmen, dass er diese über das Internet abwickelte. Nur einmal fand sie eine Ansichtskarte von seiner Mutter vor, auf der ein hässliches Thermengebäude zu sehen war. Auf der Rückseite stand:

Hallo mein Schatz, es ist eine Frechheit, was die hier als „Kur" bezeichnen. Ich muss ein Doppelzimmer teilen! Um zehn Uhr Bettruhe! Wie soll man da bitteschön gesund werden?
Lass es Dir besser gehen,
Kuss Deine Mama

Und dann war eine Karte aus Venedig gekommen. Drei Gondeln, die sich über einen sturmgepeitschten, winterlichen Canal Grande kämpften. Auf der Rückseite las sie:

Hi Mark,
Die Wohnung ist ganz nett, gut gelegen, nur echt schwer zu finden. Lass Dir auf jeden Fall von Frau Gelenkkofel die exakte Wegbeschreibung geben, wenn Du im Juli kommst. Wir sind stundenlang im Regen herumgeirrt.
See you
Herb

SIEBZEHN

Am 10. Oktober 2000 um 18.30 Uhr betrat Judit Kalman das Café Tomaselli am Alten Markt in Salzburg. Ihm täte der Hintern weh, sagte Stefan, seit seiner Schulzeit habe er nicht mehr so lange still gesessen. Wäre sie so nett, ein paar Schritte mit ihm zu gehen?

Sie stiegen den steilen Fußweg zur Festung hinauf, bis sie an ein verschlossenes Tor kamen, wo sie wieder umkehrten und Richtung Mönchsberg abbogen. Unter ihnen glitzerten die Lichter der Stadt, während es im Wald nach Werwölfen roch. Stefans Bewegungsdrang schien unermesslich, wenn er an einer Stelle den Berg hinunterging, dann nur, um gleich wieder hinaufzusteigen. Bergauf gehen sei das Gesündeste, sagte er. Atemwege, Herz-Kreislauf, Muskulatur, alles profitiere vom Bergaufgehen. Er sei übrigens froh, dass sie gekommen sei, denn natürlich habe er mit höchstem Risiko gespielt. Nicht bei jeder Frau wäre es gut angekommen, ihr einen Termin für ein Date vorzusetzen. Es sei auch bei ihr nicht gut angekommen, wollte Judit sagen, aber er war schon wieder weitergelaufen. Wie ein Hund, der keine Geduld für die menschliche Trägheit aufbrachte, pendelte er hin und her, lief voraus, zu ihr zurück, dann wieder voraus. Denn obwohl Judit begeistert war von einem Mann, in dessen Gegenwart sie Kalorien verbrannte, und sich bemühte mitzuhalten, schaffte sie es nicht.

An einer Stelle, wo die Felswand senkrecht in die Tiefe ging, trat er an die Absperrung aus grün gestrichenen Eisenrohren und sagte: „Hier springen sie immer."

„Wer?", fragte Judit, die an besonders wagemutige Paraglider dachte.

„Die Selbstmörder", sagte er, „Jahr für Jahr, an genau dieser Stelle." Warum man dann hier noch keine zehn Meter hohe Wand errichtet habe, fragte Judit. Das sei in der Tat eine sehr gute Frage, erwiderte Stefan und lachte. Als aus dem Dunst der Laternen ein anderes Paar auftauchte und an die Absperrung trat, war Judit nicht wohl dabei.

„Keine Sorge, ich hätte sie rechtzeitig aufgehalten", sagte Stefan, als die beiden weitergegangen waren.

Sie trafen sich in München, in Salzburg, in Wien, in London, Rom oder Istanbul. Judit ließ ihre Wohnung in der Salzburger Kaigasse renovieren, da Stefan sich gerne dort aufhielt.

Nach einem halben Jahr sagte er, er müsse ihr etwas sagen. Er sei krank. Er leide an Depressionen. Dies sei der Grund, weshalb er so viel Sport betreibe und sich so vielen Aufregungen aussetze. Er habe diese Behandlungsmethode von Lord Byron übernommen, der, um seine Melancholie zu bekämpfen, in Venedig täglich den Canal Grande hinuntergeschwommen und stundenlang auf dem Pferd über den Lido galoppiert war, und sie funktioniere. Durch diese Methode brauche er weder Medikamente noch eine Psychotherapie. Er habe Judit dies der Fairness halber sagen wollen, bevor sie sich in ihn verliebe (in diesem Punkt war es längst zu spät, und das wusste er auch). Falls, was er wirklich von ganzem Herzen hoffe, sie mit ihm dennoch zusammenbleiben wolle, bedeute dies für sie und ihre gemeinsame Beziehung Folgendes: Sie müsse jede seiner Sportarten, und sei sie noch so extrem, akzeptieren. Er wolle keine Kinder, da seine Disposition höchstwahrscheinlich genetisch sei. Sein Vater habe sich das Leben genommen. Das sei alles.

In den ersten Minuten war Judit nur froh gewesen, dass er nicht gesagt hatte, er sei verheiratet oder es gebe eine Andere. In den darauffolgenden Minuten versuchte sie, ihm keinen Glauben zu schenken. Jemand, der eine solche Energie an den Tag legte wie er, konnte unmöglich depressiv sein. Andererseits, er war Arzt – wie man zu einer korrekten Diagnose kam, wusste er wohl. Am Ende beschloss sie, an dieses Gespräch nie wieder zu denken, denn wenn man es ihm schon nicht anmerkte, dann gab es auch keinen Grund, sich daran zu erinnern.

„Okay", sagte sie. Und sonst nichts.

Am 24. Dezember 2005 nahm Stefan Schmuck, Ehemann von Judit Kalman, sich das Leben. Auf den Partezettel ließ sie drucken: „Verstorben nach langer, schwerer Krankheit", und das war nicht einmal falsch.

Die letzten Wochen waren furchtbar gewesen, im Grunde das ganze letzte Jahr. Es war Judit nicht länger gelungen, das Gespräch über seine Depression zu vergessen. Die Methode Lord Byrons schien nicht mehr zu wirken, beziehungsweise Stefan nicht mehr die Kraft aufzubringen, sie anzuwenden. Eine nach der anderen stellte er seine Sportarten ein. Er aß kaum noch, und es kümmerte ihn auch nicht, dass seine Muskeln schwanden. Er sprach immer weniger, und wenn, dann waren es Sätze voller Zynismus. Judit verlangte, dass er sich behandeln, er, dass sie ihn in Ruhe lasse. Wenn sie wütend war, sagte sie: „Du hast mich nur geheiratet, damit du für deine Krankheit einen Kollateralschaden hast!" Manchmal biss er morgens in eine rohe Zwiebel, um seinen Körper zu spüren und in die Arbeit zu kommen.

Einmal fragte sie ihn, wie sich das anfühle, was ihn so quäle. Er sagte: Wie ein Eissturm in finsterster Nacht.

Sie verstand es nicht. Er saß in einem roten Lehnstuhl vor einem prasselnden Kaminfeuer, das mit duftenden Hölzern gespeist war. Der Kaminsims war mit Fichtenzweigen dekoriert, an denen glitzernder Christbaumschmuck hing.

Zehn Tage vor Weihnachten hatte sie einen Termin bei einem Psychiater vereinbart und ihren Mann überredet hinzugehen. Er kam ohne Medikamente wieder nach Hause.

„Aber Herr Kollege", hatte der Psychiater gesagt, „wer wird denn gleich zu Pillen greifen? Wir feiern jetzt erst mal schön Weihnachten, da gibt es viel Gutes zu essen, das baut auf! Und dann ein bisschen Skifahren, würde ich empfehlen. Im neuen Jahr sehen wir uns wieder und dann reden wir weiter."

Im neuen Jahr erhielt er einen Brief von der Witwe Judit Kalman, die ihm in den vernichtendsten Worten mitteilte, was sie von ihm hielt. (Von rechtlichen Schritten hatte ihr Anwalt aus Gründen der Aussichtslosigkeit abgeraten.)

Was sie nach Stefans Tod am meisten quälte, war, dass sie im Streit auseinandergegangen waren. „Wenn ich wieder nach Hause komme, erwarte ich, dass du einen Baum besorgt hast!", hatte Judit geschrien und die Türe hinter sich zugeknallt. Aber er hatte keinen Baum besorgt.

ACHTZEHN

Beat Bachgraben war zweiundvierzig Jahre alt, als er tauchen lernte. Sein einziger Sohn Markus hatte das Elternhaus und die Heimatstadt Salzburg verlassen, um in Wien Germanistik zu studieren. Wenn Beat ihn fragte: „Und was machst du dann als fertiger Germanist?", bekam er zu hören: „Das wirst du schon sehen." Insgeheim hatte Beat den Wunsch gehabt, sein Sohn möge Architekt werden. Immer wieder, wenn er an einer der Baustellen vorbeikam, auf denen im Laufe der Jahre die Stadtteile Parsch und Aigen von Land in Stadt verwandelt wurden, hatte er zwischen Betonmischmaschinen und Eternitplatten elegante Herren herumstehen sehen, die von den Polieren hofiert wurden. Wenn man fragte, wer diese beeindruckende Erscheinung im teuren Kaschmirmantel sei, deren schwerer Eau de Toilette-Duft über die Bauzäune wehte, erfuhr man: Das ist der Architekt. Gerne hätte Beat eines Tages bei solch einer Gelegenheit gesagt: Das ist mein Sohn. (Es gab nur einen, der den Architekten an Eleganz und Würde überbot, das war der Bauunternehmer Franz Kalman selbst. Ihn kannte man aus der Zeitung, an ihn kam man nicht einmal in den Träumen für sein Kind heran.) Unter einem Germanisten hingegen konnte sich Beat nur einen abgekämpften Deutschlehrer vorstellen, der in den Klassen einer Höheren Technischen Lehranstalt mit leeren PET-Flaschen beschossen wurde.

Mit der Geburt seines Sohnes hatte Beat sich sein erstes Hobby zugelegt: das Angeln. Er brauchte etwas zu tun nach der Arbeit, wenn seine Frau Gerda sich um das Baby kümmerte, und während sie mit Windeln und Erbsenpüree beschäftigt war, widmete er sich den Blinkern und Schwimmern. Gerda spottete, dass sie sich um das Geld, das er für Ausrüstung und Lizenzen ausgab, beim „Fisch Krieg" an der Salzach ganze Wale kaufen hätte können. Beat musste zugeben, dass sie rein finanziell gesehen natürlich recht hatte, denn seine Ausbeute war gering. Ein langes Wochenende am Mondsee oder Fuschlsee konnte dazu führen, dass er mit nichts als einem kümmerlichen Saibling nach Hause kam, der gerade groß genug war, um nach dem Reglement nicht zurück ins Wasser geworfen werden zu müssen.

„Was soll ich daraus bitte kochen?", fragte Gerda dann und hielt den Fisch verächtlich am Schwanz hoch, sodass er noch kümmerlicher aussah. Sie kochte Fischsuppe. Um die Lächerlichkeit des Fisches noch zu unterstreichen, fügte sie nur eine einzige Kartoffel und eine einzige Karotte hinzu, sodass sie sehr viel Wasser löffelten und beide hungrig vom Tisch aufstanden.

Es ging Beat nicht um das Fangen und Essen von Fischen. Er angelte, um sich in eine Welt zurückzuziehen, in der Ruten und Posen, Schnüre und Wirbel von Bedeutung waren. Er zog sich Watstiefel an und eine olivgrüne Weste mit vielen kleinen Taschen an der Vorderseite. Er wurde ein Anderer, wenn er sein Anglerzeug anzog, ein Mensch, der in die Wildnis ging, aber nicht ohne einen bequemen Klappstuhl. Er hantierte mit Keschern und Eimern, sortierte Haken und Bleigewichte, sprach mit anderen Anglern über die Vorzüge verschiedener Rollen. In seiner Werkstatt im Gartenschuppen fertigte er aus übel riechenden Zutaten Forellenteig an und züchtete Fliegenmaden auf verwesenden Rinderherzen. Er freute sich, wenn den Fischen seine Produktion schmeckte, und beließ es oft beim Anfüttern. Während ihm der Drill des einmal an den Haken gegangenen Fisches noch Spaß machte, da er ihm als ein gemeinsames Spiel erschien, war ihm das Töten selbst unangenehm. Er schlug den Fisch mit dem Hinterkopf an den Rand des steinernen Brunnentroges vor seinem Haus, bis er steif wurde und die Augen brachen. Dann nahm er ihn aus und beobachtete gemeinsam mit dem Kater das schrecklich pulsierende Herz. Erst wenn es aufgehört hatte zu schlagen, durfte der Kater das Eingeweide fressen, dies verfügte Beat aus Ehrerbietung gegenüber dem Fisch. Bei dieser Art des Tötens und Ausnehmens handelte es sich um die allgemein übliche Methode. Erst siebzehn Jahre nachdem Beat zu angeln begonnen hatte, kam jemand auf die Idee, dem Fisch vor dem Ausnehmen einen Herzstich zu versetzen, und schnell begann man das alte Verfahren für unwaidgerecht zu halten.

Es war die Zeit, als sein Sohn Freunde nach Hause brachte, die fragten: „Warum heißt dein Vater *Biet*?" Sie dachten, er sei nach dem englischen Wort für den rhythmischen Grundschlag benannt. „Es kommt von Beatus, der Glückselige", erklärte Beat. Seine Mutter war Schweizerin gewesen und hatte ihm einen Vornamen gegeben, der 300 Kilometer östlich ihrer Heimat vollkommen unbekannt war.

Immer öfter begann Beat, während des Fischens über das Fischen nachzudenken. Es quälte ihn, so oft unwissentlich grausam getötet und vielleicht noch Lebenden das Herz herausgerissen zu haben. Tatsächlich suchte er ja die Nähe der Fische aus Bewunderung für sie. Der Genuss bestand für ihn darin, auf die spiegelnde, schwankende, schäumende Wasseroberfläche zu schauen, weil er darunter diese Wesen wusste, die in Schwerelosigkeit lebten. Er liebte die Farben des Wassers: moosgrün, türkis, dunkelgrau, übergossen von weißem Dunst oder abendlichem Orange. Wo immer die Sicht es erlaubte, studierte er das Wasser in seinen Tiefen. Ihn interessierten die an den Wasserpflanzen sichtbaren Strömungen, der Schlick- oder Kiesgrund, die Futterbänke, Stehplätze, Wanderrouten der Fische. Wenn er ihre gleitenden Silhouetten sah, war er glücklich.

Dann zog Markus aus, und Gerda übernahm den Hühnerstall. Es war Zeit, ein neues Hobby zu beginnen. Beat begab sich nun in eine Welt, in der Neoprenanzüge, Atemregler, Masken und Flossen von Bedeutung waren. Gerda schimpfte, dass Ausrüstung und Lizenzen noch um ein Vielfaches teurer waren als beim Angeln, nur mit dem Unterschied, dass dabei nicht einmal mehr ein läppisches Abendessen herausschaute.

Beat wurde nicht enttäuscht. Wenn er ins Wasser stieg, wurde er nicht nur ein Anderer, sondern etwas Anderes, ein Wesen, das sich seiner Umwelt mühelos anpasste. Er wurde leichter und gleichzeitig viel langsamer. Er befand sich auf Augenhöhe mit den Fischen, die immer seltener vor ihm flüchteten und manchmal sogar mit ihm spielten. Nacheinander machte er den Grundtauchschein, den Fortgeschrittenentauchschein und den Meistertauchschein. Ihn interessierten nur die heimischen Seen. Das Meer mit seiner Buntheit, den Korallenriffen, geschminkten Fischen und überkrusteten Wracks konnte ihn nicht reizen. Der am weitesten entfernte See, in dem er tauchte, war der Grüne See in der Steiermark. Ihn hatte er wegen seines Namens aufgesucht, obwohl er für seinen Geschmack viel zu seicht war. Was Beat Bachgraben nämlich am meisten faszinierte, war die Tiefe. Er liebte es, wenn der Wasserdruck anstieg und es dunkler und dunkler wurde. War die vollkommene Finsternis erreicht, konnte man nur noch mit der Lampe eine von Schwebteilchen durchschneite Bahn aus ihr herausschneiden.

Oder man konnte die Lampe ausschalten.

Nach dem tödlichen Tauchunfall ihres Mannes versuchte Gerda Bachgraben in erster Linie, praktisch zu denken. Sie hatte niemanden mehr zum Rasenmähen, also schaffte sie zwei Schafe an, die im vakant gewordenen Gartenschuppen wohnten. Die Schafe kürzten brav das Gras, wenngleich bei Weitem nicht so regelmäßig wie der Rasenmäher. Noch lieber aber fraßen sie Ringlotten, und als der erste Herbst nach Beats Tod kam, standen sie nur mehr unter dem Ringlottenbaum und warteten auf das Herabfallen der Früchte. Zunächst ärgerte sich Gerda, erstens wegen des Rasens, der vernachlässigt wurde, zweitens wegen der Ringlotten, die sie bis dahin selbst eingesammelt und zu Kuchen und Kompott verarbeitet hatte. Sie beobachtete die Schafe, wie sie die gelben Kugeln ins Maul nahmen, lange darauf herumkauten und schließlich den sauber abgenagten Kern ausspuckten, und ärgerte sich nicht mehr. Sie machte sich nichts aus Ringlotten, Beat und Markus waren diejenigen gewesen, die sich auf Kompott und Kuchen gefreut hatten.

Ihr Sohn hatte jüngst das Studium der Germanistik aufgegeben und sich jenem der Philosophie zugewandt, sich dabei aber die Option offen gehalten, eventuell noch auf Theaterwissenschaften umzusatteln. Wenn Gerda ihn fragte, was er als fertiger Philosoph beziehungsweise Theaterwissenschaftler denn machen werde, erwiderte er: In Gottes Namen, das werde sie dann schon sehen.

Sie war fünfzig Jahre alt. Was Männer betraf, hielt sie sich für *jenseits von Gut und Böse*. Es machte ihr zu schaffen, dass sie sich im Laufe ihrer Ehe manchmal gewünscht hatte, ihr Mann möge verschwinden, einfach weg sein, sodass sie ihre Ruhe hatte. Nun war er weg, und die Ruhe bekam ihr nicht. Ein bisschen war es wie mit der Lokalbahn, die einst an ihrem Grundstück vorbeigefahren war. Jahrzehntelang hatte man über sie geschimpft, weil man im Schlaf gestört wurde oder beim Fernsehen oder mitten im Gespräch, doch als die Bahn eingestellt wurde, dachte man: Nun bin auch ich auf dem Abstellgleis.

Die Einsamkeit umfing Gerda manchmal mit solcher Wucht, dass sie glaubte, ohnmächtig zu werden. Sie begann herannahende Krankheiten zu fürchten und spürte sie auch schon. Es stach in ihrer Brust und sie war sicher, einen Herzanfall zu erleiden und elend in ihrem Heim zu versterben, wo sie Tage später die Nachbarin finden würde, die nach dem Rechten sah, weil Gerda nicht mehr ans Telefon ging. Sie vermeinte, halbseitige Lähmungen durch ihr Gesicht fahren zu fühlen und Opfer eines Schlaganfalls geworden zu sein. Ihre Hüftgelenke brannten, die Venen zwickten, die Lungen rasselten, der Darm stand kurz vor dem Verschluss.

Es war ein Segen, dass sie ihren Hühnerstall hatte. Sie sagte „Hühnerstall", da das Wort „Legebatterie" jeden aufgeregt hätte. Es handelte sich um ein langgestrecktes graues Gebäude, das von außen nicht einsehbar war, da es keine Fenster, sondern nur knapp unter dem Dach liegende Luken hatte, die das Tageslicht einließen. Wenn man sich näherte, hörte man den Höllenlärm, den die darin befindlichen sechshundert Hühner durch beständiges Kreischen, Gackern, Zappeln und Flattern erzeugten. Sie waren jeweils zu fünft in einem der einhundertundzwanzig Käfige eingesperrt, die in langen Reihen auf zwei Etagen standen. Die Käfige hatten Drahtgitter anstelle von Böden, damit der Kot auf das darunter befindliche Mistförderband fiel. Die Bodengitter waren abschüssig, sodass die Eier in die vor den Käfigen befindliche Rinne rollten. Im Alter von fünf Monaten kamen die Junghennen in die Käfige hinein, wo sie zwölf Monate lang kreischten und zappelten und Eier legten, dann wurden sie zur Schlachtung als Suppenhühner oder Tierfutter abverkauft, und es folgte die nächste Generation. Schon nach wenigen Wochen hatten sie keine Federn mehr, da sie sie einander ausrupften. Manche hatten von den Schnabelhieben blutige Wunden.

Gerda Bachgraben hatte den Hühnerstall erst einige Jahre zuvor von ihrer Mutter geerbt und war zunächst nicht sehr glücklich darüber gewesen. Wie sollte sie da noch ihre geliebten Studienreisen machen? Doch nach und nach begannen sie die Ordnung und Effizienz in ihrem kleinen Reich zu faszinieren, und nicht zuletzt die Möglichkeit, Geld zu verdienen. Als erste Innovation schaffte sie eine Sortiermaschine an, die die Eier in vier Gewichtsklassen unterteilte. Nur die Farben musste sie selbst sortieren, denn obwohl sie immer weiße Hennen bestellte, die weiße Eier legen sollten, waren doch braune dabei, die braune Eier legten, was wiederum die weißen anzustecken schien, sodass einige von ihnen ebenfalls braune Eier zu legen begannen. Während man lange Zeit die weißen Eier bevorzugt hatte, da sie „sauberer" schienen, ging der Trend mittlerweile zum braunen Ei. In Analogie zum Papier hatte der ökologisch orientierte Kunde das Gefühl, dieses sei ursprünglicher und natürlicher, gerade so, als wäre das weiße mit Chlorbleiche behandelt.

Die Arbeit ging Gerda leicht von der Hand, sie hatte ihrer Mutter oft geholfen und alles von der Pike auf gelernt. Mit dem Fortschreiten der Technologie war alles immer einfacher geworden. Morgens war ihr erster Gang durch die Käfigreihen dem Auffinden und Herausholen der Toten gewidmet. Eine Handvoll Hühner starb jede Nacht und wurde entsorgt. Einmal im Monat wurden die Verluste aufgefüllt. Gerda schaltete das Mistförderband ein und streute Legemehl in die Futtertröge. Dann sammelte sie die Eier ein. Manche hatten keine Schale, sondern nur eine dünne Haut, die wurden aussortiert. Andere waren blutig und mussten abgewaschen werden, bevor man sie in die Kartons schlichtete.

Natürlich kamen ihr manchmal Leute mit sogenannten Tierschutzgedanken. Darauf hatte sie zwei Antworten. Erstens: Wenn der Amtstierarzt ihren Hühnerstall für ordnungsgemäß geführt hielt, dann war dieser auch ordnungsgemäß geführt. Zweitens: In der Bibel stand, der Mensch solle sich die Erde untertan machen. Und der Mensch brauchte Eier, basta. Als Nächstes würden diese Leute wohl auch noch das Weinen der Kartoffel hören, wenn man sie schälte.

Beschwerden kamen auch von den Anrainern, denn der Hühnerstall stank. Die Anrainer waren im Laufe der Jahre immer zahlreicher geworden, die Häuser immer dichter an den Acker herangerückt, auf dem der Stall stand. Einerseits stank der Kot der vielen Hühner, andererseits das Legemehl, das einen beißenden Fischgeruch aufwies. Es kroch wie Staub in die Fasern der Kleidung und die Ritzen des Hühnerstalls und verbreitete sich mit dem Wind. Besonders bei Föhnwetterlagen kam es vor, dass Gerda Anrufe von Menschen erhielt, die sie beschimpften. Dies trug dazu bei, dass sie sich wie eine Widerstandskämpferin fühlte, missverstanden im Dienste einer gerechten Sache.

Mit ihrem alten Renault Kombi lieferte Gerda die Eier an die Kunden aus, zumeist Kantinen, Internatsküchen und Restaurants. Zwei Mal in der Woche zog sie ein bäuerlich wirkendes Gewand an und verkaufte die Eier auf dem Markt, donnerstags auf dem Schrannenmarkt vor der Andräkirche, samstags auf dem Grünmarkt vor der Kollegienkirche. Sie hatte dafür ein Schild gestaltet, das *von ungelenker Hand* geschrieben schien und nicht von einer ehemaligen Volksschullehrerin. Darauf stand:

FRISCHE
BIO
BAUERNEIER!

Es konnte nicht ausbleiben, dass ab und an einer der üblichen Tierschutzpharisäer vorbeikam und versuchte, ihr mit laut herausgeschrienen Anschuldigungen das Geschäft zu verderben, doch auch das betrachtete Gerda als Teil ihres Widerstandskampfes und saß es aus. Die meisten der Einheimischen waren jedoch höflich und hielten den Mund, und die Auswärtigen und Touristen freuten sich, ein erstklassiges lokales Produkt zu erwerben. Was daran falsch sein sollte, den Kunden ein gutes Gefühl zu vermitteln, konnte Gerda nicht nachvollziehen. Man schadete ihnen ja nicht, im Gegenteil. Man begleitete sie nur ein Stück auf ihrem Holzweg, so wie man einem Kranken, der seine Medizin nicht nehmen wollte, diese ja auch ins Essen mischte, zu seinem eigenen Wohl.

Weit davon entfernt, sich unterkriegen zu lassen, machte Gerda sich daran, das Prinzip durch weitere Anwendung zu bekräftigen. Über einen Bekannten begann sie günstigen Honig aus der Ukraine zu beziehen, den sie mit kräftigem Aufschlag verkaufte. Dieser schien mehr als gerechtfertigt durch den Aufwand, den sie damit hatte, auf die Deckel der Gläser rot-weiß karierte Tüchlein zu binden, die Etiketten in heißem Wasser abzulösen und neue aufzukleben, auf denen handschriftlich geschrieben stand:

ECHTER
SALZBURGER
IMKERHONIG

Der ukrainische Honig war bestimmt nicht schlechter als ein heimischer, sagte sie sich, somit war das Theater mit der Herkunftsbezeichnung nichts als Ausländerfeindlichkeit und durfte nicht nur, sondern musste geradezu unterlaufen werden.

Als das Geld von Beats Lebensversicherung ausbezahlt wurde, legte Gerda den Gutteil auf die Seite, um den Lebensunterhalt ihres Sohnes zu bestreiten. Seit dieser zu der Ansicht gelangt war, er wäre zu alt, um in einer WG zu wohnen – allerdings nicht alt genug, um irgendein Studium abzuschließen und einen Beruf zu ergreifen –, verschlang allein die Miete seiner Josefstädter Zwei-Zimmer-Wohnung beträchtliche Summen. Doch Beat war gut versichert gewesen, und es blieb noch genug Geld übrig, um Gerda hinsichtlich seiner Verwendung Kopfzerbrechen zu bereiten. Jeden Sonntag nach der Kirche ging sie zu Beats Grab und schimpfte mit ihm. Hatte sie nicht immer gesagt, dass diese sinnlosen Hobbys nichts als Ärger einbrächten? Hatte sie ihn nicht tausend Mal gewarnt, dass er für das Tauchen zu alt sei? Und hätte er nicht wenigstens noch das Haus ausmalen können, bevor er in den allseits als Todesfalle bekannten Attersee sprang?

So kam sie auf die Idee, einen Teil des Geldes in das Weißen der Zimmer vom Keller bis zur Mansarde zu investieren. In den Wänden steckten Nägel, an denen nichts mehr hing, rechteckige Flecken bezeugten die Entfernung von Bildern, an denen man sich sattgesehen hatte. Unzählige Male war Gerda mit dem Staubsauger gegen die Wände gestoßen und hatte Schrammen und Dellen verursacht. Sogar bräunliche Spritzer gab es, als hätte jemand Kaffee ausgeschüttet, obwohl keiner jemals mit einer Tasse Kaffee in der Hand durch das Haus gegangen war.

Pater Dobringer – der seit seiner Heirat kein Pater mehr war, aber immer noch so genannt wurde – empfahl Gerda den Malermeister Ömer Gülenay. (Pater Dobringer unterstützte die Mitglieder anderer Religionsgemeinschaften bewusst, um der *Toleranz in alle Richtungen* zum Durchbruch zu verhelfen.)

Ömer Gülenay enttäuschte Gerda nicht. Schon bei der ersten Hausbegehung wurde deutlich, dass er sein Handwerk verstand. Für jeden heiklen Winkel hatte er eine zündende Idee, für jeden Bereich, für den Gerda eine Notlösung vorschwebte, hatte er nichts als das Optimum im Sinn. Und doch war sein Kostenvoranschlag so, dass man zustimmend nickte: Billiger ging es wohl nicht, ohne Pfusch zu werden, denn jeder Posten schien gerechtfertigt.

Ömer Gülenay fragte, in welchem Raum des Hauses sich Gerda am häufigsten aufhalte. Hier, sagte sie, in der Wohnküche. Dann schlage er vor, mit diesem Raum zu beginnen, fuhr der Malermeister fort, damit sie möglichst schnell Freude mit dem neuen Anstrich habe. (Auch Beat hatte beim Ausmalen mit der

Wohnküche begonnen, aber gänzlich anders argumentiert: „Damit das Schlimmste erledigt ist und du eine Ruh gibst!") Dann fragte Ömer Gülenay, ob sie etwas in dem Raum umstellen oder alles, wie es war, beibehalten wolle. Gerda antwortete: Letzteres. Nun hob er die Polaroidkamera, die er zu ihrer Beunruhigung schon die ganze Zeit in der Hand gehalten hatte, und begann, die Wände Meter für Meter zu fotografieren. Sie würde ihren Rosenpaprika an exakt jener Stelle im Gewürzregal wiederfinden, an der sie ihn hingestellt hatte, versprach er. Und so sollte es geschehen, denn Ömer Gülenay hatte seinen Trupp an kräftigen jungen Polen fest im Griff.

Als die Malerarbeiten zur vollsten Zufriedenheit der Auftraggeberin abgeschlossen waren, lud sie Ömer – man nannte einander mittlerweile beim Vornamen – zu einem Hühnerfrikassee ein. Sie hatte zwei Hühner geschlachtet, die schon sehr geschwächt ausgesehen hatten, hatte sie gekocht und sorgfältig entbeint. Mit Dosenchampignons, Kapern und viel Sauerrahm verwandelte sie das geschundene Fleisch in ein Gedicht.

Ömer war Witwer, er hatte seine Frau zwei Jahre zuvor durch Krebs verloren. Er war seit seinem achtzehnten Lebensjahr mit ihr verheiratet gewesen. Nun war er sechsundfünfzig Jahre alt. Es sei schwer, sagte Ömer, manchmal habe er das Gefühl, er werde sich von dem Schock nie wieder erholen. Man sei doch als Ehepaar bei aller Vernunft darauf eingestellt, das ganze Leben zusammen zu verbringen, und das bedeute nun mal, exakt gleichzeitig zu sterben. Und auch wenn man genau wisse, dass durch diese Rechnung ein Strich gehen werde, rechne man nicht mit dem Strich. Jedenfalls, seine Verwandtschaft in der Türkei sei natürlich schon längst wieder auf Brautschau für ihn gegangen.

Man habe es mit reizenden Mädchen aus den besten Familien versucht, ebenso wie mit schönen Witwen, die Geschäftssinn und Gastgeberqualitäten besaßen, aber er sei noch nicht empfänglich gewesen. Das Hühnerfrikassee schmecke im Übrigen ganz ausgezeichnet.

Im Augenblick, sagte Ömer, koche noch seine Tochter für ihn und die beiden jüngeren Söhne, die zu Hause wohnten. Der Älteste sei schon verheiratet und habe zwei Kinder, das dritte sei unterwegs. Enkel seien das Größte, ob Gerda schon Enkel habe?

Nein, sagte Gerda, ihr Sohn Markus habe die Angewohnheit, seine Freundinnen – die allesamt hübsch, klug und wunderbar gewesen seien, soweit sie das beurteilen habe können – stets zu verlassen, sobald er sie nach mühevoller Umwerbung dazu gebracht hatte, mit ihm leben zu wollen. Er bringe sie nach Hause mit, stelle sie ihr vor, sie freunde sich mit ihnen als potentiellen Schwiegertöchtern an, gehe mit ihnen einkaufen, koche mit ihnen, plane gemeinsame Wochenenden, und dann erfahre sie jedes Mal, dass er Schluss gemacht habe, aber nie, weshalb.

Ömer nickte nachdenklich. Sein jüngster Sohn Metin sei auch so ein Fall. Ein hübscher Kerl, sehr charmant. Er könne jede haben, was ihn immer wieder auf die Idee bringe, vielleicht doch eine andere haben zu wollen. Jedenfalls, die Tochter werde bald heiraten und zu ihrem Mann nach Elixhausen ziehen, dann werde es schwer werden für den zurückbleibenden Männerhaushalt. Aber erst werde man feiern – Gerda müsse zur Hochzeit kommen, hiermit sei sie offiziell eingeladen. Eine türkische Hochzeit sei der größte Spaß, den es auf Erden gebe.

Gerda freute sich. Sie fragte, ob sie ein Kopftuch aufsetzen werde müssen.

Nein, lachte Ömer, im Gegenteil. Wie er das kenne, werde das der Tag der Friseure. Man habe fünfhundert Gäste eingeladen, das Brautpaar werde über eine blinkende Showtreppe hinabschreiten und man lasse eine berühmte türkische Popband einfliegen, um zum Tanz aufzuspielen.

Ob das denn nicht ruinös sei, fragte Gerda erschrocken. Natürlich, lachte Ömer, der Ruin aller Beteiligten sei notwendiger Bestandteil einer türkischen Hochzeit.

Zum Nachtisch gab es Wuchteln mit Vanillesoße. Seit dreißig Jahren lebe er nun in Salzburg, sagte Ömer, und er habe daher schon öfter Wuchteln gegessen, aber noch nie hätten sie ihm so gut geschmeckt. Jedenfalls, er habe eine große Bitte an Gerda. Sie solle sich auf keinen Fall zu etwas verpflichtet fühlen und auf der Stelle nein sagen, wenn ihr sein Anliegen unverschämt erscheine. Es gehe um seinen bereits erwähnten jüngsten Sohn Metin, der Gefahr laufe, ein Taugenichts zu werden und dringend einer sinnvollen Beschäftigung bedürfe. Er habe bereits drei Lehren abgebrochen, schlage völlig aus der Art. Die beiden älteren Söhne seien ja im väterlichen Betrieb tätig, wo sie selbstständig Baustellen leiteten. Und die Tochter habe sogar Jus studiert und arbeite in einer Steuerberatungskanzlei. Nur Metin könne sich zu nichts entschließen, weder zum Elektroinstallateur noch zum Automechaniker noch zum Bodenleger.

Sie kenne das Problem, sagte Gerda. Auch ihr Sohn Markus habe trotz großen Potentials noch keinerlei Anstalten gemacht, dieses in einen Beruf umzusetzen. Ömer nickte und kam wieder auf seinen Sohn zu sprechen. Gerda habe doch jede Menge Arbeit mit dem großen Haus und dem Garten und den Schafen und dem Hühnerstall, da könne sie doch etwas Hilfe gebrauchen? Selbstverständlich ohne Bezahlung, sein Taschengeld bekäme der Junge von ihm.

In dem Moment, als Gerda klar wurde, dass ihr eine kostenlose Arbeitskraft angeboten wurde, trieben auch schon ihre Träume aus. Sie würde endlich auf Kur fahren können, um ihre leidige Arthrose zu behandeln. Sie würde wieder Studienreisen machen, nach Israel vielleicht oder nach Neuengland. Sie würde das mit Beat begonnene Projekt, alle römischen Amphitheater der Welt – soweit erhalten – aufzusuchen, fortsetzen können. In Frankreich und Tunesien war da noch einiges offen. Sie sagte: Nun ja. Sie wisse nicht so recht.

Ömer begann seinen Sohn anzupreisen. Er sei stark, achtzehn Jahre alt, durch nichts müde zu kriegen. Muskeln wie ein Stier, aber keine Discomuskeln, im Fitnessstudio antrainiert, sondern echte. Zeitiges Aufstehen sei kein Problem. Sie könne ihn ruhig hart anpacken, er gedeihe am besten unter einer strengen Hand. Leider habe er eine Lösungsmittelallergie und könne daher im Malergeschäft nicht arbeiten. Gerda sagte: Na gut. Weil du es bist.

Ömer war überglücklich. Er werde seinen Sohn gleich morgen früh fixfertig im Blaumann zum Hühnerstall bringen. Nur eines noch: Sie solle sich bloß nicht einwickeln lassen. Metin sei ein Meister darin, Frauen den Kopf zu verdrehen.

„Wie sein Vater?", fragte Gerda kokett und sie lachten. Die Küchenuhr tickte plötzlich sehr laut.

Zur ihrer Überraschung stellte Gerda fest, dass sie sich mit Metin ausgezeichnet verstand. Er war höflich, fleißig und hatte Witz. Sie musste ihm die Dinge nur ein Mal erklären. Selbst komplizierte Arbeitsgänge prägte er sich mühelos ein. Es gelang ihm, den düsteren

Novembermorgen die Schärfe zu nehmen und Gerda zum Lachen zu bringen. Sie begann sich auf die Arbeit zu freuen. Ömer kam oft zum Kaffee oder zum Essen und fachsimpelte mit ihr über die Mühen der Kindererziehung. Die Diskrepanz zwischen Ömers Wahrnehmung seines Sohnes und ihrer eigenen ließ sie zu dem Schluss kommen, dass es sich um ein Problem der *innerfamiliären Chemie* handelte. Als die zwischen Vater und Sohn wütende Substanz machte sie das Testosteron verantwortlich. In ihr wuchs der Traum, zwischen Ömer und Metin zu vermitteln und bei der kompletten und nachhaltigen Aussöhnung der beiden eine tragende Rolle einzunehmen.

„Warum willst du denn keinen Beruf ergreifen?", fragte sie Metin. Er wolle doch einen Beruf ergreifen, erwiderte dieser und schaufelte eine Ladung des im Garten verteilten Schafkotes in den Kübel. Er habe nur noch nicht gewusst welchen. Genau genommen sei ihm erst gestern klar geworden, dass er immer schon Friseur werden habe wollen. Er sei aber nicht schwul!

„Friseur", sagte Gerda und hob ebenfalls ein paar Schafsköttel auf die Schaufel. Merkwürdig, dass sie bei der Anschaffung der Tiere nicht bedacht hatte, dass das abgefressene Gras hinten wieder aus ihnen herauskommen und den Rasen empfindlich beeinträchtigen würde. Vor ihrem geistigen Auge sah sie einen türkischen Barbier, der in seinem mit Stühlen aus den Fünfzigerjahren eingerichteten winzigen Laden der ausschließlich männlichen Kundschaft die Nacken rasierte, Ohrenflaum mit dem Feuerzeug flämmte und Nasenhaare mit einer riesigen Pinzette ausrupfte.

„Ich liebe Frauenhaare", sagte Metin. Er liebe Farben, Strähnchen, Extensions, Dauerwellen. Er liebe Hochsteckfrisuren.

Gerda konnte sich nicht erinnern, je eine Hochsteckfrisur getragen zu haben. Nicht einmal bei ihrer Hochzeit hatte sie eine gehabt. Die Mutter hatte ihr selbst die Haare glatt ausgeföhnt, um den Friseur zu sparen. Normalerweise trug Gerda einen Rossschwanz. Jeden Morgen bürstete sie ihr Haar durch und band es straff nach hinten. Die Haargummis waren braun oder schwarz und wurden so lange verwendet, bis sie ihre Elastizität eingebüßt hatten. Abstehende kürzere Härchen an den Schläfen klebte sie mit Wasser an.

„Mach mir eine Hochsteckfrisur", sagte Gerda. Es war heller Vormittag und es nieselte, ein trüber Werktag, nicht die Zeit, um die Arbeit zu unterbrechen. Sie legten die Schaufeln nieder und gingen ins Haus, um Haarnadeln zu suchen. Obwohl sie nie Haarnadeln verwendete, wusste Gerda, dass sie irgendwo welche aufbewahrte, und dann fiel es ihr ein. Sie holte die „Mädchenkiste" aus dem oberen, nur mit einer Stehleiter erreichbaren Teil des Einbauschrankes in ihrem Schlafzimmer. In der „Mädchenkiste" hatte sie jahrelang all die Dinge gesammelt, die sie für die Tochter vorgesehen hatte, die sie noch zu bekommen hoffte. Sogar goldene Ohrringe mit Blümchen aus roten Zirkonen waren darin. Doch erst war Markus gekommen und dann trotz angestrengten Betens kein Kind mehr. Irgendwann hatte sie beschlossen, die Kiste für ihre Enkelin aufzubewahren.

Gerda durfte nicht in den Spiegel sehen, während Metin an ihren Haaren arbeitete. Er war geschickt und riss nie an. Er behandelte das Haar mit solcher Sorgfalt, dass Gerda das Gefühl bekam, dass es schön sei. Als er fertig war und sie sich betrachten durfte, empfand sie die Verwandlung, als hätte man ihr einen Kürbis zur Kutsche gemacht. Sie trug die Frisur eines Filmstars. Natürlich wirkte sie in Verbindung mit dem fleckigen

Pullover etwas übertrieben, aber man hatte den Eindruck, durch sie hätten auch Gerdas Gesichtszüge sich verfeinert. Das war die Frisur, die sie auf der Hochzeit von Ömers Tochter tragen wollte.

Verlegen wehrte Metin ab. Er habe vor der Hochzeit schon alle Hände voll zu tun und sei Verpflichtungen für die halbe Verwandtschaft eingegangen. Nicht zuletzt die Braut, seine Schwester, müsse er herrichten. Doch Gerda ließ nicht locker, die Hochzeit dieses Mädchens sollte ihr Tag werden – natürlich so, dass es jeder sah, aber niemanden störte. Also gut, sagte Metin, wozu seien Hochzeiten denn da, wenn nicht, um sich vollkommen zu übernehmen. Sie müsse aber wie die Anderen zu ihm ins Haus kommen, Zeit für Wege habe er nicht. Und so kam Gerda zum ersten Mal in Ömer Gülenays Haus.

Alle Frisuren wurden rechtzeitig fertig, nur Metin selbst sah auf der Hochzeit etwas zerrauft aus. Angesichts der beeindruckenden Werkschau, die vom Können seines Sohnes zeugte, wagte Gerda es, Ömer auf die Notwendigkeit einer Friseurlehre hinzuweisen, und prophezeite Karriere und hohes Einkommen. Es stellte sich heraus, dass Ömer, der vor ein paar Jahren noch etwas dagegen gehabt hätte, weil er wollte, dass sein Sohn etwas *mit seinen Muskeln* anfange, mittlerweile nichts mehr dagegen hatte, da ihm alles lieber sei als *diese ewige Ungewissheit*.

Die Hochzeit an sich führte bei Gerda Bachgraben zur Ausschüttung von Endorphin und Dopamin, was daran lag, dass Ömer nicht von ihrer Seite wich und sie sich im Großen und Ganzen so benahmen, als ob sie Mann und Frau wären, nur besser. Von der Menge an Menschen, Überraschungen und kostspieligen

Extras war Gerda begeistert. Sie musste an ihre eigene Hochzeit denken, die im Grau der Siebzigerjahre stattgefunden hatte (die Farbe ihrer Erinnerung, an der auch das Bild von waghalsig gemusterten Tapeten nichts änderte). Man war nüchtern und vernünftig gewesen, hatte eingespart, wo es nur ging. Die Überlegungen hatten davon gehandelt, wen man *nicht* einladen, was man *nicht* essen musste. Es hieß: *Entweder* Dessert *oder* Hochzeitstorte. Blumenschmuck gab es nur in den ersten beiden Reihen der Kirche. Das Brautkleid war so gewählt worden, dass man es nach der Hochzeit umfärben und als Ballkleid weiterverwenden konnte, auch wenn man nie auf Bälle ging.

Aber hier war hemmungslos eingeladen worden, sowohl was die Zahl der Personen als auch was die ihnen zugedachten Vergnügungen betraf. Gerda fühlte sich wie ein Fisch im Wasser, wie eine ausgesetzte Waise, die endlich im Meer der Menschheit aufging. Sie begriff die Geschichte ihrer Familie als eine der Vereinzelung und des Monadentums. Ja, die Türken machten es richtig, ließ Gerda Ömer wissen: Die Familie müsse groß sein und über den Einzelnen hinaus und diesem über alles gehen. Als sie nicht aufhören wollte, von der von Mitmenschen so reich besiedelten türkischen Welt zu schwärmen, gebot er ihr Einhalt.

„Es hat auch Nachteile, Gerda", sagte er, „viele Nachteile."

Vier Jahre nach der Hochzeit hatte Ömer sie beim gemeinsamen Betrachten von Werbeprospekten geküsst und diesen Vorgang mit den Worten erläutert: „Gerda, wir sind beide zu alt, um noch mehr Zeit zu verschwenden." Sie fühlte sich warm und in ihrem Körper geborgen wie in einer Höhle.

Einige Tage später, als sie gerade überlegte, wie sie ihrem Sohn beibringen solle, dass er einen Stiefvater hatte, öffnete sie die Zeitung und das Gesicht ebendieses Sohnes blickte sie daraus an. Darunter stand:

**LEIDENSCHAFTLICH,
VERFÜHRERISCH, BRILLANT**
MARKUS BACHGRABEN UND
SEIN DEBÜTROMAN „KASSIOPEIA"
EIN MÄRCHEN ÜBER DIE LIEBE
IN EISIGEN ZEITEN

Gerda sah sich selbst, wie sie in einer sternklaren Sommernacht mit ihrem kleinen Sohn in den Garten trat, sein Händchen in ihrer Hand. Sie breitete die große Sofadecke auf dem Rasen aus, dort, wo der Blick am freiesten war. Nebeneinander legten sie sich auf den Rücken und schauten zu den Sternen hinauf.

„Das ist der Löwe", sagte sie, „der nun im Westen untergeht. Hier ist der Schwan, rechts davon der Drache, und darunter die Schlange. Die Nördliche Krone steht fast im Zenit. Und hier, von Nordosten, nähert sich Kassiopeia, das Himmels-W. Für uns sieht es jetzt wie ein M aus, weil wir es verkehrt herum sehen. M wie Markus."

Und Markus, dessen Blick ihrem Zeigefinger genau gefolgt war, sagte: „Kassiopeia ist das schönste Wort auf der Welt. Es wird für immer mein Lieblingswort sein."

Gerda griff zum Handy und rief ihren Sohn an. Noch ehe sie wusste, ob sie das Gespräch mit dem Stolz über seinen Erfolg oder dem Ärger über seine Heimlichtuerei einleiten sollte, hatte er erklärt, dass er mitten in einem Interview sei und sie später zurückrufen werde. Der Tag verging und sie versuchte, sich daran zu erinnern, wann sie ihm zum ersten Mal die Sterne erklärt hatte und wann sie damit aufgehört hatten, gemeinsam auf der nächtlichen Wiese zu liegen. Sie grenzte den Zeitraum auf sein fünftes bis elftes Lebensjahr ein. Kassiopeia, Kassiopeia, hatte er gesagt, das Wort gehütet wie einen Schatz.

War diese Liebe zu einem Wort bereits ein Hinweis auf eine spätere Schriftstellerkarriere gewesen? Hätte sie hier aufmerksam sein und mit spezieller Förderung reagieren müssen? Aber spielten nicht alle Kinder mit Wörtern und hielten sie für wirksam wie Zaubersprüche? Nichts hatte auf eine besondere Begabung ihres Sohnes im sprachlichen Bereich hingewiesen. Ja, er hatte viel gelesen, aber das lag daran, dass Gerda die Fernsehstunden rationierte wie Wasser in der Wüste. Die Schulaufsätze hatten selten etwas Besseres als ein Befriedigend erbracht. Er begriff nicht, dass es bei der Rechtschreibung nichts zu begreifen gab, sondern dass man sie auswendig lernen musste. Seine Aufsätze hatten keinen flüssigen Stil, sondern kamen daher wie Knochengerüste, die man erst mit dem Fleisch der schönen Wendungen und Füllwörter aufpolstern musste. Außerdem hatte er einen Hang zu Wortwiederholungen und wenig Sinn für den schönen, abwechslungsreichen Stil. Er schrieb Dinge wie:

Peter kam nach Hause. Er wusch sich die Hände. Er setzte sich an den Tisch und aß.

Was natürlich ausgebessert wurde auf:

Peter kam nach Hause, wo er sich umgehend die Hände wusch. Anschließend setzte sich der Bub an den Tisch und aß mit seiner Familie zu Mittag.

Oder er schrieb:

> Das Huhn wollte eine Weltreise machen. Es ging vom Bauernhof bis zur Bundesstraße. Nicht besonders aufregend, die Welt, dachte es.

Und die Lehrerin korrigierte:

> Das Huhn schmiedete den Plan, eine Weltreise zu machen. Sogleich marschierte der flugunfähige Vogel vom Bauernhof bis zur Bundesstraße. Dort angekommen, blickte sich die Henne enttäuscht um. „Mir scheint, dass die Welt nicht besonders aufregend ist", dachte das Federvieh bei sich.

Wer hätte da einen Schriftsteller heraussahnen sollen? Es hatte ihn nicht einmal interessiert, wer Kassiopeia eigentlich war und welche Rolle sie in der griechischen Mythologie spielte. Hätte sich ein zukünftiger Schriftsteller nicht mit der Bedeutung des Wortes beschäftigt? Aber Markus liebte nur das Wort an sich, die Musik, die es machte.

Wieder und wieder las Gerda die Besprechung in der Zeitung. Es ging in dem Buch offenbar um einen jungen Mann namens Tom Karner, der seinen Vater bei einem Unfall an einem See verloren hatte. Also war es autobiografisch. Sie bekam Angst, dass ihr Sohn sie beschrieben haben könnte, und zwar in unvorteilhafter Weise. Was, wenn er in ihr nur eine übereifrige ehemalige Volksschullehrerin sah, die ihr Kind mit dem Auswendiglernen von Sternbildern traktierte und darüber hinaus auch noch Hühner quälte? War es möglich, dass ihn die Existenz der „Mädchenkiste" gekränkt hatte und er sich nun darüber ausließ? Hatte er von der Ohrfeige geschrieben, die sie ihm verpasst hatte, als sie dahintergekommen war, dass er den Ficus in seinem Zimmer als Urinal benutzte?

Es wurde Abend, und ihr plötzlich berühmter Sohn hatte noch immer nicht zurückgerufen. Sie nahm das Handy und drückte auf Rufnummernwiederholung.

„Ja?", meldete sich Markus und klang gehetzt. Im Hintergrund hörte sie die Stimmen vieler Leute. Er habe in fünf Minuten einen Auftritt, sagte er.

„Was für einen Auftritt?", fragte Gerda. Eine Lesung, erklärte er, aus seinem Buch, er müsse das Handy jetzt abschalten.

„Wir hören uns morgen. Versprochen." Dann legte er auf.

Am nächsten Tag ging Gerda Bachgraben in eine Buchhandlung, die nicht ihre Stammbuchhandlung war. Sie befürchtete, man könnte sie danach fragen, wie es kam, dass sie das Talent ihres Sohnes übersehen hatte. Die Verkäuferin kannte sie nicht und so konnte Gerda unbefangen das Buch „Kassiopeia" von Markus Bachgraben verlangen. Es lag direkt bei der Kassa, Gerda hatte es nicht bemerkt. Auf dem Umschlag war Wasser zu sehen, grünes, im Vordergrund gläsern, im Hintergrund milchig wirkendes Wasser, in das Stufen hineinführten. Auf der Rückseite ging das Bild weiter und man sah, dass das Wasser links von einer roten Ziegelmauer begrenzt wurde, in die ein Anlegering eingelassen war. Gerda fragte sich, ob das Foto einen Ausschnitt der Salzach darstellte, verwarf diesen Gedanken aber wieder. Selbst beim günstigsten Lichteinfall hätte die Salzach nie so ein leuchtendes, karibisches Grün aufgewiesen. Solange die Halleiner Papierfabrik ihre Abwässer nicht geklärt hatte, war sie schaumig braun gewesen, mittlerweile hatte sie sich auf ein opakes Olivgrün verbessert.

Die Buchhändlerin erklärte Gerda, dass sie eine hervorragende Wahl getroffen habe. Man habe nicht gedacht, dass heutzutage noch Liebesgeschichten geschrieben würden, die einem so zu Herzen gingen. Und zwar ohne Kitsch!

Gehe es denn nicht um einen Mann, der seinen Vater bei einem Unfall verliere?, fragte Gerda listig. Ja, das sei der Ausgangspunkt, erwiderte die Verkäuferin, aber nach diesem Schicksalsschlag breche Tom Karner, der Protagonist, auf, um nach langen Irrfahrten schließlich die Liebe seines Lebens zu finden.

Gerda war erschüttert. Hatte Markus die Liebe seines Lebens gefunden und ihr nichts davon gesagt? Seit über einem Jahr hatte es keine Freundin mehr gegeben, die des Vorstellens zu Hause für würdig befunden worden wäre. Gedankenverloren unterschrieb Gerda den Kreditkartenbeleg. Die Buchhändlerin sah auf den Beleg, auf Gerda und noch einmal auf den Beleg.

„Ich bin seine Mutter", sagte Gerda unbeholfen. In den Augen der Frau las sie ihre eigenen Gedanken: Es war ungeheuerlich, dass sie das Buch im Geschäft kaufen musste wie eine Fremde.

Zu Hause nahm sie die alte Sofadecke, breitete sie auf der Wiese aus und legte sich darauf, um den Roman ihres Sohnes zu lesen. Es war Juli, die Sonne starrte streng und Gerda, die auf dem Rücken lag, musste das Buch senkrecht über das Gesicht halten, um nicht geblendet zu werden. „Eine große Liebesgeschichte, eine hinreißende Vater-Sohn-Geschichte", stand im Klappentext.

Sie fand Markus' Stil immer noch zu abgehackt, aber wenn das nun als schön galt, bitte sehr – sie musste ja zum Glück nicht mehr unterrichten. Schnell stellte sie fest, dass die Mutter des Protagonisten selbigem durch elterliche Scheidung und Emigration nach Neufundland abhanden gekommen war und in seinem Leben keine Rolle spielte, was Gerda nicht wenig kränkte. Umso mehr erfuhr man von dem witzigen, genialen Vater, dessen große Leidenschaften sinnreiche Gespräche mit dem Sohn und das eher sinnlose Schlittschuhlaufen auf zugefrorenen Seen waren. Hatte Beat tatsächlich all diese klugen Dinge gesagt?, fragte sich Gerda.

Plötzlich, inmitten der familiären Beschaulichkeit, stieß sie auf eine Körperteile und -flüssigkeiten detailreich beschreibende Sexszene. Nun war Sex unter Inanspruchnahme von Körperteilen und -flüssigkeiten so ziemlich das Letzte, was man sich als Mutter in Zusammenhang mit dem eigenen Sohn vorstellen wollte. Zumindest kam man sich pervers vor, wenn man davon las. Sie blätterte weiter auf der Suche nach leidenschaftsloseren Passagen, was im letzten Drittel des Buches schwierig wurde.

Als sie ins Haus zurückkam, war Markus' Stimme auf der Mobilbox. Ja, also. Sie sei wohl sehr überrascht gewesen. Er habe aber nichts sagen wollen, ehe nicht sichergestellt war, dass sein Buch gedruckt und einigermaßen gut besprochen wurde. Danke für das Wort Kassiopeia, Mama! Sie könne sich nicht vorstellen, wie der Verlag dagegen angekämpft habe. Zu schwierig, Fremdworttitel, Rhabarber, Rhabarber. Als ob der Leser ein Volltrottel wäre und ein Wort nicht kenne, das er schon mit fünf Jahren gekannt habe. Oder als würde es ihn, wenn er es denn schon nicht kenne, nicht freuen, es kennenzulernen. Kaufe sich der Mensch etwa Bücher, um seinen Wortschatz gezielt *nicht* zu erweitern? Dürfe ein Schriftsteller denn im Stil kleinformatiger Zeitungen nur Wörter verwenden, die Krethi und Plethi bekannt seien, so lange bis Krethi und Plethi gar nicht mehr wüssten, was „Krethi und Plethi" denn eigentlich heiße? Und jetzt neu im Programm: Schulbücher nur mit Wörtern, die die Schüler schon kennen!

Man habe ihm Alternativtitel vorgeschlagen wie „Liebe auf Glatteis" und dergleichen, aber er habe gesagt: Kassiopeia oder nichts! Was er natürlich nur sagen habe können, weil er das Glitzern im Auge des Verlegers gesehen habe. Und dann die Cover-Diskussion. Man habe ihm erklärt, auf dem Foto, das er ausgewählt habe, sei eine *abweisende Mauer* zu sehen, und kein Mensch würde ein Buch mit einer *abweisenden Mauer* auf dem Cover kaufen, da der Leser ein helles, freundliches, *einladendes* Cover bevorzuge. Oh ja, habe er darauf gesagt, er kenne in der Tat eine Personengruppe, die ein Buch mit einem hellen, freundlichen, *einladenden* Cover bevorzuge, und das sei die der siebenjährigen Mädchen! Und dann hätten sie das Foto so lange geschnitten, bis vorne auf dem Buchumschlag nur mehr das helle, freundliche Wasser zu sehen und die *abweisende Mauer* fast zur Gänze verschwunden und ihr erbärmlicher Rest auf die Rückseite verbannt war. Und so habe man ein Wow-Foto zu einem Okay-Foto gemacht. Das Wichtigste aber sei: Gerda könne sofort seinen Dauerauftrag kündigen, er werde ihr nie wieder auf der Tasche liegen, und danke für die Geduld, und ach ja, er habe dann auch Auftritte in Salzburg, aber wann, wisse er jetzt nicht.

Am meisten kränkte Gerda, dass Tom Karner als Kind die Sterne von seinem Vater erklärt bekommen hatte. „Großer Gott, Mama, ich habe euch *gemorpht*", sagte Markus, als sie ihn darauf ansprach. Was das denn schon wieder heissen solle, fragte sie. Das bedeute, erklärte er, der Vater im Buch sei aus Beat und ihr zusammengemischt. Und einer Million anderer Dinge. Er zeigte ihr am Computer, wie er eine Fotografie von Beat mit einer von ihr zu einem einzigen Gesicht zusammenschmolz. Das Wesen sah aus wie ihre Ehe, vertraut und gleichzeitig unendlich fremd. Markus erklärte ihr weiter, dass die Mutter in dem Buch aus dramaturgischen Gründen habe verschwinden müssen: um den Fokus auf den Vater zu erhöhen. Die völlige Verlassenheit Tom Karners nach dem Tod des Vaters wäre durch die Anwesenheit einer positiven Mutterfigur ja viel zu sehr abgefedert worden, sodass sich die Handlung nicht in der gewünschten Weise hätte fortsetzen können. Später las Gerda in einem Interview ihres Sohnes: „Selbstverständlich schreibt man nicht über die eigene Familie, schon allein, um keinen Einsprüchen ausgesetzt zu sein. Mit fiktiven Figuren kann ich anstellen, was ich will."

Gerda Bachgraben gewöhnte sich daran, auf ihren Sohn und seinen Erfolg angesprochen zu werden. In der Tat war es nicht schlecht fürs Geschäft. Wildfremde Menschen kamen zu ihr an den Marktstand und versuchten, etwas über die Jugendjahre des Schriftstellers zu erfahren. Meistens waren es Frauen. Sie benahmen sich so überhitzt und aufgeregt, als wären sie im Begriff, in die Intimität eines Popstars einzudringen. Sie kauften Eier und Honig wie Fanartikel. Markus legte sich eine Geheimnummer zu und Gerda musste hoch und heilig versprechen, sie unter keinen Umständen an irgendjemanden weiterzugeben. Und schon gar nicht die Adresse!

Nach einem Jahr begann die Aufregung abzuflauen. Nach zwei Jahren blieb nur noch die Frage übrig: „Wann erscheint endlich das nächste Buch?"

„Gut Ding braucht Weile", pflegte Gerda zu sagen. In Wahrheit hatte sie wieder begonnen, sich Sorgen zu machen. Ömers Sohn Metin war mittlerweile ein *Starfriseur* geworden und sie musste befürchten, ihrem Lebensgefährten gegenüber ins Hintertreffen zu geraten. Kam Markus nach Hause, klagte er über Miete und Sozialversicherungsbeiträge. Gerda war zwar versucht, ihm ein paar Scheine zuzustecken, tat es aber nicht, um ihn nicht zu entwürdigen. Erst wenn er sie darum bat, würde sie ihn unterstützen. Er bat sie aber nie. Sie müsse loslassen, sagte Pater Dobringer, die Kinder gingen ihren eigenen Weg. Gerda beschloss loszulassen, indem sie ihrem Sohn klar machte, dass es nun für ihn an der Zeit sei, sich um sie Sorgen zu machen. Sie begann, in seiner Gegenwart zu jammern, über Ärzte, Ömer, Kuren und Kunden, sodass sie beide jammerten und in einen Wettbewerb traten, wessen Los beschwerlicher sei.

Und dann, als sie schon dachte, kein Hahn würde mehr nach ihrem Sohn krähen, kam Judit Kalman an ihren Marktstand. Gerda kannte sie vom Sehen und vom Tratsch. Hatte sie nicht einige Jahre zuvor diesen bekannten Münchner Arzt geheiratet, der dann bei irgendeinem Unfall umgekommen war? Im ersten Moment bekam Gerda Angst, denn die jüngere Tochter des Bauunternehmers Kalman hatte den Ruf, so etwas wie eine Tierschützerin zu sein. War als Jugendliche immer bei den Fiakerpferden herumgestrichen und hatte aufgepasst, dass sie genug Wasser bekamen und nicht zu lange in der Sonne stehen mussten. Aber die Kalman hatte gar nicht im Sinn, von der Legebatterie zu sprechen, sondern sie erzählte Gerda, dass sie ihren Sohn kennengelernt habe. In Wien! Da habe man jahre- und jahrzehntelang nebeneinander in Salzburg gelebt, wo jeder jeden kannte, und habe einander nicht kennengelernt. Manchmal sei die Welt eben kein Dorf, sondern ein Universum. Und in Wien wohne man dann zufällig im selben Bezirk, wo man einander zufällig beim Arzt kennenlerne. Beim Augenarzt.

Gerda freute sich im Stillen, dass ihr Sohn jemanden aus der *gehobenen Gesellschaft* kennengelernt hatte, und um dies zu verbergen, fing sie an, über ihn zu klagen. Einen brotlosen Beruf habe er sich ausgesucht, ein einziges Desaster sei das. Keine Überstundenpauschale, kein Krankengeld, keine Erschwerniszulage, kein dreizehntes und kein vierzehntes Monatsgehalt, überhaupt kein Monatsgehalt. Und wenn man dann auch noch ewig für ein einziges neues Buch brauche ...

Die Kalman bewegte einen makellos manikürten Zeigefinger hin und her wie einen Scheibenwischer. Nein nein, sagte sie, Gerda brauche sich keine Sorgen zu machen. Markus arbeite. Und Romane seien wie Kathedralen, sie würden nicht an einem Tag erbaut. Der Amerikaner Eugenides beispielsweise habe acht Jahre für seinen Roman „Middlesex" gebraucht und sei damit weltberühmt geworden.

Entsetzt starrte Gerda sie an. Es schien ihr mit einem Mal fraglich, ob sie das nächste Buch ihres Sohnes überhaupt noch erleben würde. Die Kalman lachte: Keine Sorge, keine Sorge! Acht Jahre würden es schon nicht werden.

Einen Moment lang hatte Gerda das Gefühl, dass diese Frau und ihr Sohn etwas miteinander hatten. Aber das passte nicht, die Kalman war ja – auch wenn sie, wie bei reichen Leuten üblich, sehr gut aussah – bestimmt zehn Jahre älter als er. Wahrscheinlich war sie eine mütterliche Freundin. Und was konnte einem aufstrebenden Künstler Besseres passieren, als eine einflussreiche mütterliche Mentorin, vielleicht gar Mäzenin zu finden? Ein Glück, dass er kurzsichtig war und zum Augenarzt hatte gehen müssen. Die Kalman war von Gott geschickt worden, um Gerdas strauchelndem Sohn wieder auf die Beine zu helfen.

Eier kaufte sie jedoch nicht.

NEUNZEHN

„Was war dein peinlichstes sexuelles Erlebnis?", fragte Erika.

Hinter der Landzunge im Osten schob sich ein großes Kreuzfahrtschiff aus der Lagune durch den Canale di San Nicolò in die Adria hinaus. Es sah aus, als würde es durch die Pinienwälder und über die Dünen gleiten. Die Entfernung bewirkte, dass man seine Bewegung nicht erkennen konnte. Nur wenn man eine Weile weg- und dann wieder hinschaute, war es ein Stück weitergefahren.

„In diesem Jahr?", fragte Judit.

„In deinem Leben", sagte Erika.

Judit sah weg von dem Kreuzfahrtschiff und wieder hin. Der Pudel unter ihrem Arm war heiß. Erika hatte den Hund gekauft, nachdem ihr Catherine und Anna geraten hatten, doch einfach von Michael schwanger zu werden. Sie wollte doch ein Kind von ihm. Niemals, hatte Erika gesagt, erst wenn er es auch will. Drei Tage später hatte sie den Welpen gekauft und Michael hatte ihn akzeptieren müssen.

„Ich jedenfalls", sagte Erika, „hatte das peinlichste sexuelle Erlebnis meines Lebens mit *Tom Cruise*." In diesem Moment zwitscherte Judits Handy. Vor ihrem geistigen Auge sah sie Erika auf einer Beverley Hills-Party im Anwesen eines Hollywood-Produzenten, wo sie mit dem berühmten Schauspieler in einem der vierzig Schlafzimmer verschwand. Mit ihrem wirklichen Auge sah sie auf das Handydisplay. Katastrophe. Katalin. Sie drückte sie weg. Ein Piepen wies darauf hin, dass ihre Schwester auf die Mobilbox gesprochen hatte. Judit löschte die Nachricht von der Nachricht auf der Mobilbox. Sie würde Katalin nicht zu sich durchdringen lassen. Nicht, wenn sie so insistierte.

„*Tom Cruise*", wiederholte Erika. „Er war unser Fremdsprachenassistent in der Siebten."

Die Englischlehrerin sei eines Tages in Begleitung eines jungen Mannes in die Klasse gekommen, der eine verblüffende Ähnlichkeit mit Kevin Costner hatte. „Ladies and gentlemen, please meet our new foreign language assistant from Scotland, Mr. Tom Cruise", habe sie gesagt und dabei nicht mit der Wimper gezuckt. In der Klasse sei es so still geworden wie nie zuvor, während der junge Mann verlegen grinste. Schließlich habe ausgerechnet Wolfi Seidler, der Schlechteste in Englisch, die Hand gehoben und gesagt: „Excuse me, Mrs. Professor, but Tom Cruise looks otherwise!"

Wieder zwitscherte Judits Handy. Diesmal war es ihre Mutter. Katalin hatte sich offenbar Schützenhilfe geholt. Judit drückte den Anruf weg und gab Erika ein Zeichen, fortzufahren.

Den Rest der Stunde habe Tom Cruise – sehr zur Freude der Englischlehrerin, die sich in der letzten Reihe ein Nickerchen gönnte – Auskunft über sein Leben mit dem Namen eines Anderen gegeben. Yes, his parents had always been called Cruise, just like his grandparents and so forth. Nein, keine Verwandtschaft mit dem amerikanischen Schauspieler. Nein, seine Eltern hätten ihn nicht nach dem Schauspieler benannt. Das sei auch gar nicht möglich gewesen, da dieser zum Zeitpunkt der Geburt ihres Sohnes erst zwei Jahre alt und somit noch gar kein Schauspieler gewesen sei. Nein, er lüge nicht. Er habe aber, da er Zweifel gewohnt sei, zum Beweis seinen Reisepass mitgebracht, den er nun herumgehen lassen werde. Ja, es sei sehr lustig, wenn ihn die Beamten bei der Passkontrolle am Flughafen fragten, ob nicht sein wahrer Name Kevin Costner sei.

Judits Handy piepte. Ihre Mutter musste eine sehr lange Nachricht auf die Mobilbox gesprochen haben. Vermutlich einen Sermon über Geschwisterliebe. Judit löschte die Nachricht von der Nachricht auf der Mobilbox.

Auf jeden Fall, sagte Erika, zwischen ihr und Tom Cruise habe sich etwas entwickelt. Sie seien im Bett seines Doppelzimmers im Studentenheim gelandet, wo sie einem gewissen Stress ausgesetzt waren, da sie jeden Augenblick mit der Rückkehr des Mitbewohners rechnen mussten. Sie sei damals von dem Ehrgeiz beseelt gewesen, eine *Sexgöttin* zu werden, und als Tom Cruise sie dann um dieses und jenes ersucht habe, sei er auf ein offenes Ohr gestoßen. Besonders unter Druck gesetzt habe sie seine Aussage, dass ihre Klassenkollegin Susi Nesselthaler – mit der sich vor Erika etwas entwickelt hatte – *die beste Bläserin der Welt* sei. Anstatt jedoch Tom Cruise für diese unpassende Bemerkung eine reinzuhauen und seinen Pimmel mit Eiswasser zu übergießen und seine Eier am Fußboden festzunageln, habe Erika sich ohne zu zögern dem Wettkampf gestellt. So blöd sei man damals gewesen. Sie habe also den Mund aufgerissen – Tom Cruise sei auch noch sehr gut bestückt gewesen – und habe sich im innigen Gedenken an Susi Nesselthaler an die Arbeit gemacht. Er habe dabei ständig Anweisungen gegeben wie: „Achtung, Zähne!", oder: „Bitte keine Pausen machen!", oder: „Die Eier nicht vergessen!", sodass sie sich langsam wie beim Tennistraining vorkam.

Und dann sei es plötzlich passiert. Sie brachte den Mund nicht mehr zu. Sie konnte kein Wort mehr sagen. Sie hatte sich den Kiefer ausgerenkt.

„Don't stop!", habe Tom Cruise gejammert, „for Christ's sake, please go on!", und so weiter. Es sei ihr unmöglich gewesen, ihm das Problem zu erklären, denn – und das sei eine der Erkenntnisse aus dieser Erfahrung gewesen – mit einem Mund, der sich nicht schließen lasse, sei der Mensch nicht in der Lage, auch nur ein einziges verständliches Wort zu artikulieren. Sie habe also nach einem Stück Papier und einem Stift gegriffen und gekritzelt: „Habe mir Kiefer ausgerenkt!" Es stellte sich heraus, dass Tom Cruise das Wort „ausgerenkt" nicht kannte, sodass Erika begann, im Wörterbuch nach der Übersetzung zu suchen. Während sie noch blätterte, sei ihr schwarz vor Augen geworden und sie sei in Ohnmacht gefallen.

Als sie wieder aufwachte, habe sie in die Gesichter von fünf jungen Männern geblickt – der Mitbewohner war zurückgekommen und hatte ein paar Freunde mitgebracht. Mit unverhohlener Faszination ob des Umstandes, auf Zimmer 411 des Döblinger Studentenheimes eine nackte, ohnmächtige Frau mit ausgerenktem Kiefer vorgefunden zu haben, hätten sie Erika begafft. Sie habe wieder zu dem Zettel gegriffen und darauf geschrieben: „Ruft die Rettung, ihr Volltrotteln!!!!!" Einer der so Benannten habe ihr daraufhin den Stift aus der Hand genommen und darunter geschrieben: „Haben wir schon gemacht!!!!!", wodurch sich Erika gezwungen gesehen habe, den Zettel umzudrehen und hinzuzufügen: „Ich bin nicht taub, du Wappler!!!!!"

Die Rettung sei gekommen, und das Peinlichkeitsmartyrium habe seinen Lauf genommen. Die erste Frage des Notarztes lautete: „Wie um alles in der Welt ist das denn passiert?", und sie sollte noch sehr, sehr oft wiederholt werden. Unglückseligerweise sei Tom Cruise nichts Besseres eingefallen als: „Beim Küssen!", was zu einem Heiterkeitsausbruch auf Seiten der beiden Zivildiener führte, die Erika auf eine Trage betteten. Im Rettungswagen habe sie hilflos mitanhören müssen, wie der Notarzt Tom Cruise nach dem genauen Hergang des Kussunfalls befragte, dieser in verfänglichster Weise herumstammelte und sich die Zivildiener in die Fäuste prusteten. Auch diese Szene sollte sich noch sehr, sehr häufig wiederholen, denn wie sich herausstellte – auch das eine Erkenntnis aus diesem Vorfall – war ein Arzt, der in der Lage war, einen Kiefer einzurenken, selbst in einem hauptstädtischen Großkrankenhaus nur äußerst schwer zu finden. Erika wurde zu Ambulanz A gebracht und zu Abteilung B, man holte den Primar Sowieso und rief in der Privatklinik XY an. Nachdem sich ein guter Teil der Belegschaft vor Lachen schütteln hatte können, sei dann plötzlich eine sehr ernste Ärztin aufgetaucht, die sie zu einem Vier-Augen-Gespräch gebeten habe. In einem abgelegenen Kämmerchen habe sie Erika – der, wohlgemerkt, der Mund immer noch sperrangelweit offenstand – befragt, ob sie denn misshandelt worden sei, und darüber aufgeklärt, dass man sich nicht schämen müsse, eine Misshandlung zuzugeben. Erika habe auf den ihr gereichten Zettel geschrieben: „Bin <u>nicht</u> misshandelt worden. Bitte renken Sie Kiefer ein!"

Irgendwann hätten sie dann doch noch einen Arzt gefunden, der wusste, in welche Aufhängungen der Knochen gehörte. Sie habe noch immer ein gestörtes Verhältnis zur Fellatio, sagte Erika.

Das große Kreuzfahrtschiff hatte den Canale di San Nicolò hinter sich gelassen und die offene Adria erreicht. Dort oben, dachte Judit, auf den Sonnendecks, hielten die Leute eisgekühlte Getränke in der Hand. Sie blickten auf die Lagune zurück, die für sie nun wieder Geschichte war.

„Und jetzt du", forderte Erika. Sie könne das doch unmöglich toppen, erwiderte Judit und bewegte versuchsweise ihren Unterkiefer hin und her. „Denk nach", sagte Erika.

Judit dachte nach. Sex an sich war ja eine peinliche Angelegenheit, wenn man ihn unter dem Blickwinkel betrachtete, dass man sich nackt verrenkte, das Gesicht verzerrte, das Makeup verschmierte, die Frisur vernichtete, grunzte und röchelte und am Ende womöglich noch vaginal ejakulierte, sodass die Bettwäsche ganz nass war. Aber das war es wohl nicht, was Erika meinte. Ein Erlebnis fiel ihr ein, das sie mit Stefan in einem Hotel in Stratford-upon-Avon gehabt hatte.

Eines Morgens hatten sie dort einen Zettel gefunden, den jemand unter ihrer Zimmertür durchgeschoben hatte. Darauf stand:

Hallo ihr Lieben!
Wir sind ein attraktives, aufgeschlossenes Paar aus Aachen, 28 (Mucki) und 36 (Rick) Jahre alt. Gestern Nacht haben wir euch beim Sex gehört (war das Sado-Maso?) und waren so begeistert, dass wir uns fragten, ob ihr nicht vielleicht Lust auf einen Vierer habt? Wir sind noch bis Sonntag hier!
Bis bald (?) und ganz liebe Grüße
Mucki und Rick

Sie hätten natürlich sofort ausgecheckt und Stratford-upon-Avon hinter sich gelassen, sagte Judit. Die Gefahr, Mucki und Rick und ihrer Indiskretion über den Weg zu laufen, sei ihnen zu groß erschienen. Auch wenn es sie interessiert hätte herauszufinden, ob Mucki eine Frau oder ein Mann war.

„Es war *nicht* Sado-Maso", sagte Judit.

Erika war noch nicht zufrieden. Da müsse es doch noch Peinlicheres geben. Habe sie denn nie einen Fehler gemacht, der über das, was man beim Sex üblicherweise so mache, hinausgegangen sei?

Das Wort „Fehler" half Judit auf die Sprünge. In der Tat hatte sie einmal einen Fehler gemacht, der sie beschämte, obwohl es im Grunde gar nicht ihr eigener gewesen war. Und für dessen Entschuldigung sie völlige Unwissenheit ins Treffen führen konnte, obwohl auch diese nicht allein ihre gewesen war.

„Okay", sagte sie, „ein relativ rezentes Erlebnis. Es ist ungefähr zwei Jahre her."

Sie hatte das Buch eines Schriftstellers gelesen, das gerade *in aller Munde* war. Was besonders *in aller Munde* war, war jene Szene, in welcher es um das Zerreiben einer Chilischote und das Masturbieren eines männlichen Gliedes mit den von Chilisäften benetzten Händen ging. Die Rezensenten waren begeistert, überall hörte und las man von der Chilischotengeschichte. Was also wäre für das literaturaffine Publikum näher gelegen, als die Sache einmal auszuprobieren?

Judit beschloss, ihren Kurzzeitliebhaber Anatol, der gemeinhin Szenen aus Pornofilmen nachzuspielen wünschte, mit dem Verlassen des Genres und Betreten einer höheren Kategorie, nämlich dem Nachspielen einer Szene aus einem literarischen Werk, zu überraschen. Sie beauftragte ihre Haushälterin Justyna damit, Chilischoten zu besorgen, möglichst scharfe.

Das nächste Stelldichein mit Anatol fand in seiner Wohnung statt. Judit hatte ein dunkelblaues Seidentuch mitgebracht, mit dem sie ihm die Augen verband.

Er solle sich zurücklehnen und entspannen, sagte sie, ungeahnte Wonnen würden über ihn kommen. Anatol grinste und ließ sich auf den Rücken fallen, seine Lippen zitterten in freudiger Erwartung. Aus ihrer Handtasche nahm Judit die Styroportasse, auf der „Thai-Chilis" stand. Sie waren klein, dafür gab es sie in drei Farben: grün, rot, gelb. Da sie so winzig waren und sie sich hinsichtlich der Farbe nicht entscheiden konnte, nahm sie gleich alle und zermantschte sie zwischen den Händen, bis ausreichend Saft heraustrat. Dann ergriff sie jenen Körperteil Anatols, der von seinem Besitzer zärtlich „Schniedel" genannt wurde und bereits erwartungsvoll aufragte. Gründlich schmierte Judit ihn ein, von der Wurzel bis zur Eichel – was nebenbei bemerkt eine schöne Baummetapher sei.

Und dann geschah das Unerwartete. Anatol stieß einen gellenden Schrei aus, dem er sofort weitere gellende Schreie folgen ließ. Er brüllte wie ein Ochse auf der Schlachtbank. Gleichzeitig war er aus dem Bett gesprungen, hatte sich das dunkelblaue Seidentuch heruntergerissen und rannte in der ganzen Wohnung herum. Als er an ihr vorbeiraste, konnte Judit erkennen, dass „Schniedel" kläglich zusammengeschrumpft war und von seinem Herrn schützend gehalten wurde wie ein Küken in Not. Anatol sprang auf Stühle und Polstermöbel und wieder hinunter. Und dann konnte er den ersten Satz artikulieren: „Hilfe! Hilfe! Sie hat meinen Penis mit Salzsäure übergossen!"

Die Tatsache, dass er unglaublich laut brüllte, von ihr in der dritten Person sprach und seinen Penis Penis nannte, wies Judit darauf hin, dass er offenbar versuchte, die Nachbarn von dem gemeinen Attentat zu informieren. Zunächst war sie starr vor Schreck gewesen, nun aber bekam sie Angst, Beamte der Sondereinheit WEGA mit schwarzen Gesichtsmasken und Sturmgewehren könnten die Wohnung fenster- und türseitig aufbrechen und sie in unbekleidetem Zustand auf das Bett werfen und ihr die Arme auf den Rücken drehen. Junge, starke, durchtrainierte Männer, deren schwarze Kampfanzüge Macht und Skrupellosigkeit emanierten! Auch wenn diese Vorstellung sie nicht wenig erregte, bemühte sie sich, Anatol zum Innehalten und Zuhören zu bewegen, um ihn zuallererst wissen zu lassen, dass es nicht Salzsäure war, womit sie seinen Schniedel behandelt hatte.

„Bist du wahnsinnig? Chilis? Ja hast du denn noch nie mit Chilis gekocht?", fragte Anatol entgeistert. Jeder, der schon einmal mit Chilis gekocht habe, wisse doch, dass man sich danach erst gründlich die Hände waschen müsse, ehe man empfindlichste Schleimhäute anfasste. Judit sah sich gezwungen, ihn darüber aufzuklären, dass sie nicht nur nicht mit Chilis, sondern auch mit den meisten anderen Lebensmitteln noch nie gekocht hatte. Was sie aber wohl nicht von dem Schriftsteller unterschied, der die Chilischotenszene, wie es schien, frei erfunden und nicht im ethisch notwendigen Selbstversuch getestet hatte. Oder einen Penis aus Büffelleder besaß.

Sein Leben lang habe er Angst gehabt, eine wahnsinnige Frau könne ihm seinen Schniedel abbeißen, sagte Anatol, als er aus dem Bad zurückkehrte, wo er sich heftigen Waschungen unterzogen hatte. Und dann das. Es bleibe ihm wohl nichts als die endgültige Flucht in die Homosexualität. Und dies, sagte Judit, habe er dann wohl auch wahrgemacht, denn wenige Wochen später sei er in einem Männerbad in Tiflis gesichtet worden, wo er sich von einem bärtigen Kerl die Eier habe rasieren lassen.

Nun war Erika zufriedengestellt.

Eine Gruppe von Fischen steckte knapp über dem Sandboden die Köpfe zusammen, als hätten sie eine Besprechung. Ab und an löste sich einer aus dem Komitee, fuhr zwei lange weiße Barteln aus und tastete damit über den Sand. Dann zog er die beiden Sonden wieder ein und kehrte zu den anderen zurück, vermutlich, um Bericht zu erstatten. Nach ausführlichen Diskussionen musste man zu dem Schluss gelangt sein, dass im Sand etwas Wichtiges verborgen war, denn zwei Emissäre schwebten zur Seite und steckten den Kopf tief in den Boden hinein, was aussah, als würden aus dem Meeresgrund Fischhintern wachsen.

Wind und Wellengang waren noch stärker geworden, sodass es Mühe machte, an einer bestimmten Stelle zu verharren. In den Schnorchel schwappte so viel Wasser hinein, dass Judit es vorzog, die Luft anzuhalten. In der Nähe des Ufers war der Grund aufgewühlt, bei den Sandbänken weiter draußen war die Sicht besser. Dennoch kam es einem Wunder gleich, dass sie nicht weit von den Bartelfischen die raviolikleinen Rochen entdeckte, deren Rücken in exakt denselben Farben gesprenkelt waren wie der Boden, an den sie sich drückten. Wenn die Strömung sie wegzuziehen drohte, verrieten sie sich durch die wellenförmige Bewegung an den Rändern ihrer Brustflossen, mit deren Hilfe sie ihre Position beibehielten.

Auf einem algenbewachsenen Betonblock saßen einander gegenüber zwei Krabben und speisten. Mit beiden Scheren, links rechts, links rechts, stopften sie sich das glitschige Grün in den Mund.

Als Judit aus dem Wasser stieg, winkte ihr Erika mit dem Handy zu, um ihr zu bedeuten, dass jemand versucht hatte, sie zu erreichen. Katalin hatte keine Ahnung, dass sie mit jedem Versuch der Kontaktaufnahme die Wartezeit bis zur Verwirklichung derselben mindestens um ein Jahr verlängerte. Judit warf Maske und Schnorchel auf ihre Luftmatratze und griff nach dem Handy, um was auch immer zu löschen. Es handelte sich um eine SMS, und sie war von Markus Bachgraben.

Hab dich gestern stundenlang gesucht. So ein Mist! Hast du heute Lust auf kl. Ausflug? Treffpunkt 16.00 Uhr Anleger S. Erasmo Chiesa. Kuss Markus

ZWANZIG

Die dritte Triops-Generation war tot.

Tiere, die Jahrmillionen überdauert hatten, waren bei Judit zum Aussterben verdammt. Lebewesen, die unter widrigsten Bedingungen, furchtbarsten Einwirkungen, lebensfeindlichsten Witterungen Anpassungsmöglichkeiten gefunden hatten, verendeten bei ihr innerhalb weniger Tage. Stürme, Eiszeiten, sengende Hitze, der Aufprall von Dinosaurierfüßen, Meteoriteneinschläge, gierige Köcherfliegenlarven, hundertjährige Dürreperioden, Heuschreckenplagen, Sintfluten, Säbelzahntiger und Riesenfaultiere, Wanderdünen, Treibsand, Vulkanausbrüche, Geysire – nichts hatte Triopse am Wachsen und Gedeihen und Sichvermehren hindern können, aber in Judits Wohnung überlebten sie nicht.

Der letzte hieß Oskar, und streng genommen konnte sein Tod nicht festgestellt werden, da er spurlos verschwand. Von einer Stunde auf die andere, länger konnte Judits Bad nicht gedauert haben. Davor hatte sie ihn noch schwerelos über den Boden des kleinen Aquariums rudern sehen, Sandkörner aufwirbelnd, mit seinen Fächerbeinchen vibrierend – durchaus vital, wenngleich seine Schwimmtechnik nicht ganz so elaboriert schien wie die Giacomos, des Helden der zweiten Generation. Sie hatte sich vorgenommen, gleich nach dem Bad ein braunes Futterkügelchen mit dem Teelöffel auf einer Karteikarte zu zerdrücken und das Pulver ins Wasser zu streuen. Am Vortag hatte sie Oskar einen Fasttag verordnet, um die Wasserqualität zu stabilisieren. Er hatte sich eine ordentliche Mahlzeit verdient. Das Thermometer hatte 25,3° angezeigt, etwas zu viel, sodass sie die Lampe ausgeschaltet hatte.

Nach dem Bad, als könnte Oskar sie sehen, steckte sie sich das Badetuch über der Brust fest und schlang ein Handtuch mit den nassen Haaren zu einem Turban. Sie betrachtete sich im Spiegel, die Frotteetücher waren schneeweiß, sie sah wie eine Filmschauspielerin aus.

Dann ging sie zum Aquarium, und fand Oskar nicht mehr. Sie schaltete die Lampe wieder ein. Mit der Lupe suchte sie den Sandboden ab, auf dem durchsichtige Häutchen schwebten. Das waren die Exoskelette der kleinen Urzeitkrebse, die sich mit jedem Millimeter ihres Wachstums häuteten. Sie untersuchte das Thermometer, die Wände des Aquariums und die von einem schleimigen Film bedeckte Wasseroberfläche. Sie schwenkte das Aquarium, um Oskar aufzustören. Mit dem Holzspatel rührte sie das Wasser knapp über dem Boden um, sodass Sandkörner und Häutchen auftorkelten. Sie rührte im Sand. Als sie den Spatel aus dem Wasser zog, hingen an ihm Algen, Schleim und Exoskelette. Sie untersuchte den Spatel mit der Lupe, spülte ihn ins zugestöpselte Waschbecken hinein ab und fuhr mit einem Teesieb durch die dabei entstandene Flüssigkeit. Oskar blieb verschwunden. Wenn wenigstens irgendwo seine Leiche getrieben wäre, hätte sie mit der Sache abschließen können.

Giacomo war sichtbar gestorben. Mit hilflos fächelnden Beinchen war er im Sand auf dem Rücken gelegen, nachdem eine schleimige, durchsichtige Pilzformation aus ihm herausgewachsen war. Diesen Tod hatte sie sich erklären können. Wahrscheinlich war der Pilz in dem Säckchen mit getrockneten Wasseraufbereitungsstoffen enthalten gewesen. Auch Wassili aus der ersten Generation, der noch durchsichtig gewesen war, hatte sie leblos unterhalb des Thermometers schweben sehen und eindeutig identifizieren können, bevor er sich aufgelöst hatte oder von den Anderen gefressen worden war.

Oskar hatte von allen am längsten überlebt. Er war bereits rötlich-braun und hatte beinahe einen richtigen Panzer.

In Judits Wohnung war er verendet, wo sie ideale Lebensbedingungen erzeugt hatte, mit destilliertem Wasser und einer Wärme-Licht-Quelle, die die Sonne an Zuverlässigkeit weit übertraf. Mit täglicher Fürsorge, die den Tieren in freier Natur niemand zugewendet hätte, wo Gott schlief und in seine Zerstörungsträume verstrickt war. Judits Toilette war ein Massengrab für Oskar und Wassili und Giacomo und namenlose, zuckende Pünktchen.

Das aber war nur der Endpunkt einer langen Entwicklung gewesen. An ihrem Anfang stand die Tatsache, dass sie nach Stefans Tod ihren Kater Murkel von Catherine zurückgeholt hatte. Murkel hatte weichen müssen, als es mit Stefan ernst geworden war und sich eine Schlucht von unüberbrückbaren Differenzen zwischen ihnen auftat. Stefan hasste Murkel, da er ständig auf Judits Schoß saß und böse fauchte, wenn man ihn von dort vertrieb – was Stefan aus pädagogischen und prinzipiellen Gründen häufig machte. Murkel rächte sich, indem er Stefans Socken stahl und in der Streu des Katzenklos vergrub. Stefan verfügte als Strafe, dass Murkel nicht mehr ins Schlafzimmer durfte, was jenem die Gelegenheit gab, nachts in den restlichen Räumen der Wohnung auf Vergeltung zu sinnen. Er begann seinen fürchterlichsten Trumpf auszuspielen: Er pinkelte auf Stefans Sachen. Die Sporttasche. Den Lieblingsgürtel. Herumliegende T-Shirts. Den Schlüsselbund. Zeitschriften und Zeitungen. Insgeheim bewunderte

Judit die Präzision, mit der der Kater zwischen ihrem Eigentum und dem Stefans unterschied – er irrte sich kein einziges Mal. Doch dann überschritt er auch für sie das erträgliche Maß. Eines Morgens war Stefan in die nagelneuen Schuhe gestiegen, die sie ihm gekauft hatte, und hatte aufgeschrien. In den Schuhen standen Pfützen, fein säuberlich auf beide verteilt. Und so war Murkel bei Catherine untergekommen, die alleine lebte und von seinem Benehmen nur das Beste berichtete. Ein Gentleman!

Die ersten Gedanken nach dem Tod eines geliebten Menschen waren seltsam. Nach dem Tod der Pichler-Oma hatte Judits Mutter nichts Anderes im Sinn gehabt, als das größte und prächtigste Begräbnis aller Zeiten zu organisieren. Sie verbrachte Stunden am Telefon, um entfernte Verwandte, die die Verstorbene noch nie gesehen hatten, zur Anreise aus Südtirol zu bewegen. Sie zeichnete detaillierte Entwürfe für Kränze und Buketts. Sie versuchte, ein Kammerorchester von Weltruf zu finden, das fähig und willens war, im Schreiten hinter dem Sarg zu spielen, und zerbrach sich den Kopf darüber, welche Trauermusik wohl mit den Gesängen des Salzburger Südtiroler-Verbandes (der mittlerweile überwiegend aus den Nachfahren der Gründungsmitglieder bestand) harmonierte.

Nach Onkel Theos Tod war Judits Vater monatelang damit beschäftigt gewesen, die Gebarung wohltätiger Vereine zu prüfen, denen er seinen Anteil am Nachlass als Spende zukommen lassen wollte. Er habe von diesem Mann mehr als genug bekommen, sagte er, nun sollten die würdigsten Vertreter der Gemeinnützigkeit profitieren. Doch das Feststellen der Würdigkeit war eine komplizierte Angelegenheit, und so saß er über stets neuen Prüfberichten, Notariatsakten und Finanzbescheiden.

Judits erster Gedanke nach Stefans Tod war, ein Tierasyl zu gründen. Sie würde ein Zuhause schaffen für alle Kreaturen, die ungewollt waren, aber erst musste sie die Sache mit Kater Murkel in Ordnung bringen.

Es stellte sich heraus, dass Murkel gar nicht ungewollt war, sondern dass Catherine ihn nicht mehr hergeben wollte. Geschenkt sei geschenkt, sagte sie. Außerdem wäre eine Rückkehr in den Haushalt seiner Vertreibung verheerend für das seelische Gleichgewicht des Tieres. Judit argumentierte, von einem Geschenk könne in Zusammenhang mit einem Lebewesen wohl keine Rede sein, allenfalls von einer Adoption. Es habe sich aber nie um eine solche gehandelt, sondern um eine Pflegschaft. Dass Pflegeeltern sich von ihren Schützlingen wieder trennen müssten, sei schmerzlich, aber unvermeidbar. Catherine sagte: Du kannst mich mal. Judit fasste eine Entführung Murkels ins Auge, was von Catherine dadurch vereitelt wurde, dass sie sie nicht mehr in die Wohnung ließ. Die Situation eskalierte weiter, als Judit mit dem Anwalt drohte – immerhin handelte es sich bei Murkel um einen kostspieligen Nachkommen von Champions der Rasse British Shorthair. Doch erst eine Abordnung, bestehend aus Tita, Anna und Erika, konnte Catherine zum Einlenken bewegen. Judit hat gerade ihren Mann verloren, sagten sie, gib ihr in Gottes Namen den Kater zurück, du herzlose Kreatur.

Und so kam Murkel wieder nach Hause, doch es war nicht mehr dasselbe. Zwar lag er noch manchmal auf Judits Schoß, aber immer nur kurz, als würde er ein langsam verblassendes Schattenritual vollziehen. Die meiste Zeit versteckte er sich, lag in offengelassenen Schränken oder hinter einem Sofa.

Als ihre Haushälterin Justyna überraschend ankündigte, für zwei Wochen nach Hause nach Polen zu fahren, um die Pflege für ihre herzkranke Mutter zu organisieren, schien es Judit, als verlöre sie jeden Halt. Als wäre sie die Kranke, die an ihr Bett gefesselt und auf Hilfe angewiesen war, fragte sie sich, wer denn dann dies machen würde und jenes und wie sie nur zurechtkommen solle. Natürlich ließ sie sich Justyna gegenüber nichts anmerken, die schließlich schon öfters abwesend gewesen war, aber dann war es Ostern oder Weihnachten oder der Sommerurlaub gewesen. Kein Notfall, der einem nicht einmal Zeit ließ, eine Aushilfe zu engagieren. Was, wenn es länger dauerte, weil es der Mutter schlechter ging?

Justyna bekam die Not ihrer Arbeitgeberin als unterdrückten Ärger zu spüren. Auch wenn nach außen hin alles gut war, Verständnis an den Tag gelegt wurde und der Lohn während ihrer Abwesenheit großzügig weiterlaufen würde. Judit solle einfach alles stehen und liegen lassen, sagte Justyna, zwei Wochen seien ja schnell vorbei. Sie kaufte reichlich Vorräte ein, und dann fuhr sie fort.

Judit erinnerte sich zurück an das Jahr 1984, als sie siebzehn Jahre alt gewesen war und am Hof ihrer Verwandten in Südtirol geschuftet hatte. Sie wusste doch, wie man einen Tisch abwischte und einen Polster bezog! Vielleicht war das Problem ja auch nicht die Hausarbeit. Vielleicht war das Problem, dass niemand da war, zu dem sie „Guten Morgen" sagen konnte, oder: „Danke", oder: „Ganz großes Kino", oder: „Geld spielt keine Rolle, das wissen Sie doch!" Aber das war unmöglich. Hatte sie nicht einst ein Haus in Irland gekauft, um dort in vollkommener Einsamkeit zu leben? Mit einer Haushaltshilfe, die nur drei Mal in der Woche kam?

Sie stopfte die Wäsche in die Waschmaschine, kehrte die Haselnüsse auf, die sie ausgeschüttet hatte, las die Bedienungsanleitung der Geschirrspülmaschine durch, machte ihr Bett und schaltete die Waschmaschine ein.

Siebenundvierzig Minuten später öffnete sie die Waschmaschinentür. Auf dem Gummi, der die Tür von der Trommel trennte, lag etwas Unerklärliches. Es war nass und steif und länglich und grau. Es war eine Pfote.

Sie hatte Murkel gewaschen. Er musste sich auf die Wäsche in der Trommel gelegt haben, als sie durch die Wohnung gegangen war, um andere Dinge zu erledigen. Sie war zurückgekommen, hatte die Türe zugestoßen, Waschmittel eingefüllt und den Einschaltknopf gedrückt, ohne noch einmal in die Trommel zu schauen.

Sie zerrte den durch die Nässe des Felles geschrumpft wirkenden Körper aus der Wäsche heraus und versuchte, mit dem Handballen auf der kleinen Brust so etwas wie eine Herz-Lungen-Reanimation durchzuführen, doch es war zwecklos. Die 40-Grad-Temperatur des Waschgangs konnte Murkel nicht getötet haben, sie lag nur wenig über der Körpertemperatur von Katzen. Wahrscheinlich war er ertrunken. Oder am Schaum erstickt. Oder er hatte im Schleudergang ein Schädel-Hirn-Trauma erlitten.

Und dann gab es nur mehr einen Gedanken, den sie versuchte, nicht zu denken, so wie es in Bezug auf Stefan nur einen Gedanken gab, den sie versuchte, nicht zu denken. Wäre sie am Morgen des Heiligen Abends nicht weggegangen, um zwei Paar Stiefel und eine Vintage-Platinhalskette zu kaufen, danach mit Helena und Anna „den besten Loup de mer der Stadt" essen zu gehen, anschließend vierzehn Wäschesets, ein elegantes und ein legeres Kleid und sechs Rollis in verschiedenen Farben zu kaufen, um zuguterletzt in der Loos-Bar mit Tita, Anna, Rebecca und Erika Vodkatinis zu trinken, und wäre sie stattdessen zu Hause geblieben, wäre Stefan vielleicht noch am Leben gewesen.

Hätte sie Murkel nicht von Catherine weggeholt, wäre er mit Sicherheit noch am Leben gewesen.

Sie konnte es nicht fassen. Seit ihrer Kindheit war sie in der Tierhaltung die Nummer eins gewesen. Man wandte sich an sie, wenn es Fragen bezüglich der Ernährung des Hundes, der Einstreu für den Wallach oder des Klimacomputers für die Geckos gab. Sie wusste alles über den idealen Bodengrund für Landeinsiedlerkrebse, die beste Bezugsquelle für Schleppleinen aus Elchleder, den Umgang mit trächtigen Meerschweinchen und die einzige Technik zur Überwinterung der Griechischen Landschildkröte, die diese überlebte. Andere setzten sich auf den Kanarienvogel, stiegen auf die Maus oder knallten die Fenster zu, auf denen oben die Nymphensittiche saßen, sodass ihnen die Beine gebrochen wurden. Anderen fiel die Katze aus dem Fenster, weil sie nicht daran gedacht hatten, ein Katzengitter anzubringen, oder ertranken die Hornfrösche, weil man ihnen keinen ordentlichen Ausstieg vom Wasser- zum Landteil des Aqua-Terrariums gebaut hatte. Andere versetzten ihrer Mongolischen Rennmaus beim Einfangen einen solchen Schreck, dass diese wie eine Eidechse den Schwanz abwarf, oder sie dachten, Bachblüten würden ihren Hund genauso schützen wie eine Impfung, sodass dieser elend an Staupe zugrunde ging. Judit Kalman dagegen, die eben noch geplant hatte, ein Tierasyl zu eröffnen, war stets diejenige gewesen, in deren Obhut sich Haustiere eines langen, gesunden, unfallfreien Lebens erfreuen. Bis zu dem Tag, als Murkel in die Waschmaschine kroch und Justyna die Verantwortung von sich abwälzte, indem sie nicht da war.

Doch Judit gab nicht auf. Vorläufig – bis sie wieder imstande war, mit voller Konzentration zu operieren – würde sie auf Säugetiere verzichten. Auf Vögel ebenfalls. Das Beste war wohl ein Aquarium mit ruhigen, majestätischen Fischen. Diskusfische. Um alles richtig zu machen, engagierte sie einen professionellen Aquarieneinrichter. Herr Takahashi stammte aus Japan und hatte sogar einen Weltmeistertitel auf seinem Gebiet errungen. „Geld spielt keine Rolle", sagte Judit, und Herr Takahashi bestätigte, nur diese Einstellung führe zum Erfolg. Er ließ das Aquarium maßanfertigen, ebenso wie den dazugehörigen Schrank, in dem die Technik geschickt versteckt war. Wochenlang stand er im Wohnzimmer auf der Trittleiter, um eine märchenhafte Landschaft mit Sandwegen, Steinen, Wurzeln und Wäldchen einzurichten, die wie ein Zen-Garten aussah. Erst, als alle Pflanzen gediehen und die Wasserqualität perfekt war, wurden die Fische eingesetzt. Von ihrem Lieblingssofa aus konnte Judit sie beobachten, sie waren blau und türkis und hatten eine schöne, zebraartige Zeichnung. Gundula, Lola, Rachel, Anastasia, Olga, Zsa Zsa, Ingrid. Sie bliesen gerne in den Sand, sodass kleine Wölkchen aufstiegen. Wenn Judit sich dem Becken näherte, kamen sie zur Scheibe. Das Aquarium war riesig, ein Fenster in eine andere Welt. Sie lag auf dem Sofa, las in ihrem Buch, schaute auf zu den Fischen, las weiter in ihrem Buch.

Und dann, eines Abends, als sie wieder einmal aufschaute, waren alle Diskusse tot.

Die Diskuskrankheit, sagte Herr Takahashi, heimtückisch und unvorhersehbar. Niemanden träfe eine

Schuld. Doch Judit begann zu ahnen, dass etwas Schreckliches im Gange war, dass eine Art Fluch auf ihr lastete – dass nichts und niemand mehr je mit ihr zusammenleben würde können, ohne dafür mit dem Leben zu bezahlen. Traf eine solche Heimsuchung nicht irgendwann alle, die nicht an Heimsuchungen glaubten? Das Aquarium wurde wieder abgebaut und samt Schrank, Technik und Wurzeln verkauft.

Einige Monate vergingen und Judit begann zu hoffen, dass der Fluch bereits abgeklungen war. Als sie an einem Spielzeugladen vorbeiging, sah sie in der Auslage eine Packung, auf der „Triops-Aufzucht-Set" stand. Auch sie hatte als Kind die kleinen Krebse gezüchtet, es war leicht. Sie hatte sie stets zu formidabler Größe und der maximalen Lebensdauer von drei Monaten gebracht. Und der Tod eines Krebses tat nicht weh, soweit sie sich erinnerte.

Der Tod der Krebse tat aber dann doch weh, weil er mit allen anderen Toden in einem Zusammenhang stand.

EINUNDZWANZIG

Der Anleger S. Erasmo Chiesa schien der verlassenste in der ganzen Lagune zu sein.

Der letzte Pulk an Passagieren war auf Le Vignole ausgestiegen, Le Vignole war offensichtlich eine Insel, auf der es etwas zu tun gab. Eine Gruppe junger Mädchen mit Badetaschen war darunter, unter deren Tops Bikinioberteile hervorguckten. Herkunft heterogen. Vermutlich Studentinnen irgendeiner Sommerakademie. Sie hatten den „Ich bin hier praktisch zu Hause"-Blick, den in Venedig jeder aufsetzte, der länger als drei Tage da war. Sie sprachen Deutsch und Italienisch und Englisch und aus ihrem Gespräch ging hervor, dass Le Vignole der absolute Geheimtipp zum Baden sei, wohingegen nur Greise und Idioten noch zum Lido gingen.

Dann waren nur noch Judit und ein Mann mit seinem kleinen Sohn auf dem Boot. Der Mann unterhielt sich mit dem Kapitän und der Matrosin, die bei den Stationen „Attenzione!" rief, ihre großen Lederhandschuhe überzog, das Haltetau festmachte und die Reling öffnete. Sie fuhren an langgezogenen, flachen Sumpfinseln vorbei, auf denen das niedrige Gestrüpp rosa blühte, sodass sie wirkten wie von Alpenglühen übergossen. Kleine, schneeweiße Reiher staksten darauf herum.

Es war zehn vor vier, als sie bei S. Erasmo Chiesa ausstiegen. Der Mann mit dem kleinen Buben ging zielstrebig davon und verschwand zwischen den Häusern. Judit blieb alleine auf dem großen Platz zurück und lauschte, wie das Stampfen des Vaporetto verklang. Sant'Erasmo wurde die „Gemüseinsel" genannt, doch von Gemüse war hier vorläufig nichts zu sehen. Kein grüner Spargel, keine violetten Artischocken, keine

Gurken und Tomaten, denen man ein besonderes Aroma nachsagte, da sie mit Brackwasser gegossen wurden.

Die Kirche mit ihrer breiten, bleichen Betonfassade, in die nur zwei schießschartenschmale Fenster eingelassen waren, wirkte wie ein Bollwerk. Über dem verschlossenen Tor hatte ein Mosaikchristus mit orangem Schal die Hände so ausgebreitet, als würde er sagen: „Geht fort." Der Platz war mit vielen Flicken asphaltiert, einige besonders tückische Löcher waren mit rotweißem Sicherungsband notdürftig abgesperrt. Aus einem Haufen Schutt ragte eine schiefe Telefonzelle. Hohe, struppige Disteln wuchsen aus den Brüchen und Sprüngen im Boden. Verrostete Fahrräder lagen ineinander verkeilt auf einem Haufen. Weit und breit war kein Mensch zu sehen. Nur ein paar Eidechsen saßen reglos in der prallen Sonne.

Es war 16.00 Uhr. Was würde nun geschehen? Würde ein Motorboot herangebraust kommen, das Markus Bachgraben am Steg absetzte? Oder war er bereits auf der Insel und würde jeden Moment hinter der Kirche hervortreten? Judit ging wieder zum Anleger und studierte den Vaporetto-Fahrplan. Um 16.30 Uhr kam ein Boot von Punta Sabbioni, um 16.50 Uhr das nächste von den Fondamenta Nuove, von wo sie gekommen war. Es war 16.10 Uhr. Auf der dem Anleger gegenüberliegenden Seite des Platzes mündete dieser in eine schmale Straße, die ins Innere der Insel führte. Judit folgte ihr für etwa hundert Meter, in der Hoffnung, Markus Bachgraben würde ihr entgegenkommen. Weingärten, verfallene Schuppen, rostige Drahtzäune. Ein hoher Wald aus Mais raschelte leise. Keine Menschenseele. Sie kehrte um.

Auf der Kaimauer breitete eine dicke Frau in einem schmutzigen Rock eine Strohmatte aus. Sie legte sich rücklings darauf, die dunkel behaarten, von Besenreisern blaugemusterten Beine aufgestellt, und balancierte auf ihrem großen Busen ein Buch. Das Buch hieß: „Le voile de la peur". Sie hatte mehrere abgeschabte Plastiktaschen um sich gruppiert, die so aussahen, als würden sie ihren ganzen Besitz enthalten.

An die Mole plepperten leere Plastikflaschen. Es war noch immer unerträglich heiß. Die Tantalus-Qualen der Lagune. Überall Wasser. Nirgendwo ein Ort, an dem man schwimmen gehen konnte. Es sei denn, auf Le Vignole, wo die jungen Mädchen badeten.

Judit setzte sich in das stickige Wartehäuschen, in dem der Müll auf dem Boden hin- und herrollte. Auf ihren Armen entdeckte sie mehrere große Tigermücken. Sie schlug mit den Händen um sich. Die Mücken flogen auf, um sich gleich darauf wieder auf ihrer Haut niederzulassen.

Endlich näherte sich das Vaporetto von Punta Sabbioni, mit zehn Minuten Verspätung. Es war voller Menschen, doch als sich die Reling öffnete, stieg niemand aus. Die dicke Frau mit den Plastiktaschen rollte ihre Strohmatte ein und stieg auf das Boot. Der Motorenlärm und das Rauschen der Bugwelle verklangen wieder. Totenstille, nur etwas Metallenes quietschte im Wind.

Judit ging die Kaimauer entlang. Ein Motorboot stand auf Rädern aufgebockt, aus dem Deck ragte ein Holzkreuz mit Daten. Ein Unfallfahrzeug. Seltsamer Anstrich, olivgrüne Flecken, ein Tarnanstrich. Mehrere Tote. Vielleicht war es gegen die Mole gerast. Ein Mahnmal. Ein Sarg.

Sie holte das Handy aus der Tasche, um zu sehen, ob sie eine Nachricht verpasst hatte. Keine Nachricht. Sie rief Markus Bachgraben an, dessen Nummer sie ja nun offiziell besaß, da er ihr eine SMS geschickt hatte. Es meldete sich die Mobilbox. Sie sagte nichts.

Die Sterne driften auseinander, sagte Tom Karner. Die Sternbilder dehnen sich aus, sodass man sie in ein paar Millionen Jahren nicht mehr erkennen wird können. Die Menschen existieren auseinandergerissen und entfernen sich voneinander im expandierenden All. Treffen sie doch einmal zusammen, verklumpen sie sich und verlöschen zu einem furchtbaren Loch.

Die Sterne, erwiderte Daphne, sterben grundsätzlich alleine, doch wenn sie in sich zusammenstürzen, saugen sie alles ein, was in ihre Nähe kommt, und reißen es mit sich.

Eine alte Frau mit einem Pinscher schlurfte über den Platz. Der Pinscher rannte auf Judit zu und kläffte sie an, als hätte sie sein Territorium verletzt. Seine Besitzerin ging ungerührt weiter, und irgendwann folgte er ihr.

Das Vaporetto von den Fondamenta Nuove kam, niemand stieg aus, niemand stieg ein. Judit wählte Markus Bachgrabens Nummer. Mobilbox. Ein Motorboot raste vorbei, am Steuer stand eine Frau. Mit der rechten Hand bediente sie das Ruder, mit der linken hielt sie ihr Kind umklammert, damit es nicht ins Wasser fiel. Im Westen schimmerten die Häuser von Murano schon rosa und blassviolett. Der Kirchturm sah von hier so schief aus, als würde er nur durch Gottes Hand vor dem Kippen bewahrt.

Als das nächste Boot von Punta Sabbioni kam, stieg Judit ein. Auf Le Vignole kamen die Mädchen, die gebadet hatten, wieder an Bord. Sie hatten die nassen Bikinis nicht gewechselt, sodass die darübergezogenen Tops und Röcke an ihnen klebten. Man sah ihnen an, dass sie eine schöne Zeit verbracht hatten.

Es war eine lange Fahrt, bis sie endlich San Michele erreichten, die letzte Station vor Fondamenta Nuove. Das Vaporetto legte an, obwohl das Eingangstor zum Friedhof bereits geschlossen war. Wie Gefangene schauten die Zypressen über die Mauer. Neben dem Tor, knapp über dem Wasserspiegel, war ein vergittertes Fenster, aus dem ein Mann heraussah.

In der Lagune saßen Kormorane auf den Pfählen, ein Zeichen, dass es Abend wurde.

ZWEIUNDZWANZIG

Gianna Vescovo lag barfuß auf der Chaiselongue (Spätbiedermeier, komplett restauriert, mit orig. Rollfüßen) und hielt einen großen Rotweinschwenker in der Hand. Der Deckenventilator (USA 1930) blies ihr die glänzenden braunen Haare mit dem satten Rostschimmer aus dem Gesicht, sodass sie aussah, als würde sie auf dem Deck eines fahrenden Bootes liegen. Sie lachte. Ihre Zehennägel waren pastellrosa lackiert. Sie trug helle Shorts und ihre gebräunten Beine sahen so appetitlich aus wie Pralinen.

Ihr gegenüber auf dem Chesterfield Sofa (um 1890, braunes Leder, Füllung Mandarinentendaunen, Füße Walnuss massiv) lümmelte Erika breitbeinig wie ein Mann. Auch sie hielt einen Rotweinschwenker in der Hand. Die kurzen Haare klebten ihr verschwitzt auf der Stirn. Sie lachte noch um einiges lauter als die Vescovo. Trixie lag auf einem der zum Sofa passenden Ohrensessel und schaute zwischen beiden hin und her, als versuchte sie, die Pointe zu verstehen.

Die Hündin war die Erste, die bemerkte, dass Judit in der Tür zum Salon stand. Freudig sprang sie auf, um sie zu begrüßen. Nun sah auch die Vescovo, dass die traute Zweisamkeit unterbrochen war, und stand ebenfalls auf. Sie müsse nun wirklich gehen, sagte sie, sie entschuldige sich, überhaupt so lange geblieben zu sein.

Als die Tür hinter ihr ins Schloss gefallen war, lauschten Erika und Judit dem Klappern ihrer Sandalen, das sich die Treppen hinunter entfernte. Sie gingen zurück in den Salon und hörten durch die offenen Fenster dasselbe Klappern unten auf der Mole. Es mischte sich mit anderen Schritten, die vom Tappen eines großen Hundes begleitet waren.

„Also", sagte Erika, „jetzt musst du mit mir trinken."

Judit ging in die Küche, um sich ein Glas zu holen. Auf der Anrichte standen eine leere und vier volle Flaschen Lagrein. Sie öffnete eine, schenkte sich ein und ging wieder in den Salon.

„Was ist passiert?", fragte Erika. „Habt ihr gestritten?"

Judit setzte sich auf die Chaiselongue und behauptete, diese stinke nach billigem Grapefruit-Parfum. Selbstverständlich habe sie sich nicht mit Markus gestritten, sie sei einfach nur müde nach dem qualvollen Tag am öffentlichen Strand. Sie habe wohl auch zu viel Sonne abbekommen. Wäre der blöde Pudel nicht gewesen, hätten sie im Hotel Excelsior zwei Liegen unter dem Sonnensegel mieten und im Pool baden können. Sant'Erasmo sei übrigens das elendste Eiland zwischen hier und dem Wendekreis des Steinbocks.

„Weshalb wollte er dann dort hinfahren?", fragte Erika.

„Was weiß ich. Weil dort kein einziger Tourist ist. Mit gutem Grund. Ich habe nur eine Ausländerin gesehen. Und das war eine Clocharde."

„Oje", sagte Erika. Die Sache sei auch für sie sehr bedauerlich. Wäre Judit nicht nach Hause gekommen, hätte sie spätestens in ein, zwei Stunden die Vescovo im Bett gehabt.

Judit verschluckte sich. „Was? Eine Frau? Was kommt als Nächstes? Ein Affe im Baströckchen?"

„Schön, wie du dein eigenes Geschlecht mit Primaten in lächerlicher Kostümierung gleichsetzt. Du weißt, dass ich an einer Liebe leide, die Gift für mich ist. Ich muss jedes Gegengift nehmen, dessen ich habhaft werden kann."

„Aber eine Frau? Seit wann stehst du auf Frauen?"

„Nicht auf Frauen. Auf Gianna."

„Wieso war sie überhaupt hier?"

Das sei eine lange Geschichte, sagte Erika. Sie habe sich fürchterlich danebenbenommen und verstehe sich selbst nicht mehr. Wie habe sie nur so ausrasten können!

Judit holte die offene Weinflasche aus der Küche, und Erika erzählte.

Kaum hatte Judit die Wohnung verlassen, um wenige Meter von der Haustür entfernt das Vaporetto nach Sant'Erasmo zu besteigen, klingelte Erikas Handy. Die Anrufererkennung zeigte, dass es sich um Michael handelte. Jenen Mann, von dem sie nichts mehr gehört hatte, seit sie seiner Frau die Haare büschelweise ausgerissen hatte. Jenen Mann, mit dem sie seit über zehn Jahren eine Beziehung in einem Schattenuniversum führte, die gewissermaßen die Antimaterie zu seiner Ehe darstellte. (Physikalisch gesehen pflegten Materie-Antimaterie-Paare einander in einer Annihilationsreaktion zu vernichten, dagegen verhielt sich das Ehe-Affäre-Arrangement erstaunlich stabil.) So wie die Ehe an den Wochenenden stattfand, so musste die Affäre in die Werktage gepresst werden. So wie Weihnachten, Ostern, Silvester und der Sommerurlaub der Ehe vorbehalten waren, so musste die Geliebte zu diesen Anlässen besonders dunkle Löcher überwinden. So wie die Ehe sich dadurch auszeichnete, dass man selten mit-, aber meistens nebeneinander schlief, so verhielt es sich bei der Affäre genau umgekehrt. Wie alle Geliebten ließ auch Erika gerne verlauten, dass sie froh, wirklich froh sei, den Mann nicht im langweiligen, müffeligen, verraunzten Alltag um sich zu haben, sondern nur in romantischer Ausnahmeverfassung im Rahmen eines besonderen Tête-à-tête. Manchmal erschien es ihr allerdings, dass sie eher mehr Alltag abbekam als weniger. Manchmal war es in der Mittagspause nicht weit her mit der romantischen Ausnahmeverfassung. Manchmal hätte sie selbst gerne den Christbaum geschmückt, den Michael auf dem Autodach hatte, wenn er ihr am 24. Dezember in einer dunklen Seitengasse das obligate Cartier-Armband überreichte.

Unter Aufbietung äußerster Selbstbeherrschung starrte Erika auf das klingelnde Mobiltelefon mit dem Decknamen „Zahnarzt" auf dem Display, ohne den Anruf anzunehmen. Sie bedeckte das Gerät mit dem Gazzettino, der auf dem Küchentisch lag, und rannte nach oben, um eine kalte Dusche zu nehmen. Ihrer wenigen Kleidungsstücke entledigte sie sich auf der Treppe. Als sie oben vollständig ausgezogen angekommen war, hörte sie das Handy ein weiteres Mal klingeln.

Ein Notfall. Tita ausgeraubt und verzweifelt auf den Lofoten. Judit ausgeraubt und verzweifelt auf dem Vaporetto. Ihre Mutter ausgeraubt und verzweifelt in der Galerie. Sie rannte wieder hinunter in die Küche. Die Mobilbox hatte sich bereits eingeschaltet. Diesmal hatte Michael eine Nachricht hinterlassen.

Seine Stimme klang brüchig. Er habe mit allen zur Verfügung stehenden Mitteln versucht, sie zu vergessen. Es sei nicht gelungen. Ein Leben ohne Erika, das wisse er nun, sei für ihn nicht möglich. Er bitte sie für alles um Verzeihung, was er ihr in den letzten zehn Jahren angetan habe. Er hoffe aber doch, dass man irgendwann die Vergangenheit ruhen und über sie Gras wachsen lassen könne. Es gebe nämlich Neuigkeiten, gravierende Neuigkeiten. Gestern ...

An dieser Stelle riss die Nachricht ab. Das Handy klingelte wieder, die Mobilbox schaltete sich ein. Erika wartete, bis es piepte, dann hörte sie die nächste Nachricht ab.

Also, jedenfalls, da ihm nun klar geworden sei, dass er den Verlust Erikas auf Dauer nicht verkraften könne, und dass er ohne sie regelrecht zugrunde gehen müsse, habe er mit seiner Frau gesprochen. Ja, wirklich. Gestern. Es sei furchtbar gewesen. Er habe übrigens im Hotel geschlafen. Seine Frau habe gesagt: „Du dreckiges Schwein. Kaum habe ich Krebs, machst du dich davon." Infolgedessen habe er, um sie zu beruhigen, erklärt, dass die Affäre mit Erika bereits über zehn Jahre andauere und somit in keinerlei Zusammenhang mit ihrer Erkrankung stünde. Sie habe sich aber nicht beruhigt, sondern: „Du dreckiges, dreckiges ..."

Die Nachricht riss wieder ab. Eine dritte war bereits da.

Erikas Mobilbox sei wirklich unter aller Sau. Er werde ihr das bei Gelegenheit umstellen. Wie auch immer, seine Frau sei innerhalb der nächsten Stunden durch vier der fünf Stadien der Trauer gegangen, nur mit der Akzeptanz habe es noch nicht geklappt. Besonders lange habe sie sich dafür im Stadium der Wut aufgehalten. Er habe also im Hotel geschlafen und sei völlig ...

Die nächste Nachricht lautete: „Herrgott nochmal. Ruf bitte, bitte, bitte zurück. Egal, wo du gerade bist, ich komme auf der Stelle zu dir. Und wenn es Rapa Nui ist, okay? Ich liebe dich. Ich liebe dich. Ich liebe dich. Ruf an. Baba. Ruf an."

Erika zitterte am ganzen Leib, obwohl es so heiß war, dass man sich am liebsten auch noch die Haut ausgezogen hätte. Ihr war klar, dass nun sie einen Notfall hatte, doch wen sollte sie anrufen? Tita auf den Lofoten? Judit auf dem Vaporetto? Ihre Mutter in der Galerie?

Sie nahm die kalte Dusche. Dann machte sie sich auf den Weg zu Nunzios Standplatz.

Schon von Weitem sah Erika, dass Nunzio mit einer Frau sprach. Nicht in der Art und Weise, wie man mit der mütterlichen Nachbarin sprach oder mit der Lehrerin aus der Volksschule, die zufällig vorbeigekommen war. Auf der kleinen Brücke, auf der er sonst durch seine Präsenz im blau-weiß gestreiften Ruderleiberl Touristen auf die Möglichkeit zu einer Gondelfahrt hinwies, lehnte er in einer Haltung am Geländer, die ausdrückte, dass diese Möglichkeit im Augenblick nicht bestand.

Nunzio war ein überlegener Jäger. Er erschreckte sein Wild nicht, indem er es stellte und mit: „Hey, Wild!" ansprach. Er stand dort an das Geländer gelehnt und lächelte die Frauen, die ihm gefielen, scheu an. Und die Frauen blieben stehen, um mit ihm ein Gespräch zu beginnen – so sicher, wie der Bär einer Honigfalle nie widerstand.

Doch hier schien es nicht um den Flirt mit einer Touristin zu gehen. Eine Aura der Vertrautheit umgab das Paar, das sich wohl schon lange kannte. Nunzios Blick war nicht der eines Mannes, der eine schöne Frau ansah. Es war der Blick eines Liebenden. Und dann erkannte Erika die Frau. Es war Gianna Vescovo, Titas venezianische Haushälterin.

Erika stand am Ufer des schmalen Kanals, wo Nunzios Gondel zwischen einem Röhricht aus Pfählen vertäut lag. Ihre Hände zitterten wieder. Direkt unter der milchig-türkisen Wasseroberfläche schwebte eine große Qualle. Immer wieder pumpte sie sich auf, um vorwärts und durch die Kanäle und die Lagune wieder hinaus auf das offene Meer zu gelangen, doch ihre Kräfte waren erschöpft. Sie kam nicht vom Fleck.

Erika raffte sich auf. In großen Sprüngen lief sie die Stiegen hinauf bis zum Brückenscheitel und fiel Nunzio um den Hals, die Vescovo dabei zur Seite drängend. Sie küsste ihn so lange auf den Mund, bis sich seine Lippen ein wenig öffneten. Dann drehte sie sich um und tat überrascht, die Haushälterin zu sehen. Sie verlange auf der Stelle nach einer Gondelfahrt, sagte Erika. Die Sache dulde keinen Aufschub, los los.

Die beiden jungen Leute sahen sie erschrocken an. Plötzlich kam sie sich alt und teuflisch vor. Wie eine der Hexen aus der „Brück' am Tay", die mit Sturmgesten über die Brückenpfeiler fegten.

Tand, Tand, ist das Gebilde von Menschenhand.

Die Vescovo verabschiedete sich eilig, und Erika stieg mit Nunzio auf die Gondel. Lautlos fuhren sie in einen honiggelben Lichtschimmer hinein, der an der Biegung des Kanals durch eine ideale Konstellation aus Architektur und Witterung entstand. Sie wusste nun nicht mehr, was sie sagen sollte. Wenn er tatsächlich der Freund der Vescovo war, weshalb hatte er dann ihren Kuss nicht abgewehrt? Im nächsten Kanal stand Nebel. Er schien die Stimme Nunzios, der hinter ihr stand, nah an ihr Ohr zu transportieren, als er ihr die Sache mit Gianna Vescovo erklärte. Er kenne sie von Kindheit an. In seiner Zeit als Dozent für Kunstgeschichte sei sie dann seine Studentin gewesen und er habe sich in sie verliebt.

„Kunstgeschichte?", fragte Erika, „Dozent?"

Ja, sagte Nunzio, das Gondelfahren sei nicht seine erste Wahl gewesen. Er habe es zwar gelernt und die Prüfung gemacht, da dies der familiären Tradition entsprach. Eine der legendären 425 venezianischen Gondellizenzen werde von den Scarpas seit Generationen in männlicher Linie vererbt. Sein Großonkel sei in den

Fünfzigerjahren Gondoliere bei Peggy Guggenheim gewesen. Er selbst habe jedoch parallel zur Gondelprüfung Kunstgeschichte studiert, seinen Abschluss und Karriere als Wissenschaftler gemacht. Zwei Jahre habe er sich mit dem erbärmlichen Verdienst eines Universitätsdozenten durch das Leben geschleppt, während seine Brüder Gondel fuhren, sich Häuser in Cortina d'Ampezzo kauften und über ihn den Kopf schüttelten. Als Gianna in seine Vorlesung kam und er sich sicher war, dass er sie heiraten wollte, habe er das Handtuch geworfen. Er wollte a) nicht mehr ihr Lehrer sein und b) ihr etwas Besseres bieten.

„Aber warum geht sie dann putzen?", fragte Erika.

Gianna weigere sich, von ihm Geld anzunehmen. Sie liebe ihn nicht zurück. Sie seien beste Freunde, das sei alles.

„Was stimmt nicht mit diesem Mädchen?", fragte Erika. „Schlägt Mister Februar aus, der Dozent in ihrem Lieblingsfach war und mindestens fünftausend Euro im Monat verdient?"

„Mindestens", sagte Nunzio und lachte traurig. Er warte auf sie. Eines Tages werde sich das Blatt wenden, das wisse er genau. In der Zwischenzeit vergnüge er sich mit anderen Frauen, aber strikt ohne Bindungen. Es täte ihm leid, wenn Erika …

„Lascia perdere!", unterbrach sie ihn.

Vor der Haustüre dann stieß sie mit Gianna Vescovo zusammen. Sie bringe Wein, sagte die Haushälterin und hob eine Stofftasche, die von mehreren Flaschen ausgebeult war.

„Soll ich mich etwa betrinken?", fragte Erika, und Gianna senkte den Kopf. Schweigend gingen sie nach oben. Vier Flaschen stellte Gianna auf die Anrichte, die fünfte nahm ihr Erika aus der Hand, um sie zu öffnen. Sie schenkte zwei Gläser ein, reichte eines davon der Haushälterin und trank mit ihr auf Venedig.

„Auf die Freundschaft", sagte Gianna. Nunzio sei vollkommen frei, zu tun, was er wolle. Sie seien beste Freunde, sonst nichts. Im Grunde genommen wie Geschwister.

Sie habe die Situation keineswegs missverstanden, erwiderte Erika. Möglicherweise habe aber Gianna etwas missverstanden. Gianna beteuerte, auf keinen Fall irgendetwas Unangemessenes gesagt haben zu wollen, und begann, Geschichten aus ihrem Freundeskreis zu erzählen. A liebe B, dieser jedoch C, die ihrerseits vergeblich in D verliebt sei. D wiederum – und das sei besonders paradox – liebe A, die, wie bereits erwähnt, nur Augen für B habe.

„Der Reigen", sagte Erika auf Deutsch, da ihr das italienische Wort nicht einfiel, „un dramma di Arthur Schnitzler." Nein nein, sagte Gianna, kein Girotondo. In dem Stück gehe es ja um Sex, bei ihren Freunden dagegen um völlig unerfüllte Sehnsüchte. Paare fänden zusammen, in denen immer nur Einer den Anderen liebe, der Andere aber in Wahrheit einen Anderen, der ebenfalls Teil eines Paares sei, wo er die Rolle des Liebenden einnehme, der Andere aber einen Anderen liebe und so fort. Sie sei zwar erst einundzwanzig Jahre alt, habe aber den deutlichen Eindruck, dass die wechselseitige, gleich starke Liebe zweier Parteien zu den seltensten Zufallstreffern im Universum gehöre. Erika erklärte, sie sei in der Tat um einiges älter, widerspreche ihr jedoch nicht.

Sie selbst, fuhr Gianna fort – und in diesem Punkt dürfe sie getrost sagen, trotz ihres Alters – habe sich noch nie verliebt. Niemals. Sie kenne das Gefühl nicht.

Erika schenkte ihr nach, als würde Wein in einem solchen Fall helfen.

Sie habe alle ihre Freundinnen gefragt, sagte Gianna und nahm einen großen Schluck, ebenso wie ihre Mutter und ihre Großmutter, wie sich denn das Gefühl des Verliebtseins anfühle, und sie könne mit absoluter Gewissheit sagen, dass es ihr völlig unbekannt sei. Für sie klinge das alles wie nach einer Krankheit. Bauchkribbeln, Herzklopfen, Schauer über den Rücken, Gesichtsrötungen – nach diesen Symptomen könne man genauso gut eine Darmgrippe diagnostizieren. Die kenne sie, die habe sie schon gehabt. Und danach sehnte sich ein jeder?

Erika erklärte, dies sei unmöglich. Jeder Mensch müsse sich verlieben, ob er wolle oder nicht, so wie er Atem holen müsse oder Hunger bekäme. Sie selbst habe sich im Alter von sieben Jahren zum ersten Mal verliebt. Tobi Dokulil. Die einzige Form der Beachtung, die er ihr jemals geschenkt habe, sei das Herumkicken ihrer Schultasche gewesen. Sie habe Höllenqualen gelitten.

Sie habe nicht das Gefühl, dass ihr da etwas entgangen sei, lächelte Gianna und schlug ihre violetten Augen auf. Sie vermute, dass die Liebe nichts als eine gesellschaftliche Konvention sei. Druck werde von allen Seiten aufgebaut. Das beginne schon mit den Eltern, die einen die ganze Zeit fragten, ob man denn etwa verliebt sei. Und dabei habe man nur vom Tanzen oder Schwimmen geträumt und deshalb so abwesend geschaut. Und dann all die Filme. In durchschnittlich acht Minuten verliebe sich der Mensch in einem Hollywood-Film. Der reale Mensch habe doch zumeist ein weitaus innigeres Verhältnis zu seiner Pasta als zu der Person, die sie zubereite. Nein, sie sei sicher, es gebe viele wie sie, nur mit dem Unterschied, dass die anderen so täten, als wären sie verliebt. Wie Schauspieler – man wisse ja, was die Rolle verlange. Erika schlug vor, in den Salon hinüberzugehen, um dort die Frage weiter zu erörtern.

„Aber Nunzio liebt dich wirklich", sagte sie dann. Gianna zuckte mit den Schultern. Eigentlich sei er ihr ein bisschen unheimlich. Wie es schien, führe ihn der Zufall immer zu den Frauen, die in den Wohnungen wohnten, in denen sie putzte. Und diese Zufälle bedingten, dass er in den Kissen, die sie aufgeschüttelt hatte, mit den Frauen, denen sie das Frühstück zubereitete, schlief. Gestern erst habe er sie nach Judit und Erika ausgefragt.

„Wann gestern?", fragte Erika.

„Gestern Mittag."

„Gestern Abend habe ich ihn kennengelernt."

„Da wusste er bereits, wie du aussiehst, wie dein Hund aussieht, was dein Beruf ist, in welchem Zimmer du schläfst. Hast du ihn an seinem Standplatz kennengelernt?"

„Nein. In dem Eisladen unten an den Fondamenta Nuove. Zwei Häuser von hier. Er stand im Freien an einem der Stehtische und trank Espresso. Ich ging vorbei, er lächelte, wir kamen ins Gespräch."

„Er kann das gut, ins Gespräch kommen", sagte Gianna.

DREIUNDZWANZIG

Judit Kalman konnte nach dem Tod ihres Mannes keine Haustiere mehr halten, und schließlich wollte sie es auch nicht mehr. Haustiere waren Menschenersatz. Sie würde sich ganz darauf konzentrieren, den richtigen Menschen zu finden. Den, der zu ihr gehörte, so wie es in den Heiligen Büchern der Vorsehung bestimmt war. Was Bücher betraf, hatte sie ebenfalls eine Veränderung festgestellt. Ihr Leben lang hatte sie die Werke toter Autoren vorgezogen. Sie schienen bedeutender, haltbarer zu sein. Es war, als würde mit dem Tod eines Autors ein Jüngstes Büchergericht einberufen, das darüber entschied, ob etwas gut oder weniger gut war. War das Gericht zu einem positiven Bescheid gelangt, so hielt dieser für die Ewigkeit. Man bekam für sein eigenes Urteil ein Vor-Urteil und fühlte sich wohlbehütet dabei. Doch nun ertappte Judit sich beim Lesen immer öfter bei dem Gedanken: „Was willst du denn, du bist doch tot." Sie führte mit den verstorbenen Schriftstellern Zwiegespräche und warf ihnen ihr Totsein vor. „Du hast nichts mehr zu sagen", erklärte sie, oder: „Die Zeiten haben sich geändert", oder: „Das alles wissen wir doch schon."

Sie entschloss sich, nur mehr die Bücher lebender Autoren zu lesen. Bevor sie ein Buch kaufte, googelte sie seinen Verfasser, um sicherzugehen, dass er nicht kurzfristig dahingegangen war.

Später dann führte sie eine dritte Maßnahme durch. Sie begann, nach Zeichen Ausschau zu halten. Oder eigentlich: von Gott, an den sie nicht glaubte, Zeichen zu verlangen. Soll ich mit Rebecca nach Sardinien fahren? Ja oder nein? Im Fernsehen kam ein Beitrag über die italienische Staatsverschuldung und Judit wertete das als Nein. Soll ich Katalin anlässlich ihres Geburtstages Generalamnestie gewähren? Da den ganzen Tag von Katalin kein lästiger Anruf kam, wertete sie das als Ja.

Das Verfahren hatte einen unbestreitbaren Vorteil. Man musste selbst keine Entscheidungen treffen. Man war nicht verantwortlich. Gott, an den man nicht glaubte, war der Einzige, der zur Rechenschaft gezogen werden konnte, wenn eine Entscheidung unerfreuliche Folgen hatte. Das Faszinierende war, dass man plötzlich Zusammenhänge erkannte, die einem vorher entgangen waren. Man veränderte sich. Man sah ein Gesicht in der Menge, das dem Wolfgangs ähnelte, und man beschloss, ihn anzurufen, um zu fragen, wie es ihm in den letzten Jahren ergangen sei. Man erfuhr, dass er wieder geheiratet, die Frau ihn aber hintergangen habe, sodass er nun mitten in seiner zweiten Scheidung steckte, und das tröstete einen irgendwie.

Und so standen zwei Jahre nach Stefans Tod drei Posten auf Judits Liste „Neubeginn":
1. Keine Haustiere mehr.
2. Nur mehr Bücher von lebenden Autoren.
3. Handeln nur mehr nach Zeichen.

Das Buch, das ihr so wichtig werden sollte wie kein zweites, machte durch ein Zeichen auf sich aufmerksam. Es trat gewissermaßen selbstständig an Judit heran. Oder: Der Autor hatte sein Buch in die Welt ausgesandt, nur um eine bestimmte Person zu finden. Das Buch als Lockstoff für den einzigen Menschen, der den Geruch zu deuten wusste. Das Buch als Geheimschrift, ähnlich einem codierten Zeitungsinserat, das nur der, den es anging, verstand.

Es fing damit an, dass sie gar nicht in die Buchhandlung gehen hatte wollen. Sie hatte große Buchvorräte angelegt und noch lange keinen Bedarf an Nachschub. Aber Tita hatte darauf bestanden, sie suchte dringend ein bestimmtes Buch, das sich mit der Pflege und Restaurierung alter Bücher beschäftigte.

Während sie auf Tita wartete, ging Judit die Regalreihen entlang. Psychologie/Lebenshilfe, Wellness/Sport, Kochen/Abnehmen, Sexualität/Liebe. Ganz hinten, wie ein vergessener Archipel: Österreichische Literatur. Anzengruber. Amanshauser. Bernhard. Bachmann. Und da stand es: KASSIOPEIA. Schmal und unscheinbar. Markus Bachgraben hieß der Autor, Judit hatte noch nie von ihm gehört. Aber das Wort Kassiopeia kannte sie. Es war die Nummer drei auf der Liste ihrer Lieblingswörter.

Sie schlug die Autorenvita auf der hinteren Umschlagklappe auf, um zu erfahren, ob Bachgraben ein Zeitgenosse war. Geboren 1978 in Salzburg. Man durfte also davon ausgehen, dass er noch lebte. Und Salzburger war er obendrein. „Dieser Roman ist sein fulminantes Debüt." Darunter die Fotografie eines etwas zu dünnen, überrascht dreinblickenden Mannes. Als hätte man ihn im Schlaf aufgestört. Sie blätterte zum Impressum. Das Buch war bereits zwei Jahre alt, was erklärte, weshalb es nicht weiter vorne auf den Tischen mit den Neuerscheinungen lag. Hier, neben den Klassikern, die im kollektiven Gedächtnis weiterlebten, sank es ins Vergessen. Ein Ladenhüter. Auf der vorderen Umschlagklappe stand die Kurzbeschreibung. Liebe, Tod, etc., Odyssee, Tour de Force. „Am Ende steht die Gewissheit, dass jeder sein Glück findet, der mit offenen Augen durchs Leben geht." Judit kaufte das Buch.

Zu Hause öffnete sie am Notebook die Liste mit ihren Lieblingswörtern:

1. Bakelit
2. Pfirsich
3. Kassiopeia
4. Palimpsest
5. Zikkurat
6. Sequoia
7. Palmendieb
8. Nautilus
9. Schottenrock
10. Mangrove
11. Kolibri
12. Skandinavien
13. Malachit
14. Achat
15. Ammonit
16. Paradies
17. Axolotl
18. Bezoar
19. Magnesium
20. Lotus
21. Azimut
22. Sukkubus
23. Permafrost
24. Purpur
25. Elfenbein
26. Geisterzeichnung
27. Palisander
28. Posament
29. Einfrischen
30. Unverblümt

31. Apperzeption
32. Alabaster
33. Zypresse
34. Myzel

So gut wie jedes irische Wort (Sidhe, Uisce Beatha).
    Amerikanische Ortsnamen, die auf Indianersprachen zurückgehen (Tallahassee, Potomac).

Seit Jahren hegte sie die Liste wie einen Garten mit seltenen Pflanzen. Manchmal kam ein neues Exemplar dazu, manchmal wurde ein verdorrtes entfernt. Im Großen und Ganzen blieb der Bestand aber gleich. Judit liebte den Klang der Wörter, den Duft, den sie verströmten. Man konnte sie mit geschlossenen Augen wahrnehmen. Ihre Bedeutungen waren es, die dem Garten Rot und Grün und gezackte und runde Blätter verliehen. Palimpsest, der Text, durch den andere Texte hindurchschimmerten. Palmendieb, der Landeinsiedlerkrebs, der so groß geworden war, dass er kein Schneckenhaus mehr bewohnen konnte. Sequoia, der Mammutbaum, benannt nach einem Cherokee-Indianer, der für seine Sprache die Schrift erfunden hatte. Zikkurat, der gestufte Turm zu Babel, der so weit in den Himmel wuchs, dass die ihn Erklimmenden in den Wolken verschwanden. Und dann gab es Wörter, die man wörtlich nehmen musste: Elfenbein, das zarte Knöchlein einer Elfe. Geisterzeichnung, das Fellmuster, das man bei schwarzen Panthern im direkten Sonnenlicht durchscheinen sah. Oder: das kryptische Gekritzel, das Geister auf Wänden hinterließen.
    Das Wort Kassiopeia hatte Judit in ihrer Kindheit entdeckt. Lange war es auf Platz zwei gewesen, gleich nach dem Pfirsich, mit dem alles begonnen hatte, und

erst spät vom Bakelit verdrängt worden. Es stammte aus einem Kinderbuch, das von einem Waisenmädchen handelte, das mit seiner verarmten Großmutter in einer elenden Dachkammer lebte. Die Großmutter sparte nicht mit den Dingen, von denen sie reichlich besaß: Stil, Bildung, Herzlichkeit. Wenn der Himmel über London es erlaubte, erklärte sie ihrer Enkelin die Sternbilder: „Das ist Kassiopeia, mein Schatz."

Judit war von dem Wort verzaubert. Es war das beste Wort in dem ganzen Buch – in allen Büchern, die sie gelesen hatte. Sie machte sich auf die Suche nach ihren Eltern, um sie zu fragen, wie die Leute, die die Sternbilder benannt hatten, auf dieses Wort verfallen waren. Ihre Eltern waren nicht zu Hause, aber Frau Claudia, die Köchin, war bereit, der Sache auf den Grund zu gehen. Sie konsultierte das dreißigbändige Konversationslexikon und fand heraus, dass es sich bei Kassiopeia um eine äthiopische Königin aus einer griechischen Sage handelte. Sie hatte behauptet, schöner als die Nereiden, die Nymphen des Meeres zu sein, und dadurch den Zorn Poseidons auf sich gezogen. Das Meeresungeheuer Keto überfiel die Küsten, Kassiopeias Tochter Andromeda wurde als Opfer an einen Felsen geschmiedet, und der Held Perseus musste das Schlamassel wieder in Ordnung bringen.

Frau Claudia äußerte die Ansicht (der weltanschauliche Einfluss ihres Arbeitgebers war nicht ohne Folgen geblieben), die griechischen Götter hätten – wie auch der christliche Gott und andere Diktatoren – ein Problem mit der freien Meinungsäußerung gehabt. Was für ein Drama, nur weil jemand etwas *gesagt* hatte! Den Gott Poseidon kannte Judit bereits, er sah wie der in der Salzach hausende Wassermann aus. Eines der Kindermädchen, die schnell wieder verschwunden waren, hatte damit gedroht, Judit im Falle weiteren Ungehorsams besagtem Wassermann zu ewiger Gefangenschaft am Schlammgrund des Flusses auszuliefern. Judit fand, dass Kassiopeia eine coole Person war, und dass Frau Claudia ihr in nichts nachstand.

Bei den sibirischen Tschuktschen heiße das Sternbild „Fünf Rentiere", in Lappland dagegen „Teil des Elchgeweihs", erklärte das Lexikon noch.

Das dreißigbändige Konversationslexikon war schon lange Geschichte. Es stand auf der Liste „Dinge, die es früher gab":

1. Teppichklopfstangen, dazu gehörend: Teppichpracker (Rätsel: Weshalb wurden Teppiche bis in die Achtzigerjahre auf Stangen und mit Prackern ausgeklopft, obwohl es schon lange Staubsauger gab?)
2. Schwarz-Weiß-Fernsehen. Nur 2 Fernsehprogramme. Kein Fernsehen vor 16.00 Uhr. Kein Fernsehen nach Mitternacht. Für Kinder eine einzige Sendung am Tag: Das Betthupferl, 18.00 Uhr. (Ausnahme: Der Kinderfilm am Samstagnachmittag.) Zimmerantennen, die mühsam justiert werden mussten und nur dann optimalen Empfang lieferten, wenn jemand neben dem Fernseher stand und sie, der Freiheitsstatue mit ihrer Fackel gleich, in die Höhe hielt. Keine Fernbedienung! Man musste AUFSTEHEN und zu dem Fernseher GEHEN, um umzuschalten!
3. 1 Stollwerck um 10 Groschen.
4. Telefone mit Viertelanschluss, die man nur benutzen konnte, wenn Nachbarin A ihren Mittagsschlaf hielt, Nachbarin B beim Einkaufen und Nachbar C mit seinen Behördenquerelen für den Tag fertig war (Danke Papa, dass wir nie in einem solchen Elend

leben mussten!). Wählscheibentelefone, die mit einer Schnur an die Wand gefesselt waren.
5. Stofftaschentücher. (Wurden von manchen Leuten wochenlang vollgerotzt. Dies war uns strengstens verboten: Einmal verwenden, dann sofort ab in die Wäsche damit!)
6. Spazierstöcke. (In jedem Schirmständer standen sie herum, kein Mann schien sich ohne sie im Freien fortbewegen zu können!)
7. Weibliche Körperbehaarung. Gabi Kirbaumer galt in der Siebten noch als amerikanisierter Freak, weil sie mit rasierten Achselhöhlen in der Schule erschien. Damit zusammenhängend der amerikanische Witz: How do you recognise a European airplane? It's got hair under its wings.
8. Das Flämmen von Hendln. (Frau Claudia, wie sie mit der Kerze die Federreste von der Haut der rohen Hendln brennt, bis die ganze Küche stinkt!) Offensichtlich hat sich die Rupftechnik im Laufe der Jahre verbessert.
9. Schreibmaschinen. Eine weiße Flüssigkeit namens „Tippex", mit der man Tippfehler übermalte. Junge Menschen, die sagten: „Ich schwöre bei allem, was mir heilig ist, nie und nimmer setze ich einen Finger auf eine Computertastatur!"
10. Garçonnièren.
11. Knickse und Verbeugungen abseits der Opernbühne. (Die Buben mussten einen „Diener" machen, die Mädchen einen Knicks. Danke, Mutter, dass ich infolge dieser Konditionierung noch mit zwanzig jedes Mal in die Knie ging, wenn mir jemand die Hand schüttelte!)
12. Alte Straßenbahngarnituren mit Trittbrett zum Auf- und Abspringen während der Fahrt. Schaff-

ner, die hinter erhöhten Tresen saßen und Fahrscheine lochten. Gesehen auf der Wien-Woche mit der Schule 1981.
13. Der Glaube, dass Magengeschwüre durch Stress verursacht würden. (Für uns Kinder bedeutete das: Wenn Architekt Böhmer zu Besuch war, nicht laufen, nicht schreien, keine Fragen stellen, keine hektischen Bewegungen machen!)
14. Das dreißigbändige Konversationslexikon.
15. Maggi Suppenwürze auf jedem Restauranttisch!
16. *Glas zum Einschneiden.* Aus der berühmten Weihnachtsrede von Leopold Figl 1945. „Ich kann euch zu Weihnachten nichts geben, ich kann euch für den Christbaum, wenn ihr überhaupt einen habt, keine Kerzen geben, kein Stück Brot, keine Kohle zum Heizen, kein Glas zum Einschneiden. Wir haben nichts. Ich kann euch nur bitten, glaubt an dieses Österreich!" Habe lange gedacht, er meinte Glas, das man zertrümmern konnte, um sich mit den Scherben vor Verzweiflung die Haut aufzuschneiden. Später erzählte mir Papa, schon bei der Erstausstrahlung der Ansprache habe es drei Theorien zur Erklärung dieser Passage gegeben: a) Figl meinte Gläser zum Einschneiden von Sauerkraut – allerdings hatten nicht viele vorgehabt, sich ausgerechnet am Heiligen Abend dieser Tätigkeit zu widmen; b) Figl meinte Ersatz für die zerbombten Fensterscheiben und hätte wohl besser das Wort „Einsetzen" gewählt; c) Man habe sich verhört und Figl habe: „Glas zum Einschenken" gesagt. Dabei sei aber für die meisten weniger das Glas ein Problem gewesen, als vielmehr der einzuschenkende Inhalt.
17. Die Redensart: „Bis zur Vergasung."

18. Die Möglichkeit, im gewöhnlichen Alltag Nazi-Tätern zu begegnen. Die unmittelbare (wenngleich nie ausgesprochene) Frage im Umgang mit Menschen aus dieser Generation: „Was hast du damals gemacht?"

Eng verschwistert war die Liste mit jener der „Dinge, die es früher nicht gab":

1. Kiwis und frische Ananas im Supermarkt. Jahrelang waren die Menschen im Banne der Dosenananas gestanden (eingeführt, laut Papa, von den Amerikanern): Toast Hawaii, Steak Hawaii, alles Hawaii (einzige Skeptikerin: Frau Claudia). Und dann kamen die ersten frischen Ananas in den Supermarkt. Ein Jahr danach die ersten Kiwis. Die ganze Schule redete davon. Muss Anfang der Achtziger gewesen sein. (Mit der Ananas war es wie mit den Männern. Am Anfang war jede Ananas herrlich, Hauptsache Ananas. Heute ist das nicht mehr so einfach. Ananas ist keineswegs Ananas. Sie muss bio sein, den perfekten Reifegrad haben usw.)
2. Handys. Eltern, die einen am Handy anrufen konnten, um zu fragen, wo man sei, was man mache und wann man nach Hause komme. Eltern, die man vom Handy aus anrufen konnte, wenn man irgendwo ohne Mitfahrgelegenheit gestrandet war.
3. Baden oben ohne. Erzeugte bei der Einführung großen Stress, da alle fürchteten, ihre Brustwarzen seien nicht schön genug.
4. Läuse!!! Helene hatte sie schon zwei Mal, nachdem ihre Nichten zu Besuch gewesen waren. Ist angeblich heutzutage üblich in Kindergärten und Schulen.

Papa sagt, nach dem Krieg gab es das nicht mehr, denn es gab DDT.
5. Mindesthaltbarkeitsdaten auf Lebensmittelgebinden. Haltbarkeit wurde mittels Riechen und Kosten festgestellt. Angabe der Inhaltsstoffe auf Lebensmittelgebinden. Das Rätselraten darüber führte bisweilen zu Mythen, wie dem, dass Maltesers aus alten Semmeln bestünden oder Maggi Suppenwürze aus zermahlenen Rinderknochen.
6. Vaterschaftstests mit 99,9%iger Sicherheit. DNA-Tests im Allgemeinen. (Zahllose Frauen konnten behaupten, die überlebende Zarentochter Anastasia zu sein! Und zahllose Männer wussten, dass sie mit 13,5%iger Sicherheit Unterhalt für ein Kind zahlten, das nicht das Ihre war.)
7. Schuh- und Handtaschentick bei Frauen. Gab es nicht. Anna und Tita stimmen mir zu, dass das „Phänomen" in den Neunzigern gezielt von der Schuh- und Handtaschenindustrie über die Medien verbreitet wurde.

Judit las das Buch „Kassiopeia" in einem Zug durch. Der Protagonist Tom Karner, der in der Stadt lebte, besuchte häufig seinen Vater in einem abgeschiedenen Dorf namens St. Achatz an der Vilsnitz. Der Vater war Verwalter einer stillgelegten Fabrik, die vor über 150 Jahren am Fluss errichtet worden war. Er patrouillierte über das Gelände und dokumentierte seinen Verfall. Nur Dinge, die die „Substanz" angriffen, wurden noch repariert. Wenn ein Dach leck war, ließ er es ausbessern, wenn eine Fensterscheibe im Sturm zerbrach, sorgte er dafür, dass eine neue eingesetzt wurde. Er vertrieb Unbefugte vom Gelände, hielt in der Kapelle das Ewige Licht am Leben, fischte Unrat aus dem Speicherteich. Das Verwaltungsgebäude, in dem er sein Büro hatte, schmückte er mit Blumenkästen. Den Kies davor ließ er alle paar Jahre erneuern. Mutterseelenallein saß er in seinem Büro und lauschte dem Gezwitscher der Vögel, die die alten Gebäude zum Nestbau benutzten. Man konnte es Tom Karners Mutter nicht ganz verdenken, dass sie ihren eigenbrötlerischen Mann und St. Achatz an der Vilsnitz irgendwann geflohen war. Nach ihrer Emigration nach Neufundland hatte Tom geschworen, Europa nie zu verlassen. Als wollte er sie zwingen, zu ihm zu kommen, wenn sie ihn sehen wollte. Aber sie kam nie.

Neben der Fabrik hatte der Vater zwei Passionen. Erstens: die Astronomie. Als Tom ein Kind war, hatte er ihm die Sterne erklärt, so wie die Großmutter in Judits Kinderbuch ihrer Enkelin, nur dass dies nicht in einer Londoner Dachkammer geschah, sondern auf einer Wiese, von der aus es aussah, als würde die Himmelskuppel vom Ötschergebirge gestützt. „Kassiopeia. Kassiopeia", sagte Tom und fühlte sich stärker. Wie in den Märchen, wo man über einen Dämon Macht bekam, wenn man seinen Namen kannte. Wenn man die Namen der Erzengel kannte, mussten sie die Fürbitten hören. Zweitens – und auch das kam in dem Kinderbuch vor, denn das Mädchen wurde auf ein einsames Schloss gebracht, wo es auf dem Fluss im Schlosspark Schlittschuh lief – liebte es der Vater, alleine auf zugefrorenen Wildgewässern Schlittschuh zu laufen. Judit hatte nicht das Gefühl, dass Markus Bachgraben das alte Kinderbuch kannte. Sie hatte das Gefühl, dass große Zusammenhänge bestanden, zwischen Büchern und Menschen, zwischen denen Lichtjahre lagen.

Zu Weihnachten fuhr Tom Karner wie jedes Jahr nach St. Achatz an der Vilsnitz, um mit seinem Vater die Feiertage zu verbringen. Sie schlugen eine Tanne in dem Wäldchen am Rande ihres Grundstücks und brachten sie ins Haus. Über der Eingangstüre befestigten sie eine riesige Mistel, die Glück bringen sollte. Am frühen Morgen des 24. Dezember fuhr der Vater fort, um Schlittschuh zu laufen. Er hoffte, dass an diesem Tag und zu dieser Uhrzeit kein Anderer auf dieselbe Idee kam, und er sollte recht behalten. Als er am Lunzer See einbrach, sah es niemand. Erst als es schon dunkel wurde, hielt ein Polizeiwagen vor der Tür, an der Tom Karner seinen Vater erwartete.

Tom verkaufte das Haus und begann seine Odyssee durch Europa. Er rang mit dem Toten, machte ihm Vorwürfe, schwor, ihn auf das Schrecklichste zu bestrafen, sollte er seiner je wieder habhaft werden. Und dann begegnete er Daphne, die zu den Lebenden gehörte.

Das Buch war ein Meisterwerk. Es war das Buch, das geschrieben worden war, um Judit zu trösten. Sie stellte es in das Regal zu den wenigen Anderen, die sie nach dem Lesen nicht weggeworfen hatte wie Zeitschriften, die man kein zweites Mal las.

Monate später ging sie durch die Josefstädter Straße und sah einen Mann, der ihr bekannt vorkam. Gerade, als sie dachte, sich getäuscht zu haben, fiel ihr ein, dass es sich um jenen Mann handeln musste, dessen Fotografie auf der hinteren Umschlagklappe des Buches „Kassiopeia" abgebildet war. Es war Markus Bachgraben, der Autor. Doch sie konnte sich nicht sicher sein, und so folgte sie ihm ein Stück. Er ging in eine offenstehende Hauseinfahrt hinein und die Treppe hinauf. Wie eine Schlafwandlerin ging sie hinter ihm her. Er öffnete eine Tür, aus der im selben Moment Leute herauskamen. Neben der Tür hing das Schild eines Augenarztes. Beide betraten sie die Praxis.

Am Empfang stellte sie sich hinter ihn in die Schlange. Er hielt die Hände hinter seinem Rücken zu einer Schale gefaltet, so wie es ihr Vater zu tun pflegte. (Als sie klein war, hatte sie ihm beim Wandern Steinchen in die Handschale gelegt.) Als er an die Reihe kam, fragte die Ordinationshilfe nach seinem Namen. Er sagte: Bachgraben. Markus. Die Frau tippte den Namen in ihren Computer und las seine Adresse vor. Sie lag ganz in der Nähe von Judits Wohnung. Dann las die Frau seine Telefonnummer vor und fragte, ob sie noch stimme. Er sagte ja, sie stimme noch. Judit drehte sich um und ging zur Tür hinaus. Draußen am Flur holte sie ihr Notizbuch aus der Tasche und schrieb Adresse und Telefonnummer auf, bevor sich die Zahlen in ihrem Gedächtnis verwirrten. Sie ging nach Hause mit dem Gefühl, mitten in einen Wink des Schicksals gelaufen zu sein.

Dann jedoch geschah nichts mehr. Um sicher zu gehen, dass sie nichts überbewertet hatte, fertigte Judit eine Liste an. „Markus Bachgraben – Zeichen":

1. Kassiopeia (das Sternbild, das Wort)
2. Schlittschuhlaufen an einsamen Orten (Tom Karners Vater, das Mädchen in dem Kinderbuch)
3. Tod am Heiligen Abend (Tom Karners Vater, Stefan)
4. Wir beide: Geburtsort Salzburg
5. Wir beide: Wohnort Wien, Josefstadt
6. „Zufällige" Begegnung ebendort samt Bekanntgabe von Adresse und Telefonnummer!

Sie musste mit ihm reden. Vielleicht genügten zwei Sätze. Sie würde eine seiner Lesungen besuchen, ihn um ein Autogramm bitten, und dann würde er vielleicht die zwei Sätze sagen, die notwendig waren, um ihr weiterzuhelfen. Oder sie würde ihm eine Frage stellen: „Basiert das Buch auf realen Begebenheiten?"

Auf seiner Homepage suchte sie nach den Veranstaltungshinweisen. Noch am selben Abend würde eine Lesung stattfinden. In wenigen Stunden. In Wien. Sie schrieb auf die Liste:

7. Suche nach Lesung – Lesung findet heute Abend statt.

Dann ging alles schnell und mühelos wie im Traum. Nach der Lesung bat sie Markus Bachgraben, ihr Buch zu signieren, was er wortlos und lächelnd tat. Sie sagte: „Ich würde so gerne mit Ihnen über Ihr Buch sprechen!" Er sagte: „Dann kommen Sie doch einfach mit!" In großer Runde gingen sie in ein Restaurant, danach in immer kleiner werdenden in einige Lokale zum Weitertrinken, und am Schluss waren nur noch sie und Markus Bachgraben übrig. Ein Schneesturm fegte durch die ausgestorbenen Straßen, als sie sich kichernd aneinanderklammerten und küssten. Markus Bachgraben sagte, er wohne gleich ums Eck.

Als Judit am nächsten Morgen aufwachte, schien unter den schweren olivgrünen Vorhängen die Sonne hervor und zeichnete Muster auf den Boden, was aussah, als wäre eine lumineszierende Flüssigkeit verschüttet worden. Die Vorhänge passten nicht zu einem jungen Mann, sondern machten den Eindruck, als wären sie von einer ältlichen Vormieterin hinterlassen oder von der Mutter angebracht worden. Markus Bachgraben saß in der Unterhose am Computer, er tippte etwas, das vom Bett aus wie eine E-Mail aussah.

Das Zimmer, das als Wohnzimmer gedacht war, verwendete er als Wohn-, Schlaf- und Arbeitszimmer, und das Zimmer, das als Schlafzimmer gedacht war, als Schrank. Dieses Arrangement war offenbar nötig, um die geeigneten Arbeitsbedingungen für das Schreiben herzustellen. Der Schreibtisch mit dem Computer stand mitten im Raum, sodass man, wenn man vom Bildschirm aufblickte und die Vorhänge geöffnet waren, auf den Balkon, die dahinter schwankende Esche und die vom Stadtdunst schwefelgelb oder himbeerrosa gefärbten Wolken sah. In einer Linie mit Balkon und Schreibtisch stand das große Doppelbett, das schnell erreicht werden musste, wenn sich im Schädel eine Blockade ausbreitete, die nicht durch den Blick auf zitterndes Laub oder zerfallende Kondensstreifen am Himmel gelöst werden konnte. Die liegende Position war für Markus Bachgraben jene, in der er die kreativen Speicher des Unbewussten am direktesten anzapfen konnte (da habe Freud schon recht gehabt mit seiner Couch). Er musste also, um schreiben zu können, pendeln. Zwischen dem Balkon, wo er rauchte, dem Schreibtisch, wo er tippte, und dem Bett, wo er versuchte, das geheime Wissen der Träume durch verwachsene Schächte an die Oberfläche zu pressen. (Nein, mit einem handlichen Notebook im Bett liegend tippen gehe nicht, da dabei die Beweglichkeit der Finger und Unterarme zu eingeschränkt sei. So sei es nun mal und so würde es immer sein und deshalb lebe er ja allein.)

Als er hörte, dass sie wach war, wandte sich Markus Bachgraben um und lächelte. Er würde nun duschen gehen, sagte er, öffnete die Vorhänge und verließ den Raum. Judit wartete, bis das Rauschen der Dusche einsetzte, dann stand sie auf und ging zum Computer. Tatsächlich, er hatte eine E-Mail geschrieben:

> Aber sicher nicht!

Sie scrollte nach unten, um zu sehen, welche Korrespondenz mit *superfritzi* dem vorausgegangen war. Sie las:

superfritzi an Markus Bachgraben, 10.14 Uhr:

> Und, wird es ein Encore geben?

Markus Bachgraben an *superfritzi*, 10.09 Uhr:

> Aber sicher!

superfritzi an Markus Bachgraben, 10.03 Uhr:

> Und, ist gestern noch was mit der Blonden gelaufen?

Aber sicher nicht! Aber sicher nicht! Aber sicher nicht!, blitzte es vor ihren Augen. Er hatte entschieden, dass es ein One-Night-Stand war, bevor sie es entscheiden hatte können. Was noch schlimmer war: Sie hatten noch gar nicht richtig über das Buch geredet. Und jetzt würde es peinlich werden, jeder Gesprächsversuch ihrerseits konnte missverstanden werden als Beziehungsantrag, der große Verlegenheit auslösen musste. Es war ein Fehler gewesen, mit ihm ins Bett zu gehen.

Plötzlich bemerkte sie, dass das Prasseln der Dusche aufgehört hatte. Sie sprang auf und lief zur Balkontüre, wo sie tat, als hätte sie die ganze Zeit schon hinaus auf das Schneetreiben geschaut. Der Balkon war bis auf einen hölzernen Klappstuhl leer. Auf der Brüstung stand ein Aschenbecher mit einem Schneehäubchen. Ein Trupp Krähen war auf dem Nachbarbalkon damit beschäftigt, einen sorgfältig aufgehängten Meisenknödel zu zerschreddern.

„Alles klar?", fragte Markus Bachgraben, und wieder staunte sie darüber, wie sich der begnadete Dichter ohne jede Scham banalster Phrasen bediente. „Aber sicher nicht!", lag ihr als Antwort auf der Zunge, stattdessen nickte sie und bemühte sich, geistesabwesend zu wirken. Er ging wieder hinaus und sie zog sich rasch an, um das Weite zu suchen. Als sie im Flur ihre Stiefel aufhob, hörte sie seine Stimme aus der Küche: „Frühstück ist fertig!" Sie stellte die Stiefel wieder ab und ging in die Küche. Auf dem Tisch standen Kaffee und ein Omelette mit Tomaten. War das etwa seine Art, „Aber sicher nicht!" zu sagen? Sie setzte sich und nippte an dem Kaffee.

„Kein Brot", sagte er, „nur Eier und Tomaten." Er hatte sich gemerkt, was sie ihm über ihre Essgewohnheiten erzählt hatte. Die Pfanne habe er mit einem winzigen Tropfen Öl ausgepinselt, fügte er hinzu. Judit überlegte, ob: „Aber sicher nicht!" tatsächlich die Antwort auf die Frage gewesen war, ob es mit ihr ein Encore geben würde. Zweifelsohne, es war die Antwort darauf gewesen, aber Markus Bachgraben hatte sie nicht abgeschickt. Vielleicht war es bereits während des Tippens des Satzes zu einem Sinneswandel gekommen.

Er müsse in einer Stunde am Bahnhof sein, sagte er, um zu einer Tagung zu fahren, auf der das Thema „Literatur und Angst" erörtert werden solle. Ihm sei dazu noch nichts eingefallen, weshalb er seinen Vortrag wohl während der Zugfahrt konzipieren werde müssen. Die Hauptangst, die er im Augenblick verspüre, sei die vor einem schrecklichen Hotelzimmer und fürchterlichem Essen, womit man auf Schriftstellertagungen den Schriftsteller gemeinhin zu quälen pflege, sodass dieser innerhalb kürzester Zeit jegliche Lebensfreude verliere. Man habe nämlich die Vorstellung, dass der Schriftsteller (der ja bekanntermaßen zu den elendsten Geschöpfen auf Gottes Erdboden zähle) froh sei, überhaupt ein Dach über dem Kopf und irgendein Tiefkühlbaguette zwischen den Zähnen zu haben, und darüber hinaus durch Geringschätzung und Vernachlässigung dazu gebracht werden könne, besonders interessante und tiefsinnige Gedanken zu formulieren. Je schlechter es dem Schriftsteller gehe, desto besser würde er schreiben, dachten all jene Nicht-Schriftsteller, die mit dem Schriftsteller berufsmäßig umgingen. Dies sei darauf zurückzuführen, dass es sich bei jenen mit Schriftstellern berufsmäßig umgehenden Nicht-Schriftstellern durch die Bank um verkappte Möchtegern-Schriftsteller handle, die selbst allenfalls dann einen Schreibantrieb verspürten, wenn es ihnen ausreichend schlecht gehe, und die außerdem dem Schriftsteller alles neideten, was dieser vermeintlich besäße, Zeit, Freiheit und unendliche Lustgefühle bei der Arbeit, so stellten sie sich das vor.

Er habe zum Beispiel, sagte Markus Bachgraben, erst gestern mit einer von diesen *Kulturtanten* telefoniert, die von ihm unverzüglich ein *Kurzstatement* gesendet haben wollte, woraufhin er erwidert habe, er könne ihr jetzt kein *Kurzstatement* senden, da er gerade mitten im Wald sei, und da habe sie im Tone der an den Arbeitsplatz gefesselten Werktätigen ausgerufen: „Na Ihnen geht es aber gut!", was eine bodenlose Unverfrorenheit gewesen sei. Er sei nämlich deshalb von

Neuwaldegg hinauf- auf den Kahlenberg und wieder hinuntergerannt, um auf diesem Wege eine für eine Erzählung dringend benötigte Peripetie auszuarbeiten, aber so etwas könne sich eine *Kulturtante*, die im Monat zweitausend Euro netto verdiene und hinter einem Lesungshonorar von zweihundert Euro Wucher und Wahnsinn auf Seiten des Schriftstellers wittere, natürlich nicht vorstellen. Der Arbeitsplatz des Schriftstellers sei eben nicht nirgends, wie die *Kulturtanten und -onkel* dachten, da sie sich das Schreiben ja als Freizeitbeschäftigung ausmalten, sondern überall. Die ganze Welt ein gottverdammter Arbeitsplatz! Kein Feierabend, kein Wochenende, kein Urlaub, kein: „Ich weigere mich, Arbeit mit nach Hause zu nehmen", oder: „Der Chef kann mich mal", immer und überall nur Arbeitszeit! Und das ohne vierzehn Monatsgehälter. Gab es bei einem Jahresstipendium vierzehn Monatsraten? Nein, zwölf Monatsraten gab es bei einem Jahresstipendium. Ja, steuerfrei, damit der Staat nicht die Hälfte seiner Kunstsubventionen an anderer Stelle gleich wieder einziehe, was jeden, der es höre, unweigerlich zu dem Ausruf veranlasse: „Na Ihnen geht es aber gut!"

Zum Thema Angst jedenfalls falle ihm im Augenblick nur ein: Schäbiges Hotelzimmer, Blick auf Hinterhof mit Mülltonnen, wo Küchenpersonal in blutverschmierter Kleidung raucht.

„Dann will ich dich nicht länger aufhalten", sagte Judit und erhob sich. Das Omelette hatte sie zerteilt, um vorzutäuschen, dass sie davon aß – eine Kunst, die sie schon lange beherrschte.

„Warte", sagte Markus Bachgraben, „willst du mir nicht deine Telefonnummer geben?" Sie legte ihre Karte auf den Tisch und ließ sich von ihm zum Abschied küssen.

Die Liftfahrt hinunter war eine Fahrt in den Zorn. Nun hatte er ihre Telefonnummer, sie jedoch seine nicht. Bis sie an den Brieffächern vorbeikam.

Und so waren die Wochen vergangen, in denen er nicht angerufen hatte, was aber gar nicht nötig war, da sie auch so mehr und mehr von ihm erfuhr, ihn zu lieben begann und zu seinem Schutzengel wurde.

Von ihrem Vater hatte sie gelernt, dass der, der ein Ziel verfolgte, Geduld brauchte. Alle Strategien, die er ihr je erklärt hatte, hatte sie zu einer Liste zusammengefasst: „Franz Kalman – Der Weg zum Erfolg":

1. Antizipation des zu Erreichenden. So denken, als wäre es schon der Fall. Unter Umständen auch so reden, als wäre es schon der Fall. Sich bildlich vorstellen, wie es sein wird, wenn es wahr geworden ist. Im Geiste Szenen durchspielen, in denen man die angestrebte Rolle innehat.
2. Keine Verschwendung von Energie an die Bekämpfung von Gegnern, gegen die man im Augenblick nichts tun kann. *Wenn du lange genug wartest, siehst du die Leichen deiner Feinde den Fluss hinabtreiben.* Harre aus, bis deine Zeit gekommen und die deines Gegners zu Ende ist. Bei Schwierigkeiten: Sitze sie aus.
3. Das Ziel niemals aus den Augen lassen. In keiner Minute des Tages, an keinem Tag im Jahr. Oft ergibt sich vollkommen unerwartet eine Gelegenheit, das Ziel voranzutreiben, die du übersiehst, wenn deine Konzentration nachgelassen hat. Die Konzentration auf das Ziel darf nicht auf bestimmte Zeiten oder Orte beschränkt bleiben, sie muss alle Lebensumstände erfassen.

4. Keine falsche Bescheidenheit. Niemals zögern, sich etwas schenken zu lassen. Dann aber auch sagen: Geschenkt ist geschenkt. Andere Hände waschen, aber aus Großmütigkeit, nicht aus einem Gefühl der Verpflichtung heraus.
5. Tatsachen schaffen. Kein Argument ist so überzeugend wie ein *fait accompli*.
6. Scheue dich nicht, von deinem Ziel besessen zu werden. Im Gegenteil, arbeite noch an deiner Besessenheit.
7. Merke: Man kann alles erreichen, was man will. Hat man es noch nicht erreicht, hat man es nur noch nicht richtig angepackt.

Sie war der Schläfer, der vorbereitet war. Die Ansichtskarte, aus der hervorging, dass Markus Bachgraben im Juli nach Venedig reisen würde, und dass seine Wohnadresse dort in Zusammenhang mit einer gewissen Frau Gelenkkofel stand, war das Zeichen für ihren Einsatz. Venedig war ein Ort, dessen Bedeutung man unmöglich missverstehen konnte, Gelenkkofel ein äußerst seltener Name. In der Tat fand Judit im Telefonverzeichnis einen einzigen Eintrag: „Silke und Richard Gelenkkofel". Sie bastelte sich einen Ausweis mit dem Logo der Gebührenstelle des Österreichischen Rundfunks und läutete bei den Gelenkkofels an.

„Haben Sie einen Fernseher?", fragte sie streng, als ihr der Mann die Tür öffnete. Im Hintergrund konnte man das gesuchte Gerät deutlich laufen hören, was Judits Position zusätzlich stärkte. Richard Gelenkkofel beteuerte, dass seine Frau sämtliche Gebühren pünktlich überweise, und rief: „Silke! Silke!" in die Wohnung hinein. Judit ließ sich von Frau Gelenkkofel alle Belege zeigen und bedauerte den Irrtum. Nun, da sie wusste, wie die Frau aussah, war es ein Leichtes, ihr auf dem Weg in die Arbeit zu folgen. An dem Haus, in das sie täglich morgens kurz vor neun Uhr hineinging, hing das Schild einer Stiftung, die Wohnungen im In- und Ausland betreute und an Schriftsteller für Arbeitsaufenthalte vergab.

Das Telefonat mit Frau Gelenkkofel verlief amikal. Judit verwandelte sich in eine junge, noch nicht sehr bekannte Schriftstellerin namens Anna-Maria Eibel, die sich mit dem Gedanken trug, einen Aufenthalt in der Wohnung in Venedig zu beantragen. Sie würde zufällig in Kürze in die Lagunenstadt fahren und bat um Adresse und Wegbeschreibung, um sich die Lage der Wohnung schon einmal ansehen und prüfen zu können, ob diese für ihre Zwecke geeignet sei. Frau Gelenkkofel hielt dies für eine ausgezeichnete Idee. Ihre Schilderung der komplizierten Haus- und Gassenverschachtelungen schmückte sie mit Details, die sie persönlich bei einem Kontrollbesuch der Wohnung wahrgenommen hatte.

„Der Kollege Bachgraben ist im Juli dort, nicht wahr?", sagte Judit beiläufig.

„Dreizehnter Juli bis zehnter August", präzisierte Frau Gelenkkofel.

Im Juni fuhr Judit nach Salzburg, wo sie keine allzu große Mühe hatte, das Eine oder Andere über Markus Bachgrabens Mutter herauszufinden. Die Frau gab sich als strenge Katholikin, was sie jedoch nicht daran hinderte, eine eher unkonventionelle Liaison mit einem Malermeister muslimischen Glaubens zu unterhalten. Darüber hinaus nahm sie es mit dem achten Gebot nicht sonderlich genau, wenn sie am Schrannenmarkt ihre von ohne jeden Zweifel höchst unglücklichen Hühnern produzierten Eier als „Bio-Eier" ausgab und somit im Sinne der Lebensmittelverordnung log. (Sie war jedoch um exegetische Feinheiten nicht verlegen und bestand darauf, dass es im Originalwortlaut des Dekaloges hieß: „Du sollst nicht falsch gegen deinen Nächsten aussagen", was sie im Zusammenhang mit den Eiern ja auch keineswegs tat.) Markus war ihr einziges Kind und man konnte ihr keine größere Freude machen, als sie nach dem berühmten Sohn auszufragen.

Judit ging also auf die Schranne und fragte Gerda Bachgraben aus. Trotz der Sache mit den Hühnern hatte sie das Gefühl, dass von dieser tüchtigen, nüchternen Frau eine große Wärme ausging, die gleichsam ein Nest schuf, in das ein neues Familienmitglied ohne Umstände einziehen konnte. Ja, es schien sogar vorstellbar, dass Judits Eltern sich mit Frau Bachgraben, etwa bei einem gemeinsamen Mittagessen, bestens unterhalten würden.

An einem einzigen Tag hatte sie Zweifel, alles schien ihr unmöglich zu sein. Sie wusste natürlich, dass das mit dem Wetter zusammenhing, denn wenn der Föhn, der sie in Hochstimmung versetzte, nachließ, ließ er sie fallen. Es gab nur einen Menschen, mit dem sie über alles reden konnte: Frau Claudia, die in Judits Kindheit Köchin im Haus ihrer Eltern gewesen war. Judit beschloss, alles auf eine Karte zu setzen. Wenn Frau Claudia in Kenntnis aller Fakten (die sie vor ihr allein schonungslos offenlegen würde) ihr davon abriet, nach Venedig zu fahren, würde sie es nicht tun und Markus Bachgraben auf der Stelle vergessen.

Doch Frau Claudia öffnete nicht die Tür, und der Zweifel verschwand.

VIERUNDZWANZIG

Michael Kerbmeister war ein Mann, der stets auf Nummer sicher ging. „Back-up" war sein Lieblingswort. Er bestand darauf, seiner Frau ein Auto zu kaufen, auch wenn diese selbst gar nicht sicher war, eines zu brauchen. „Wenn mein Auto ausfällt, ist es gut, ein zweites zu haben", war sein Argument. Zu wichtigen Verhandlungen nahm er stets zwei Konzipienten mit, für den Fall, dass einer von beiden wegen Krankheit (hier schwebte ihm besonders eine plötzlich auftretende Nierenkolik vor), seelischer Krisen oder eines Unfalls auf dem Weg zum Gerichtsgebäude ausfiel. Da die Konzipienten viel zu viel Angst hatten, auszufallen und dadurch ihre Karrierechancen zu ruinieren, trat dieser Fall nie ein, sodass Michael wie ein Gangster-Rapper stets mit Entourage auftrat, was auch vor Gericht seine Wirkung nicht verfehlte.

Das Wochenendhaus am Semmering enthielt von allen wichtigen Dingen ein Duplikat. Fernseher, Stereoanlage, Computer, Drucker, Kühlschrank, Herd, Waschmaschine – bis hin zur elektrischen Pfeffermühle hatte er alles doppelt gekauft. Kleidungsstücke, die ihm gefielen, kaufte er gleich mehrfach. Drei identische Hemden für zu Hause, drei weitere für das Wochenendhaus. Jederzeit konnte eines durch einen unentfernbaren Fleck oder ein Bügelmissgeschick der Haushaltshilfe ausfallen, dann war für sofortigen Ersatz gesorgt. Sollte die Villa im Wiener Cottageviertel einer Gasexplosion zum Opfer fallen, stand das Zweithaus mit vergleichbarer Ausstattung bereit.

Michael hasste Verluste. Vielleicht lag es daran, dass er ein Scheidungskind war und in zwei Haushalten immer etwas vermisst hatte. War er bei seinem Vater gewesen, hatte ihm die gemütliche grüne Wohnzimmerlampe gefehlt, war er bei seiner Mutter gewesen, waren ihm die schönen blauen Küchenfliesen abgegangen.

Als ihm seine Frau nach fünfundzwanzig Jahren Gemeinsamkeit überraschend mitteilte, dass sie einen Anderen hatte, wusste er, dass es Zeit für Plan B war. Leider war es mit Plan B in letzter Zeit nicht besonders gut gelaufen. Genau genommen hatte er mit Plan B, seit dieser unmissverständlich und sogar öffentlich kundgetan hatte, Plan A werden zu wollen, überhaupt keinen Kontakt mehr gehabt. Plan B in seiner gegenwärtigen Ausformung Erika Rebitzer ging nicht ans Telefon, öffnete nicht die Wohnungstür und war dem Vernehmen nach gar nicht in der Stadt. Unglückselige Umstände hatten dazu geführt, dass Erika seine Frau eine Woche vor Beginn der Chemotherapie an den Haaren gezogen hatte, sodass ihm diese kleine Unwahrheit, die ja nur eine Verschiebung auf der Zeitachse gewesen war, als große Lüge ausgelegt worden war, die richtigzustellen er keine Energie gehabt hatte.

Dummerweise war er unvorsichtig geworden. Dass ihn seine Frau jetzt noch verlassen könnte, hatte er eigentlich für unwahrscheinlich gehalten, und er sagte ihr das auch. „Aber du hast Krebs", schoss es aus ihm heraus, nachdem sie ihm erklärt hatte, noch einmal und wider alle Hoffnung *die ganz große Liebe* gefunden zu haben. „Siehst du", sagte sie, „genau das ist der Unterschied. Ihm ist das egal." Michael nahm eine Schale, die ein Hochzeitsgeschenk seiner Schwiegermutter gewesen war und die er immer schon verabscheut hatte, ging damit nach draußen, vergewisserte sich, dass ihm kein Nachbar zusah, und zerschmetterte sie kontrolliert in der Einfahrt.

Nicht umsonst hatte er den Ruf, investigative Fähigkeiten zu besitzen, die ihn zur Zierde jeder kriminalpolizeilichen Ermittlungsabteilung gemacht hätten. Erikas Aufenthaltsort herauszufinden kostete ihn nicht mehr als einen halben Tag. Eine Freundin verwies ihn an die andere weiter, und irgendwann hatte er Tita auf der Hurtigruten erreicht, deren verlegenes Ausweichen und beredtes Schweigen ihm deutlich verrieten, dass es nur ihr Wohnsitz in Venedig sein konnte, der die Abtrünnige beherbergte. Ein paar weitere Anrufe förderten die genaue Adresse zu Tage. Dann setzte er sich ins Auto und fuhr los.

FÜNFUNDZWANZIG

Eigentlich hätte Frau Claudia gar nicht eingestellt werden sollen. Sie rauchte Kette, woraus sie nicht nur kein Hehl machte, sondern worauf sie auch bestand. Das Rauchen sei die unabdingbare Anregung, die sie für ihre Kunst brauche, erklärte sie. Und das Nichtrauchen, erwiderte Franz Kalman, sei die unabdingbare Voraussetzung für eine Anstellung als Köchin in seinem Haus. Frau Claudia nickte nachdenklich, ohne jedoch Anstalten zu machen zu gehen. Es gäbe da vielleicht doch eine Möglichkeit, meinte sie, es handle sich um ein Experiment. Sie schlage vor, ein Probeessen zu kochen, danach solle die endgültige Entscheidung gefällt werden. Franz Kalman lachte und sagte, die endgültige Entscheidung sei bereits gefällt, aber er werde gerne das Probeessen essen.

Das Probeessen – es sollte in späteren Erzählungen stets als „Offenbarung" bezeichnet werden – fand in vollkommener Stille statt, da Johanna und Franz Kalman entgegen ihrer sonstigen Gewohnheit nach wenigen Bissen zu sprechen aufgehört hatten, um sich auf die Ereignisse in ihrem Mund zu konzentrieren. Von der Lungenstrudelsuppe über das Kalbsbutterschnitzerl mit Kohlrabigemüse und Kartoffelpüree bis zu den Salzburger Nockerln mit selbstgemachter Ribiselmarmelade wurde geschwiegen. Dann sagte Franz Kalman zu seiner Frau: „Also von mir aus kann sie Opium rauchen", und damit war Frau Claudia engagiert.

Die Kalmans waren beliebt, aber die Einstellung Frau Claudias hatte zur Folge, dass man jede Mühe auf sich nahm, Termine verschob oder weite Anreisen in Kauf nahm, nur um eine Einladung bei ihnen wahrnehmen zu können. Es hieß, die Kalmans führten „ein großes Haus". Die Stars der Festspiele kamen, die Politiker kamen, die Rundfunk-Intendanten und die Honorarkonsuln kamen. Es bürgerte sich ein, dass man nach dem Essen in die Küche ging, um Frau Claudia zu gratulieren. Wenn ein berühmter Dirigent ihr die Hand schüttelte, wusste sie, dass dies auf Augenhöhe geschah: von Künstler zu Künstler. Manchmal brachte ein Gast zwei Blumensträuße mit, einen für die Hausherrin, einen für Frau Claudia. Man versuchte, ihr Rezepte zu entlocken, und es hätte jeden schockiert, wenn sie je eines preisgegeben hätte.

Judits und Katalins Ansicht nach besaß Frau Claudia Zauberkräfte. Es geschah nämlich äußerst selten, dass man sie tatsächlich kochen sah. Betrat man die Küche, saß sie zumeist mit übereinandergeschlagenen Beinen auf einem Stuhl und rauchte nachdenklich vor sich hin. Alles stand an seinem Platz und sah unbenutzt aus. Wie war es möglich, dass dennoch viele Gänge und komplizierte Gerichte ihren Weg aus dieser Küche fanden? „Das Essen kocht sich von selbst", sagte Frau Claudia, oder: „Wenn man den Heinzelmännchen abends ein Schälchen Milch hinstellt, nehmen sie einem die ganze Arbeit ab." Tatsächlich litt sie an Schlaflosigkeit und erledigte das Meiste während der Nacht.

Es konnte nicht ausbleiben, dass Versuche unternommen wurden, Frau Claudia abzuwerben. Wenn das Angebot zu verlockend war, suchte sie Franz Kalman in seinem Arbeitszimmer auf, um ihn um seinen Rat zu bitten. Verlässlich erhöhte dieser den Lohn oder zahlte einen besonderen Weihnachtsbonus aus. Nur in einem Punkt war er unerbittlich: Die Zahl der freien Tage wurde niemals erhöht.

Man ging davon aus, dass Frau Claudia früher oder später, sobald sie genügend Geld angespart hatte, ihr eigenes Restaurant eröffnen würde. Man würde dann sagen können, man hätte sie bereits gekannt, als sie noch Köchin bei den Kalmans war, und man hätte ihr bereits damals eine große Zukunft prophezeit. Als sie jedoch nach zwölf Jahren schließlich kündigte, geschah es aus einem anderen Grund: Sie plante zu heiraten und eine Familie zu gründen.

„Wer will schon ewig Domestik sein", sagte sie zu den Kalman-Mädchen, als diese sie anflehten, doch trotz Heirat weiterhin ihre Köchin zu bleiben, „Von nun an werde ich nur mehr für meine eigene Familie kochen."

Ihr Mann war ein scheuer Prokurist, der ganz in seiner vollkommen uninteressanten Arbeit aufging. Er war schon Mitte vierzig, als er sich entschloss, ein einziges Mal in seinem Leben seine Schüchternheit zu überwinden und Frau Claudia anzusprechen, die gerade in der Konditorei Fürst Torten verkostete. (Dies tat sie regelmäßig an ihren freien Tagen, da sie Wert darauf legte, in ihren eigenen Schöpfungen das Handelsübliche möglichst zu überbieten.) Nicht nur, dass sie ihm gefiel, es faszinierte ihn auch, eine Frau zu sehen, die vier Tortenstücke gleichzeitig aß.

Sie zogen in ein kleines Häuschen mit Garten. Frau Claudia hörte zu rauchen auf und bekam in rascher Folge eine Tochter und einen Sohn. Ihre Stimmung sank in Tiefen, von deren Existenz sie nie etwas geahnt hatte. Die Mutterschaft war eine einzige furchtbare Enttäuschung für sie: Man war damit nie fertig wie mit einem Diner, sondern es ging immer am nächsten Tag weiter, ohne dass sich etwas Wesentliches verändert hätte. Man hatte in einem großen Haus gelebt und musste nun in einem kleinen Haus leben. Man hatte kultiviertes, bewunderndes Publikum gehabt und hatte nun zwei Tischgäste ohne Manieren und verbale Artikulationsfähigkeit, die ausschließlich Griesbrei mit Zimtzucker liebten. Man hatte Geld verdient und verdiente nun kein Geld mehr, was dazu führte, dass man den Mann, dessen Geld auszugeben man gezwungen war, mit zunehmender Verachtung ansah.

Eines Tages, als ihre Tochter gerade einmal zwei Jahre alt war, geschah es, dass Frau Claudia die Beherrschung verlor. Die Kleine hatte mit einer ungeschickten Bewegung ein Glas Wasser umgestoßen und Frau Claudia schimpfte hemmungslos. Irgendwie hatte sie erwartet, das Kind würde ihr nahelegen, sich in ihrem Ton zu mäßigen, stattdessen duckte es sich und blickte schuldbewusst drein. Dies erweckte nun in Frau Claudia ein ungeahntes Hochgefühl, das sie zunächst als Machtempfinden zu identifizieren glaubte, sich aber dann als berauschende mütterliche Gewissheit, sein Kind ordentlich zu erziehen, erklärte.

Sie ging nun dazu über, die Kinder immer öfter anzuschreien. Jede ihrer Reaktionen – ob sie nun weinten, stillschweigend gehorchten oder bockig wurden, sodass sie weiter angeschrien werden mussten – erfüllte sie mit Glück. Ihr Vergnügen steigerte sich noch, als das Sprachvermögen der Kinder zunahm, denn sie durfte entdecken, dass sie sich unter manchen ihrer Formulierungen regelrecht wanden. Sie nannte ihren Sohn ein „widerliches Schwein" und ihre Tochter ein „faules Stück Dreck". Sobald die Kinder in die Schule kamen, verspürte sie das Bedürfnis, ihre mittlerweile beträchtliche pädagogische Erfahrung auch vormittags weiterhin nutzbringend einzusetzen, und besorgte sich einen Hund.

Der Hund machte Frau Claudia viel Freude. Schon bald hatte er es sich abgewöhnt, ihr vertrauensvoll von

Raum zu Raum zu folgen, sondern blieb auf seiner Decke im Flur liegen und blickte ängstlich auf, sobald sie in seine Nähe kam.

Manchmal, wenn sich die Kinder in ihren Zimmern aufhielten, schlich sie sich an und platzte unvermutet herein. Egal, was die Kinder gerade machten, sie blickten drein, als wären sie bei etwas Verbotenem ertappt worden. So entdeckte Frau Claudia, dass sie Schuldgefühl erzeugen konnte, ohne dass eine eigentliche Schuld vorlag. Nachdem sie in das Zimmer geplatzt war, begann sie grundsätzlich zu toben. Es fand sich immer irgendein Anlass, entweder die Hausübungen waren nicht gemacht, oder sie waren gemacht, aber falsch, oder sie waren richtig, aber nicht schön genug geschrieben. Irgendetwas lag immer nicht an seinem Platz, war unaufgeräumt oder eine Sauerei. Wenn ein Kind las, schrie sie, es solle sich gefälligst etwas bewegen, wenn es Musik hörte und tanzte, wünschte sie, es möge endlich einmal still sitzen und sich auf etwas konzentrieren. Zentimeter um Zentimeter suchte sie das Kind und das Zimmer nach möglichen Ärgernissen ab. Wenn absolut keine vorlagen, griff sie auf solche zurück, die sich außerhalb des Zimmers befanden und deren sie sich nun wieder besann: Das Fahrrad lag in der Einfahrt, die Sporttasche mitten im Flur, und Freund XY durfte nie wieder mit nach Hause gebracht werden, denn er habe sie letztens nicht gegrüßt. Als die Kinder älter wurden, bekamen sie getrennte Zimmer, sodass Frau Claudia doppelt so viel Arbeit hatte. Oft behauptete sie zu Testzwecken, sie röche Zigarettenrauch oder sie wisse genau, man habe ihr Geld aus dem Portemonnaie gestohlen, oder sie riss die Matratzen aus den Betten, um darunter nach Drogen oder Pornoheften zu fahnden. Sie schimpfte ihre Tochter eine Hure und ihren Sohn einen Zuhälter. Frau Claudia nannte diese Auftritte „reinigende Gewitter". Danach fühlte sie sich stets erfrischt und ging davon aus, dass es ihren Kindern ebenso ging.

Es gelang ihr auch, sehr langfristige Pläne zu entwerfen. Einmal in der Vorweihnachtszeit, als ihr die Kinder mit ihrem Wunschgebettel besonders auf die Nerven gingen, verfiel sie auf eine nie dagewesene Idee. Sie besorgte ihrer Tochter das ersehnte Puppenhaus und ihrem Sohn den erhofften Fischertechnik-Riesenbaukasten. Am Heiligen Abend waren die Kinder selig, ja geradezu ekstatisch. Sie spielten den ganzen Christtag und den ganzen Stefanitag. Am 27. Dezember packte Frau Claudia die ganze Herrlichkeit wieder ein und räumte sie auf den Dachboden. Sie erklärte den Kindern, dass Weihnachten nun vorbei sei und damit auch die Geschenke wieder weg. Nächstes Jahr zu Weihnachten würden sie sie wiederbekommen. Nie wieder werde es fortan Gejammer wegen der Geschenke geben, denn man wüsste, was man bekommen würde. Jedes Jahr, für zwei Tage und einen Abend im Jahr.

Der Schock, den sie ihren Kindern damit verpasst hatte, war heilsam. Schon zu Ostern erklärten sie, dass sie an den Osterhasen keinerlei Wünsche hätten. Sie bettelten nicht mehr um eine Erhöhung des Taschengeldes, sondern waren froh, dass sie es am Ende des Monats nicht zurückzahlen mussten. Als sie im Rahmen der Schulmilchaktion angeben sollten, ob sie für die große Pause Kakao oder Joghurt oder Vanillemilch bestellen wollten, sagten sie nein. Sie hatten sich das Wünschen, so schien es, ein für alle Mal abgewöhnt.

Die Momente, in denen sich Frau Claudia anders denn als hervorragende Mutter sah, waren ebenso selten wie kurz. Sie sagte sich dann, dass sie ihre Kinder quäle und unglücklich mache. Um die Selbstvorwürfe zu dämpfen, buk sie einen Kirschstrudel oder Rhabarberkuchen oder eine Sachertorte, die die Kinder unweigerlich nicht anständig aßen. Sie schlangen oder patzten oder stocherten im Essen herum, und Frau Claudia schrie sie wieder an und ihr Gewissen war wieder beruhigt.

Einen besonderen Reiz hatte es, wenn zur Nachbarin die Fürsorgerin kam. Die Nachbarin war eine ledige Mutter, die den Vater (oder die Väter) ihrer drei Buben strikt geheim hielt. Das Amt hatte daher die Obsorge inne und die Fürsorgerin kam vierzehntägig, um nach dem Rechten zu sehen. Manchmal kam sie auch unangemeldet außerhalb des Rhythmus, da man ja sichergehen musste, nicht Potemkin'schen Dörfern aufgesessen zu sein. Die Fürsorgerin wurde auch regelmäßig bei den Nachbarn vorstellig und ermunterte sie, die ledige Mutter genau zu beobachten und alles Verdächtige umgehend zu melden. Frau Claudia genoss diese Gespräche. Manchmal war ihr aufgefallen, dass einer der Buben der Nachbarin eine verrotzte Nase hatte oder einen Riss in der Hose oder vielleicht eine Zahnspange bräuchte oder möglicherweise nicht ausreichend zu essen bekam.

Natürlich wusste sie, dass die Nachbarin einen Musterhaushalt führte. Ihre Kinder waren so sauber gewaschen und so ordentlich gekleidet, dass es regelrecht Druck auf die anderen Mütter ausübte. Sogar den Garten, den sie ursprünglich den Kindern und der Wildnis überlassen hatte, pflegte die Nachbarin sorgfältigst, seit die Fürsorgerin Bedenken darüber geäußert hatte, ob eine solche Ansammlung von Brennnesseln und Laubhaufen und ungestutzten Stauden dem Wohl der Kinder zuträglich sei. Ob sie denn nicht auch meine, dass es für die Kinder besser sei, auf ordentlich gepflasterten Gartenwegen zu gehen und sich am Anblick bunter Blumenrabatten zu erfreuen?, fragte die Fürsorgerin die Nachbarin. Auch ein paar Thujen fände sie nett. Die Nachbarin begann sofort zu graben und zu jäten und um Blumenspenden zu bitten, und seither sah es bei ihr wie im Mirabellgarten aus.

Unterstützung fand das Amt durch den persönlichen Einsatz von Pater Dobringer, dem die Kirche St. Blasius unterstand. Er besuchte die Familie regelmäßig und gab den Buben Nachhilfeunterricht. Manchmal, wenn ein Schulskikurs oder eine Wien-Woche zu bezahlen war, legte er sogar eine Geldspende auf den Tisch, die er von der Kollekte abgezweigt hatte. Pater Dobringer galt als ungeheuer aufgeschlossen und modern, bei seinen Messen wurden englische Lieder gesungen und mit der Gitarre begleitet anstatt mit der Orgel. Die Buben der Nachbarin ministrierten bei ihm und man fand, dass ihm der Älteste sogar ein wenig ähnlich sah. Sein Engagement endete, als er das Priesteramt niederlegte, um zu heiraten – nicht, ohne eine flammende Abschiedspredigt wider den Zölibat zu halten. Von da an hatte er selbst finanzielle Probleme, und die Fürsorge musste sich wieder allein um die ledige Mutter kümmern.

Frau Claudia stellte fest, dass sie mit ihren Kindern besonders streng verfuhr, wenn sie wusste, dass die Fürsorgerin bei der Nachbarin war. Erzählten sie von einem Streit mit anderen Kindern, sagte sie: „Kein Wunder, dass euch keiner mag. So, wie ihr seid, ist es ja auch völlig unmöglich, euch zu mögen." Brachten sie eine Schularbeit mit der Note Gut oder Befriedigend nach Hause, ritt Frau Claudia auf jedem Fehler ausgiebig herum, machte sich lustig und verwendete so oft wie möglich das Wort „dumm". Hatten sie dagegen ein Sehr gut bekommen, suchte sie nach Fehlern, die der Lehrer übersehen haben könnte, erfand sie nötigenfalls und kündigte an, das Herabsetzen der Note zu verlangen.

Die Kinder ahnten nicht, dass es an der Gegenwart der Fürsorgerin im Nachbarhaushalt lag, wenn sie besonders scharfen Erziehungsmaßnahmen unterzogen wurden. Die Fürsorgerin konnte Frau Claudia nichts anhaben. Erstens war sie eine verheiratete Frau und unterstand daher keinerlei staatlicher Einflussnahme. Zweitens ließ sich Frau Claudia nie etwas zuschulden kommen, wofür man sie belangen hätte können. Ihre Kinder hatten jede Saison neue Schuhe und bekamen eine Schuljause eingepackt, die man jederzeit in eine Auslage stellen hätte können. Sie wurden zum Friseur gebracht und zum Orff-Unterricht, zum Optiker und zum Orthopäden, konnten Skifahren, eislaufen, windsurfen und Tennis spielen. Man dämpfte keine Zigaretten auf ihrer Haut aus, und über die ab und zu notwendige Ohrfeige hinaus wurden sie nicht geschlagen. Sie waren still und brav und jeder lobte sie für ihren tadellosen Gehorsam. Und doch hatte Frau Claudia das prickelnde Gefühl, ein Verbrechen zu begehen, wenn sie zu ihren Kindern sagte: „Eure Hirnlosigkeit spottet jeder Beschreibung", und die Fürsorgerin nebenan war. Es musste eine ähnliche Euphorie sein wie die, die ein Mörder empfand, wenn ihn die Polizei als Zeugen befragte.

Manchmal kam eine der Kalman-Töchter zu Besuch, dann war es Frau Claudia, als ob sie sich für kurze Zeit wieder zurückverwandelte in die Person, die sie einmal gewesen war. Sie war ruhig und freundlich gewesen. Judit, Katalin und ihre Freunde hatten stets gerne bei ihr in der Küche vorbeigeschaut. Ja, Kinder hatten sie gemocht. Aber es waren nicht ihre eigenen Kinder gewesen, und den eigenen Kindern gegenüber musste man eben andere Saiten aufziehen, sagte sie sich dann. Trotzdem versuchte sie auch nach dem Besuch eine Weile, weiterhin gelassen und liebenswürdig zu sein, aber ihre Kinder reagierten zurückhaltend, sie trauten dem Frieden nicht, und so war es mit dem Frieden auch schnell wieder vorbei.

Mit siebzehn Jahren eröffnete Frau Claudias Tochter ihr eines Abends, dass sie schwanger sei und zu heiraten gedenke. Überdies werde sie zu den Schwiegereltern ziehen. Frau Claudia schrie ihren Mann an: „Hast du das gewusst?" Er hatte es gewusst. Er hatte sogar schon sein Einverständnis gegeben. Frau Claudia erklärte das Einverständnis für nichtig, die Tochter werde keineswegs heiraten, sondern ihr Kind unter elterlicher Aufsicht im elterlichen Hause großziehen. Die Tochter schüttelte den Kopf und sagte: „Du wirst niemals wieder ein Kind in die Klauen bekommen. Meines auf jeden Fall nicht." Dabei habe sie, behauptete Frau Claudia später ihrem Mann gegenüber, wie ein tollwütiger Wolf ausgesehen. Sie habe regelrecht Angst bekommen. Er tröstete sie und meinte, es sei doch ganz normal, dass Kinder rebellisch seien. Und vielleicht würde sich ja alles wieder einrenken. Doch es renkte sich nichts ein. Frau Claudia gab ihrer Tochter das Einverständnis zur Heirat, damit diese sähe, was sie davon hätte und auf Knien zurückgekrochen käme. Sie kam nicht zurückgekrochen und man blieb fortan auf Distanz.

Nicht einmal zwei Jahre später wurde Frau Claudia aufs Neue enttäuscht. Wie so oft öffnete sie einen an ihren Sohn gerichteten Brief, der ihr verdächtig vorkam. Sie stellte fest, dass es sich um einen Liebesbrief handelte. Der Liebesbrief war von einem Mann unterzeichnet.

„Wie willst du denn zum Bundesheer gehen, wenn du schwul bist?", schrie Frau Claudia ihren Sohn an. Er wolle ja gar nicht zum Bundesheer, antwortete er, vielmehr habe er sich zur Stellung vor der Zivildienstkommission gemeldet, aber nicht, weil er schwul, sondern weil er Pazifist sei. „Hast du das gewusst?", schrie Frau Claudia ihren Mann an. Er hatte es nicht gewusst, fand es aber auch nicht so schlimm, dass man darüber verzweifeln müsste. Sie verzweifle nicht, sagte Frau Claudia, sondern sie lasse das einfach nicht zu. Sie wolle Normalität, Enkelkinder und keinen Sohn, der in Frauenkleidern herumhüpfe. Ihr Sohn antwortete, er habe in seinem ganzen Leben noch nie Frauenkleider getragen und habe das grundsätzlich auch nicht vor, außer vielleicht einmal im Fasching. Dies enragierte Frau Claudia noch mehr, schließlich gehe es ja genau darum, dass sich der Sohn im Fasching gütigst als Pirat verkleide oder als Polizist. Die Diskussion erhitzte sich so weit, dass Frau Claudias Sohn schließlich seine gute Kinderstube vergaß. Sie allein sei schließlich dafür verantwortlich, dass er schwul geworden sei, brüllte er seine Mutter an. Wie hätte er denn jemals heterosexuell werden können, wenn das bedeutete, mit so was wie ihr leben zu müssen? Wie hätte er sich Kinder wünschen sollen, denen so was wie sie angetan wurde? Sie habe das Thema Frau für ihn für alle Zeiten erledigt, zumindest in partnerschaftlicher Hinsicht, das sei ja wohl klar.

Die Kinder waren aus dem Haus. Der Hund hatte einen Tumor bekommen und musste eingeschläfert werden. Frau Claudia trauerte den verlorenen Jahren mit dem Hund nach. Eigentlich hatte sie nicht viel von ihm gehabt. Ihr Mann war in Pension gegangen und widmete sich seinem Hobby, der Makrofotografie, mit derselben Akribie, die er zuvor den Bilanzen zugewendet hatte. Er fuhr oft sehr weit fort, um Dinge aus größter Nähe aufnehmen zu können. Frau Claudia ging nicht mehr oft aus dem Haus. Im Grunde machte sie überhaupt nicht mehr viel. Als eines Tages Judit Kalman bei ihr anläutete, öffnete sie nicht die Tür.

SECHSUNDZWANZIG

Markus Bachgraben stand im gleißenden Sonnenlicht am Bankomaten, und selbst von hinten wirkte er wie betäubt. Langsam und mit großer Sorgfalt verrichtete er die nötigen Handgriffe, als wäre die Bankomatkarte infolge einer fatalen Fehleingabe eingezogen worden, die sich keinesfalls wiederholen durfte. Vermutlich versuchte er es jetzt mit einer der Kreditkarten, was dadurch bestätigt wurde, dass er sein Notizbuch konsultierte, wo er den selten verwendeten PIN wohl inmitten einer fiktiven Telefonnummer verbarg. Das Geräusch, mit dem das Gerät auch diese Karte schluckte, klang nach klapprigem Plastik, wie die Bewegung eines Spielzeugroboters. Bocca de Leon, das Löwenmaul, in dem im alten Venedig Informationen verschwanden. Mächte wurden dadurch in Bewegung gesetzt, die den Einzelnen aus der Bahn werfen konnten, ehe er noch recht begriff, wie ihm geschah. Es gab nicht mehr viele dieser steinernen Beschwerdebriefkästen, die meisten hatte Napoleon abreißen lassen, als er der Republik den Todesstoß versetzt hatte.

Judit löste sich aus dem Schatten des Sotopòrtego und ging auf Markus Bachgraben zu. Er hatte nicht bemerkt, dass sie ihm von seiner Wohnung aus gefolgt war, und das, obwohl sie sich schließlich doch nicht verkleidet hatte. Man könne in Venedig jederzeit maskiert umhergehen, wenn man nicht erkannt werden wolle, hatte Tita gesagt. Die Venezianer wüssten, dass man nach altem Gesetz eine Maske nicht behelligen dürfe. Das Gleiche könne man von den Touristen natürlich nicht behaupten. Diesen flöße jedoch eine klassische Bauta mit schwarzem Dreispitz und langem, schwarzem Umhang noch am ehesten Respekt ein. Auch, weil man darunter stets einen Mann vermute.

Markus Bachgraben kramte in seiner Brieftasche, als hoffte er, darin eine Erklärung oder zumindest einen Geldschein zu finden. Sein Gesicht war bleich und durchsichtig, wie das eines Mannes, der lange gehungert hatte, obwohl es nur die Aussicht auf das Hungern war, die ihn im Augenblick verstörte. Erst als Judits Schatten auf die Brieftasche fiel, blickte er auf.

„Probleme?", fragte sie. Schnell steckte er die Brieftasche ein und drückte Judit an sich. Sie käme immer im richtigen Moment, sagte er, wie ein Wunder sei das. Er müsse jetzt seine Gedanken sortieren und das gehe am besten im Gespräch. Vielleicht könne sie ihm ja helfen. Kaffee? Aber nein, er könne sie leider nicht einladen. Der Bankomat habe eben zwei seiner Karten eingezogen, er wage es nicht, eine dritte hineinzustecken. Eigentlich gebe es nur zwei Erklärungen dafür: a) die italienischen Bankomaten spielten verrückt, oder b) er habe seinen Überziehungsrahmen unwissentlich überschritten, womit er nicht gerechnet habe, was aber dennoch möglich sei, da er seit Wochen in sträflicher Verdrängung nicht mehr auf sein Konto geschaut habe. Judit erklärte, sie habe vor nicht einmal einer Stunde bei einem anderen Bankomaten die allerbesten Erfahrungen gemacht. Vielleicht sollte er bei der Bank anrufen?

Markus Bachgraben schüttelte den Kopf. Nein, lieber nicht. Er ging ein paar Schritte vor zum Canal Grande und starrte auf die breiten Stufen, die ins Wasser hineinführten. Ein Teppich aus leuchtend grünen Algenbändern wuchs auf ihnen, die von den Wellen hin und her geschwemmt wurden wie Papierschlangen im Wind. Eine Möwe stakste suchend darauf herum, ab und zu pickte sie etwas heraus. Er habe, sagte Markus Bachgraben, in letzter Zeit schon zu viele Gespräche mit der Bank geführt. Mehrmals habe er um eine Erhöhung des Überziehungsrahmens bitten müssen. Man habe ihm sogar schon den Vorschlag gemacht, einen *Entschuldungsplan* aufzustellen. Und ob er denn nicht Familienmitglieder habe, die *helfend einspringen* könnten, habe man ihn gefragt. Er wolle dort lieber nicht mehr anstreifen. Was die Bank betreffe, ziehe er es vor, sich vollkommen tot zu stellen.

Ein Vaporetto näherte sich, und die Möwe flog kreischend auf. Judit zog die Hand aus der Handtasche, mit der sie schon längst ihr Portemonnaie ertastet hatte. Sie öffnete es und nahm zweihundert Euro heraus. „Hier", sagte sie, „wenn du mehr brauchst, lass es mich wissen." Er sei ja nicht alleine hier in der Stadt. Sie schrieb ihm ihre Adresse an den Fondamenta Nuove auf. Er könne jederzeit vorbeikommen. Wenn er Geld benötige, oder auch so. Er zierte sich ein wenig und behauptete, er könne das nicht annehmen. Andererseits habe er vorgehabt, heute die Biennale zu besuchen, wo er natürlich das Eintrittsgeld würde entrichten müssen, und essen müsse man schließlich auch. Unter heiligsten Eiden, alles bei erster Gelegenheit samt Zinsen zurückzuzahlen, steckte er die Scheine ein. Ob sie Lust habe mitzukommen? Er wolle zu Fuß zu den Giardini gehen, da er das Gedränge auf den Vaporetti nicht mehr ertrage.

Judit ging mit. Er führte sie über den Rialto und hinein in die Menschenmassen, die sich durch den Trampelpfad Richtung San Marco drängten. „Was war eigentlich gestern?", schrie sie in seinen Rücken. „Sant'Erasmo. Weshalb bist du nicht gekommen?" Er wandte sich um und sah aufrichtig verblüfft aus. Ein zorniger Venezianer im Business-Anzug, der sich mit Ellbogen seinen Weg bahnte, drängte ihn an die Wand. Aber er sei doch dort gewesen, schrie Markus Bachgraben über die Köpfe einiger in Hochstimmung befindlicher Engländerinnen zurück, *sie* sei doch nicht dort gewesen! Er habe nur eine dicke Frau mit vielen Plastiktüten an der Vaporetto-Station gesehen, da sei er wieder gegangen.

Judit versuchte angestrengt, sich zu erinnern. Er musste in der Zeit gekommen sein, als sie gerade auf dem Weg zwischen den Weingärten unterwegs war, um ihm entgegenzugehen. „Von wo bist du gekommen?", schrie sie. „Die Mole entlang", antwortete er, „von ..." Der Rest ging unter im Gesang der Engländerinnen, die „Sittin' on the dock of the bay" intonierten.

Als sie endlich durch den Uhrturm auf die Piazza traten, waren sie verschwitzt wie nach einer Bergtour. Sie kämpften sich vor bis zur Piazzetta, wo Markus Bachgraben sie zu einem freien Kaffeehaustisch unter den Arkaden der Biblioteca Marciana dirigierte. Nun könne er sie ja wieder einladen, sagte er und lächelte verlegen. Sie bestellten Mineralwasser und Kaffee. Einem kleinen rothaarigen Mädchen, das eine Packung Maiskörner in der Hand hielt, flogen die Tauben auf den Kopf, die Schultern und die Arme, von wo aus sie versuchten, ihr das Futter zu entreißen. Um sie herum standen Touristen, die das Schauspiel fotografierten. Als die Kleine zu weinen anfing, sprang die Mutter auf sie zu und schlug schreiend auf die Tauben ein, die geschickt auswichen, um gleich darauf wieder auf den blutig zerkratzten Armen des Mädchens zu landen. Schließlich nahm ihr die Mutter die Maispackung aus der Hand und warf sie in hohem Bogen von sich. Nun endlich ließen die Tauben von dem Kind ab.

Eigentlich gehe es ihm nur um den skandinavischen Pavillon, sagte Markus Bachgraben. Dieser stelle ein kriminalistisches Rätsel, das zu lösen er und einige Freunde, die ebenfalls die Biennale besucht hätten beziehungsweise noch besuchen würden, sich zur Aufgabe gemacht hätten. Die vor ihm Dagewesenen seien jedenfalls gescheitert. In jenem Pavillon sei die Wohnung eines fiktiven Künstlers eingerichtet, die man nach Belieben durchsuchen könne. Alles sehr siebzigerjahremäßig, im Boden versenkte Ledersitzgruppe, kugelförmiger Hängesessel usw. Alles in einem Raum. Das fiktive Schlafzimmer, die fiktive Küche, das fiktive Atelier. Samt fiktiven persönlichen Gegenständen, Rasierzeug, schmutzigen Tellern, Zeichnungen, Briefen, Pornografie. Dies alles zu untersuchen sei der Besucher aufgefordert, denn der fiktive Künstler sei eines unnatürlichen Todes verstorben und es gelte nun herauszufinden, weshalb. Angeblich seien in der Wohnung Hinweise versteckt. Vor dem Pavillon sei ein Swimmingpool eingelassen, in dem die Leiche des fiktiven Künstlers – natürlich eine Puppe, oder vielmehr Skulptur – neben seinem Hut und seiner Brille treibe. Jeden Abend, kurz vor Torschluss, hätten Markus Bachgrabens Freunde erzählt, fischten Angestellte der Biennale Puppe, Hut und Brille mit einem Haken aus dem Pool, um sie am nächsten Morgen wieder hineinzulegen. Man fürchte wohl, während der Nacht könnten Diebe mit skurrilen Neigungen auf das Gelände eindringen. Er jedenfalls habe vor, die Herausforderung anzunehmen und nichts unversucht zu lassen, um das Rätsel zu lösen. War es Mord? Selbstmord? Ein Unfall?

Er nannte den Namen des Künstlers und Judit war sich sicher, dass es sich um jenen menschenscheuen Mann handelte, den Erika vor Jahren in den Wäldern um Göteborg aufgestöbert hatte. Sie erzählte Markus Bachgraben alles, was Erika ihr erzählt hatte. Das sei sehr interessant, meinte er, wahrscheinlich drücke der Künstler mit seiner Installation die tiefsitzende Angst aus, eines Tages selbst in dem See vor seinem Haus in aller Einsamkeit zu ertrinken, ohne dass die Ursache für seinen Tod je gefunden würde. Er tippe auf eine Herzkrankheit. Oder auf eine durch Magnesiummangel verursachte Neigung zu Krämpfen. Oder auf die Befürchtung, Opfer eines Verbrechens zu werden, die einen zweifelsohne besonders massiv heimsuchen müsse, wenn man die Angewohnheit habe, nackt baden zu gehen. Deshalb sei wohl auch der fiktive Künstler in der Installation mit Anzug und Hut im Wasser zu finden.

Er stand auf und entschuldigte sich. Das Jackett blieb an seinem Stuhl hängen. Sobald er in dem Café verschwunden war, beugte Judit sich vor und begann, die Taschen des Jacketts zu durchsuchen. Handy, Notizbuch, Brieftasche, ein Stift. Schlüssel. Sie zog den Bund heraus. Er war mit einem Anhänger versehen, auf dem „Wohnung Venedig" stand. Sie ließ ihn in die Handtasche fallen und trank ihren Kaffee aus.

Markus Bachgraben kam zurück und trank sein Mineralwasser aus. Natürlich, sagte er, spiele der Künstler hier mit dem Voyeurismus des Publikums. Er entfache das Stöberfieber selbst derer, die sich für vollkommen grenzbewusst hielten. Wer würde denn nicht gerne einmal in die Unterhosenlade eines Künstlers sehen? Natürlich unter dem Vorwand, der Wahrheitsfindung zu dienen.

Er habe, sagte Markus Bachgraben, die Installation eigentlich als Kommentar zur allgegenwärtigen medialen *Homestory* angesehen. Allerdings verunsichere ihn nun die Information, dass der echte Künstler offenbar von sich aus Galeristen zu sich nach Hause einlud. Jedenfalls müsse man auch als Schriftsteller feststellen, dass in punkto *Homestory* mittlerweile völlige Skrupellosigkeit ausgebrochen sei. Inwieweit damit tatsächlich der Voyeurismus des Publikums bedient werde, oder vielmehr jener der Journalisten, die Interviews und Fototermine überhaupt nur mehr *in den eigenen vier Wänden* des Schriftstellers zu vereinbaren wünschten, sei dahingestellt.

Kollege Shnaidhofen beispielsweise, der ein Haus im Burgenland geerbt habe, handhabe die Sache so, dass er einige Räume eigens für Journalistenbesuche gestaltet habe, während er und seine Lebensgefährtin tatsächlich im hinteren Teil des Hauses wohnten. Er habe hohe, mit erlesenster Literatur bestückte Bücherregale aufgestellt, einen mit antiken Atlanten dekorierten Schreibtisch sowie ein karges, aber stets sauber bezogenes Bett (das ja nie benutzt wurde). Auf dem Nachtkästchen habe er einen altmodischen Wecker platziert, der auf sechs Uhr früh eingestellt war. Die Lebensgefährtin habe ihren Beitrag geleistet, indem sie Klassiker der feministischen Literatur auf einem Beistelltisch gefällig arrangierte, während sie in Wahrheit auf dem ungemachten richtigen Bett Society-Magazine las.

Kollegin Pajak wiederum benütze für *Homestories* die exklusiv ausgestattete Wohnung ihrer Schwester, einer Bankerin, was schon zu Kritik unter Eingeweihten geführt habe, da dadurch die irrige Annahme verbreitet werde, Schriftsteller würden sich eines unangemessen hohen Lebensstandards erfreuen.

Er selbst habe, erzählte Markus Bachgraben weiter, erst jüngst ein *bezeichnendes* Erlebnis mit einer Rundfunkredakteurin gehabt, die ihn für eine Sendung mit dem Titel: „Die Bücherregale der Schriftsteller" interviewen wollte. In seiner Wohnung. Um unmittelbar in die Bücherregale des Schriftstellers hineingreifen und Interessantes zu Tage fördern zu können. Da er keine Lust gehabt habe, den Nasenhaarschneider und die japanischen Porno-Comics und den Ordner „Befunde Urologie" zu entfernen, habe er höflich um ein Interview im Studio ersucht. Nun gut, habe die Redakteurin erklärt, sie würde ihm ausnahmsweise entgegenkommen und *nur so tun*, als wäre sie bei ihm zu Hause. Er müsse zu diesem Zweck mit dem Handy alle Bücherregale sowie die sie umgebenden Räume abfotografieren, damit sie im Studio in der Lage sei, die Illusion zu erzeugen, dass sie in seiner Wohnung herumgehe. Er habe daraufhin naiverweise argumentiert, ein solcher Betrug am Publikum sei unethisch, und er werde den Teufel tun, ihr Fotos von seinen innersten Rückzugsräumen zu zeigen. Gift und Galle habe die Rundfunkredakteurin gespuckt. Das werde ihr jetzt aber zu bunt, sie lasse sich nicht als Schnüfflerin diskreditieren, es gebe genug Schriftsteller, die sich glücklich schätzen würden, von ihr aufgesucht zu werden, und einen solchen werde sie nun anrufen, und er käme in der Sendung eben nicht vor. Sie hätte gedacht, habe sie noch hinzugefügt, gerade jemand wie er, um den es in letzter Zeit sehr, sehr still geworden war, würde sich über eine solche einmalige Gelegenheit freuen. Das sei noch der finale Messerstich gewesen. Natürlich sei ihm klar gewesen, dass eine Tausendschaft an Kollegen bereitstand, die der Dame mit Freuden nicht nur den Nasenhaarschneider, sondern auch noch den Intimrasierer vorlegen würden, um darüber auf einem renommierten Kultursender zu diskutieren.

Angesichts dessen, sagte Judit, fühle sie sich sehr geschmeichelt, dass sie seine vier Wände habe betreten dürfen. Das sei doch etwas ganz anderes, sagte Markus Bachgraben und drückte ihr zärtlich die Hand, das könne man doch überhaupt nicht vergleichen.

„Ich bin froh, dass du das so siehst", sagte Judit.

Sie brachen auf und überquerten die Piazzetta Richtung Riva degli Schiavoni. Auf der Ponte della Paglia drängten sich die Touristen, um die von hier aus sichtbare Seufzerbrücke zu fotografieren. „Und das", hörten sie einen Deutschen seinem kleinen Sohn erklären, „ist die berühmte Rialtobrücke."

„Wenn Deutsche irren, dann gründlich", murmelte Markus Bachgraben in Judits Ohr, und sie grinsten sich an. Ein japanisches Brautpaar, das von zwei Fotografen begleitet wurde, stieg auf die Brücke. Die Braut trug ein auffallend synthetisch wirkendes Rüschenkleid und stolperte auf ihren hohen Hacken. Ihr Gesichtsausdruck war gestresst, beinahe verzweifelt, während der Bräutigam sie im Interesse der ständig knipsenden Fotografen mit Gesten der Begeisterung auf die Schönheiten von Architektur und Ausblick hinwies.

Vor der nächsten Brücke erklärte Judit, sie könne nicht mehr. Es sei zu heiß. Sie werde heute auf den Besuch der Biennale verzichten.

„Kein Problem", sagte Markus Bachgraben, „wir sehen uns später." Er küsste sie auf den Mund und verschwand in der Menge. Sie stellte sich in der langen Schlange an, die beim Anleger San Zaccaria auf das Vaporetto wartete, und fragte sich, wie er diesen Satz wohl gemeint hatte.

SIEBENUNDZWANZIG

Es war Judits erster Einbruch. Noch nie zuvor hatte sie eine Wohnung ohne das Einverständnis ihres Besitzers betreten. Einen Moment lang fragte sie sich, ob sie unter Hypnose stand und die Befehle eines Fremden ausführte. War es wirklich ihr eigener Antrieb, der sie dazu gebracht hatte, die Schlüssel zu nehmen und dann auch noch einzusetzen, erst an der Haus-, dann an der Wohnungstür? Was hoffte sie zu finden, außer ein paar dreckigen Socken, einen vollen Aschenbecher, eine klebrige Zahnbürste?

Sofort, als sie den großen Vorraum betrat, musste sie den Gedanken korrigieren. Nein, Markus Bachgraben war ordentlich, penibel sogar, wie alle, die entschlossen waren, auch ohne weiblichen Beistand die Zivilisation aufrechtzuerhalten. Ein Paar Sandalen stand akkurat neben einem Paar Turnschuhen. Auf dem Tischchen unterhalb des Spiegels lag ein Kamm in seinem Lederetui. Die Türen zu den einzelnen Räumen waren sorgsam verschlossen, eine nach der anderen machte sie sie auf. Ein Gästezimmer, offensichtlich unbenutzt. Ein Arbeitszimmer mit mächtigem Schreibtisch und Bibliothek. Wie in der Buchhandlung waren die Bücher nach Autorennamen alphabetisch geordnet. Gewohnheitsmäßig suchte sie links oben, und da war es auch schon: „Kassiopeia". Sie holte einen Stuhl, um hinaufzusteigen und das Buch herauszuziehen. Jemand hatte einen schmalen Papierstreifen als Lesezeichen hineingelegt. Sie schlug das Buch an der Stelle auf und las:

Kassiopeia A im Sternbild Kassiopeia ist der Überrest einer Supernova und die hellste Radioquelle, die von der Erde aus zu sehen ist. Sie stammt von einer

Supernovaexplosion vor etwa 11.000 Jahren. Wäre die Sicht nicht durch interstellare Staubwolken behindert gewesen, hätte man vor 300 Jahren von der Erde aus das Licht der Explosion sehen können.

Judit stellte das Buch wieder an seinen Platz, kletterte vom Stuhl, stellte auch diesen zurück und ging weiter ins Schlafzimmer. Das Bett war ordentlich gemacht. Auf dem Nachtkästchen lagen eine Packung Ohrstöpsel aus Schaumgummi, ein Fineliner und ein Notizblock. Sie las:

Im Supermarkt: Eine Japanerin fotografiert die eingeschweißten Meeresfrüchte im Tiefkühlregal.

Es gefällt mir, wie die Franzosen, egal, wo sie sind, zum Nachtisch Käse mit Weintrauben essen.

Tausende Arten werden aussterben, ohne jemals entdeckt worden zu sein.

Das war alles, der Rest des Notizblockes war leer. Sie öffnete den Kleiderschrank. Sauber gefaltete Wäsche, ein paar Hemden, eine Badehose und Goggles.
Das Wohnzimmer war der größte Raum. Das Sofa hatte einen fleckigen Bezug. Sie schaltete den Fernseher ein, um zu sehen, welcher Sender eingestellt war. Es lief *Animal Planet* mit einer Doku über verwahrloste Hunde, die aus schrecklichen Verhältnissen befreit wurden. Auf dem Couchtisch lag ein Buch über Robert F. Scotts tödliche Südpol-Expedition. Die Fenster standen offen und die weißen Vorhänge bewegten sich im Wind. Sie konnte von hier aus über den Campiello zu der Pizzeria und dem Käfig mit dem Kakadu sehen.

Ich werde sterben, ohne je entdeckt worden zu sein. Eine helle Radioquelle wird zurückbleiben, die Signale sendet, obwohl da nichts mehr ist.

Auch die Küche ging auf den Campiello hinaus. Dort, wo die Anrichte auf die Wand unterhalb des Fensters traf, waren Sprünge in den Fliesen, aus denen vereinzelte Ameisen liefen, um auf die Suche nach Essbarem zu gehen. Als Judit sich umwandte, sah sie auf dem Küchentisch das Notebook. Sie öffnete es und tippte eine Taste an. Der Bildschirm kam zu sich. Sie las:

> wegkomme, solange sie nicht fährt. Als sie endlich in Vaporetto einsteigt, muss ich 1 Stunde auf nächstes warten. Hasse Kierkegaard.
>
> 17.7.
> Das Spiel besteht darin, Anziehung u. Abstoßung so unerwartet abzuwechseln, dass Realität verschwimmt u. in dieser Sichtlücke engste, unwirklichste Bindung entsteht. Das Spiel

Sie nahm sich einen Stuhl und scrollte nach oben, um an den Anfang des Textes zu gelangen. Dann stockte ihr der Atem.

EXPERIMENT JUDIT KALMAN

stand da. Sie las weiter:

> 23.1.
> Heute endlich erlösende Idee, wie an Romanstoff zu kommen sei – danke, Sören Kierkegaard! „Tagebuch des Verführers" vor einiger Zeit gelesen, nicht

ganz verstanden, aber jetzt wieder eingefallen. Protagonist betreibt sehr kühle, berechnende Manipulation eines jungen Mädchens, damit sich dieses in ihn verliebe und ihn am Höhepunkt der Beziehung aus (vermeintlich) eigenem Antrieb wieder verlasse. Soll eine „ästhetische" Lebensform im Gegensatz zu einer „ethischen" darstellen, was nicht ganz einleuchtet, denn wo ist Ästhetik?, aber egal. Sehr faszinierende Schilderung der Mittel, das „Opfer" in eine Obsession zu treiben u. geistige Bindung zum „Verführer" zu erreichen. Das Prinzip ist Verwirrung, Widersprüchlichkeit, Rätselhaftigkeit. Indem die Frau nie weiß, woran sie ist, entsteht in ihr das Gefühl, Protagonistin einer Liebesgeschichte zu sein.

Gestern Abend nach Lesung also Frau kennengelernt und ihr zu später Stunde nähergekommen u. sie nach Hause mitgenommen, alles normal. Judit Kalman, hat Buch gelesen, gute Dinge gesagt, auch hübsch, was wichtig für Experiment. Heute Morgen ich als Erster wach. E-Mail von Fritz: Ist was gelaufen? Ich: Aber sicher! Fritz: Und, wird es ein Encore geben? Ich, spontan: Aber sicher nicht! Will gerade auf Senden klicken, da höre ich hinter mir Geräusch. Judit aufgewacht. Da plötzlich Idee. Verwirrung einleiten! Sende E-Mail nicht, sondern gehe duschen. Fresse Besen, wenn sie nicht Gelegenheit nützt, um meine E-Mails zu checken. Lasse ihr also Zeit. Komme zurück und sie natürlich steht unschuldig an Balkontüre und tut desinteressiert. Nun Fortsetzung der Verwirrung: Mache Frühstück. Erinnere mich dunkel, dass sie nur Eier und Gemüse und Fleisch und so isst u. mache Omelette mit Tomaten, ganz Kavalier. Höre, dass sie sich aus dem Staub machen will, rufe – nun meinerseits unschuldig – dass Frühstück fertig. Sie kommt brav u. beginnt zu essen. Ich sage, dass ich keine Zeit habe, weil in einer Stunde Abreise zu Tagung und muss noch Vortrag schreiben. Rede möglichst langweiliges Zeug von wegen Geld und Jammer und Ödnis. Sie: Dann will ich dich nicht länger aufhalten. Ich frage nach ihrer Telefonnummer, sie gibt mir ihre Karte. Abschiedskuss.

Nun der Plan: Ich werde NICHT anrufen, was nach Omelette, Um-die-Nummer-bitten und Abschiedskuss doch etwas unerwartet kommen wird. Judit hat zwei einander widersprechende Hinweise: a) die E-Mail, wonach ich kein Wiedersehen anstrebe, und b) alles Andere, wonach ich es doch tue. Sie wird sich erinnern, dass die E-Mail nicht abgeschickt worden war, und darüber zu mutmaßen beginnen, ob und wann und weshalb ich meine Meinung geändert habe. Sie wird sich fragen, weshalb ich ihre Nummer haben wollte und sie dann doch nicht anrufe, weshalb ich mir Mühe mit dem Frühstück machte, obwohl ich gar keine Zeit hatte, und rätseln, ob dies nun ein Zeichen besonderer Zuwendung oder gewöhnlichen schlechten Gewissens war. Sie wird über den Abschiedskuss nachgrübeln, dem es an Zärtlichkeit keineswegs mangelte, der aber doch schnell zu Ende ging. Kurz: Sie wird sich unentwegt mit mir beschäftigen müssen und dabei ein Netz an Gedanken spinnen, in das sie sich selbst immer mehr verstrickt.

28.1.
Endlich zurück von dieser blöden Tagung. Auf der Rückfahrt Zeit, Experiment weiter auszuarbeiten.

Moralische Bedenken:
1. Das Ganze wird sowieso nicht funktionieren, daher unnötig.
2. Wenn es doch funktioniert, werde ich beizeiten alles offenlegen und Judit fragen, ob sie damit einverstanden ist, dass ich die Geschichte in meinem neuen Roman verwende. Tue also nichts Anderes als die, die mit versteckter Kamera Fallen stellen und anschließend fragen, ob sie das senden dürfen. Gewöhnlich haben die Leute Angst, humorlos zu wirken, und stimmen zu. Oder wollen ohnehin gerne ins Fernsehen.
3. Man manipuliert immer. Meistens unbewusst, oft genug auch bewusst. Jede menschliche Interaktion dient irgendeinem Zweck. Wenn ich um ein Honorar feilsche, oder jemanden von etwas überzeugen will, oder mir daran liegt, mich in einem guten Licht zu präsentieren – immer ist Manipulation im Spiel. Sie IST das Spiel.
4. Es liegt am Anderen, die Manipulation zu erkennen und sich ihr zu entziehen. Zur Manipulation gehören immer zwei.
5. Verführung ist ein Spiel, das jeder kennt. Außerdem kann jeder Kierkegaard gelesen haben und wissen, worum es geht. Die Karten liegen offen. Wer nach ihnen greift, will selber spielen.

Der Name Kalman kam mir irgendwie bekannt vor, sie sagte aber, keine Verwandtschaft mit Operettenkomponist. Erwähnte auch etwas davon, dass sie ebenfalls aus Salzburg stamme, vielleicht kenne ich den Namen von dort. Habe vor, etwa vier Wochen zu warten, um zu sehen, ob sie irgendwelche Schritte unternimmt. Anders als zu Kierkegaards Zeiten sind Frauen ja heutzutage nicht verlegen, das Warten auf einen Schritt des Mannes abzukürzen, indem sie selbst einen setzen. Habe erst jüngst zu Herbs kleiner Schwester, die wegen eines Typen am Boden zerstört, gesagt: Wenn er nicht anruft, ruf du ihn doch an! Ist doch nichts dabei! Wahrscheinlich hat er deine Nummer verloren und wartet schon sehnsüchtig darauf! Nachher Herb zu mir, ob ich wahnsinnig sei, die Kleine in eine solche Blamage zu treiben. Musste zugeben, er hatte recht. Herb also wieder zu ihr u. gesagt: Ruf bloß nicht an, du hast etwas Besseres verdient, als einen Typen, der deine Nummer verliert.

In Anbetracht dessen, dass Judit sich dasselbe sagen könnte, werde ich, falls sie sich nicht die Mühe machen sollte, mir „zufällig" irgendwo zu begegnen, etwa bei der Lesung am 6.2. oder in einem der Lokale, in denen wir gestern waren, und falls es ihr nicht gelingen sollte, meine Telefonnummer oder Mail-Adresse in Erfahrung zu bringen (was unbestritten sehr schwierig sein dürfte, da top secret), werde ich sie also schließlich doch anrufen. Rhabarber, Rhabarber, viel zu tun, keine Zeit gehabt, und mal schauen. Sollte sie sich dann spröde zeigen, würde es mich freuen, da mehr Anreiz, mich ins Zeug zu legen.

7.2.
Gestern keine Judit bei Lesung, war sehr enttäuscht. Entweder Omelette war nicht gut, oder Abschiedskuss. Oder Performance in der Nacht davor? Ne, kann nicht sein, habe sie 2x über die Ziellinie gebracht, und das war nicht gefakt. Sicher nicht. Womöglich ist mir ein Anderer ins Gehege gekommen. Oder sie hat gelogen und ist glücklich gebunden usw. Mist.

8.2.
Alles klar, ich bin ihr wohl zu arm. Hat ja genügend reiche Säcke mit Sportwagen und Yachten und Zweitwohnsitzen in Kitzbühel an der Hand. Der Künstler nur ein kleines Intermezzo in einer anderen, düsteren Welt. Muss unbedingt diese schrecklichen Vorhänge von Mama loswerden, sieht ja aus, als könnte ich mir keine eigenen leisten. Was auch stimmt.

9.2.
Vielleicht war es doch gefakt. Wenn man so alt ist wie sie, hat man vermutlich gelernt, selbst Beckenbodenkontraktionen zu fingieren.

10.2.
Experiment wird fortgesetzt, komme, was wolle. Gebe ihr noch bis Ende Feb., dann rufe ich an. Charmeoffensive!

20.2.
Hurra! Kierkegaard hatte doch recht! Heute Daniela aus dem 4. Stock getroffen. Sie: Rhabarber, Rhabarber, ob ich nicht an ihrem Batikkurs teilnehmen möchte. Ganz liebe Leute dabei, auch eine sehr attraktive Frau. JUDIT KALMAN. Bin überwältigt. Zufall??? Jeden Freitag Batikkurs zufällig in meinem Haus? Nie und nimmer. Werde natürlich nicht an Kurs teilnehmen, sondern abwarten, was weiter passiert.

14.3.
Daniela sagt, Judit Kalman sei gute Freundin geworden und auch außerhalb des Kurses oft bei ihr zu Besuch. Wunderbar, werde Daniela als Quelle benutzen. Interessant, dass es Judit gelungen ist, mir noch nicht im Haus zu begegnen.

2.4.

Noch immer keine Wiederbegegnung. Soll ich doch anrufen? Oder Experiment abbrechen?

4.4.

Moralische Bedenken:

6. Experiment dient ausschließlich künstlerischen Zwecken. Ist in diesem Sinne tatsächlich „ästhetisch".
7. Experiment dient dem Leser/der Leserin. Bewusstmachung v. Verführungsmechanismen eröffnet Möglichkeit, s. a. d. Rolle d. Spielballs zu befreien.

19.4.

Vielleicht war Batikkurs doch Zufall. Vielleicht ist Daniela ja interessanter als ich. Angeblich soll Ausstellung von Danielas Gruseltieren in Galerie Rebitzer stattfinden, deren Besitzerin mit Judit befreundet. Man vergnügt sich also eben mal kurz mit einem Literaten, um sich dann wieder der wesentlich prestigeträchtigeren Bildenden Kunst zuzuwenden. Dankeschön auch.

29.5.

Gestern wieder Lesung in Wien, keine Judit. Betrachte Experiment als gescheitert. Kierkegaards Held hat sich ja nicht ohne Grund eine völlig unbedarfte Sechzehnjährige ausgesucht. Muss vielleicht naiveres „Opfer" wählen.

Kollegin Winterhagen war auch da u. signalisierte Bereitschaft zu Techtelmechtel, ist mir aber zu heikel wegen ihrer Neigung, alles in „Schlüsselromanen" zu verbraten.

19.6.
Ha! Anruf von Mama. Gestern auf der Schranne sei JUDIT KALMAN zu ihr an den Stand gekommen und habe lang und breit über mich philosophiert, aber nichts gekauft. Ich: Sieh an, sieh an. Mama: Ja, weißt du denn nicht, wer das ist? Ich: Doch, eine Leserin. Sie: Ja schon, aber das ist die Tochter von Kalman, dem Bauunternehmer. Mir Schuppen von den Augen usw. Kannte den Namen also doch aus der alten Heimat. Weiß aber nicht viel, ist irgend so eine Lokalgröße. Mama: Kannst du dich nicht erinnern, damals, als wir vor dem Großen Festspielhaus standen und ein Mann mit drei Frauen in den wunderbarsten Abendkleidern aus dem Taxi gestiegen ist? Das war der Kalman mit seiner Frau und den beiden Töchtern. Kann mich beim besten Willen nicht erinnern, aber egal. Mama: So ein Zufall, dass ihr euch in Wien beim Augenarzt kennengelernt habt! Ich völlig perplex, tu aber so, als wär nix.

Beim Augenarzt??? War irgendwann letzten Dezember beim Augenarzt, also geraume Zeit vor der Lesung, wo Judit u. ich zusammentrafen. Vielleicht irrt sich Mama u. hat was durcheinandergebracht. Oder Judit ist, was ich bisher noch nicht wusste, völlig durchgeknallt. Dann aber muss sie das schon vorher gewesen sein u. nicht erst durch mein bescheidenes kleines Verwirrspiel geworden. Kierkegaard wird mir schön langsam unheimlich – was er ja auch gewesen sein soll. Hab ich sie in den Wahnsinn getrieben? Mit einer E-Mail und einem Omelette? Dabei fällt mir ein, dass sie sich eigentlich meine Mail-Adresse notiert haben könnte, als sie heimlich in meinem Mailordner las. Hat sie aber offenbar nicht. Auf jeden Fall, spannende Geschichte. Die arme Mama ist ganz glücklich, dass ich endlich in „gute Gesellschaft" geraten bin, noch dazu aus Salzburg. Wenn die wüsste. Bin ich womöglich in Gefahr?

21.6.
Kann mich nicht des Gefühls erwehren, dass mir Experiment aus der Hand geglitten ist. Andererseits kann auch alles ganz harmlos sein. Judit geht auf der Schranne an Mamas Stand vorbei, liest das Schild „Gerda Bachgraben – Produkte aus heimischer Natur", entsinnt sich des Monate zurückliegenden bedeutungslosen Zwischenfalls mit meiner Person und palavert ein bisschen, dabei mich mit einem anderen Liebhaber verwechselnd, den sie beim Augenarzt kennengelernt hat.

1.7.
Telefonat mit Sekretärin von Vermieter geführt, da ich fragen musste, ob wieder Aufschub der Mietzahlung möglich. Plötzlich die Bemerkung: „Naja, lange wird es das Problem ja nicht mehr geben." War so verdattert, dass ich nicht nachfragte, was sie damit meinte. Nach dem Auflegen die Vision, jemand habe in Aussicht gestellt, in Zukunft die Miete für mich zu bezahlen. JUDIT KALMAN. Natürlich völlig verrückter Gedanke. Stelle fest, dass der Versuch, eine andere Person dahin zu bringen, Fantasien über einen selbst zu entwickeln, unweigerlich dazu führt, dass man Gegenfantasien entwirft. Man könnte sagen, der Schuss ging nach hinten los. Bringe Dinge mit Judit in einen Zusammenhang, die mit ihr absolut nichts zu tun haben.

Wäre aber auch zu schön, wenn eine anonyme – und gut aussehende! – Mäzenin plötzlich meine Miete übernähme!

14.7.
Die Geister, die ich rief, sind mir womöglich nach Venedig gefolgt.

Gestern nach Ankunft: Habe gerade in einem Getümmel von Menschen alleine zu Abend gegessen und beginne, mich als das einsamste Wesen der Welt zu fühlen, als JUDIT KALMAN daherkommt. Reiner Zufall. Sie ist mit einer Freundin hier, in der Wohnung einer anderen Freundin. Ich natürlich überrascht, dann aber auch wieder nicht. Hirn arbeitet wie verrückt, Mund redet wie Wasserfall. Lasse mir nichts anmerken. Gehe im Kopf immer wieder Szene durch, wie sie mich sieht und ebenfalls überrascht ist oder tut. Wenn es gespielt war, dann erstklassig. Könnte ihr nichts nachweisen. Bin sogar froh, sie zu sehen, da wie gesagt gerade dabei gewesen, mich in Bin-das-einsamste-Wesen-der-Welt-Stimmung hineinzugraben. Endet immer schlecht, nämlich damit, dass ich Leute einlade, die mir dann auf den Sack gehen. Aber Zufall? Nachdem sie zufällig in meinem Haus einen Batikkurs besucht, sich zufällig mit meiner Nachbarin angefreundet, zufällig meine Mutter am Schrannenmarkt getroffen hat?

Dass Mama mir davon erzählen würde, musste ihr auf jeden Fall klar sein. Na und? Was gab es schon zu erzählen. Die Welt ist eben klein. Hab vor ein paar Jahren am Gipfel des Olymp (im wörtlichen, nicht im übertragenen Sinne) ausgerechnet Professor Senigl getroffen, der mir erst kurz zuvor in Korpuslinguistik das Leben zur Hölle gemacht hatte. Ist es tatsächlich möglich, dass sie herausgefunden hat, dass ich nach Venedig fahre? Aber selbst wenn, wie hätte sie mich gefunden? Hätte ja auch ganz woanders zu Abend essen können. Venedig habe ich extra geheim gehalten, damit mich nicht alle Welt besucht. Mama weiß definitiv nichts davon, da hier die Besuchsgefahr besonders groß. Fritz und Herb wissen es, sind aber instruiert, dichtzuhalten.

Schwanke also hin und her zwischen Vernunft u. Paranoia u. trinke ein Glas Wein nach dem anderen, um Klarheit zu gewinnen, was wenig überraschenderweise nicht funktioniert. Bin zeitweise sicher zu spinnen, da Judit sich völlig normal verhält. Nach u. nach entwickelt sich Plan. Muss sie möglichst weit weg von meiner Wohnung lotsen. Springe also auf und los gehts Richtung Záttere. Habe nur diesen einen Gedanken: Weg von meiner Wohnung, sonst werd ich wieder schwach u. wir enden bei mir u. dann ist Experiment beim Teufel, da Experiment nur funktioniert, solange wir einander nicht allzu gut kennen. Noch eine Nacht u. die Skrupel nähmen überhand. Rase also los und weg, weg von der Wohnung. Schlimm genug das viele Gerede, man lernt sich ja doch auch kennen, wenn man nur gemeinsam eine Kirchenfassade anstarrt und irgendetwas über das Wetter sagt. Schließlich will sie was essen, kein Wunder, hat ja noch nichts im Magen, also okay. Trinke weiter u. suche Klarheit. Das Angefangene muss beendet werden, daher Rechnung begleichen u. weiterlaufen. Dann Ponte dell'Accademia u. großer Andrang am Geländer. Ich sehe zuerst, was los ist, da ich größer als sie: Mond steht spektakulär über Canal Grande u. Spiegelbild schwimmt darin. Herzzerreißender geht nicht. Sie drängt nach vor zum Geländer, ohne sich umzusehen. Mir wird klar, muss sofort abhauen, sonst endet das alles in vollkommen ungewollter Romantik. Verschwinde in der Menge u. renne wie verrückt.

So. Kaum wieder zu Atem gekommen, ziehe ich Handy heraus u. warte auf ihren Anruf. Wenn sie herausgefunden hat, dass u. wann ich in Venedig bin, dann hat sie wohl auch meine Nummer herausgefunden, oder? Anruf kam nicht u. ist bis jetzt nicht gekommen. Fühle mich wie Schwein u. bin es wohl auch, aber es geht um Experiment!

Noch immer kein Anruf. Habe mich wieder gefasst u. erinnert, dass unter allen Telefonnummern, die ich vor meiner Abreise neu eingespeichert habe, komischerweise auch ihre war. Sozusagen als hätte ich geahnt, dass ich sie brauchen würde. Fühle mich jetzt wieder in der Lage, im Dienste des Experimentes kühl u. nüchtern zu agieren. Schicke SMS u. schlage Treffen an sehr sehr abgelegenem Ort vor. Keine Antwort. Fahre trotzdem nach S. Erasmo, um zu sehen, ob sie kommt.

15.7.
Sie kam. Ich in Versteck, fürchterliche Gewissensbisse, immer kurz davor, herauszukommen u. mich zu stellen. Bin für Experiment wohl nicht wirklich geeignet. Beobachte, wie sie vergebens auf mich wartet, herumgeht, sucht, Vaporetto-Fahrplan studiert. Hitze unerträglich. Warum tue ich ihr u. mir das an? Fürchte, dass sie mich wirklich mag, u. was noch schlimmer ist: Ich sie wohl auch. Wie soll man da menschl. Verhalten wissenschaftl. studieren? Dann stellt sich auch noch heraus, dass mein Plan extrem blöd, da ich von Insel nicht wegkomme, solange sie nicht fährt. Als sie endlich in Vaporetto einsteigt, muss ich 1 Stunde auf nächstes warten. Hasse Kierkegaard.

16.7.
Das Spiel besteht darin, Anziehung u. Abstoßung so unerwartet abzuwechseln, dass Realität verschwimmt u. in dieser Sichtlücke engste, unwirklichste Bindung entsteht. Das Spiel

Hier endete das Journal. Judit stellte den Schriftgrad auf 22 pt. Dann tippte sie unter die letzte Zeile:

GAME OVER

Sie war bereits an der Wohnungstür, als sie noch einmal umkehrte und zurück in die Küche ging. Sie öffnete den Kühlschrank. Ein großes Stück Parmesan, einige Bierflaschen, Eier und Butter waren darin. Sie nahm den Parmesan und löste ihn aus der Frischhaltefolie. Im hinteren Bereich der Anrichte, wo die Ameisen patrouillierten, legte sie ihn ab. Sie wartete, bis die ersten Späher die Nachricht von der Anwesenheit des Käsebergs weitergegeben hatten und ein stetig dichter werdender Zug von Lastträgerinnen aus den Ritzen kam, um ihn abzubauen. Als das Parmesanstück von Ameisen schwarz war, verließ sie die Wohnung. Den Schlüssel ließ sie außen im Türschloss stecken.

ACHTUNDZWANZIG

Im Traum lief sie durch Venedig. Ihre Beine waren kräftig, sie sprangen und federten, noch nie zuvor hatte sie so starke Sehnen und Muskeln gehabt. Wie ein kräftiger junger Hund lief sie, wie ein Wolf. Ihre Füße verschlangen die Pflastersteine, ihre Augen die Fassaden, aus deren Ritzen fedrige Büschel von Wildgras wuchsen. Der Himmel hatte an allen Stellen das gleiche Violett-Blau, als wäre er mit Buntpapier ausgelegt. Die Farbe der Minuten, in denen sich die Nacht mit einer letzten Verbeugung zurückzog.

Judit lief durch einen engen, kaum schulterbreiten Ramo. Die Straßenbeleuchtung schaltete sich ein, und eine Taube flog auf. Es war ein berauschendes Gefühl, das Gefühl eines jungen Hundes. Sie konnte Gestirne einschalten und Vögel in die Luft werfen. Sie lief und lief, ihre Füße schienen die Kraft aus dem Boden zu nehmen, unter dem die Jahrhunderte aneinanderkrachten wie Baumstämme in einem Gestör. Sie bog um Ecken, schnürte über Brücken, sprang über Treppen. Die Kolonnaden und Arkaden aus weißem Marmor fächerten sich auf – Schmetterlinge, die noch feucht aus Kokons krochen, Scherenschnitte aus Faltpapier, das man zuletzt, mit Staunen, auseinanderzog. Alles war wie immer. Nur die Menschen benahmen sich merkwürdig. Regungslos standen sie da und schauten auf den Wolf, als wüssten sie, dass er in sein Verderben lief. Der Spazzino kehrte mit seinem Reisigbesen immer nur dieselbe Stelle, da sein Blick dem Wolf folgte, und dann hörte er zu kehren auf.

Der Wolf sieht sich um, und obwohl er durch die ersten Sonnenkegel rennt und der Himmel bereits mit einem neuen, helleren Blau ausgelegt ist, rieselt ihm

Kälte über den Nacken, sodass sich sein Pelz sträubt. Dann plötzlich sieht er, dass die Brücken keine Geländer mehr haben, und weiß, dass er in ein anderes, schutzloseres Jahrhundert zurückgelaufen ist.

Als Judit mit Trixie am Arm die Treppe herunterkam, stieg ihr Zigarettenrauch in die Nase. Es musste erneut jemand eingetroffen sein, der sich nicht angekündigt hatte. Sie ging alle Freunde und Bekannten durch, doch es fielen ihr nur zwei ein, die rauchten. Die eine war Frau Claudia. Der andere Markus Bachgraben. Judit kehrte um, tuschte sich im Badezimmer die Wimpern, und ging zum zweiten Mal hinunter. Am offenen Fenster im Salon stand Erika mit einer Zigarette in der Hand.

Erika hatte seit drei Jahren nicht mehr geraucht, seit Titas beiläufiger Bemerkung, dass der Satz: „Ich höre auf, sobald Michael seine Frau verlassen hat" einen selbstschädigenden Unterton habe. Es schien daher ein wenig paradox, dass sie nun, wo Michael seine Frau tatsächlich verlassen hatte, wieder damit anfing.

Erika: „Gianna ist schon gegangen, sie kommt am Nachmittag wieder, um dein Zimmer zu machen."

Erika: „Bitte behalte den Hund. So ein Hund hat doch auch das Recht, sich selbst auszusuchen, mit wem er leben möchte."

Erika: „Was ich gestern vergessen habe zu erwähnen: Katalin hat angerufen. Hier am Festnetz. Du sollst sofort deine Sachen packen und nach Salzburg fahren. Es geht um Leben und Tod."

„So wie es bei ihr immer um Leben und Tod geht?"

„Denke schon."

„Und wieso rauchst du?"

„Ich muss befürchten, wahnsinnig geworden zu sein."

Sie sei mitten in der Nacht aufgewacht, und eine Frau sei an ihrem Bett gesessen. Erst habe sie gedacht, es handle sich um Judit, aber dann habe sie gesehen, dass die Frau pechschwarze Haare hatte und einen weiten, bis unter das Kinn hochgeschlossenen Qipao trug, darunter steife, weite Hosen. Erika habe das Licht angemacht und festgestellt, dass der Qipao rot war und sich bunte Stickereien auf ihm rankten. Die Frau hatte Lotusfüße, die in blauen, seidenen Schühchen steckten.

„Was machen Sie hier?", habe Erika gefragt. Die Fremde habe geantwortet, dass sie Ts'ao ü heiße und zu dem großen Hochzeitsbett aus Eisenholz im oberen Stockwerk gehöre. Mit der Frau, die in dem Bett schlafe, habe sie keinen Kontakt aufnehmen können, da diese vollkommen unzugänglich sei. Nur mit dem kleinen Hund habe sie gespielt, und dieser habe ihr erzählt, dass seine eigentliche Besitzerin hier unten schlafe. Und so sei sie heruntergekommen und habe Erika besucht. Der Hund übrigens habe über das Gefühl geklagt, im falschen Leben gefangen zu sein.

„Sind Sie ein Geist?", habe Erika weiter gefragt. Die Fremde habe empört reagiert. Sie sei Frau Ts'ao ü und sehr lebendig, habe sie erklärt. Dabei habe sie das Kinn angehoben und sich unter dem mit stoffbezogenen Knöpfchen verschlossenen Stehkragen gekratzt. Erika habe deutlich gesehen, dass ihre Kehle durchgeschnitten war. Dann habe sie plötzlich süßen, betäubenden Rauch gerochen und sei eingeschlafen, mit Bildern von tropischen Gärten im Kopf.

Judit nahm das Buch mit den venezianischen Gespenstergeschichten in die Hand, das neben ihr auf dem Sekretär lag. „Du hast das gelesen", sagte sie.

„Nein", erwiderte Erika und zündete sich eine weitere Zigarette an. „Was ist das?"

„Da drin steht die Geschichte von Marco Polos unglücklicher chinesischen Geliebten."

„Aber meine unglückliche Chinesin ist nicht mit Marco Polo, sondern mit einem Bett nach Venedig gekommen!"

„Eine Chinesin, die Deutsch spricht?"

„Großer Gott, sie hat mit einem Hund Hündisch gesprochen! Sie spricht in einer Art Metasprache. So wie sie in der Metaphysik existiert."

Dieses Sammeln von altem Zeug habe ihr immer schon widerstrebt, sagte Erika. Man hole sich damit die Geschichten wildfremder Leute ins Haus, aus allen Jahrhunderten, aus der ganzen Welt. In jedem Gegenstand sei doch Erinnerung gespeichert. Früher habe man den Besitz der eigenen Vorfahren weitergereicht, um eine Beziehung zu seiner Familie aufrechtzuerhalten, aber jetzt sammle man völlig sinnentleert entwurzelte Dinge. Wie groß sei die Chance, dass in einem dreihundert Jahre alten Bett irgendwann einmal ein Mord geschehen sei? Sehr groß. Die Mongolen hätten ein Gespür dafür. Die Mongolen würden nicht einmal Secondhand-Kleidung tragen, da jeder böse Gedanke des vorherigen Besitzers darin aufgehoben sei.

„Kannst du dich erinnern, wie Anna in den Neunzigern eine Wohnung in Ulaanbaatar gekauft hat, weil sie dachte, die Preise würden ins Unermessliche steigen?" Und dann sei ihr Mieter darin erstochen und die Wohnung unverkäuflich geworden. Niemals würde ein Mongole eine Wohnung erwerben, die von solchem Unglück behaftet sei. Deshalb lebten sie ja auch lieber in Jurten. Eine Jurte könne man nötigenfalls verbrennen und eine neue sei rasch hergestellt. Die Plattenbauten in der Hauptstadt jedoch würden mit dem im

Lauf der Zeit angesammelten Unglück nach und nach aussterben und verfallen.

Judit ging hinaus und schloss leise die Türe hinter sich, wie zu einem Krankenzimmer.

Unten an der Haustür lief sie Michael in die Arme, der die Namensschilder neben den goldenen Klingelknöpfen studierte. Er trug ein Polo-Shirt mit Golf-Shorts, die seine bleichen Bürowaden unvorteilhaft zur Geltung brachten. Wie immer rieb er sich die Nase, das Kinn, die Schläfen, als könnte er dadurch verhindern, dass ihn die Müdigkeit übermannte.

„Erika ist oben", sagte Judit.

„Und mit wie vielen Italienern liegt sie im Bett?", fragte Michael bitter.

Judit zuckte mit den Achseln: „Zwei. Ein Mann und eine Frau." Als sie davonging, konnte sie fühlen, wie er ihr nachstarrte und überlegte, ob er ihr glauben sollte oder nicht.

Gehen, nur gehen und schauen. Am Rialto-Markt wollte eine österreichische Touristin eine einzelne Ringlotte kaufen und wurde von dem Händler unter Anrufung aller anwesenden Venezianer beschimpft. Er verkaufe nur ein Kilo oder gar nichts! Schließlich gab er ihr die Ringlotte zum Preis eines Kilos. Es gab winzige Ringlotten und große, grünlich-gelbe und hellrote. Artischockenböden schwammen in Schüsseln mit Essigwasser. Ein Seeteufel mit schleimig-brauner Haut und breitem, weit aufgerissenem Maul schien immer weiter auseinanderzuquellen; wenn man genau hinsah, konnte man die Angelschnur erkennen, mit der seine Oberlippe an der Markise des Standes befestigt war. Damit die auf dem Eismus erstarrten Krabben ihre Lebendigkeit bewiesen, ließen die Händler sie auf den Rücken fallen, dann bewegten sie ganz schwach die Beine. Aus großen Körben versuchten kleine, geringelte Schnecken zu entkommen, die wie gewöhnliche Schnirkelschnecken aussahen, und wurden von routinierten Händen vom Korbrand wieder heruntergewischt.

Daphne hielt nichts vom Essen. Früher, sagte sie, war das Essen etwas, womit man sich vor und nach dem Sex neue Energien zuführte. Heute ist es der Sex. Die Sinnlichkeit liegt in den Ochsenherztomaten und dem Geräkle der Langusten, in den samtigen Blutgerüchen und fruchtigen Ölaromen, den Pflaumenprallheiten und der Zucchinilänglichkeit.

Es gab drei verschiedene Arten von Möwen: kleine mit roten Beinen, rotem Schnabel und schwarzem Kopf, größere mit gelben Beinen und gelbem Schnabel, auf dem ein oranger Fleck war, und die größten und schönsten, die braungesprenkelten. Ihr Schrei klang, als würde die Takelage eines versunkenen Schiffes in der Tiefe des Meeres vom Strömungssog bewegt. Eine pickte an einem Fischgerippe herum. Eine andere zog aus einer Ritze zwischen den Pflastersteinen einen Kalmar, den sie mit einem kräftigen Ruck des Kopfes nach hinten im Ganzen verschluckte.

Judit ließ sich mit dem Traghetto über den Canal Grande setzen und stieg bei Ca' d'Oro in das Vaporetto ein. Fahren, nur fahren. Vorbei am Bahnhof ging es, vorbei an der Piazzale Roma und durch den Canale di Santa Chiara zu den Anlegestellen der großen Kreuzfahrtschiffe. Die Reedereien würden es vermeiden, ihre Schiffe über Nacht in Venedig ankern zu lassen, sagte Tita. Die Passagiere würden sich über die hässliche Aussicht beschweren: Molen, Beton, Container, Dreck. Sie würden es nicht einsehen, dass vor San Marco nicht geankert werden durfte. Oder wenigstens im Canale della Giudecca. Im hässlichsten Teil von Venedig musste geankert werden, das doch gar keine hässlichen Teile haben sollte. Also nur ein Landausflug und schnell wieder weg. Große Ausfahrt im Abendrot.

Daphne und ich sind einander so ähnlich. Man könnte denken, dass wir ein und dieselbe sind.

Vor Záttere sah sie Boote, die mit Lampions und Girlanden geschmückt und mit Getränkekisten beladen wurden. Es war der Tag der Festa del Redentore. Die ersten Pontons wurden gebracht, auf denen am Abend die Brücke eröffnet werden würde, die einmal im Jahr das Festland mit der Giudecca verband. Judit stieg aus und in die Gegenrichtung wieder ein. Fahren, nur fahren und schauen.

Piazzale Roma. Eine verschleierte Frau stieg ein, die einen schweren Koffer hinter sich herzog. Sie hatte ein Kopftuch aus weißer Spitze über das Gesicht drapiert, sodass nur die Augen frei blieben, diese aber waren von einer großen Sonnenbrille bedeckt. Sie sah wie ein Bankräuber aus. Hinter ihr kamen zwei Buben in westlicher Bekleidung, Shirts und Shorts. Dahinter eine weitere Frau im Bankräuber-Habitus mit einem Buggy, in dem ein kleines Mädchen saß. Sie trug ein orientalisch anmutendes Kleidchen, Gesicht und Oberarme waren unbedeckt. Die wallenden, umhüllenden Gewänder der Frauen waren rot und grün und silbergrau, da war Mode im Spiel. Judit versuchte zu erraten, aus welchem Land sie kamen. Saudi-Arabien, Oman? Geld war auf jeden Fall im Spiel. Dann kam ein großer, attraktiver Mann mit einem weiteren Koffer. Jeans, weißes Hemd, graumeliert. Dann der nächste Koffer und ein sehr alter Mann, der krank aussah. Ein Auge hing schief und halb geschlossen herab, wie nach einem Schlaganfall. Ein Kofferträger, ein Domestik. Als die Frauen in der Vaporetto-Kabine die Sonnenbrillen abnahmen, sah man, dass sie sehr jung waren. War die eine die Tochter und die andere die Ehefrau des attraktiven Graumelierten? Sie schienen gleich alt zu sein, höchstens Anfang Zwanzig. Die Tochter aus erster Ehe und die zweite Ehefrau? Beide Ehefrauen? Der Mann unauffällig westlich in Jeans, die Frauen Exponate aus einer anderen Welt.

Fürchte, dass sie mich wirklich mag, u. was noch schlimmer ist: Ich sie wohl auch.

Als der alte Mann in gebrochenem Englisch fragte, ob das hier Mailand sei, wurde ihr klar, dass er der reiche Omani war. Er war mindestens achtzig. Oder sechzig mit einer furchtbaren Lebensgeschichte. Krankheit, Elend, harte, stumpfsinnige Arbeit. Und jetzt Geld, blutjunge Frauen, drei kleine Kinder. Der Graumelierte erklärte, dass dies hier Venedig sei, die Stadt mit dem berühmten Markusplatz. Er beschwichtigte auf Italienisch eine Dame, die sich über die Position der riesigen Koffer beschwerte. Der italienische Kontaktmann.

u. was noch schlimmer ist: Ich sie wohl auch.

Franz Kalman pflegte zu sagen, was die Wahlfreiheit von Frauen zwischen Familie und Beruf betreffe, habe er die Lösung gefunden. Und er sei in der glücklichen Lage, sie seinen Töchtern bieten zu können. Die Lösung sei Geld. Was auch immer Judit und Katalin mit ihrem Leben anfangen wollten, sie würden ihre Entscheidung frei treffen können und von keinem Anderen abhängig sein. Wollten sie Kinder haben und arbeiten, konnten sie sich die beste Betreuung leisten, wollten sie zu Hause bleiben, würden sie dennoch keinen Mangel leiden.

Sie hatten sich beide weder zu einem Beruf entschließen können, noch dazu, Kinder zu bekommen. Katalin vertrat die Ansicht, dass der Sinn einer Ehe darin bestehe, mit einem Mann zusammenzuleben, und nicht darin, die Beziehung durch Kinder zu zerrütten. Judit hätte sich in dieser Frage gesprächsbereit gezeigt, allerdings war es zu einem solchen Gespräch nie gekommen.

Ich sie wohl auch. Ich sie wohl auch. Ich sie wohl auch.

Ob das der Markusplatz sei, fragte der alte Mann, als das Vaporetto am Bahnhof anlegte. Judit sah hinaus und dachte einen Moment lang, sie würde wie Erika nun schon halluzinieren. Dort oben standen, inmitten von Taschen und Koffern, ihre Eltern und Katalin mit ihrem vierten Ehemann.

NEUNUNDZWANZIG

Die Familienkonferenz hatte dann im Esszimmer stattgefunden. Zuvor war noch die Bettenfrage geklärt worden. Da Judit nun die Einzige war, die als Schlafgenossen nur einen Hund vorzuweisen hatte, musste sie in das Zimmer mit dem Einzelbett ziehen. Es handelte sich um ein Bett aus dem frühen 19. Jahrhundert, das laut Tita eine überraschende Ähnlichkeit mit dem Totenbett Lord Byrons aufwies, wie es auf einem zeitgenössischen Gemälde zu sehen war. Natürlich sei anzunehmen, dass der Dichter inmitten des Griechischen Freiheitskampfes auf einer wesentlich bescheideneren Bettstatt dem Sumpffieber erlegen war, vielleicht sogar auf einem Strohsack, und dass das Bett dem Gemälde nachempfunden war. An seinem Fußende stand das Stopfpräparat eines Mähnenwolfes, den Trixie sofort heldenhaft attackierte. Judit stellte ihn zu dem Kronenkranich in die Wäschekammer. Dem Bett gegenüber verlief eine Konsole an der Wand. Unzählige Biedermeier-Brustblattpuppenköpfe aus weißem Porzellan lagen darauf aufgereiht. Sie drehte sie Stück für Stück um, um von ihnen nicht angestarrt zu werden.

Die beiden Paare stritten sich dann, wer in das unerklärlich heiße Zimmer ziehen und damit auf das schöne, große mit dem chinesischen Eisenholzbett, in dem Judit bislang geschlafen hatte, verzichten dürfe, worin Katalin und ihr Mann Gérard unter Hinweis auf ihr geringeres Alter obsiegten. Judit hoffte, dass Frau Ts'ao ü wieder auf Wanderschaft gehen und den beiden einen gehörigen Schrecken einjagen würde.

Großen Eindruck hinterließ die geländerlose Treppe. Franz hielt sie für ästhetisch herausragend, aber baupolizeilich untragbar. Johanna äußerte Bewunderung für Tita, die im Gegensatz zu jenen, die bereits mit fünfunddreißig so bauten, dass die Installation eines Treppenliftes jederzeit möglich war, zukünftige Gebrechlichkeit nicht in Betracht zog. Allgemein war man froh, dass sich im oberen Stockwerk eine Toilette befand, sodass man sich nachts nicht den Hals brechen musste.

Franz Kalman war nun einundachtzig Jahre alt. Obwohl ihm bereits allerlei Körperteile zu schaffen machten, hielt er sich mit täglichen Waldspaziergängen fit. Im Sommer fuhr er an den Wolfgangsee, um zu rudern. Die großen Ereignisse der Welt schienen ihn weniger und weniger zu interessieren, dafür nahmen ihn kleine in Anspruch, wie der Bau eines Vogelhauses oder die Aufzucht von fünfzehn verschiedenen Tomatensorten.

Johanna Kalman war neunundsechzig. In dem Maße, in dem ihr Mann seinen Radius verringerte, erweiterte sie den ihren. Einige Jahre zuvor war ihr der Gedanke gekommen, dass es nun an der Zeit sei, der Welt ein kleines Bisschen von dem Glück, das sie gehabt hatte, zurückzugeben. Wie jemand, der nach langem Schlaf den Drang nach Bewegung verspürte, beschloss sie, ihre sorgsam gehütete Idylle zu verlassen. Sie meldete sich als ehrenamtliche Helferin bei einer Flüchtlingsorganisation. Dort hieß es anpacken oder gehen, also packte sie an. Sie bekam Schützlinge zugeteilt, die Deutschunterricht brauchten und Hilfe bei Behördenwegen, der Arbeits- oder Wohnungssuche. Die Welt der Entbehrungen, die Krieg, Armut und Verfolgung mit sich brachten, und die sie so lange von sich ferngehalten hatte, kam nun zu ihr zurück, und sie schlug sich tapfer darin. Manchmal weinte sie, weil sie meinte, so viele Geschichten von Leid nicht ertragen zu können, dann riss sie sich wieder zusammen und ertrug es doch. Wenn es nötig war, fuhr sie los und kaufte die komplette Wintergarderobe für drei oder vier oder fünf Kinder ein, und übergab sie, ohne daraus eine große Geste zu machen. So sehr sie es bedauerte, keine Enkel zu haben, so sehr freute es sie, dass Andere von diesem Mangel profitierten. Niemand außer ihrem Mann wusste davon. Sie hatte das Gefühl, dass ihre Arbeit an Wert verlieren könnte, wenn sie sich damit schmückte.

Katalin war vierundvierzig. Bei ihrer letzten Hochzeit hatte sie wie bei den dreien davor erklärt, dass sie nun *endlich angekommen* sei.

Man wollte die Sache kurz machen und nicht lange herumreden. Also begann man mit der Diskussion, ob die Konferenz im Interesse Gérards, der kaum Deutsch sprach, auf Französisch zu halten sei. Gérard erklärte, er sei hier ja wohl die allerunwichtigste Person und man möge um Himmels Willen Deutsch sprechen. Er werde nur still dasitzen und für alle das Beste hoffen.

Nachdem das geklärt war, ergriff Franz Kalman das Wort und sagte zu Judit: „Gestern ist deine Mutter gestorben."

Judit sah zu Johanna hin, die mit gesenktem Blick die unebene Oberfläche der alten Hobelbank abtastete, die als Esstisch diente, und erwiderte: „Dafür sieht sie aber erstaunlich gut aus."

Johanna sei nicht ihre leibliche Mutter, fuhr Franz Kalman fort, und er sei nicht ihr leiblicher Vater. Sie seien immer schockiert gewesen über die Vehemenz, mit der Judit behauptet habe, dass Katalin adoptiert worden sei, und vermutlich habe sie etwas geahnt. Tatsächlich aber sei sie selbst adoptiert worden.

Nun fiel ihm Johanna ins Wort und erklärte, wie egal ihr das sei. Liebe kenne keine Genetik. Tränen standen in ihren Augen, und als sie blinzelte, rannen sie herab.

„Wie lange weißt du das schon?", fragte Judit Katalin.

„Seit sieben Tagen", sagte sie.

Er müsse nun etwas ausholen, sagte Franz Kalman. Eines Tages – Katalin sei kaum ein Jahr alt gewesen – sei Onkel Theo sehr aufgewühlt bei ihnen erschienen. Es gehe um eine junge Frau, die schwanger sei und Hilfe brauche, habe er gesagt. Die Frau fühle sich vollkommen außerstande, zum gegenwärtigen Zeitpunkt ein Kind großzuziehen, und für einen Besuch bei der Engelmacherin sei es lange zu spät. „Was ist mit dem Vater?", habe Franz gefragt. Der Vater, habe Onkel Theo erwidert, sei bedauerlicherweise er selbst.

„Was?", rief Judit, „Onkel Theo war mein Vater?"

„Ganz genau", sagte Franz Kalman. Und das sei ja wohl nicht die schlechteste Herkunft.

An dieser Stelle vermeinte Gérard an den Gesichtern der Anwesenden zu erkennen, dass ein kritischer Punkt in der Diskussion erreicht war. Er sprang auf und erklärte, er habe eine Flasche hervorragenden Absinths mitgebracht, die er sich nun erlauben werde zu holen. Niemand machte Einwände, und so ging er hinaus.

Es sei eine vollkommen unvernünftige Geschichte gewesen, habe Onkel Theo erklärt, erklärte Franz Kalman, ein Rückfall in die gedankenlose Jugendzeit, ein letztes Aufflackern seines früheren Esprits, wenn man so wolle. Onkel Theo sei damals ja schon weit über fünfzig gewesen. Er habe einfach nicht die Kraft gehabt, nein zu sagen, als ihm ein schönes Mädchen ebensolche Augen machte. Natürlich sei er selbst viel zu alt und darüber hinaus vollkommen ungeeignet, sich um einen Säugling zu kümmern, habe Onkel Theo gesagt. Dennoch sei ihm der Gedanke, das Kind könne bei wildfremden Leuten und ohne jeglichen Kontakt zu ihm aufwachsen, absolut unerträglich. Daher sein Vorschlag, seine Bitte: Könnten nicht Franz und Johanna, die ja doch seine Familie seien, das Kind adoptieren? Bessere Eltern könne er sich für sein erstes und, so Gott wolle, letztes Kind nicht vorstellen.

Hier fiel wieder Johanna ein und erklärte, sie sei von der Idee sofort begeistert gewesen. Ein zweites Kind zu bekommen, ohne die Mühen einer weiteren Schwangerschaft zu durchlaufen, sei für sie nichts weniger als ein Geschenk des Himmels gewesen.

Gérard betrat den Raum mit einem Tablett in den Händen. Er hatte alte Reservoirgläser gefunden, die er nun verteilte. Vorsichtig schenkte er den grünen Wermut ein und setzte sich wieder.

Man sei also, fuhr Johanna fort, nachdem sie einen Schluck genommen und das Gesicht verzogen hatte, sogleich daran gegangen, alles *generalstabsmäßig* vorzubereiten. Franz habe Viktor Sänftner, den legendären Kostümbildner der Salzburger Festspiele, gefragt, wie man denn eine Schwangerschaft am besten darstelle, und dieser habe künstliche Bäuche zum Anschnallen in verschiedenen Größen besorgt. Erst sei es ja lustig gewesen, aber dann! Jeden Morgen gleich nach dem Aufstehen eines von diesen unbequemen Dingern anschnallen, damit das Personal keinen Verdacht schöpfte, und es den ganzen Tag mit sich herumschleppen, neun Monate lang, das habe noch keine Schauspielerin gemacht. Eigentlich sei es kaum weniger anstrengend als eine echte Schwangerschaft gewesen. Und dazu die ständige Angst, dass der blöde Bauch verrutschte und plötzlich am Busen oder Hintern saß.

Judit schaute auf die große Schwarz-Weiß-Fotografie, die hinter Johanna an der Wand hing. Ein Mann mit Schiebermütze, der im Jahr 1966 seinen kleinen Sohn auf dem Rücken durch das Hochwasser trug. Aber vielleicht war es gar nicht sein Sohn, sondern sein Neffe. Oder ein fremdes Kind, das er irgendwo aufgelesen hatte. Oder ein Kind, das er gerade entführte, was jeder, einschließlich des Fotografen, sehen konnte, aber trotzdem nicht sah.

Indessen, sagte Johanna, sei die tatsächliche Schwangere nach Rom gereist, um dort in einer sehr hübschen Wohnung in der Nähe der Spanischen Treppe, die ihr Onkel Theo gemietet habe, in aller Ruhe und Anonymität das Kind auszutragen. Zum errechneten Geburtstermin habe man sich dann dort getroffen. Allerdings habe Judit noch eine volle Woche gezögert, das Licht der Welt zu erblicken. In der Klinik habe Johanna sofort das Baby in den Arm gelegt bekommen. Sie sei überglücklich gewesen, mindestens genauso wie bei Katalins Geburt.

„Und was hat meine geschätzte leibliche Mutter dann gemacht?", fragte Judit.

Sie sei nach Wien gezogen und habe eine Volontariatsstelle beim Fernsehen angenommen. Gerade als der Vertrag auslief, ohne dass man ihr das Angebot gemacht hätte, sie in ein reguläres Beschäftigungsverhältnis zu übernehmen, sei sie in der Kantine am Küniglberg einem wichtigen Programmleiter begegnet. Sie seien nebeneinander in der Schlange gestanden, um auf ihr „Szegediner Gulasch von der Pute" zu warten. Eines habe zum anderen geführt, sie hätten geheiratet und das Talent der jungen Frau sei schließlich doch erkannt worden. Sie sei dann eine berühmte Fernsehsprecherin geworden. „Gitti Slavetzky", sagte Johanna.

Judit trank ihr Glas leer und bedeutete Gérard, dass er nachschenken durfte. Gitti Slavetzky. Sie hatte sie in den Achtzigern Hunderte, Tausende Male in den Nachrichten gesehen. Eine ernste, unnahbare Frau mit dünn gezupften Augenbrauen und einer mit Haarspray zu völliger Statik fixierten Frisur. Sie war aschblond gewesen, einige Schattierungen dunkler als Judit. Eine Ähnlichkeit der Gesichtszüge war Judit nie aufgefallen, sie hatte in ihrem Gesicht ja immer Johanna gesehen. Einmal hatte es eine mediale Diskussion über die Frage gegeben, ob Gitti Slavetzky denn nicht zu wenig lächle. Sie hatte darauf geantwortet, dass es bei Kriegsmeldungen und Mordnachrichten wohl wenig zu lächeln gebe. Judit hatte das gut gefunden. Sie hatte keine Ahnung gehabt, dass es ihre eigene Mutter war, die sie gut fand.

„Das heißt also", sagte sie, „wir sind mit Onkel Theo vor dem Fernseher gesessen und haben Nachrichten geschaut. Und Onkel Theo war mein Vater und die Nachrichtensprecherin meine Mutter. Und ihr beide" – sie bewegte den Zeigefinger zwischen Franz und Johanna hin und her – „habt das gewusst."

Ja, sagte Johanna, und genau das sei ja das Schöne gewesen. Die leiblichen Eltern waren immer da, genauso wie die *faktischen* Eltern. Onkel Theo habe sein Bestes getan, Judit nicht zu bevorzugen. Aber er sei so stolz auf sie gewesen! So intelligent, so rebellisch, so eine Leseratte, habe er immer gesagt. Was für ein Glück, sie aufwachsen zu sehen!

„Wir sollten an dieser Stelle", sagte Katalin, „auch erzählen, wer der geheimnisvolle Liebhaber der Pichler-Oma war."

- Das habe nun wirklich nichts mit der aktuellen Angelegenheit zu tun, wandte Johanna ein. Aber gut. Die Pichler-Oma habe ein Verhältnis mit dem Mann ihrer

Schwester Eva gehabt. Dem Ulmer Ludwig. Und natürlich habe sie das nicht sagen können, also habe sie den verheirateten *Welschen* erfunden.

„Mein Vater war also mein Onkel. Ich bin froh, dass ich nicht mit diesem Gedanken aufwachsen musste", sagte Johanna.

„Und seit wann wisst ihr das?", fragte Judit.

Seit ein paar Jahren, sagte Katalin, die Pichler-Oma habe es ihnen am Totenbett erzählt. Judit sei zu diesem Zeitpunkt bekanntlich in England gewesen. In Stratford-upon-Avon, um genau zu sein.

„Warum habt ihr es mir nicht damals erzählt?", fragte Judit.

„Wozu?", kam Franz seiner Frau und Katalin zu Hilfe. Es seien doch alle Beteiligten bereits tot gewesen. Es hätte keinen Sinn gehabt, weiter und weiter in der Vergangenheit zu rühren. Außerdem sei es ja nicht um Judits leiblichen Großvater gegangen.

„Dann habt ihr also doch einen Unterschied gemacht!", schrie Judit. „Katalin durfte es wissen, ich nicht!"

Sie hätten immer einen Unterschied gemacht, sagte Franz. Sie hätten Judit immer als Besonderheit betrachtet, während Katalin selbstverständlich war. Sie sei das Geschenk des Himmels gewesen, und Katalin sollte das nicht spüren. Das sei die Schwierigkeit gewesen.

„Es stellte sich nämlich heraus", sagte Johanna, „dass ich gar keine Kinder mehr bekommen konnte." Einige Monate nach Judits Geburt sei das gewesen. Die Adoption sei dann plötzlich in einem völlig neuen Licht erschienen.

Sie schwiegen eine Weile, bis Katalin begann, Gérard das Nötigste über den Gesprächsverlauf flüsternd zu übersetzen.

„Gitti Slavetzky ist tot?", fragte Judit dann.

Ja, sagte Franz Kalman. Sie habe vor einer Woche in Salzburg, wohin sie nach ihrer Pensionierung wieder zurückgezogen sei, einen schweren Autounfall gehabt. Ein betrunkener Neunzehnjähriger habe ein Stoppschild übersehen. Oder ignoriert. Jedenfalls sei der Unfallverursacher, der dann auch noch Fahrerflucht begangen habe, aber gefasst worden sei, mit leichten Verletzungen davongekommen, während Gitti Slavetzky schwer verletzt aus dem Wrack ihres Autos geborgen worden sei. Sie habe dann gleich nach der ersten Operation bei den Kalmans anrufen lassen. Als ihr klar wurde, dass es zu Ende gehen könnte. Ein einziges Mal im Leben wollte sie ihre Tochter gesehen haben. Die ganzen Jahre habe sie nicht einmal ein Foto sehen wollen, da es zu schmerzlich gewesen wäre. Aber sie habe eben zu jener Generation von Frauen gehört, die geglaubt hatten, dass die Karriere über alles ginge, und dass man sich eben entscheiden müsse.

„Wir haben dann Katalin eingeweiht, damit sie dich anruft und dazu bringt, nach Salzburg ins Unfallkrankenhaus zu kommen", sagte Johanna. Sie habe gedacht, Katalin fände am ehesten die richtigen Worte. Einmal habe sie auch selbst angerufen, ebenfalls ohne Erfolg. Tage seien darüber vergangen, bis es zu spät gewesen sei. Gestern sei Gitti Slavetzky im Alter von sechzig Jahren ihren Verletzungen erlegen. In vollkommenem Frieden sei sie gestorben. Ihre letzten Worte seien gewesen, sie sei immer gerne Auto gefahren und bereue nichts. Judit müsse sich keine Vorwürfe machen, denn ihre Mutter habe ihr auch keine gemacht. Sie sei glücklich gewesen, in ihren letzten Stunden zu erfahren, was für eine großartige Frau ihre Tochter geworden sei.

Judit: „Und weshalb habt ihr mir die Adoptionsgeschichte nicht verschwiegen, so wie ihr mir die Geschichte von der Pichler-Oma verschwiegen habt?"

Franz: „Es war Gittis letzter Wunsch, dass du es erfährst. Einer ihrer letzten Wünsche. Neben dem, dass ihr Auto nur an einen richtig guten Platz vermittelt wird. Niemand brachte es übers Herz, ihr zu sagen, dass es Schrott war."

Johanna: „Außerdem haben sich die Zeiten geändert."

Katalin: „Man sagt adoptierten Kindern heute von Anfang an, dass sie eine Bauchmama haben."

Franz: „Wie es scheint, ist die Wahrheit dem Menschen nicht nur zumutbar, sondern sogar besser für ihn."

Gérard: „Puis-je ouvrir la fenêtre?"

Judit hatte dann versucht, sich in eine Art Wut hineinzuarbeiten, obwohl sie wie erschlagen gewesen war. Sie brachte die Diskussion auf das Christkind, was die zweite große Lüge ihrer Eltern gewesen sei. Den völligen Verlust des Urvertrauens habe es bedeutet, als man ihr eröffnet habe, dass das Christkind, das Jahr für Jahr mit geheimnisvollem Glockenklang und Weihrauchduft durch das Fenster hereingekommen war, um den Baum zu schmücken und Geschenke zu hinterlassen, gar nicht existierte!

Ganz genau, sagte Johanna, und wie habe Judit darauf reagiert? Sie habe erklärt, dass das Gespräch über die Wahrheit hinsichtlich des Christkindes niemals stattgefunden habe, und bis zu ihrem fünfzehnten Lebensjahr habe sie gefordert, dass weiterhin so getan werde, als würde das Christkind kommen, weil sie die Zerstörung des Weihnachtszaubers so lange nicht akzeptiert habe! Also! Was wäre geschehen, hätte man ihr erst von der Adoption erzählt?

An diesem Punkt war Judit aus dem Esszimmer gestürzt und hatte die Türe hinter sich zugeknallt. Sie hörte, wie dahinter so etwas wie ein Handgemenge stattfand, da ihr die Frauen nachlaufen wollten und die Männer sie daran hinderten.

„Elle a besoin de temps pour réfléchir", hörte sie ihren Schwager sagen, der gar nicht ihr Schwager war.

Als sie bei der offenen Tür des Salons vorbeikam, sah sie darin Michael mit einem Glas Wein sitzen. Er prostete ihr zu. Erika sei mit dieser schönen Italienerin verschwunden. Er solle nicht auf sie warten, habe sie gesagt. Natürlich sei er auf Bestrafung gefasst gewesen und bereit, sie auszusitzen. Zur Not würde er eben hier auf dem Sofa schlafen. Judit nickte und lief aus der Wohnung.

DREISSIG

Die Baustelle an den Fondamenta Nuove war verschwunden, als hätte sich auch dieser Winkel der Stadt für die Festa del Redentore schön gemacht. Die Lagune war übersät mit Booten, auf denen rote und gelbe Lampions schaukelten. Die Wasserlaternen, die mit Stacheln bestückt waren, damit sich auf ihnen keine Vögel niederließen, bezeichneten weiß und gleißend die schiffbaren Mäander. Erste Feuerwerkskörper wurden probeweise gezündet; sie zerknisterten am Himmel, wo ihre Sterne die blasseren Lichter des Weltalls überstrahlten. Im Nordwesten leuchteten die schneebedeckten Bergketten der Alpen auf. Der Lärm der Bootsmotoren und das Rauschen der Bugwellen schnitt durch die Stimmenteppiche Tausender Menschen, die hier feiern würden, bis am Lido die Sonne aufging. Dabei lag das Zentrum des Festes weit entfernt im Canale della Giudecca, wo die Boote so dicht an dicht standen, dass sie über Stunden nicht mehr bewegt werden konnten, und Menschenmassen über die temporäre Brücke zur Il Redentore-Kirche auf die Giudecca und wieder zurück strömten. Die Befreiung von der Pest im Jahre 1576 wurde hier gefeiert. Und der Sommer und das Leben und Venedig, die Stadt, die ein klein wenig anders als alle anderen Städte war.

Das Gedränge am Kai war so dicht, dass Judit Trixie auf den Arm nahm. Der kleine Pudel barg seine warme Schnauze in ihrer Hand, dann hob er den Kopf und schaute neugierig um sich. Nie hätte sie sich einen Pudel ausgesucht. Wenn schon einen kleinen Hund, dann einen Terrier: furchtlos und unermüdlich. Als Kind hatte sie einen Foxterrier gehabt, der „Schnurli" hieß, da er klettern konnte wie eine Katze. Wenn man „Lauf!"

sagte, raste er schnell wie ein Schemen im Kreis. Stundenlang konnte sie mit ihm durch die Wälder streifen. Einmal war ihnen ein Jäger begegnet, der drei Schüsse auf ihn abfeuerte. Aber Schnurli rannte weg, schnell wie der Wind, und der Jäger erwischte ihn nicht. Judit hatte die Geschichte ihrem Vater erzählt, und dieser hatte dafür gesorgt, dass der Mann die Jagdpacht im nächsten Jahr nicht mehr erhielt.

Ja, Franz Kalman war ihr Vater, und er war der beste Vater der Welt.

Johanna war vielleicht nicht ganz die beste Mutter der Welt, aber die Anforderungen an Mütter waren ja auch höher. Sie war auf jeden Fall gut genug, und das war mehr, als Gitti Slavetzky von sich behaupten hatte können.

Und Katalin? Katalin war ihre Schwester. Sie waren nicht immer ein Herz und eine Seele, aber das war unter Schwestern normal. Sie hatte Katalin angerufen, nachdem sie die Rettung angerufen hatte an jenem 24. Dezember, als Stefan sich im Wohnzimmer am Lampenhaken erhängt hatte, unter sich ihren Lieblingsstuhl, den er zu seinem Todesstuhl gemacht hatte. Ich steige sofort ins Auto, hatte Katalin gesagt, in drei Stunden bin ich bei dir. Sie hatte den Christbaum und die Eltern und ihren dritten Ehemann zurückgelassen und war in Finsternis und Schneegestöber nach Wien gefahren, um Judit im Arm und ihr die Polizei vom Leib zu halten.

Eine Gruppe von Matrosen in Alilaguna-Uniform schlenderte vorbei, und alle Köpfe wandten sich nach ihnen um. Sie waren so gutaussehend, als würden sie ausschließlich nach diesem Kriterium ausgewählt. Der Eisladen war mit Luftballons und bunten Wimpeln geschmückt. Davor stand ein Trio mit Ziehharmonika,

Geige und Kontrabass und spielte „Que sera, sera, whatever will be, will be".

Plötzlich stand Markus Bachgraben vor ihr. Er packte ihre freie Hand und sagte: „Es tut mir leid. Ich habe dich behandelt wie eine literarische Figur. Das macht man mit literarischen Figuren: Man setzt sie allerlei Widrigkeiten aus und beobachtet, wie sie sich verhalten. Es ist ein gemeines Geschäft."

Judit entwand ihm ihre Hand und sagte: „Verschwinde. Ich hab jetzt keinen Kopf für deinen Mist." Als sie weiterging, bemerkte sie, dass er ihr folgte. Sie drehte sich um und fragte: „Und, hast du das Rätsel gelöst?"

„Welches Rätsel?"

„Im skandinavischen Pavillon."

„Ach so. Nein."

„Da habe ich ja wohl mehr Glück gehabt."

„Ja. Ich bin froh darüber. Auch wenn du meine Wohnungsschlüssel geklaut hast." Dies bleibe natürlich ein erschreckendes Faktum. Andererseits habe er das Gefühl, über das Kriminelle ihres Handelns hinwegsehen zu müssen, da er sich seinerseits ein wenig kriminell fühle, wenngleich er im Gegensatz zu ihr nichts strafrechtlich Relevantes angestellt habe. Judit wandte ihm wieder den Rücken zu und ging weiter.

„Ich bin gekommen, um mich zu entschuldigen", rief Markus Bachgraben von hinten in ihr Ohr. „Es war ein Spiel mit unabsehbarer Wirkung."

Judit sagte, er wisse noch gar nicht in vollem Ausmaß, mit welcher Wirkung, bestand aber darauf, es vorläufig bei dieser Andeutung zu belassen. Er kam wieder auf den fiktiven ertrunkenen Künstler im skandinavischen Pavillon zu sprechen: „Ich bin ziemlich sicher, dass es gar keine Lösung gibt. Das ist es, was wir herausfinden sollen. Wusstest du, dass es Schätzungen gibt, wonach etwa zwanzig Prozent aller Todesfälle tatsächlich Mordfälle sind?"

Sie standen an der Mole und schauten auf das funkelnde, spiegelnde Wasser. Boote fuhren vorbei, von denen lautes Gelächter kam und noch lautere Musik. Auf der hell erleuchteten Friedhofsinsel tanzten wahrscheinlich die Toten. Die Menschen auf den Booten winkten, die am Ufer winkten zurück. Trixie schnupperte in den Wind. Es roch nach Gartenfackeln und Geißblatt.

„Als du klein warst, hast du da an das Christkind geglaubt?", fragte Judit.

„Ja", sagte er.

„Und als du dann herausgefunden hast, dass es gar nicht existiert, wie war das für dich?"

„Okay."

„Und wie war es davor, als man dir seine Existenz vorgetäuscht hat?"

„Auch okay."

Eine Weile lang schwieg sie und kraulte Trixies Köpfchen. „Also beides okay, die Wahrheit und die Lüge?", fragte sie dann.

Ja, sagte Markus Bachgraben. In der Schaffung der perfekten Illusion liege sehr viel Liebe. Doch dann komme der Moment, in dem man das Kind aus der Geborgenheit der Höhle hinausschicken und ihm sagen müsse: Was du gesehen hast, waren Schatten. Sie wurden von realen Menschen geworfen.

„Judit! Judit!", schrie plötzlich eine bekannte Stimme, und mehrere unbekannte griffen den Ruf auf. Auf einem der voll besetzten Boote stand Erika und ruderte wie ein Lotse mit den Armen. Hinter ihr erschien Gianna und begann ebenfalls zu winken.

„Ich glaube, wir sollen nach vorne zu dem Steg gehen, wo sie anlegen können", sagte Markus Bachgraben, als wäre auch sein Name gerufen worden. Sie liefen die Mole entlang und die Stiegen hinunter zu dem hölzernen Steg. Mehrere Hände zogen sie auf das Boot, das sogleich wieder ablegte.

„Wir wollten dich gerade abholen!", sagte Erika und hielt ihnen eine Platte mit Cichetti hin. „Ein Glück, dass ich dich gesehen habe. Wir versuchen, den Bacino di San Marco zu erreichen!" Die Stimmung an Bord war trotz des beengten Raumes ekstatisch. Nur am Steuer stand ein ruhig und konzentriert wirkender Mann, den Judit unschwer als Mister Februar identifizieren konnte.

Sie hielt das Gesicht in den Fahrtwind und schloss die Augen. Diesmal gab es keinen Zweifel darüber, dass Markus Bachgraben hinter ihr stand.

„Wusstest du, dass ich in Rom zur Welt gekommen bin?", fragte sie.

Sie konnte es nicht fassen, dass sie tatsächlich Italienerin war.